U0473566

言辞喧嚣的时刻

新星出版社 NEW STAR PRESS

张闳 著

新人文丛书编辑委员会

主　编　　王晓纯　　吴晚云
副主编　　罗学科　　史仲文（执行）
　　　　　张加才　　郭　涛

特邀编委（以姓氏笔画为序）

于建嵘	马立诚	王向远	王清淮	王鲁湘
刘丽华	安乐哲	尤西林	吴　思	吴祚来
张　柠	汪民安	李雪涛	陈晓明	邵　建
赵　强	单　纯	金惠敏	骆　爽	夏可君
黑　马	熊培云	敬文东	谢　泳	戴隆斌

编委（以姓氏笔画为序）

王文革	王鸿博	王景中	王德岩	曲　辉
刘永祥	孙德辉	李志强	邹建成	张卫平
张　轶	张常年	周　洪	屈铁军	赵玉琦
赵晓辉	赵姝明	袁本文	铁　军	秦志勇

【总序】

新人文：在思想与行动之间

王晓纯

"人文"一词，用法不一：古人将之与"天文"对举，今人把它与"科学"并列；它还常用来概称一种无论西方还是东方都存在的崇扬人性与人道的主义或精神。

"人文"与"天文"对举，最早出现于《周易》。《周易·贲卦》象辞中，有"观乎天文，以察时变；观乎人文，以化成天下"之语。根据后人的解释，"文者，象也"，即呈露的形象、现象。于人而言，包括人世间的事态、状况，并可以引申到个人气象与社会风貌。值得注意的是，文中强调"文明以止，人文也"。文明总是与人文密不可分。人而文之，方谓之文明。在中国传统中，"人文"主要指人类社会的礼乐教化、典章制度和道德观念。而文明在其本质上，乃是人类对"人之为人"在思想上的自觉和这种自觉在实践中的表现。

"人文"与"科学"并列，与西方近代分科之学的出现与发展有关。伴随科学与技术的勃兴和迅猛发展，人类社会传统的文化格局发生了重大改变，尤其通过科学与工业革命不断推波助澜，甚至形成了科学与人文之间所谓"两种文化"的分裂。

"人文"作为一种精神或主义，泛指从古到今东西方都出现过的强调人的地位和价值、关注人的精神和道德、重视人的权利和自由、追求人的旨趣和理想的一般主张。

当代中国思想者的研究视域从来没有离开过对中国社会的人文关注。如今，中国社会进入了一个重要的转型时期。新时期呼唤新人文，也不断催生着新人文。

新人文是一种新愿景。现代社会使人在工具理性和技术统治面前常感无力，物质的丰富与精神的幸福之间往往容易失衡。新人文将目光聚焦于人本身，重塑价值理性，高扬人性尊严，唤起内心力量，促进个性自由发展，让梦想不再贫乏，让精神充满希望。

新人文是一种方法论。唯人主义和唯科学主义是现代性的基本组成部分，但两者的分隔也有渐行渐远之势。新人文试图重新发现科学与人文的内在融通，增进科学与人文的互补互用，让科学更加昌明，让人文之光更加夺目。

新人文是一种行动哲学。继往圣、开来学不是思想者的唯一目标，理想与现实之间需要架设坚实的桥梁。新人文力图夯实人文基础，作为社会的良知而发出公正的呼声，着力提高全民族的文化素养和精神境界，让思想冲破桎梏，用行动构筑未来。

鉴于以上种种，我们编辑了这套"新人文"丛书，奉献给关心当下中国现代化进程和新人文建设的广大读者。

2012.10.19

目 录

写作的罪与罚（代序） ……………………………………………… 001

第一辑　文学炼金术 ………………………………………………… 001

　　"野草"在歌唱
　　　　——读鲁迅《野草》 ……………………………………… 003
　　灰姑娘·红姑娘
　　　　——《青春之歌》及革命文艺中的爱欲与政治 ………… 011
　　"文革后"新文学的曙光
　　　　——从食指到白洋淀诗群的诗歌写作 …………………… 034
　　莫言，或文学应该如何还债 ………………………………… 056
　　莫言，一个"病态"时代的文化征候 ……………………… 061
　　扎西达娃、西藏与文学地理学 ……………………………… 067
　　格非的时间炼金术 …………………………………………… 070
　　关于李洱《遗忘》的"学术讨论会" ……………………… 084
　　丽娃河畔的纳喀索斯
　　　　——宋琳诗歌的抒情品质及其焦虑 ……………………… 091
　　写作如何成为公民社会的典范
　　　　——关于文学及人文学术的公共性的思考 ……………… 104
　　文学守护心灵 ………………………………………………… 111

第二辑　艺术无用功 ………………………………………………… 119

　　样板戏：革命神话及其形式 ………………………………… 121
　　消费叙事中的革命与情欲
　　　　——电影《山楂树之恋》的精神分析 …………………… 147
　　旁观和嬉戏
　　　　——1960年代生人的精神特质与空间意识 ……………… 153

现代木刻艺术的辉煌与困局 ············· 162
无用功，或劳动的神话及其终结 ············· 166
塑造中国身体：身体主权与身体技术 ············· 171
光影中的记忆与遗忘
　　——为《1980：上海祭忆》而作 ············· 189
超现实主义的"黑弥撒" ············· 194
未来主义·时间与权力 ············· 199
拱廊街，或资本主义的空间寓言 ············· 202
桥与楼的梦想 ············· 210
风景的诞生与政治地理学 ············· 216

第三辑　穴居族之梦　221

文化研究——知识繁殖还是生活批判？ ············· 223
当代大众文化：从"大话"到"山寨" ············· 229
灾难记忆与灾难叙事 ············· 233
"中产阶级"的梦想及其终结 ············· 240
搬起萨特砸自己的脚 ············· 246
淡蓝色的药片，或生与死 ············· 251
精神疾患诊疗史与理性的边际 ············· 259
旋转，旋转，伟大的晕眩 ············· 263
穴居族狂想曲 ············· 267
上海文化：一个世纪的变迁 ············· 271
旧上海的三重叙事与想象 ············· 278
上海城市的"地段崇拜" ············· 283
附：旧典重估四则 ············· 288
　　《堂吉诃德》：骑士文化及其影子 ············· 288
　　《傅科摆》：符号世界的叙事历险 ············· 291
　　《愚公移山》：古典时代的劳动 ············· 294
　　《半夜鸡叫》：时间与阶级意识 ············· 300

写作的罪与罚（代序）

如果小学生写作文也是一种写作的话，那么，任何人的写作生涯都可以从小学三四年级开始。这一时期的写作状态，预示了未来的写作面貌。也就是大约在小学四年级的时候，我真切地感受到了写作的严酷性。这是一种直接诉诸身体的严酷性。

一天晚上，我同二哥从邻村看完露天电影回来，父亲突然出现在我们面前。他脸色阴沉、威严，我知道我们当中有人要大祸临头了。父亲对我说："你过来！"哥哥长长地舒了一口气，他望着我走进父亲的房间，目光显得既惶恐又有几分幸灾乐祸。因为这一次被叫去的不是他，而是我。事实上，从那一次以后，我开始替代他，成为传统家长制"父—子"关系中的那个特定的角色。毕竟哥哥已经长大，即将成为青年人了。

我忐忑不安地走进父亲房间，瞥见父亲的书桌上摊放着我的书包和作业本。事情显然跟读书和功课有关，但我在这些方面很少出纰漏。没容我多想，父亲开始说话了，"这就是你写的作文吗？"父亲拿起我的作文本，在我面前挥动着。我没有吱声。他突然挥手朝我头上敲来，说："就知道堆砌一些华丽的辞藻，净写些空洞无物的东西。"就这样，我莫名其妙地挨了一顿揍。我想起根据高尔基的自传改编的连环画《童年》中的情形，外祖父莫名其妙地把高尔基打得趴在床上动弹不得。

身体上的疼痛倒在其次，让我费解而又委屈的是，我居然为那些辞藻挨了一顿打。更让我伤心的是，这些辞藻，这些成语和形容词，在不久之前，还是我经常受到表扬的根源。这些表扬不仅来自语文老师，即便是我父亲本人，也曾多次公开夸奖我知道的成语多，语汇丰富，等等。在他心情好的时候，还会向家里的来客炫耀自己的小儿子的修辞能力。而现在，这一切都成为罪过。从荣耀到罪愆，距离并不太远。究竟是什么原因促成了父亲的这一观念变化，始终是个谜。我尚未来得及鼓起勇气向他询问此事，他老人家就不幸过早地离开了人世。

这是我第一次因为写作而受到惩罚。但这种惩罚不同于通常意义上的因文获罪，也就是说，并非因为其内容。事实上，那篇作文究竟写了什么，我一点也不记得了。毫无疑问，这无关紧要。我所受的惩罚的原因纯粹属于修辞范畴，勉强可以说是"文风"问题。第二天，外出开会的母亲回来了，她得知此事，也颇感诧异。她责备我父亲说，你能要求一个小孩子写出什么样的文章呢？！但父亲坚持认为，修辞问题会影响到一个人的人品，如果现在不加以整肃，将来孩子会变成一个虚夸的人，云云。可见，修辞是危险的，虽然不过是一种外表华丽的辞藻，但它可能由外及里地侵染一个人的德性，就好像体表沾染了毒素，经由皮肤吸收，而致使身体内部病变。语词并不必然呈现言说的意义，相反，它有可能带来意义的空洞，而这种意义空洞有可能成为言说者在品质上不诚实和轻浮虚夸的表征，进而遭到暴力训诫。

这是一个严酷的教训。写作与身体惩罚联系在一起，它对我日后的写作无疑产生了某种影响。虽然我至今依然对修辞术有某种程度上的迷恋，但很显然，我无法将修辞视为写作的根本，它只能是第二位的，如果修辞不能带来语义上的清晰和表达的深刻的话，那就只能放弃它。这一点，与中世纪哲学家奥卡姆的"剃刀原理"相类似。简单化地说，"剃刀原理"就是所谓"简约原则"——删繁就简，少卖弄辞藻。据称，美国作家杰弗瑞·沃尔夫（Geoffrey Wolff）对他的学生传授的写作要义是"别耍廉价的花招"，而雷蒙德·卡弗则说："我还要更进一步——'别耍花招'，句号。"在卡弗看来，任何花招都是廉价和多余的。

奇妙的是，父亲以一种中国传统的方式，传授了卡弗式的写作戒律。当然，他不曾知晓这些美国作家。他老人家心目中最好的作家是中国的鲁迅。其实，在写作原则上鲁迅跟卡弗相去不远。除了鲁迅的影响之外，我想，医生身份也是他推崇"简约原则"的根源所在。言辞就像药物，任何药物都有毒副作用，滥用会带来不良后果。如果能够以一种方式（或药物）解决的病症，就尽量不用两种。后来，我的临床诊断学老师也教导过类似的原则。在我接下来的读书和写作生涯里，这一原则的影响是根本性的。

其实，要找到以繁复和华丽修辞为写作风格的例子，也不是难事。在古代，从楚辞到汉赋，大多以言词的华美丰赡为标榜。据说，法国17、18世纪的大文豪，如高乃依、拉辛等人，也以文采华丽而著称，浪漫主义者，如夏多布里昂，则更是如此。父亲对辞藻的警觉有一定的道理，但有些过分，患上了那个时代特有的"道德过敏症"。喜欢美艳的辞藻和优雅的文体，如同喜欢华丽的衣裳和精美的食物，也没有什么不可以。然而问题在于，在今天的语境下，父亲的训诫却显得特别重要。近几十年来，世界已经发生了许多变化。对我而言，最深切的感受就是，世界变得更加喧闹了。在通常情况下，喧闹是活力的表征，喧闹总比死寂、万马齐喑要好。但是，置身于过分喧闹的环境中，我们也失去了许多。首先，失去了倾听的耐心。实际上，我们总是说得多，听得少。可是，在我们这样一个时代，到处都吵吵嚷嚷，还有什么是值得一听的呢？每一个人都在说，彼此却不能听见，甚至要大声叫嚣，以自己的声音压倒其他的声音，让别人听见。在世界喧嚣的表面，澎湃着话语的泡沫，看上去飞珠溅玉，拍岸惊天，然而，我们依旧是聋人。但文学言说总是试图让人听见，它向历史深处的幽灵，向意识深处的本我，向想象中的读者诉说和交谈。但更为重要的是，真正的作家应该首先是一个好的倾听者，倾听古远历史的呐喊，倾听内在的心声，倾听来自高远处的召唤。

如果我们把通过话语层面所表达出来的文学性的文本，而不是某个具体的作家及其作品，看成是文学史的主体的话，那么，文学就有其独立的自我意志和内在精神，文学在说话，作家反而成了倾听者，成了某个更高意志诉说的记录者。但语言的变迁，却使得这种倾听和记录的载体发生了变化，写作者有时会陷于"遗忘"的焦虑当中。整个文学史，尤其是现代汉语文学史，始终存在着这样一条隐秘的"焦虑"传统。我们这个时代的优秀诗人和作家们,以各自不同的方式,为这一令人不安的传统作见证。

对于一个孤单的个体来说,静听也是必不可少的日课。当人的灵魂体处于某种终极性的境遇的时候,当人要独自面对无边的黑暗的时候,我们软弱、跌倒,终归无助,"只是圣灵亲自用说不出来的叹息,替我们祷告。"(《罗马书》8:26)这种微妙的叹息,只有在万籁俱静时分,悉心谛听,方可听见。

思想随笔的写作,是在时代的喧闹声中倾听来自历史深处之秘响和高远之处无限启示的一种尝试,在日复一日的时间流逝中,在近乎机械重复的学术和教学生涯中,这种能唤醒青春时代的诗意梦想,让我感受到生命的存在。在这样一种写作中,我感到慰藉和充实,这也是对写作的罪与罚在某种程度上的补偿。

2013.6.29

第一辑
文学炼金术

"野草"在歌唱

——读鲁迅《野草》

1979年某日，我在就读的医专课堂上，开始读到鲁迅的《野草》。生物化学老师正在讲授蛋白质代谢过程，我在课桌下读这本小册子。一边听医学课，一边在课桌下看杂书，这是我在医专时练就的"一心二用"的本领。然而，这一天读到的这本书，却让我彻底走神了。我完全被这本书所吸引，没能很好地记住蛋白质代谢产物（三磷酸腺苷）的分子式，以致日后每一次碰到这个问题，都要去翻书。好在碰到的次数不多。

在此之前，我对鲁迅也略有所知。"文革"期间，鲁迅差不多是除马恩列斯毛之外，唯一可以公开阅读的作家。父亲书桌边的墙上，就有一张吸烟的鲁迅头像，书架上还有几本鲁迅的著作，大约是《三闲集》、《南腔北调集》之类，跟《实用内科学》、《注解伤寒论》放在一起，散发着一股子柴胡气息。小学中学课本中，也选有不少鲁迅的作品，照例是《故乡》、《从百草园到三味书屋》、《论"费厄泼赖"应该缓行》之类。鲁迅的思想深奥，而对于我们这些十岁上下的少年来说，鲁迅的"痛打落水狗"的口号似乎更有吸引力。我们确实打过落水狗，那是真正的落水狗，一条被我们追得走投无路而落水的流浪狗。我们不仅痛打，而且直至它在水中筋疲力尽，溺水而死。不过，我们的体验并非真正鲁迅式的，而是一种男孩特有的残忍的原始快感。后来，我在君特·格拉斯的小说中，看到过类似的情节：一群纳粹时代的德国男孩，玩着虐畜的狂欢游戏。

此外，关于鲁迅我们还知道不少。我们被告知鲁迅是伟大的文学家、思想家、革命家，共计"三个伟大"，只比"四个伟大"少一个。我们还被告知，"三个伟大"是"四个伟大"的一名"小兵"，是"战士"，还是"硬骨头"，这些称呼让人联想到解放军某部的一个连队的称号。但鲁迅并不使用大刀长矛，也不用驳壳枪或机关枪，而是用"匕首和投枪"。然而这"匕首和投枪"却又不是真正的"匕首和投枪"……这些说法颇为费解。不过，我们还是很聪明地从革命造反歌曲"拿起笔，做刀枪，集中火力打黑帮"中得到了启发，从而对那些晦涩的说法也能一知半解。

然而，在医专课堂上，这本《野草》却以一种奇异的风格吸引了我。这是一本1973年版的单行本，是我花了5分钱（原价1角）从废品收购站买来的。当时我并不知道这本书对我来说意味着什么，只是因为喜欢鲁迅，而且，它又便宜——一份油煎豆腐干的价钱。书的封面是白色的，有鲁迅头像浮雕，而扉页则有初版封面照片。初版封面为孙福熙设计，显得很特别，背景是连成一片的天空和荒漠，呈深灰色，看上去十分黯淡，以致分不清所表现的究竟是白天还是黑夜。在这个充满着苍凉感的背景之上，又随意地点缀着几段零乱而且不规整的绿色线条。这大概是表示一丛野草。在色调灰暗的背景衬托下，这几抹绿色显得格外鲜明醒目。相比之下，初版封面更有吸引力。我甚至撕掉了1973年版的封面，直接让扉页替代封面。

毫无疑问，当初我根本读不懂这本书。一个在"文革"期间受教育的17岁的少年，连他的小说和杂文读起来都很费劲，遑论理解《野草》。但我却在这本薄薄的小册子里，看到了一种幽暗的色调、忧郁的情绪和晦涩、欲言又止的语句。而更重要的是，书中所透露出来的一种无可名状的情绪给了我强烈的震撼。这种感觉是在读鲁迅其他作品时，所不曾有过的。

> 我不过一个影，要别你而沉没在黑暗里了。然而黑暗又会吞并我，然而光明又会使我消失。
> 然而我不愿彷徨于明暗之间，我不如在黑暗里沉没。
> 然而我终于彷徨于明暗之间，我不知道是黄昏还是黎明。我姑且举灰黑的手装作喝干一杯酒，我将在不知道时候的时候独自远行。
> 呜呼呜呼，倘是黄昏，黑夜自然会来沉没我，否则我要被白天消

失,如果现是黎明。

朋友,时候近了。

我将向黑暗里彷徨于无地。

你还想我的赠品。我能献你甚么呢？无已,则仍是黑暗和虚空而已。但是,我愿意只是黑暗,或者会消失于你的白天；我愿意只是虚空,决不占你的心地。

(《野草·影的告别》)

这些纠结在一起的拗口的句子,让人感到眩晕而又迷醉,如果是通常所说的那种勇往直前的"战士",如何又有这种彷徨、迟疑、灰暗？与其杂文中所表现出来的硬朗、明快和尖刻,形成了强烈的反差。单从那个初版封面上,便能明显地感受到背景的压抑和沉闷以及那绿色中所透露出来的冷峻和孤傲。这正与《野草》中的内容及其风格相表里。对照一下《呐喊》和《热风》的封面：《呐喊》的封面以深红色做底色,书名为黑色；《热风》则为白底大红书名。这显然与《野草》的封面形成了极大的反差。《呐喊》所处的炽热而温暖的背景,到了《野草》中则化为荒凉的苍穹和旷漠。对于把阅读鲁迅作为功课的我们这一代人来说,并不难感受到《呐喊》与《野草》之间的精神落差。从《呐喊》到《野草》,就好像是从喧闹的白昼一下子沉入到幽静的午夜。这种反差引起我的好奇,想窥探晦涩言辞面具后面所隐藏的那个人的内心。

很快,我就从医专毕业,被分配到一处偏僻的人民公社卫生院当医生。乡间的生活是寂寞而又无聊的。在那些漫长难挨的日子里,这本《野草》给了我许多慰藉。许多年之后,当我重新开始阅读《野草》并为自己的博士论文做准备的时候,我使用的原文依然是这本5分钱的小册子。

关于《野草》,特别是关于《野草》的诗学研究,并没有多少材料需要整理。我的主要工作就是抱着那本价值5分钱的小册子翻来覆去地看,试图从中拼读出那个深藏在"战士"面具后面的"忧郁诗人"的鲁迅的面容。

鲁迅在回顾《野草》写作时期的思想背景和写作动因时，写道："后来《新青年》的团体散掉了，有的高升，有的隐退，有的前进，我又经验了一回同一战阵中的伙伴还是会这么变化，并且落得一个'作家'的头衔，依然在沙漠中走来走去，不过已经逃不出在散漫的刊物上做文字，叫作随便谈谈。有了小感触，就写短文，夸大点说，就是散文诗，以后印成一本，谓之《野草》。"而在1990年代初期，我们也看到了曾经激情四射的1980年代正在一点一滴消逝，那个年代的思想群体也开始发生分化。一些仍想保持独立精神的人，也丧失了目标，只能在精神的暗夜里盲人瞎马地前行。

我的宿舍窗户朝北，外面是一处网球场，白天有人打网球，晚上则很安静。但不远处是一家教学仪器厂，工厂的看门人养了一大一小两只狗，它们总是在晚上叫唤。但它们不是落水狗。小狗叫起来声音清脆、急躁：昂，昂，昂昂昂昂，好像刚刚挨了打似的。大狗的声音则显得沉着、雄浑，而且高亢——汪，汪汪，汪，在半夜里听上去真有"犬声如豹"的味道。它们有时是轮流叫，有时是一齐叫。每天晚上，我就在它们的"二重唱"中构思着论文。如果吠叫就是狗的语言的话，这不同的"语言"风格，表达了两只狗不同的形象和个性。它们彼此之间通过其声音特质相互识别，或者可以说，这声音是其主人的"自我意识"的标志。这让我想起了法国作家马尔罗的一句话："诗人总是被一个声音所困扰，他的一切诗句必须与这个声音协调。"于是，我想到的第一个章节的题目，就是"论《野草》中的声音意象"。

在《野草》中，诗人的声音显得低沉、隐约，有如梦呓。诗人在这里犹如一个夜间的"低语者"，一个"自言自语"的人。而《野草》的雏形，写于1919年的另一组散文诗，其总标题正好就叫作《自言自语》。《野草》的开篇《秋夜》中的"夜"的动机的出现，显得尤为引人注目。它不仅仅是为了在作品中烘托出一种背景的氛围，而更重要的是它扩展成为一个基本主题。在这里，因为"夜"的主题的引出，夜间的事物即刻纷至沓来：睒着冷眼的星星，"窘得发白"的月亮，在"冷的夜气中"瑟缩着的"极细小的粉红花"，铁枪一般直刺向上的"枣树"，"夜游的恶鸟"，"夜半的笑声"……这些事物构成了《秋夜》的文本世界的主要内容，同时，也给整部《野草》带来了一种"夜"的基本氛围。

《秋夜》仿佛是一扇门，通往一个幽暗而又神秘的"夜"的空间。打开《野草》，扑面而来的是一股浓密的夜气。在这个"夜"的空间里，充满了一切真正属于"黑暗"的事物：废弛的地狱，倾圮的墙，连绵的噩梦，幽灵般的人物，各式各样的鬼魅，隐约的呓语，野兽般的喊叫声……这些凶险的事物，往往令人感到不适。在当时，有一位激进的左翼批评家曾用十分尖锐的口吻批评道："鲁迅所看到的人生只是如此，所以展开《野草》一书，便觉得冷气逼人，阴森如入古道，不是苦闷的人生，就是灰暗的命运；不是残忍的杀戮，就是梦的崇拜；不是咒诅人类应该同归于尽，就是说明人类的恶鬼与野兽化……"（钱杏邨：《死去了的阿Q时代》）这位批评家虽然严苛，倒也不失敏感。他无意中道出了《野草》的风格特征和精神实质。

正是这些夜间的空间，成为鲁迅"夜间经验"的滋生地。鲁迅的"夜间经验"，有着双重含义：一方面，夜间生活的习惯赋予鲁迅一种独特的生存感受；另一方面，这些夜间的经验又恰与鲁迅个人内心生活的灰暗状况形成了内外一致的照应。通过对夜间的黑暗的体验，鲁迅发现了自身内心世界的"夜的方面"，或者说是"黑暗的因素"。鲁迅在另一处写道：

夜九时后，一切星散，一所很大的洋楼里，除我之外，没有别人。我沉静下去了。寂静浓到如酒，令人微醺。望后窗外骨立的乱山中有许多白点，是丛冢；一粒深黄色火，是南普陀寺的琉璃灯。前面则海天茫茫，黑絮一般的夜色简直似乎要扑到心坎里。我靠了石栏远眺，听得自己的心音，四远还仿佛有无量悲哀，苦恼，零落，死灭，都杂入这寂静中，使它变成药酒，加色，加味，加香。

（《三闲集·怎么写——夜记之一》）

这个夜间的空间，同时又是鲁迅写作的空间。我们仿佛能看到，多少个夜晚，这位"爱夜的人"，默默地书写着一行行风格奇特的文字。"夜间式"的写作，给鲁迅的文字带来了浓郁的夜间气息，造成了他特有的冷峻、阴郁的风格。这一风格在《野草》中得到了极端的发挥。《野草》，可以说，即是由这黑暗的夜气所滋养出来的一株"惨白的小花"。诚然，鲁迅也有热情洋溢的日子，也不乏明朗、泼辣的文字，但冷峻与阴郁却是他始终无可消弭的风格印记。凭着这一印记，我们能够很容易就把他从同时代众多的写作者中分辨出来。尤其是《野草》，可以说是代表了鲁迅"夜间式"写作风格的最典型的文本。

在20世纪现代汉语文学中，缺乏真正意义上的反映个人心灵历程的作品。在西方文学史中，属于个人心灵史的文学作品大致可以分为两类：一类是所谓"成长小说"，如歌德的《威廉·麦斯特的学习年代》和《威廉·麦斯特的漫游年代》。这一类小说主要是叙述一个人的精神发展和成长的过程。另一类则是"忏悔录"式的作品，如卢梭的《忏悔录》，以及一些作家、思想家的思想随笔。这两种文类自近代以来日渐发达，显然与西方文化思想史上"个人意识"的自觉密切相关。个人的精神成长和自我形象的形成，"自我意识"的觉醒和成熟，以及个人内心世界的丰富、复杂和矛盾的状况，成为这类作品所要表现的对象。而在现代汉语文学中，"五四"时期及二十世纪二三十年代的作品主要是所谓"社会问题"文学。作家很少将自己的注意力转向个人的内心世界。即使是那些比较关注"自我"形象的作家或诗人（如郭沫若及创造社诸作家），他们笔下的"自我"也更多地是作为一个抒情性的"自我"。抒情性的"自我意识"在激情的驱使之下，可以不断地向外扩展，夸张成为一种"宇宙观念"。但是，一个个体的成熟的"自我意识"所要求的批判理性——怀疑和反思的能力和勇气——则是这些浪漫主义作家和诗人们所缺乏的。《野草》以其独有的方式表现出了作者对自我内心世界的密切关注，并努力追求一种对灵魂的复杂性和深邃感的完美表达，这在中国现代文学史上无疑是令人瞩目的。尽管在《野草》中所呈现的只是个人内心的一些片断、零散和瞬间的经验，但仍可以说，它是现代汉语文学中关于个人心灵史写作的源头，甚至，恐怕还是唯一的源头。

然而，尽管从精神内容方面看，《野草》可以归为"忏悔录"式的作品一类，但这并不意味着它仅仅是一部作家的思想的"备忘录"或哲学随笔。诚然，《野草》提供了大量鲁迅的思想材料，如果我们要研究作为思想家的鲁迅，《野草》显然是必不可少的研读对象。但是，即便如此，研究者仍会碰到许多麻烦。我们知道，"忏悔录"式的作品往往是作家或思想家对自己的思想状况的披露和对自己的精神发展史的回顾与总结。它要求作品忠实、直接、明晰地传达出作者的思想及其发展的逻辑。这样，任何形式的掩饰、虚构和扭曲，都将大大损害"忏悔录"的价值。对于一部"忏悔录"而言，坦率和真实，乃是值得称道的作风。与此相一致的是，在修辞上，明晰和准确是它的基本要求。其修辞手段的使用，必须要能够强化，至少是符合作品的明晰性和准确性，而不是削弱它们。可是，《野草》却未能符合这些修辞原则，相反，它恰恰是违背了，甚至是有意地破坏了这些原则。我们知道，在《野草》中有大量的述梦篇章，鲁迅正是借助这些梦来显示他的内心世界的状况的。而梦，众所周知，是理智迷离状态下的意识活动的产物。梦的内容非但不是明晰准确的，反而是模糊恍惚的。更为重要的是，《野草》在写作上也尽量模拟梦的话语规则，它以零散、含混、悖谬的语体及大量的隐喻、象征、反讽、寓言修辞和文体手段，来描摹梦境，而不是对梦的内容的直接陈述。这些表现手段，给《野草》文本笼上了一层浓重的迷雾，使人难以直接窥透其深隐的奥秘。鲁迅本人也承认《野草》在修辞风格方面的"含糊性"。他在一段自述中写道："因为那时难于直说，所以有时措辞就很含糊了。"[①]而这种"含糊性"，对于一个思想性的文本而言，是不利的因素。隐喻、象征之类的手法，对于思想的描述往往只能是"累赘"。然而，这一切却是《野草》的诗性因素，也恰恰是《野草》的艺术魅力和风格秘密之所在。《野草》依

[①]《鲁迅全集》第4卷，人民文学出版社，1981年，第356页。

凭着这样一些独特的艺术风格,成为现代汉语文学史上的一个奇迹。

在现代中国文化荒芜的戈壁上,《野草》确实是最葱郁和最富于生命力的植物。然而,这一生命的迹象,在鲁迅看来,恰恰有可能造成对文化荒漠化的粉饰,造成蓬勃的生命假象。鲁迅写道:"我自爱我的野草,但我憎恶这以野草作装饰的地面。"或者说,鲁迅不再寄希望于文化的诗意书写,来营造个人灵魂的庇护所。他从自己的"野草"中,嗅到了他所憎恨的土地的气息。鲁迅以拒绝的方式来向冷漠的大地报复,他宁愿连同自己的诗意书写本身一起,在地火中毁灭。这仿佛是一场隆重的祭奠仪式,通过烧毁死者生前的用具,来超度亡灵,并在这象征着毁灭与再生的火焰中,获得新生。《野草》就成了象征着旧的生命的"招魂幡"。

毫无疑问,《野草》之后的鲁迅已不再是那个徘徊于"明暗之间","彷徨于无地"的灰色暗影,至少他试图说服自己相信已经看到了新的曙光。在与现实貌似热烈的拥抱中,在这犹豫不决的状态下,他创造了后期那些充满焦虑和狂暴情绪的杂文。他以表面激荡的话语泡沫,来遮蔽深处的苦涩和辛辣,使绝望的苦酒更容易一饮而尽。这种狂暴的美学似乎并不能带给他更多的灵魂慰藉,但让他暂时抵挡了绝望的袭击,遗忘了空虚和无聊。他毅然诀别了昨日的暗夜,却又不无犹豫地投向今日白昼的怀抱。所幸的是,他尚未等到酷热灼人的正午,就溘然长逝。人们终究未能知道他在明晰白昼境遇中的灵魂处境,留下一堆谜团,让后人至今难以索解。

《野草》的诗意烛光穿越漫漫的灵魂长夜,烛照了一个民族的昏暗时代。在那曙光初露的时刻,这诗意之烛熄灭的一刹那所迸发出的璀璨光芒,是我们所看到的最后的灵魂之光。这一光芒至今依然照亮着我们这些后人的精神世界。

灰姑娘·红姑娘
——《青春之歌》及革命文艺中的爱欲与政治

小说《青春之歌》[①]的出版可谓恰逢其时。如果换到其他任何一个时期，这部小说能否出版恐怕都成问题，更不用说畅销了，而成为文学史上的经典的可能性则尤其渺茫。它的写作与出版时间是国家对知识分子进行社会主义改造的历史时期，而这部作品描写的正好是一个小资产阶级知识分子在党的教育和引导之下，经过自觉改造而成长为共产主义战士的过程。因此，这部书才会很快成为知识分子（特别是青年知识分子）思想改造的样板而广为人知。直至今日，《青春之歌》依然是青年一代树立共产主义人生观的必读书目之一。

的确，作为一部革命青年的精神成长史，《青春之歌》在表达革命青

[①]《青春之歌》主要有两个版本。第1版为人民文学出版社1958年1月版。第2版为人民文学出版社1960年3月版。第2版比第1版增加了约7万字，主要是主人公参加各种革命斗争的情节（例如，增加了整整7章主人公在农村的斗争生活）。其他一些修改也使作品更符合当时的政治观念。
此外，"文革"结束之后，1977年5月该书得以再次重印。本文所引原文皆依照该版本。此次重印是根据第2版印刷的，但作者对该书作了几处改动。关于改动的动机，作者在"重印后记"中解释道："除了明显的政治方面的问题，和某些有损于书中英雄人物的描写作了个别修改外，其他方面改动很小。"例如，第1版第10章中，已经"觉悟"的林道静给她的同学王晓燕宣传苏联的十月革命和"共产国际"等等，并建议王阅读瞿秋白等人的书，第2版中亦同。而在重印本中，则改为宣传毛泽东领导的秋收起义和井冈山根据地，所建议读的书则改为毛泽东的书。有关英雄人物形象的描写的改动是涉及他们的情感方面的，如初版第9章，已经走上了革命道路的林道静重返故里，不禁心中忧伤，她想起了余永泽，"那可怜的人现在不知怎么样啦！他会痛苦的，他不知会怎样想念我呢。……"在第2版中，这些段落被删除，但仍保留了一点点依恋的情绪和"一种说不出的情感"。在重印本中，则改为"心里突然产生了一种憎恶、懊恼与悔恨交织在一起的情感。一想到他，她立刻想到了：要不是他，卢嘉川也许不会被捕的……想到这里，她的眼里不禁涌出了泪珠。于是急忙掉头离开了这个小门"。

年的情感方式和政治意识等方面，无疑是一个"样板"。林道静这个人物也确实成了现代中国一代甚至几代革命青年的榜样。由于其"样板性"，在这部作品中包含了革命文艺的"情感（爱欲）话语"，尤其是女性的"情感（爱欲）话语"的全部运行机制，乃至"革命美学"的基本规则，也就是革命的"宣传工业"（主要是文艺）的生产秘密。

革命的"灰姑娘"

知识分子暧昧的"血统"

　　《青春之歌》对于它的主人公的出身的巧妙安排是意味深长的。作为旧时代过来的小知识分子，其出身通常是所谓"剥削阶级"（地主或资产阶级，也就是那些"有钱人"）。如果作品要描写一个纯粹的资产阶级出身的知识分子成长为共产主义战士的故事，那么，这似乎就意味着一个敌对阶级的分子也能够比较方便地通过改造而获得无产阶级的阶级意识。这与无产阶级革命的政治观念显然是不吻合的。因此，作者就不得不在人物的血统上做些手脚。作者巧妙地安排了人物的双重血统：其父系血统为官僚地主阶级，其母系血统为农民阶级。林道静的这一出身上的双重性具有某种象征性的意义：它是对知识分子政治身份之双重性的暗示。知识分子这一身份上的双重性，意味着其在血缘上与剥削阶级之间的密切联系。这样，知识分子的改造就变得十分必要，而且有可能永无止境，如果他（她）不能够改变自己的血统的话。一个人的思想观念的改造当然不容易，而血统的改造则几乎是不可能的。由此看来，知识分子即将面临的是一场真正的"革命"，从灵魂到身体的、彻头彻尾的、脱胎换骨的、不断的"革命"。

　　小说的作者对党关于血统的革命性的观念心领神会。阶级意识通过与血缘关系联系在一起，使这种后天习得的社会性的意识变得就像人的身体成分一样，成为人的自然属性——"命"。而思想的"革命化"改造，就是让革命的阶级意识来替代自然的血缘意识。①从这个意义上说，"革命"确实不是一句空话，而是实实在在的对作为灵魂和身体之综合体的"命"的"改变"或"革除"。林道静在经历了革命的"洗礼"之后，终于认识到了这一点。她只有不断地为自己的二重血统而忏悔——

　　我是地主的女儿，也是佃农的女儿，所以我身上有白骨头也有黑骨头。（P249）
　　我身上已经被那个地主阶级、那个剥削阶级打下了白色的印记，而且打的这样深——深入到我的灵魂里。（P308）

　　因此，小资产阶级知识分子必须从灵魂深处爆发革命，努力革除自己的旧"命"，彻底地更换自己的血液，才有可能获得"新生"。对于林道静来说，这场革命并不轻松。她需要从自己的母系血统中发掘"革命性"的遗传因子，以便在自己的两种不同阶级的血统之间制造一场你死我活的斗争。这是一场身体内部的阶级斗争。
　　小说中关于林道静的生身母亲的故事，看上去无非是对曹禺的话剧《雷雨》的不太高明的模仿。女仆被男主人所诱奸，继而又被抛弃，即所谓"始乱终弃"，这不过是文学史上滥俗透顶的套路。并且，《青春之歌》甚至还完全照搬《雷雨》中的一些场景，比如，女仆在一个风雪交加的夜晚被赶出主人家的大门，等等。类似的情节在革命文艺中不断地被繁殖，并因歌剧《白毛女》的成功而深入人心。
　　我们可以对照一下不同的作家在处理"始乱终弃"这一题材时所采用的不同方式。列夫·托尔斯泰的小说《复活》处理的是同样题材的故事：贵族聂赫留朵夫公爵诱奸了女仆叶卡捷琳娜·玛丝洛娃。但这在托尔斯泰那里，只是一个关于道德教谕或灵魂拯救的故事的引子。托尔斯泰根据基督教教义中的性道德观来看待这一事件。基督教的性道德主张维护婚

---

①在这一点上，革命样板戏《红灯记》是一个"样板"。它描写了一个完全由阶级关系组合而成的家庭，其最初的题目叫作《自有后来人》。这就意味着革命性的延续和传承可以不需要自然血缘为纽带，而是一种革命意识的"单性繁殖"的结果。

姻的合法性和神圣性，要求人们必须严格恪守"不可奸淫"的诫命。超出合法婚姻的性行为被视为是不道德的，是淫乱。淫乱即罪。托尔斯泰甚至认为，凡不以生殖为目的而只是出自肉体快感之需要的性行为，无论其合法与否，均属奸淫。这样，聂赫留朵夫就犯了双重的罪。而在更高的诫命——"爱"的引导下，负罪的灵魂通过忏悔而获得救赎，由于"爱"而复活。个人的和阶级的对抗关系及仇恨也因"爱"而得以和解。这就是托尔斯泰所谓的"复活"的本义。哈代的小说《德伯家的苔丝》则将这种故事转化为一个关于两性冲突的社会悲剧。这个冲突变得极度紧张。最终，女仆苔丝为了摆脱男主人亚雷尔的性奴役，为了雪洗自己在身体上和精神上所蒙受的耻辱，杀死了亚雷尔。

《青春之歌》及革命文艺对"始乱终弃"题材的处理则必须打上"阶级性"的烙印。我们在前文中曾提到，主人公林道静的父系血统属于剥削阶级，母系血统属于劳动阶级。这一安排是不可避免的。我们能想象相反的安排吗？很难。男性因其在性角色方面的攻击性和强势地位，很容易与当权者的身份联系在一起。在革命文学中，两性冲突主题几乎一律被改写为阶级冲突主题，性别的不平等被阶级的不平等所掩盖，性征服事实上成了政治征服的一个暗喻。女性被侮辱和被损害的命运仅仅是作为阶级压迫状况的一个象征性的代码而存在，而且，只有这样才会得到革命者的关注。

"灰姑娘"的童年

革命文艺作品中的革命者几乎不可避免地都有一个不幸的童年，林道静也不例外。不幸的童年经验为革命者日后获得强大的革命意识提供了充分的心理学上的依据。真正说来，认为林道静的童年为"不幸的"，似乎有些勉强。生活在一个不怎么和睦的家庭里，遭受了一些精神压抑的少女的生活，这离一个革命者通常所要求的童年经验，无论在性质上还是在强度上都相去甚远。革命者要求有一种近乎"受虐"的经验，由此方可滋生出革命所需要的情感强度（如强烈的阶级仇恨）。不过，对于一个知识分子女性来说，童年时代的精神压抑很可能是一种致命的心理创伤。

对林道静的童年经历的想象的母本，来自夏洛蒂·勃朗特的小说《简·爱》。这部古典女性主义的文学经典，提供了对在男性权力占绝对优势的社会里的女性权利的最丰富想象。《简·爱》中的女主人公简·爱有着鲜明的个性：倔强、自尊、富于反抗精神。这些性格得自她童年和少年时期的经历：失去双亲，寄人篱下，被亲戚遗弃，在修道院里遭受虐待和不公正的惩罚，个性和欲望被压抑，等等。简·爱受尽创伤的心渴望获得安抚，枯竭的心田渴望得到爱的甘霖的浇灌。但它必须是真正的爱，平等的爱。如果不是这样，她甘愿放弃这一切。《青春之歌》在这些方面对《简·爱》刻意地模仿。林道静在爱的权利方面的平等要求与简·爱是一致的。而且，为了这种一致性，作者为她的主人公制造了一个与简·爱相似的童年生活经历，并将林道静的受虐待的经验加以夸张。但是，中国女性受压抑的根源缺乏《简·爱》中的那种宗教背景。我们的女主人公没有修道院可去。如果硬要将她送到尼姑庵去（这也不是没有可能的），则未免太刻意与人为难了。为此，作者安排了一个十分重要的人物——继母。小说中关于继母着墨不多，但她在主人公的成长经历中扮演了一个必不可少的角色。这也就意味着中国女性的压抑更多地来自家庭，以封建礼教为支柱的传统家庭。

我们可以从格林童话《灰姑娘》中找到这一类故事的原型。"灰姑娘"小时候长得像一只丑小鸭，又一直遭受继母的虐待。继母不让她进屋，她只能睡在厨房里，以致弄得满身是灰。而小林道静从三岁开始也是"不断挨打，夜晚和佣人睡在一起，没有事，徐凤英（按：即林的继母）不叫她进屋，她就成天在街上和捡煤渣的小孩一起玩。"（P9）这完全是《灰姑娘》故事的翻版。当然，它是一个革命的"灰姑娘"的故事。

女儿与继母之间的斗争，是古老的发生在家庭内部的战争。民间传说中有大量的这类故事。在港台言情小说家（如琼瑶）笔下也屡见不鲜。这是原始的、争夺生殖权的斗争，讲述的是生殖力衰颓的老年女性对年轻的女性的欲望的压抑。童话《灰姑娘》提供了这一类故事的结局：年轻的女性依靠仙女的法术，获得了华丽的服饰（实际上是青春生命本身的魅力），顷刻间，那蒙尘已久的青春女性的美丽形象大放光芒。她来到王宫参加晚会，她的光芒照亮了整个王宫，也照亮了年轻王子的心灵。他们产生了爱情。后几经波折，终成眷属。

"灰姑娘"的故事可以看作是一个关于女性的"成长寓言"。它表达了尚未成年的女性在生理上和心理上的幼稚和无助，她们对外部的（成人的）世界和家庭生活等这些陌生事物的恐惧，以及她们对未来的梦想。在"灰姑娘"的故事以及其他所有同类故事中，我们可以看到一个女性的"模式欲望"：对爱欲的渴望——爱欲压抑——爱欲的想象性的满足。其中，《白雪公主》的故事最具典型意义。这个故事将少女的境遇推到了一个极端：一位美丽的少女被驱逐出正常的家庭环境，被推向人类社会的边缘地带——森林中。她失去了与他人正常交往的权利，而不得不与幻想中的七个变形的男性（七个小矮人）交往，在他们当中才获得了"公主"的待遇。更进一步地她的这种补偿性的爱欲也无法持续——她被恶毒的皇后（恶毒的继母的变体）的"魔法"所慑服，而处于一种假死的状态。也就是说，爱欲的压抑严重到生命力死灭的地步。

《青春之歌》对这个女性"成长寓言"中的女性经验进行了一番革命化的改造。继母的形象依然保持着传统中的邪恶，但她更重要的是作为剥削阶级的象征。她对继女林道静的"虐待"，实际上是对劳动阶级的后代的"虐待"的变形。继母对继女的虐待的家庭悲剧被改造为阶级压迫的悲剧：剥削阶级对劳动阶级的精神迫害。青春期的年轻人对家庭的反叛行为被解释为带有革命性的"阶级反叛"行动。

真假"白马王子"

"施魔"与"祛魔"

如果说，对于家庭的反叛行为可以由女性自己来完成的话，那么，女性要成为她自身，就不那么简单了。至少在古典文艺作品中，我们未能看到女性自我完成的范例。在男权文化背景下，女性的自我完成，尚且需要一些外在的条件。

"白雪公主"中了王后的魔法,而身处假死状态。她必须在这种状态中等待,等到一位真正的男性(王子)出现,并当王子说出"爱"这个词的时候,才能解除"魔法",获得新生。在这个故事中,爱欲就是女性的一切,是她的全部生命。女性的生命意义是"获得性"的,她必须依赖于想象中的男性才能解除"自我"的压抑状态而获得解放。我们在《简·爱》中的男主人公罗彻斯特身上,在《飘》中的男主人公白瑞德身上,都可以看到折射出的"白马王子"形象的光芒。同样,简·爱、郝思嘉等女性,在不同程度上也都是"灰姑娘"形象的变体。正如这些"灰姑娘"们一样,林道静心中也期盼着她自己的"白马王子"。

《青春之歌》对女性的"欲望模式"作了一个极端化处理。小说描写了林道静的绝望,对旧的生活的绝望。她逃离压抑的家庭,来到一个偏僻的海滨小村庄,终日在海滩上流连、彷徨。这往往是苦闷的青年所选择的最具有象征性(作为苦闷的象征)的姿态。但即便如此也无法排遣她内心的苦闷,以致要在一个风雨交加的夜晚蹈海自杀。尽管蹈海的理由并不怎么充分,但她还是跳了下去,紧接着就是被救(似乎是为了被救而跳下去)。这些都是滥俗的通俗言情小说中的基本套路。

在女性故事中,"死而获救"这一模式具有深刻的心理含义。死,在这里是作为一种象征而存在的,或者说,它只是一种象征性的死亡。死而获救,则意味着女性对自身身体(旧生命的载体)的抛弃。它是女性厌弃自身身体的结果。女性对自身身体的厌弃,根源于文化传统中对女性身体的种种贬低化和妖魔化的观念。

另一方面,它也可以看作是女性的"成人仪式"的一种暗喻。在某种意义上的身体部分的丧失,是女性"成人"过程中必不可少的程序,它意味着女性由处女转变为妇人的过程。小说中的男主人公之一的余永泽,是帮助少女林道静完成这一"成人仪式"的关键性的人物。他以一个男性应有的勇敢的行动,挽救林道静于死亡的威胁下,当然,也成全了少女林道静对"白马王子"的梦想。正如种种"灰姑娘"的故事一样,事情终于有了一个圆满的结局——一位王子出现了。接下来是圆满的爱情和幸福的家庭生活。这一结局迎合了年轻女性对未来生活的"乌托邦"式的憧憬。

余永泽作为"白马王子"的"资本",是他身上的那些现代知识分子的特质:知识、罗曼蒂克的激情(书中称他为"诗人兼骑士")和自由主义政治观念。这一切,正是"五四"时代的启蒙主义文化精神之一部分。启蒙精神是祛除传统文化之"魔法"的法宝。"五四"时期的青年人(特别是女性)追求个性解放,反叛旧式家庭,谋求恋爱自由和婚姻自主,这是所谓"新青年"的标准的行为方式,它也是"五四"新文学的一个基本题材和主题。①

余永泽形象的另一面则是个人主义、爱情至上、自我价值实现等人生观念的化身。在他的生活中,更多地表现出对个人的日常生活的密切关注。比如,他十分注重自己的事业和前途,注重小家庭的温馨,夫妻间的温情脉脉的情调,等等。而这一切恰恰是他在林道静心目中丧失魅力的重要原因。在林看来,这是彻头彻尾的小资产阶级的"庸人哲学"。

> 道静凝视着余永泽那个瘦瘦的黑脸,那对小小的发亮的黑眼睛。她忽然发现他原来是个并不漂亮也并不英俊的男子。(P77)
>
> 而尤其使她痛苦的是:余永泽并不像她原来所想的那么美好,他那骑士兼诗人的超然的风度在时间面前已渐渐全部消失。他原来是个自私的、平庸的、只注重琐碎生活的男子。(P96~97)

余永泽的命运的变化同时也是一个时代的文化精神变化的指标,它意味着"五四"文化精神中的某些部分正在贬值和消失。林道静的情感态度,代表了一部分左翼知识分子的精神倾向:对"五四"精神的偏离和批判。但是,林道静的这一态度的变化,与其说是基于20世纪30年代的青年知识分子的精神转变,不如说是作者对20世纪50年代意识形态领域内的一场旨在肃清胡适思想对知识界的影响的思想政治斗争的响应。在小说中,作者反复强调余永泽的胡适主义的思想背景以及他对胡适的崇拜。所以,

---

① 比如庐隐、冰心等人的小说。而鲁迅的小说《伤逝》则是对这一主题的讽喻性的改写。

林道静与余永泽的决裂，亦即意味着一位新中国的知识分子与胡适主义（以及"五四"精神中的非左翼的部分）的决裂。

小说中否定了一个"白马王子"，但没有否定其所沿用的女性"成长寓言"模式，只是这位革命的"白雪公主"对男性有了某种新的想象。余永泽所拥有的"资本"开始贬值。余永泽身上曾经吸引林道静的所有因素，他的所有优点，所有男性的魅力，一夜之间全变了质，变成了令人厌恶的东西，就像中了"魔法"一样。"祛魔者"一下子变成了"魔法"的对象和牺牲品。革命在施加它自己的"魔法"，通过对个人价值、家庭观念的取消和对日常生活的贬低和拒绝①，来激起女主人公内心的新的欲望和激情，也促使她产生了对男性的新的想象和期待。现在，余永泽的形象暗淡无光。他无非是一个假的"王子"，至少可以说是一个陈旧的、过了时的"王子"。真正的或新的"王子"有着另一番面貌，他决不应有任何日常的气息，他应该笼罩在一种神秘的光晕之中。革命，尤其是特殊年代里的带有传奇色彩的地下工作，恰好满足了这一新的条件。

如同童话故事和民间传说中的诸如"真假公主"、"真假国三"的故事一样，甄别"白马王子"的真假，变得十分必要。但这一甄别技术需要习得，它首先是一个政治敏感性的问题。政治性是其首要的判断指标。

性选择的政治性

在相当长的时间里，中国的青年人的文学阅读更多地被限制在革命传统教育方面，《青春之歌》当然主要也是为了提供这方面的需要。但这并非这部作品大受欢迎的主要原因。比起其他一些革命文艺作品来，《青春之歌》还提供了更多东西。比如，其中涉及青年人在性选择上的自由模式。这恰恰是当时的青年所匮乏的。从这一方面看，《青春之歌》多少

---

① 但是，革命也并非完全漠视"务实的"日常生活，革命也没有彻底摧毁家庭。在小说的另一处，工人出身的革命者江华对林道静提出的希望就是"务实"的："所以我很希望你以后能够多和劳动者接触接触，他们柴米油盐、带孩子、过日子的事知道得多，实际得很。你也很需要这种实际精神呢。"(P255)无产阶级仍要建立自己的家庭观和日常生活观。而在无产阶级的家庭中，女性则仍需要履行传统的职责。

还保存了些许"五四"新文化的残余。一点点自由的呼吸，却是弥足珍贵的。但这也是日后这部小说被更激进的革命派认为其带有"小资情调"而加以禁止的主要原因。

《青春之歌》试图表达女性解放的合理途径：借助社会和阶级的力量，获得性别上的平等和社会对女性地位的认同。但这种社会的和阶级的力量本身却必须通过男性才能得以呈现。在一个以男性权力为中心的社会里，女性对其自身的社会身份的选择往往首先就是性选择，或者说，对性对象的选择的不同，将会影响到女性的社会身份。另一方面，社会文化的性爱观念和不同社会身份的性对象，也影响到女性的性选择。

在二十世纪二三十年代的革命文学中，女性社会身份的选择所面临的困境经常通过性对象的选择表现出来。这一点最集中地体现在当时甚为风行的所谓"革命加恋爱"的故事当中。[①] 在这些故事中，"新女性"往往通过性爱自由来争取个性解放和通过革命争取全社会的解放。

在以女性为视角的革命文艺作品中，革命变成了一种特殊的言情故事——革命的与不革命的或反革命的男性对女性的争夺，不同政治派别的政治较量在情场上的表现，也是这些政治势力的"精神生殖力"的较量。性别的魅力与政治的魅力呈现为一种互为转喻的关系。一方面是以性爱的方式对政治观念的演绎，另一方面则是通过政治话语对性爱的改写。革命文艺中的女性都在不同程度上表现出对男性身体的关注。男性不同的身体特征成为不同政治身份的标志。革命文艺有一种特殊的关于人体体征的"符号化"程序。从这一角度看，革命是一种"身体的政治"。从革命文艺对知识分子的形象的塑造方面，可以看出这一点。

如前所述，知识分子这一社会阶层是有着"二重身份"的人群，在革命者看来，他们在政治上是不可靠的，在生活上则与当时占统治地位的工农群众是有距离的。对知识分子形象与工农形象之间的差异性，毛泽东作过一个著名的对比分析，这个权威的分析在很大程度上决定了中国几代知识分子的现实命运。毛泽东指出：

---

① 如丁玲的小说《韦护》、《一九三〇年春上海》以及茅盾的小说《蚀》三部曲等。但19世纪20年代的一些小说中往往有较多的性爱描写，这是其与19世纪50年代的小说的差别所在。

拿未曾改造的知识分子和工人农民比较，就觉得知识分子不干净了，最干净的还是工人农民，尽管他们手是黑的，脚上有牛屎，还是比资产阶级和小资产阶级知识分子都干净。①

这是关于身体的"辩证法"。其必不可少的前提是：身体与心灵的分离，或者说是"灵/肉"分离状态。它们构成了这个"辩证法"所需要的对立的两面。根据这个"辩证法"，人的身体很可能是一个虚假的外表，一个不确定的"能指"，而它的"所指"则常常正好构成了其"能指"的反面，至少在知识分子那里是这样。"小白脸"成了"虚伪"的符号，而黝黑的面孔则成了"诚实"的符号。当时的中国知识分子往往为自己的生理上的一些特征——白晳的皮肤、羸弱的体格等——而感到自卑。"革命"在身体的层面上真正恢复了其最初始的意义：革（皮肤，以及整个外部体征）决定了其拥有者的命（生命本质）。

在《青春之歌》中，作者以一个女性（同时也是一个革命者）的眼光，在对于不同政治身份的知识分子形象的描写上就特别强调了他们身体特征上的差异。比如，卢嘉川、罗大方、江华等已接受过无产阶级意识改造的知识分子，无一不是体格伟岸，眼睛大而且炯炯有神。至于戴愉、王健夫这样的反面角色，则不是"金鱼眼"，就是"叫驴脸"。而对未曾改造的小资产阶级知识分子余永泽的形象描写最有意思——

卢嘉川站在门边，静静地看着余永泽那瘦骨嶙峋的背影——他气得连呢帽也没有摘，头部的影子照在墙上，活像一个黑黑的大圆蘑菇。他的身子呢，就像那细细的蘑菇柄。……深夜惨白的电灯光，照见他的细长的脸更加苍白而瘦削。（P185~186）

这里有一种十分巧妙的身体修辞学。余永泽的身体被比喻为一种非人

---

① 毛泽东：《在延安文艺座谈会上的讲话》，《毛泽东选集》第3卷，人民出版社，1966年，第808页。

的物件：低等植物——蘑菇。但这个明喻的真实目的并不在于事物间的相似性，而是包含某种更深层的意义暗示，其潜在的意义指向通往某种价值判断：政治的和道德的。黑色的蘑菇自然很容易引起人们心理上的不快，并会联想到：它很可能有毒。这是革命文艺最基本的修辞手段之一。这些男子的身体上的特征，既决定了女主人公的性选择，同时也决定了女主人公的政治选择。或者说，女主人公以性选择的标准和方式选择了自己的政治道路。

阶级意识造就了作者相面术士一般的眼光，使她能够从这些人的外表上看出他们所属的阶级本质。林道静当然也在革命斗争过程中习得了高超的"相面"秘术。比如有一次，她在街上见到一个过路人，就断言此人为共产党人。她的理由是，共产党人身上"都有许多共同的东西。刚才那个人我看他面色庄严，不同寻常"。她的好友王晓燕一语道破了天机——"你倒成了个相面先生啦！"（P377~378）

"相面术"在革命文艺中发挥了无比巨大的魔力。从这里我们可以看到一个奇妙的逻辑：政治似乎比爱欲更关注身体特征。革命文艺中的"身体"形象并非一种简单纯粹的物质性的存在，也不纯粹属于其"主体"（所属者个人）。作为符号的身体，它是一种标志，一种高度意识形态化了的符号物，因而，它也就成为权力控制和改造的对象。到了"革命样板戏"中，"相面术"与中国传统戏曲中的脸谱艺术结合在一起，使这一古老的方术达到了炉火纯青的程度。

从"简·爱"到"贞德"

在通往大马士革的路上

任何一个阶级或有着共同的观念及利益基础的社会集团，都需要属于自己的"圣徒"。《新约圣经·使徒行传》中有这样一个故事：罗马青年扫罗一直极端仇恨并到处追踪迫害基督徒。一天，在通往大马士革的路上,"忽然有一道光从天上下来,四面照射着他。他仆倒在地"。①恍惚中,基督向他显形,给他指引了一条光明的道路。他领承了"圣灵"的感召,从此弃暗投明,脱胎换骨变成了"圣保罗",成为狂热的基督徒,在世界各处传播基督的福音。《青春之歌》则是革命文艺中最典型的"成圣神话"作品之一。它向人们展示了一个"圣女"形象的完成过程。林道静结识了卢嘉川等革命者之后,便抛弃了余永泽,也开始抛弃自己血统中的剥削阶级的部分,抛弃曾经拥有的"简·爱式"的形象,从此踏上了成长为革命"圣徒"的漫漫长路。女学生林道静一步一步变成了"圣—林道静"。小说的第二部即可以看作是一个"简·爱"转变为"圣女贞德"的故事。

"路遇引路人"这一情节在圣徒的"天路历程"中是一个十分重要的环节。这一点在革命文艺中同样重要。它也是革命文艺"成圣"故事中的一个基本情节。林道静同样需要(由于其出身,甚至尤其需要)引路人。当她正处于迷茫之中的时候,遇见了革命者卢嘉川,这种愿望就变得格外强烈起来。她对卢说:"那么,卢兄,你倒指给我一条参加革命的路呀!"(P179)卢当然会及时满足她的要求。他指导她从革命的"圣经"中寻找真理,寻找启示。

《青春之歌》等作品中的"指路"动机尚且为一个隐喻。隐喻给事件的意义多少带来了一些变数,至少它与意义本身隔了一层。而革命样板戏《红色娘子军》②则更进一步,它消除了隐喻性的隔膜,使"指路"动机直接呈现出来,还原为"指路"本身。《红色娘子军》中的这个著名的经典性的片段,叫"常青指路"。死里逃生的女奴吴清华(吴琼花)置身于一片苍莽的丛林之中。这是一片象征的丛林,"道路"在这里成了问题,女主人公恰似那"迷途的羔羊",她需要有人来指明方向。她如愿以偿。她因伤痛而昏厥,陷于短暂的意识迷失,乃仆倒在地(也是仆倒在地!)。这时,神圣的指路人——红军党代表洪常青(这个名字差不多可以直接转

---

① 《圣经·新约》(现代中文译本),中国基督教协会印发,1997年,第165页。
② 《红色娘子军》最初为电影,后改编为革命现代舞剧样板戏,后又改编为革命现代京剧样板戏。在电影中,女主人公的名字叫吴琼花,在样板戏中改为吴清华。

译为"红色英雄万岁")向她显形,舞台上顿时有红色的光芒四射。接下来是一段意味深长的"指路"表演。特别是在舞剧中,演员以富于象征意味的身体造型,配合巧妙的舞台灯光,使这一"指路"寓言充满"神学"意味。

在资产阶级文艺作品中,如但丁、歌德等人的诗歌中常常有一位女性引导者,带领诗人上升。资产阶级文艺中的女性引导者是资本主义文化中的男性对女性的虚幻的想象,是男性欲望的体现。他们将引导者想象为自己的"情人",爱欲是其精神"升华"的原驱力。无产阶级文艺的艺术想象在性别安排上则恰好是反向的。洪常青这位娘子军中的最高领袖和带路人是个男性。①男性在这里扮演了一个中心角色,他激发起女主人公对未来的渴望,是女性幸福前途的引导者和设计者。这是许多革命文艺作品的基本主题模式。

但这两个阶级在想象方式上却是一致的——"引导者"与"情人"之间的一致关系。比如,林道静对她的"引导者"——党的代表者卢嘉川——的情感反应,就完全是女性对"情人"的感受——

"呵,他是多么勇敢、多么能干呵!"一想到卢嘉川在"三一八"和"五一"这两个日子里的许多表现,她心里油然生出一种钦佩、爱慕,甚至比这些还要复杂的情感。她自己也说不上是什么,只是更加渴望和他见面,也更加希望从他那儿汲取更多的东西。(P158)

这种暧昧的情感与其说是对党和革命的渴望,不如说是对异性之爱的渴望。"党"与"男性"这两种事物在这位女性那里是合二为一的整体,爱党与爱男性情人是一致的,对党的恩宠的想象与对男性之爱的想象也是

---

① 身为女性的革命样板戏的主要缔造者江青,似乎不甘心容忍这种"男性中心"的布局,她在另一出样板戏(《杜鹃山》)中,对此作了某种程度上的纠正——为一群梁山好汉式的男性安排了一位女性领袖。

一致的。①这一点在林道静的一个梦中表现得尤其充分。

  这夜里她做了一个奇怪的梦。
  在阴黑的天穹下，她摇着一叶小船，飘荡在白茫茫的波浪滔天的海上。风雨、波浪、天上的浓黑的云，全向这小船压下来、紧紧地压下来。她怕，怕极了。在这可怕的大海里，只有她一个人，一个人呵！波浪像陡壁一样向她身上打来；云像一个巨大的妖怪向她头上压来。她惊叫着、战栗着。小船颠簸着就要倾覆到海里去了。她挣扎着摇着橹，猛一回头，一个男人——她非常熟悉的、可是又认不清楚的男人穿着长衫坐在船头上向她安闲地微笑着。她恼怒、着急，"见死不救的坏蛋！"她向他怒骂，但是那个人依然安闲地坐着，并且掏出了烟袋。她暴怒了，放下橹向那个人冲过去。但是当她扼住他的脖子的时候，她才看出：这是一个多么英俊而健壮的男子呵，他向她微笑，黑眼睛多情地充满了魅惑的力量。她放松了手。这时天仿佛也晴了，海水也变成蔚蓝色了，他们默默地对坐着，互相凝视着。这不是卢嘉川吗？她吃了一惊，手中的橹忽然掉到水中，卢嘉川立刻扑通跳到海里捞橹。可是黑水吞没了他，天又霎时变成浓黑了。她哭着、喊叫着，纵身扑向海水……（P163）

  这是一个典型的情欲之梦。尽管这段文字在艺术上不值一提，但它还是将情欲产生、发展和结束的全过程表现得淋漓尽致。船，可看作是关于女性身体的隐喻。情欲高潮即如大海上可怕的浪潮。情欲压抑的林道静对过于强烈的情欲怀有恐惧，她担心欲望狂浪会掀翻自己的船，会将自己吞没。另一方面，她将自己想象为一个溺水的人，只有来自男性的力量才能够拯救自己。男性在情欲方面的天然优势，在此处也体现出来了。在另一处，这种情欲优势则转化为政治觉悟上的优势。林道静在对卢嘉川表达自己的倾慕之情的时候，说："我总盼望你——盼望党来救我这快要沉溺的

---

①有时，这种想象也变形为"儿女与母亲"的关系。"党—母亲"的比喻一直是革命文艺口使用得最频繁的比喻之一，《青春之歌》亦沿用过它。比如，林道静称党组织的领导刘大姐为"妈妈"。（第 25 章）

人……"（P178）

在革命之男性的引导下，林道静走上了革命之路，这如同走上了通往天国之路。天国之路是漫长的，天国之门是一道窄门。革命者的美誉当然也是得来不易的。在漫长的"天路历程"中，"朝圣者"还必须经历种种磨难、种种考验，建立诸多功德，方能成就神圣。革命文艺有不少描写革命者经历的"成长小说"，制造了大批的"成圣"神话。它们看上去就像是一部部"使徒行传"。

任何天堂都建立在地狱的上方。天堂是对应于地狱而存在的。想象天堂的存在，必须同时想象地狱的存在；而想象地狱的存在，则同时也在想象魔鬼的存在。有魔鬼来对圣徒进行各种各样的诱惑和考验。圣徒之所以能够上天堂，是因为他们能够克服地狱，能够穿越地狱，向上升飞。同样，革命文艺也经常需要安排革命者下到地狱、炼狱，经历种种考验。阶级敌人就是这种种魔鬼的化身，在革命者的"成圣"过程中扮演着必不可少的角色。革命者必须依靠他们在自己的身体上打上政治烙印。

《青春之歌》的第二版增加了一些描写革命者监狱生活的片段，比如卢嘉川被捕后的监狱斗争等，还让女主人公亲自光临"地狱"，经受任何一位革命文艺中的革命者都要经受的、千篇一律的酷刑考验。敌人的监狱似乎随时准备着成全我们的女英雄的光荣梦想。但由于作者并无对监狱生活的切身体验，又缺乏足够的虚构能力，因此，只能依靠当时诸多的"革命回忆录"之类的政治宣传品中对革命者的监狱生活的描写。只要拿那些"革命回忆录"来对照一下就不难发现，《青春之歌》中的监狱生活场景只是做了一道"描红"练习。

萨德的幽灵

18世纪的法国作家萨德侯爵的小说以表现人的变态的欲望和性行为（虐恋）而闻名于世，他的姓氏（Sade）因此成了西文中"性虐待狂"（Sadism）一词的词根。萨德的"黑色"故事揭示了人性的某些隐秘的方面：变态的欲望、身体的政治。奇妙的是，革命文艺在这些方面的表达，恰与"萨德主义"不谋而合。

　　《红色娘子军》的故事描写了吴清华（吴琼花）由女奴成长为红军战士的经历。女奴吴清华的悲惨遭遇，因为要摆脱主人南霸天的奴役，吴清华屡次图谋逃跑，又屡次被抓回来，受到了非人的惩罚。后来，又逃跑，南霸天的打手追到森林里，残酷地鞭挞她，直至她失去知觉，昏死过去。一个被奴役的女性，一群邪恶的男性，疯狂的刑罚和针对身体的虐待——这差不多就是一个萨德式故事（如《鞠斯汀娜，或贞洁的厄运》）的翻版。故事一开始，舞台场景安排在南霸天的地牢里。阴森恐怖的南府就如同《贞洁的厄运》中的恶棍热尔南德的淫糜的城堡，它们就是"人间地狱"，对于受难的女性而言尤其如此。吴清华正被关押在那里。舞台上渲染了一种十分恐怖的气氛：地牢里的黑暗，四壁有各种各样的刑具罗列，还不断响起噼噼啪啪的皮鞭声……阴沉、恐怖的"哥特式"风格的场景，也是萨德小说中最常见的。革命文艺在描写旧社会和敌人的时候，充满了一种令人恐怖的想象——对旧社会的"地狱化"和对敌人的"魔鬼化"的描写。这也就意味着革命者将在这些地方经受考验。

　　萨德式的故事与革命文艺中的受压迫的故事有着十分相似的外观，从《贞洁的厄运》中的鞠斯汀娜和《红色娘子军》中的吴清华（吴琼花）的遭遇中，我们可以看到，两个故事中同样充满着奴役、鞭笞、徒劳的逃跑、反复落入"魔掌"、被迫的苦役，等等。只不过一个是"黑色"故事，一个是"红色"故事。然而，这两个故事都与对身体的虐待和支配有关，一个是性行为中的虐待和支配，一个是政治行为中的虐待和压迫。女性身体同时成为"性"与"政治"的控制对象。"身体标记"则是这种控制的证明。萨德笔下的变态性行为的参与者（主要是指男性一方）会往其施虐对象的身上留下一些记号——施虐的标志。在鞠斯汀娜身上，留下的就是这些痕迹——

　　　　残忍的淫棍举起健壮有力的胳膊，荆条落下，鞭笞着呈现在他眼下的任意部位,先打25鞭,那娇红的细皮嫩肉顿时一片模糊。[1]

……罗丹把炽热的烙铁——用来给盗匪打烙印的刑具——往我肩膀后面紧紧贴上去。[2]

这些身体上鞭痕和烙印是施虐者奉献给其对象的美丽的"花朵",真正的"恶之花"。它将残酷与快感(一种令人不适、病态的快感)奇妙地结合在一起。这是人类邪恶本性中最具诱惑的一面。而对于受虐者来说,这些"花朵"是其痛苦的证据,同时又将痛苦美丽化,成为证明自身的贞洁和坚忍之"美德"的标志。因此,在必要的时候展示这些"花朵",乃是使这场"虐待"的游戏最终完成的必不可少的节目。鞠斯汀娜在被解救之后,向她的恩人(德·洛尔桑日伯爵夫人)倾诉自己的不幸,并展示自己身体上的伤痕——受虐的、耻辱的印记。这仿佛是一道女性的"成人仪式"。在《红色娘子军》中,这个仪式同样是必不可少的。吴清华(吴琼花)一来到革命根据地,立即当众展示自己身体上的伤痕。这些"性感化"的政治烙印,成为女主人公通往革命"天国"的通行证。

革命并不消灭"虐待"(正如革命不消灭家庭),相反,它使"虐待"经验夸张化。革命文艺中往往包含着大量的"受虐"经验,它们一再地被大肆渲染。在革命者经受考验的情节中充满了"性感化"的描写,而且是对"男性化"的快感经验的显现。敌人扮演了"施虐狂"的角色,他们与革命者之间构成了一种"施虐—受虐"关系。革命不消灭"虐待",但它将"虐待"关系中的角色加以颠倒。有一首革命歌曲唱得分明:"旧社会鞭子抽我身,母亲只会泪淋淋。共产党号召我闹革命,夺过鞭子揍敌人。"

更重要的是,在这两类故事中同样都存在着一种特殊的"权力关系"。性与政治在"权力"这一范畴内表现出了密切的相关性。萨德的"黑色"故事将这种关系性感化,而"红色"故事则将这种关系政治化。"红色"虐待故事的结果往往是敌人的失败,敌人不得不接受"施虐

---

[1] (法)萨德:《贞洁的厄运》,胡随译,时代文艺出版社,1998年,第130页。
[2] 同上,第150页。

失败的结果,他们总是"像泄了气的皮球",瘫软下去。革命者中的那些经不住考验的人也变"软",他们成了叛徒。唯有最坚定的革命者始终有"硬骨头"。他们面对敌人的酷刑和死亡威胁而"放声大笑",以示轻蔑。身体的受虐反倒使他们获得了一种极度的"高潮体验"——这正是革命者政治"升华"的必要途径。比如,《青春之歌》的女主人公似乎是心甘情愿地接受了敌人的酷刑虐待,她甚至流露出一种几乎狂喜的心情——"死,从小时候,她就多么羡慕像个英雄一样地死去呵,现在,这个日子就要来到了。"(第380页)

但是,对于一位女性来说,向施虐者反抗和复仇并非其政治使命的全部。革命中的女性形象的最终完成是其向革命的皈依。仇恨往往是出自本能的冲动,其破坏性的一面是显而易见的。《红色娘子军》中有这样一个情节:吴琼花(吴清华)与其战友们一起乔装改扮打入南霸天家里,试图里应外合,攻其不备。吴琼花在这次行动中重新恢复了其原初的身份:扮演女奴。她的新主人为由党代表洪常青假冒的南洋富商。然而,与仇人南霸天的相见,特别是地牢里传来的熟悉的皮鞭声,唤醒了吴琼花的女奴记忆,也激起了她的内心的复仇冲动。她在这种疯狂的复仇冲动的支配下,破坏了革命纪律——擅自开枪射击南霸天,致使原行动计划破产。女奴出身的吴清华有一种强烈的反抗精神、出自女性本能的屈辱感和强烈的复仇冲动、近乎疯狂的非理性因素。

革命使女性皈依的重要手段,首先即是对其本能欲望的支配。对于女性,则首先是通过对其身体的支配来完成的。《红色娘子军》的故事接下来是党代表洪常青给吴清华做思想工作。他教导她如何克服自身的复仇冲动,服从革命纪律。《青春之歌》中也有一个相关的片段。尚未完全了解革命之行规的林道静出于一时冲动,擅自跑到大街上张贴传单。她的行为遭到了卢嘉川的严肃批评,卢也对林进行了一番革命纪律教育。纪律即是约束,首先是对身体的约束。"军事化"是对身体约束最有效的手段。《红色娘子军》中有大量的娘子军进行军事训练的场面。[1]对身体的"军事

---

[1] 在电影《红色娘子军》中,吴琼花初到革命根据地,即跟在正在出操的娘子军队伍后面,她的不合规范的日常步伐与训练有素的队伍的步伐形成了鲜明的对照。

化"和"纪律化"。这也是对（女性）疯狂本能的治疗。在相当长的时间内，"军事化"的步伐是中国人除日常步伐之外，唯一的行走方式。

《红色娘子军》中的这一情节有着双重的意义：使女主人公克服年轻女性的歇斯底里式的本能而成为"女人"；同时，也使她成为具有某种政治身份的成员。思想政治工作代替了皮鞭，革命的铁的纪律代替了反革命的铁的锁链，对思想、灵魂的控制代替了对身体的矫正和惩罚。革命纪律驯化了个人复仇冲动。男性通过政治"治愈"了女性的身体"欲望"的疯狂。这就是女性在社会历史中的"反叛"和"皈依"的二重性角色。

在更进一步的考验中，吴琼花在政治上充分成熟了。在"女儿国"里的男性领袖献身革命之后，她代替了他成为娘子军的新领袖。"灰姑娘"终于成长为"公主"（或者"王后"，乃至"女王"）。但这一权威向女性方面的转移，并不意味着男性权威的退位，相反，它通过对新的女性领袖的精神支配，而获得了真正彻底的完成。女性政治上的成熟，使自身达到了与男性平等的地位，或者说，她们以努力使自己从意识到身体都更加男性化的方式来实现这种平等。我们可以在其他样板戏如《杜鹃山》中的党代表柯湘（还有《海港》中的党支部书记方海珍，《龙江颂》中的党支部书记江水英，等等）身上，看到最终成型的吴琼花（也是包括林道静在内的任何女性的革命者）的形象。

革命帮助吴琼花（以及林道静等其他女性反叛者）完成了心理上和精神上的一次重大的转折：从对（男性的、也是阶级的）权威的歇斯底里的反抗到向另一（男性的、也是阶级的）权威的充满感恩的归顺，并进一步继承了这一男性的政治和文化遗产。至此，革命对女性的政治形象的改造才真正完成。

"圣女"的感恩

在《圣经》中，宗教先知往往借用"新妇的比喻"来向众人论证弥赛亚的降临。然而，对于那些女性信徒来说，这与其说是一个比喻，不如说是在陈述一个事实，它是对女性现实生存处境的一种客观描述。对于女性本身来说，"身体"是她们进入"天国之门"的入场券，进入"天国"则意味着"献身"。女性的赎罪必须献上自己的身体，或许，她们的罪本身就源自她们的身体，不洁净的身体，纯粹的肉体化的欲望。这样，只有当她们完全献出自己的身体的时候，罪也就随之被献出，不再附着在她们的身体之上。在基督教经典中，抹大拉的玛利亚的形象显然具有象征性的意义。这个曾经堕落过的女人，这个身体不洁净的女人，以自己的信，洗净了身体上的不洁净，为自己赎罪。

在《红色娘子军》中也有一段十分典型的描写。故事讲到吴清华（吴琼花）终于逃离了南府，摆脱了女奴的处境，她一路历尽艰辛来到了红色根据地。此地叫作红云乡。刚一到那里，她就看见了一面旗子——

　　红旗！吴清华看到迎风招展的红旗，激动万分，奔上前去，捧起红旗紧紧贴在脸上，禁不住热泪滚滚："红旗呀红旗，今天我可找到了你！……"①

并非吴清华有恋物癖，而是因为这不是一面普普通通的旗子，它是一面红旗，一面象征着革命的红旗。吴清华以女性特有的欲望表达方式——肌肤相亲——来表达对革命的倾慕和爱恋。以她女性的体液，表示兴奋情绪的分泌物——眼泪——来湿润革命的象征性的"皮肤"。这一场景可以看作是对女性欲望的一个隐喻。

"文革"期间有一首十分流行的歌曲叫《远飞的大雁》。它是"文革"期间革命歌曲中抒情性最强的曲目之一。歌的开头部分接近于情歌，但它的情感指向革命及其领袖。②这首歌曲被广泛传唱。至于民间的演唱，则由于其可以提供情感的抒发，提供关于"爱欲"的想象，而备受人们，特别是情感饥渴的年轻人的喜爱。这首歌曲听上去更像是对女性爱欲的暗

---

① 《革命样板戏剧本汇编》第一集，人民文学出版社，1974年，第223～224页。
② 该歌曲第一段为女声，歌中唱道："远飞的大雁，请你快快飞，捎个信儿到北京，翻身的人儿想念恩人毛主席……"这里借用了民歌中最常用的"思念"举动——"鸿雁传书"——以寄托思念之情。其他许多抒情性比较强的革命歌曲，也往往是对民间情歌（如"信天游"、"花儿"等）加以"革命化"改造的结果。

示。在私人情感禁锢和匮乏的时代,"红色"抒情也在某种程度上提供了一种"替代性"的欲望满足。

女性革命者对于革命有一种"献身"般的感受。林道静的引路人之一的革命者江华,突然向林道静提出了同她发生"比同志的关系更进一步"的关系的要求。这使林道静陷于尴尬和惶惑不安之中,因为林几年来一直深爱的,"时常萦绕梦怀的人"并不是他,而是已经死去的卢嘉川。但是,在经过了短暂的迟疑之后,林所做出的决定出人意料——

  可是,她不再犹疑。真的,像江华这样的布尔塞维克同志是值得她深深热爱的,她有什么理由拒绝这个早已深爱自己的人呢?(P567)

当然没有理由拒绝!革命所要求的就是"服从"和"献身"。对于女性而言,"服从"和"献身"决不仅仅是一个比喻,她们常常要为其男性革命同志奉献自己所特有的东西,无条件地、全部地奉献。将情感和身体,乃至生命看作是属于自己的,这在革命者看来与关于土地和财产的私有观念是一致的。在革命的需要面前,决不允许任何东西属于私有财产,决没有任何"禁区"。女性的革命首先是一门"献身"的艺术。

林道静经过脱胎换骨,终于成为"新人"。她不再是小资产阶级知识分子林道静,而是"圣—林道静"。一切似乎已功德圆满。但还有最后一道仪式——感恩。最极端和最仪式化的感恩描写是"圣—林道静"给党的化身卢嘉川的一封感恩信——

  最敬爱的朋友,我还要告诉你:我也经受了一点考验。最近的遭遇,几乎叫反动派把我毁灭了。然而,正当我危急万分、走投无路的时候,还是党——咱们伟大的母亲向我伸出了援助的手。朋友,我虽然焦急,苦恼,然而,我又是多么幸福和高兴呵!是你——是党在迷途中指给我前进的方向;而当我在行进途中发生了危险、碰到了暗礁的时候,想不到党又来援救我了。……一想到我的生活也像你们一样，充满了传奇、神话一样的故事，我是多么快活呵！

　　最后，我最敬爱的朋友，我还要向你说两句心里话，从来不好意思出口的话。……不要笑我，如果你能够见到这封信，那么，同时你会见到一颗真诚的心。……不要笑呵，朋友！她不会忘掉你的，永远不会。不管天涯海角，不管生与死，不管今后情况如何险恶，如何变化，你，都将永远生活在我的心里。什么时候能够和你再见呢？我们还能够再见吗？……可是我期待着。我要等着这一天的到来。如果真能有这一天，出现在我的生命的进程中，那，我该是多么幸福呵！……朋友，但愿我们能够再见吧！保重，你坚强的斗志永远是我学习的榜样。（P232~233）

　　这是一封情书，应该是最私人化的信，但信中所表达的情感却十分奇特，女性对异性的恋情同对党的感恩之情交织在一起，以致无法区分它究竟是情书还是向党表达忠心的决心书。它只能是一种介乎情书与效忠信之间的东西。也许，在"圣—林道静"那里，私人情感与革命忠心的界限已经消失，言情与效忠已然合二为一了。这位女性的最纯粹、最神圣的情感已然无私地奉献给了神圣的革命。这才是真正的"女圣徒"的情感。

"文革后"新文学的曙光
——从食指到白洋淀诗群的诗歌写作

食指的方向

  1968年,不仅是当代国际政治的分水岭,也是中国当代诗歌的一个转捩点。郭路生(食指)的出现,使得当时年轻一代的诗歌写作,发生了根本性的变化。食指的出现,直接影响了北岛、芒克、多多等一代新诗人。这一影响的结果,是奠定了"文革后"新文学的基本格局。

  在这一变化中,起决定性作用的,是食指的一首名叫《相信未来》的诗。许多诗人后来回忆起当初阅读《相信未来》一诗的感受,都记忆犹新。诗人严力后来回忆称:"大约是在1968年底的时候,一个朋友给我看一首手抄的诗,那是郭路生的《相信未来》。当时受了很大的震动,觉得这个诗写得很棒。那应该说是在当时的环境底下,我所见的最早的带有个人色彩的、和政治宣传品不太一样的诗歌。"[1]甚至身陷囹圄的张郎郎,在狱中也读听到了朗读《相信未来》的声音。[2]

    当蜘蛛网无情地查封了我的炉台
    当灰烬的余烟叹息着贫困的悲哀
    我依然固执地铺平失望的灰烬

---

[1] 参阅徐德芳、严力:《从叛逆者到责任者——诗人严力访谈》,《延安文学》,2004年第6期。
[2] 参阅张郎郎《宁静的地平线》,见北岛、李陀(编)《七十年代》,生活·读书·新知三联书店,2009年。

用美丽的雪花写下：相信未来

当我的紫葡萄化为深秋的露水
当我的鲜花依偎在别人的情怀
我依然固执地用凝霜的枯藤
在凄凉的大地上写下：相信未来

我要用手指那涌向天边的排浪
我要用手掌那托起太阳的大海
摇曳着曙光那枝温暖漂亮的笔杆
用孩子的笔体写下：相信未来

这种悠长、迟缓、低沉的声音，曲折和起伏不定的旋律，拨动了苦闷中的年轻人的心弦。北岛在回忆中写道："那是70年春，我和几个朋友到颐和园划船，一个朋友站在船头朗诵食指的诗，对我的震动很大。那个春天我开始写诗。……我被他诗中的那种迷惘与苦闷深深触动了，那正是我和我的朋友们以至一代人的心境。毫无疑问，他是自60年代以来中国新诗运动的奠基人。"[1]出于同样的理由，食指被一些文学史家视作"文革新诗歌的第一人，为现代主义诗歌开拓了道路"。[2]

如今看来，这一界定并不十分准确。可以肯定，食指不是新诗歌的"第一人"，在现代主义诗歌方面的贡献，也不是开拓性的。真正说来，《相信未来》在现代主义道路上走得并不远，它在风格上与其说是现代主义的，不如说是古典式的。从根本上说，食指诗歌所继承的，依然是贺敬之等人的主流传统。且不说同时期的现代主义风格高度成熟的陈建华的诗，即使是在他相当熟悉的北京诗歌圈里，食指的诗歌倾向也算不上前卫。郭世英等人比他走得更远。

但食指的诗的出现，恰逢其时。他是一个承前启后的关键性的人物。

---

[1]参阅北岛《失败之书》，汕头大学出版社，2004年。
[2]杨健：《文化大革命中的地下文学》，朝华出版社，1993年，第87页。

食指置身于古典和前卫之间的调和姿态,既避开了郭世英等人过于个人化的和晦涩的修辞风格,又与主流的政治抒情诗传统拉开了距离。"蜘蛛网"、"灰烬"、"余烟"、"叹息"、"贫困"、"悲哀"、"失望""深秋的露水"、"凝霜的枯藤"、"凄凉的大地"……这些意象在更早一些时候的郭世英、张鹤慈等人那里出现过,而此前不久,食指本人的《鱼儿三部曲》中也采用过甚至更为暗冷的意象。这一堆灰暗的事物,建构起代表一代人的"自我形象":它有一点点颓废,但不绝望;有一点点灰暗,但不黑暗;有一点点空虚,但不虚无。另一方面,相对较为圆熟而且温和的抒情技巧,让更多的人能够接受。对于那些刚刚起步又急于寻找摆脱红卫兵诗歌话语方式的新诗人来说,食指确实是开拓了一条切实可行的道路。

然而,对于红卫兵一代人来说,未来是什么?他们曾经是未来的宠儿。如果没有强烈的政治挫折的话,他们的未来就如《献给第三次世界大战的勇士》中所描写的那样,将在世界革命的英勇冲锋中,成就伟大荣光,他们"得到的将是整个世界"。然而现在,1968年,这些"早晨八九点钟的太阳",却已经显得昏暗。世界革命似乎也已经此路不通。《相信未来》的前三段表达了红卫兵一代的失望和迷茫。但他们依然需要关于未来的信心和希望。而《相信未来》以不同于《献给第三次世界大战的勇士》的方式,阐释了未来。它试图摆脱"政治妄想症"式的未来狂想,而将未来视作发自内心的情感、意志和信念。"红色"的呐喊变为"灰色"的叹息。据说,此诗曾传到江青手中。她对作者的思想倾向甚为不满,说,相信未来就是否定现在。这一回,江青算是说对了。

在前三段的抒情之后,诗歌转向了理性的议论。相对私密化的个人情感的抒发和对于现实的理性反思,恰恰构成了1970年代以来新诗歌精神的两个基本维度。食指的诗虽然有些生硬突兀,但却很明确地出现了这个新维度。

> 我之所以坚定地相信未来
> 是我相信未来人们的眼睛

她有拨开历史风尘的睫毛
　　她有看透岁月篇章的瞳孔

　　不管人们对于我们腐烂的皮肉
　　那些迷途的惆怅、失败的苦痛
　　是寄予感动的热泪、深切的同情
　　还是给以轻蔑的微笑、辛辣的嘲讽

　　我坚信人们对于我们的脊骨
　　那无数次的探索、迷途、失败和成功
　　一定会给予热情、客观、公正的评定
　　是的，我焦急地等待着他们的评定

　　朋友，坚定地相信未来吧
　　相信不屈不挠的努力
　　相信战胜死亡的年轻
　　相信未来、热爱生命

　　这些貌似"决心书"式的宣告，有些空洞、夸张，并且依然残存着红卫兵诗歌中的那种"自我历史化"的偏执欲望，但却包含着对历史理性和价值公正的期盼，预示了红卫兵一代人回归理性的开始。这一历史理想主义的精神倾向，为后来的北岛等人所继承，并被推向理想主义反思和批判的现实主义的深度，成为"文革后"新启蒙主义时代的开端。这一点，北岛将在他自己的诗歌中，作出响亮的回答。

　　不过，暂时回答他们的是另一个声音。1968年底，"上山下乡"的号角已经吹响。1968年12月20日，食指和他的同伴们出现在从北京开往山西太原的列车上。他们将前往山西农村插队落户。四点零八分，火车开动——

这是四点零八分的北京,
一片手的海洋翻动;
这是四点零八分的北京,
一声雄伟的汽笛长鸣。

北京车站高大的建筑,
突然一阵剧烈的抖动。
我双眼吃惊地望着窗外,
不知发生了什么事情。

我的心骤然一阵疼痛,一定是
妈妈缀扣子的针线穿透了心胸。
这时,我的心变成了一只风筝,
风筝的线绳就在妈妈手中。

线绳绷得太紧了,就要扯断了,
我不得不把头探出车厢的窗棂。
直到这时,直到这时候,
我才明白发生了什么事情。

——一阵阵告别的声浪,
就要卷走车站;
北京在我的脚下,
已经缓缓地移动。

我再次向北京挥动手臂,
想一把抓住她的衣领,
然后对她大声地叫喊:
永远记着我,妈妈啊,北京!

> 终于抓住了什么东西,
> 管他是谁的手,不能松,
> 因为这是我的北京,
> 这是我的最后的北京。

  这首《这是四点零八分的北京》是食指在离开北京前往山西农村时写的一首诗,它与《相信未来》一起被广泛传诵。

  诗中以一种视觉化的形象,真实地再现了知青离开故乡时的混乱情形。红卫兵们没有预料到,承诺给他们的"未来",会以这样一种局面来呈现。他们将像那些被他们所打倒了的牛鬼蛇神们一样,踏上漫漫的流放者之路。在诗中,诗人用固定焦距的有限制的视角,表达了抒情主体"我"对正在发生的事件的陌异感和迷惘感。一切稳固的事物,一个友善和安全的世界,在列车开动的瞬间发生了动摇,"剧烈地抖动"起来,并渐渐离他们远去。此刻,除了那个"相信未来"的信念之外,他们还能拥有什么呢?

  这大概是最早关于知青题材的私人化的叙事作品之一,成为日后知青流行文化(诸如"知青歌曲")中自我表达的源头之一,也对"文革后"的知青题材文学书写产生了影响。如对车站送别的情形的描述和感受,在后来阿城的小说《棋王》中被沿用。《这是四点零八分的北京》,句子单纯,情感清澈,语言透明。它显示出食指诗歌的另一面:忠实于内心的诚挚情感。这一现实主义的态度,也是日后知青文学发展的重要路向。

  无论如何,这枚"食指"所指示的方向,是通往文学新世界的基本途径。食指的诗成为新一代写作者从红卫兵文学向知青文学和独立写作模式转型的开端。

静悄悄的话语革命

　　食指之后，新一代写作群体的写作状况大为改观。1971年前后，北京新诗人群体中开始出现一股"形式主义"诗风。这些年轻的诗人们，为寻找新的话语方式而不断地进行试验。

　　1971年，是巴黎公社诞生100周年。官方主流媒体高调纪念，《人民日报》、《解放军报》、《红旗》杂志发表社论《无产阶级专政胜利万岁——纪念巴黎公社一百周年》。文章把"文化大革命"看成是巴黎公社原则的继承者，强调了暴力革命的原则和无产阶级专政下继续革命的重要性。民间青年知识分子则从巴黎公社中，看到了自己所需要的东西。毫无疑问，巴黎公社首先是一场革命，一场暴力化的革命。长期以来，它对于旧的主流秩序的冲击，它的街垒战，它的流血牺牲，它的最后的悲剧之美，以及它所留下的激昂悲壮的《国际歌》，总会激发起人们的激情和想象。而对于红卫兵一代来说，它同时还是自己刚刚经历过的另一场革命的遥远镜像。纪念巴黎公社，在某种程度上说，就是纪念自己的正在消失的青春岁月。正因为如此，新诗人群体会选择巴黎公社作为抒情对象。

　　先是方含（孙康）写了一首《唱下去吧，无产阶级的战歌——纪念巴黎公社100周年》。诗中写道：

> 美丽的夕照浸着奴隶的血滴，
> 骄傲地逝去了，
> 黄昏包围着拉雪兹
> ——这是最后的巴黎。
> 终于在仁慈的硝烟中
> 升起了梯也尔无耻的旗。
>
> 啊！拉雪兹——不朽的巴黎
> 不错，枪声从这里沉寂
> 诗篇断了——

但这仅仅是序曲。
在这伟大的前奏之后，
悲壮的交响乐
将穿越一个世纪。

啊！拉雪兹——革命的巴黎
你是暴风、是闪电
虽然终于消失在黑暗里。
但是这就够了！够了！够了！
你划时代的一闪，
开辟了整个一个世纪。

啊！拉雪兹——高贵的巴黎
歌手沉睡在你的深底。
一个世纪过去了，
满腔热血化成了五月的鲜花，
开在黄的、黑的、白的国度里。

今天，傍晚又降临了，
巴黎揭去了金色的王冠，
塞纳河洒满素色的花环，
在拉雪兹——树林荫蔽的小径上
徐徐升起了
那悲壮的歌曲：
"英特那雄耐尔就一定要实现！"

  方含的诗很快在北京文艺青年圈中流传。另一位诗人依群（齐云）看到这首诗，却对诗中流露出来的主流观念和革命的陈词滥调大为不满，乃作《纪念巴黎公社》回应之。①依群的《纪念巴黎公社》，目前通行的版本是这样的——

    奴隶的歌声汇进了悲壮的音符
    一个世纪落在棺盖上
    像纷纷落下的泥土
    呵，巴黎，我的圣巴黎
    你像血滴，像花瓣
    贴在地球蓝色的额头

    黎明死了
    在血泊中留下早霞
    你不是为了明天的面包
    而是为了常青的无花果树
    为了永存的爱情
    向戴金冠的骑士
    举起孤独的剑

  这首诗的第一行，在之前通行的版本里作"奴隶的歌声嵌进了仇恨的子弹"，但在见证人之一的齐简（史保嘉）记录的版本里则为现在这样。②另一位见证人徐浩渊也在回忆文章中说："'奴隶的枪声嵌进仇恨的子弹'应作'奴隶的枪声化作悲壮的音符'，巴黎公社的枪声对应着《国际歌》的音符。依群的诗中不会出现'仇恨'、'子弹'类的字眼，那不是他。"③

  齐简和徐浩渊的更正，透露了一个重要的信息：依群对方含的颠覆性的改写，与诸如"仇恨"之类的暴力性的语汇有关。或许，这也正是依

---

①参阅杨健《中国知青文学史》，中国工人出版社，2002年，第203页。
②齐简：《诗的往事》，《今天》，1994年第2期。
③徐浩渊：《诗样年华》，《今天》，2008年第3期。

群对方含诗歌的不满之处。由此可以看出，通过对巴黎公社的抒情性的表达，依群试图为历史寻找一种新的解释，至少，他试图消除历史叙事中的暴力化的话语倾向，与"文革"的主流意识形态划清界限，也与红卫兵话语划清界限。在依群的诗歌中，历史中的血污的痕迹，被"花瓣"所覆盖，被"早霞"所染饰。巴黎公社的暴力革命被抽空了政治意识形态内核，变成了一场散发着永恒"人性"辉光的爱情"罗曼司"。由此也可以推测，刚刚发生的红卫兵的革命，也完全可以以同样的方式来重新塑造。

关于巴黎本身，依群关注的是它的另一面。巴黎主流意识形态所建构起来的红色暴力的故乡，在依群那里变成了永恒神圣的浪漫之都。巴黎的街道上呼啸而过的，也不是手持长枪和红旗的公社社员，而是高举宝剑的"蓝骑士"。这种"色彩政治学"的转换，可以看出一代人的精神转向。革命的小将正在迅速小布尔乔亚化。

在表达小布尔乔亚化的情感方面，依群的诗歌达到了一种迷人的程度，如他的短诗《你好，哀愁》——

> 窗口睁开金色的瞳仁
> 你好，哀愁
> 又在那里把我们守候
> 你好，哀愁
> 这样，平淡而长久
> 你好，哀愁
> 可你多像她
> 当他闭上眼睛的时候
> 你好，哀愁

凄美的忧郁、迷离的愁绪、跳跃式的情绪变换和重复倾诉，有一种令人迷醉的效果。郭世英式的痛苦、张鹤慈式的颓废、食指式的悲戚，以及更晚一些的北岛式的愤懑，都不能达到这种效果。

食指之后，依群在进行着一场"静悄悄的话语革命"。在抒情方式、意象、节奏和结构等方面，对主流的政治抒情诗和红卫兵诗歌模式作出了根本性的改造，他所代表的诗歌新维度，将迅速成为一种普遍的倾向。正如多多所认为的："依群最初的作品已与郭路生有其形式上的根本不同，带有浓厚的象征主义味道。郭路生的老师是贺敬之，其作品还有其讲究词藻的特点。而依群的诗中更重意象，所受影响主要来自欧洲，语言更为凝练。可以说依群是形式革命的第一人。"①

《三月与末日》：青春生命的危机诗学

1969年至1976年间，在离北京不远的河北白洋淀地区的周边农村，散落着多个知青点，这些知青点里的"知青"大多来自北京，其中有相当数量的文学爱好者，他们此前属于不同北京青年民间文艺沙龙，许多人有着相近的家庭背景（"高干"、"高知"家庭）、相近的教育背景（高干子弟中学的同学）、相近的阅读经验（接触过"灰皮书"、"黄皮书"），相互之间一直保持着不同程度的联系。因此，他们在政治和文学等方面的观念较为接近。由于白洋淀离北京距离较近，他们有更多的机会返回北京，与城里的留城"知青"的文艺沙龙保持接触，可以及时获得最新的文化资讯。相比于散落在偏远地区的"知青"来，这一批人能够获取更多更新的文化资讯，也有更多的和更为密切的文化交流机会。久而久之，这批文学爱好者逐渐形成了一个较为稳定的文学写作圈。他们的创作以诗歌为主，故文学史上称之为"白洋淀诗群"或"白洋淀诗歌群落"。

"白洋淀诗群"是"文革"后期民间自发性文学写作中的盛大景观。这个群落包括根子（岳重）、芒克（姜世伟）、多多（栗世征）、方含（孙康）、林莽（张建中）、宋海泉、戎雪兰、乔伊（潘青萍）、赵哲、杨桦、周陲、周舵、赵振先等，以及一些与白洋淀群落来往密切的"外围成员"，如北岛（赵振开）、齐简（史保嘉）、彭刚、马佳、江河（于

---

① 多多：《被埋葬的中国诗人（1972—1978）》，见廖亦武（编）：《沉沦的神殿》，第197—198页。

友泽)、杨炼、严力、甘铁生、郑义、田晓青等。在1970年代昏暗的日子里，这一小队文学夜行客，小心翼翼地绕开"样板文艺"的金光大道，在食指所指向诗歌"小传统"的蜿蜒小径上悄然疾行。这在当时是一次没有目标的，同时又是充满危险的艰难旅程。

根子的末日判词

根子是"白洋淀诗群"中的一颗光芒耀眼的流星。他作于1971年的《三月与末日》，可以视作"白洋淀诗群"形成的开端之作。

> 三月是末日。
>
> 这个时辰
> 世袭的大地的妖冶的嫁娘
> ——春天，裹卷着滚烫的粉色的灰沙
> 第无数次地狡黠而来，躲闪着
> 没有声响，我
> 看见过足足十九个一模一样的春天
> 一样血腥假笑，一样的
> 都在三月来临。
> ……

这是诗人献给自己二十岁生日的一首长诗。诗一开头却发出了惊世骇俗的末日宣判。"三月是末日"，它让人联想起T. S. 艾略特《荒原》中的诗句——"四月是一个残忍的季节"。无论根子是否直接受惠于艾略特，但根子的诗显然归属于现代派文学家族。在这位年轻的诗人眼里，春天的世界跟他本人的青春生命一样，是一个颓败、没落的世界。诗中描述了一个末日世界的"荒原化"景观——

她竟真的这个时候出现了
躲闪着，没有声响
心是一座古老的礁石，十九个
凶狠的夏天的熏灼，这
没有融化，没有龟裂，没有移动
不过礁石上
稚嫩的苔草、细腻的沙砾也被
十九场沸腾的大雨冲刷，烫死
礁石阴沉地裸露着，不见了
枯黄的透明的光泽、今天
暗褐色的心，像一块加热又冷却过
十九次的钢，安详、沉重
永远不再闪烁

　　同食指相比，根子的经验世界更加极端。食指式的迷人的忧郁和明亮的信念，在这里被彻底抛弃，世界露出了其更加狰狞的一面。世界是荒芜的，人的内心也同样荒芜。这一经验，既是一代人在特定时期的现实经验，同时也是一种普泛的现代性的经验。根子继续写道——

作为大地的挚友，我曾经忠诚
我曾十九次地劝阻过他，他非常激动
"春天，温暖的三月——这意味着什么？"
我曾忠诚
"春天？这蛇毒的荡妇，她绚烂的褶裾下
哪一次，哪一次没有掩盖着夏天——
那残忍的奸夫，那携带大火的魔王？"
我曾忠诚
"春天，这冷酷的贩子，在把你偎依沉醉后
哪一次，哪一次没有放出那些绿色的强盗

放火将你烧成灰烬?"
我曾忠诚
"春天,这轻佻的叛徒,在你被夏日的燃烧
烤得垂死,哪一次,哪一次她用真诚的温存
扶救过你?她哪一次
在七月回到你身边?"

主体分裂为两个自相矛盾的部分,话语自成主体,从自我"大主体"上分离出来。作为话语主体的"我",成为自我的肉身生命的异质性的存在,形成了排斥反应。这种自我"他者化",表明写作者强烈的话语自觉和批判的"自我意识"的觉醒。外部现实世界的"荒原化"与主体自身生命的"他者化",构成了一个互为镜像的关系,但这外面的春天和内在的春天,并非"美好"的象征,也不是真实和价值的象征,它们共同指向的是丑陋、虚伪、欺骗和背叛。"我"曾经忠诚,但这种忠诚已遭邪淫的"春天"背叛,忠诚是青春幼稚的产物。根子以一种决绝的态度,表达了对现实生活和旧的自我的不满,也预示着一代人新的"自我"形象的诞生。"生日"就是"末日",成为与旧的"自我"决裂的标志。一代人从"末日"开始成熟。

在《致生活》一诗中,根子继续保持着对现实生活的质疑态变,新的生命即诞生在"怀疑一切"的精神之中——

喂,你记牢我现在说的
我的眼睛复明了
以后,也只有我的眼睛
还是活着的。
……
我还要诋毁你,因为大脑
已经冰冷,我
绝不思考!

绝不思考。
有香气的花是不是真正的花？
绝不思考。
映在水面上的是不是真正的太阳？
绝不思考。

"喂"——这个倨傲的声音，显示出走出蒙蔽和愚昧阴影的一代新青年的不满和自信。"眼睛复明了"，世界的真相尽在眼前。精神蒙蔽下产生的一切，都清晰可辨，即使是虚假的思考，也是通向精神奴役之途。根子的"绝不思考"的宣告，在日后北岛的"我不相信"的呐喊声中，得到了回应。在怀疑主义的价值立场方面，他们有着"遗传性的家族相似"。

继《三月与末日》之后，根子还写有八首长诗，包括《白洋淀》、《橘红色的雾》、《深渊上的桥》等。根子的诗完全摆脱了政治抒情诗的影响，从食指的起点上向前迈出了关键性的一步，标志着北京新诗人群体在艺术上走向成熟。

1973年，根子因作诗而被公安机关传讯、关押，但公安人员被诗中晦涩、怪异的表达弄得不知所措，最终释放了根子。但根子自此终止了诗歌写作。

然而，根子的诗不仅让公安人员不知所措，也让他的同伴们——芒克、多多等感到茫然不解，并为其新奇的风格所震撼。新的经验、新的情感、新的意象、新的话语和新的美学……一个全新的文学世界在芒克、多多等人面前，慢慢敞开了它的大门。事实上，比根子的《三月与末日》略早一些时候，依群的诗已经发出了文学新纪元到来的信号。现在，这些年轻的新诗人们，必须为进入这个新世界，准备好自己的美学通行证。

这批新诗人信奉这样一种诗学理念：诗人的"自我"形象通过其话语方式方得以呈现。必须通过更新话语，才能够塑造一个全新的抒情主体。新的文学世界拒绝同质化的情感和重复、雷同的表达，拒绝千篇一律的复数叙事。只有找到独特的表达，才能够将独特的主体同其他书写者区分开来。这是一场新的话语挑战。而作为根子的密友，芒克和多多理应挺身而出，迎接这场挑战。

芒克的天真之歌

如果说，根子以"末世"预言的震惊效果撼动了诗歌陈腐的根基的话，芒克的诗歌则以自身的逍遥自在的状态，建立起美学享乐主义的明媚乐园。

> 一小块葡萄园，
> 是我发甜的家。
>
> 当秋风突然走进哐哐作响的门口，
> 我的家园都是含着眼泪的葡萄。
>
> 那使院子早早暗下来的墙头，
> 有几只鸽子惊慌飞走。
>
> 胆怯的孩子把弄脏的小脸，
> 偷偷地藏在房后。
>
> 平时总是在这里转悠的狗，
> 这会儿不知溜到哪里去了。
>
> 一群红色的鸡满院子扑腾，
> 咯咯地叫个不休。
> ……
>
> （《葡萄园》）

把阳光酿成甘甜的葡萄，是诗人明朗、快乐的内心世界的象征。他歌颂植物和动物，关心狗和鸡的动静，如此天真烂漫的情绪，使芒克的诗意乐园中弥漫着世俗生活的芬芳，没有一丝"文革"时期的硝烟气。

不过，在诗的最后，终于出现了现实的隐喻。快乐的葡萄园上空，也有阴云漂浮——

>我眼看着葡萄掉在地上，
>血在落叶中间流。
>
>这真是个想安宁也不得安宁的日子，
>这是在我家失去阳光的时候。

即便如此，芒克的诗中也不是阴霾密布、黑云压城的末世景观。"失去阳光"的日子并非"末日"。他有一点点哀愁，但哀而不伤；还有一点点幽怨，但怨而不怒。

>月亮陪着我走回家。
>我想把她带到将来的日子里去！
>一路静悄悄。
>
>（《路上的月亮》）

明快纯净的语言、妙趣横生的场景和"温柔敦厚"的诗学气质，不仅在"文革"期间的精神氛围中极为罕见，即使在其同时代的诗人当中，也不同凡响。

芒克并没有刻意追求内心的奇特经验，而是在大自然的博大怀抱中，找到了温暖的家园感和身心安宁。芒克在白洋淀的诗友宋海泉评价道，他是一个"直接面对人的最自然的本质，抗议对这种自然天性的扭曲"的"自然诗人"[①]。

[①]参阅宋海泉《白洋淀琐记》，《诗探索》（北京），1994年第4期。

但芒克并非一个遁世的隐逸诗人。芒克的诗中阳光明媚，却不是"样板文艺"式的艳阳高照。灼热的太阳，会令他感到不安。在一个"想安宁也不得安宁的日子"，来自现实世界强大的精神压力，会使芒克流露出其天性中的另一面。《天空》一诗即是诗人正直、愤激个性的体现。

> 太阳升起来，
> 天空血淋淋的
> 犹如一块盾牌。
>
> 日子像囚徒一样被放逐，
> 没有人来问我，
> 没有人宽恕我。
>
> ……
>
> 太阳升起来，
> 天空——这血淋淋的盾牌。
> 　　　　　　（《天空》）

在"文革"特殊的语境里，"太阳"意象的颠覆性的修辞，包含着强烈的政治反叛含义。芒克以一个简单的修辞学上的改变，即达到了根子式的绝望和北岛式的愤怒同等的批判力。从中也可以看出，芒克与根子、北岛等人内在精神上的相通。

从总体上说，芒克是快乐的。诗意来自诗人天性的自然流露，风格介乎洛尔迦的谣曲与叶赛宁的田园诗之间。更富于戏剧性的是，芒克身上的自然天性通过一场略显滑稽的"行为艺术"表现得更为充分。1972年前后，他在凯鲁亚克的小说《在路上》的蛊惑下，与好友彭刚一起结伴去流浪，结果几乎沦为乞丐。不过，年轻的前卫艺术家对"波西米亚"式的自由生活的迷恋，并不稀奇，而对于芒克来说，自由自在的本忄却始终未变。他至今依旧"顽童"本性不改,依旧唱着他的"天真之歌"。

多多的话语角斗

芒克和多多,这两个人既是朋友,又是敌人。他们像朋友一样地生活在一起,而他们的诗歌却是互为敌人的对抗的结果。他们开始写诗,并"相约每年年底,像决斗时交换手枪一样,交换一册诗集。"[①]这一行为看上去纯粹是热血少年争强好胜的心理在作祟,但却无意间成就了诗艺。诗歌艺术在他们那里,成为自我教育的手段。就这样,一代诗人在艺术竞技中长成。这些年轻的"诗歌骑士",必须在语言上标新立异,出奇制胜。起码多多是这么做的。他从现代主义诗人(如茨维塔耶娃、曼杰利施塔姆、帕斯捷尔纳克等)那里,习得了语言的"剑术"。这门艰难的修辞"手艺",并非人人都能得心应手。

> 我写青春沦落的诗
> (写不贞的诗)
> 写在窄长的房间中
> 被诗人奸污
> 被咖啡馆辞退街头的诗
> 我那冷漠的
> 再无怨恨的诗
> (本身就是一个故事)
> 我那没有人读的诗
> 正如一个故事的历史
> 我那失去骄傲
> 失去爱情的
> (我那贵族的诗)

[①] 廖亦武(主编):《沉沦的圣殿——中国20世纪70年代地下诗歌遗照》,新疆青少年出版社,1999年。

她，终会被农民娶走
　　她，就是我荒废的时日……
　　　　　　（《手艺——和玛琳娜·茨维塔耶娃》）

　　在同时代诗人中，多多较早懂得诗歌语言技艺的重要性。他在诗歌的学艺阶段，对语言的技艺的操练是一种精神的搏击训练。这位年轻人，梦想着在语言搏击中成就自己的英雄般的功业，就像一位浑身胄甲的角斗士，为了在未来的角斗场上赢得致命一击，勤勉地练习着自己的剑术。为此，他从一开始就在寻找自己的精神对手。在他的早期诗作《当人民从干酪上站起》中，修辞上的奇异性即清晰可辨。

　　歌声，省略了革命的血腥
　　八月像一张残忍的弓
　　恶毒的儿子走出农舍
　　携带着烟草和干燥的喉咙
　　牲口被蒙上野蛮的眼罩
　　屁股上挂着发黑的尸体像肿大的鼓
　　直到篱笆后面的牺牲也渐渐模糊
　　远远地，又来了冒烟的队伍……

　　这是依群和根子风格的混合物，只不过多多将其推向了极端。干酪，这个闻所未闻的食物，跟当时中国的人民并无太大关系。人民既不识干酪，又如何"从干酪上站起"？然而，问题不在于此。这个不存在的事物出现在人民面前，它向人民昭示了一种世界的可能性和对可能世界的想象的权利。对于前卫诗人来说，诗歌教导人们的不是现实，而是关于不存在的事物的自由想象，尽管这种尚不怎么可靠的自由，到头来很可能只是一种幻觉。但只要自由想象的权利和欲望存在，奇迹就有可能发生。诗歌的力量就在于此。

　　更为强大的对手在外部世界。"文革"时期的话语的闭合性，是那个时代精神闭合性的严重征兆,革命的坚硬话语构成了汉语文学写作的坚固囚笼。多多及其同时代诗人的写作,必须磨砺更加锋利的言辞,方能把自己解放出来。这些语言和精神的双重囚徒们,挖空心思地寻找各种可能的精神通道。

  一个阶级的血流尽了
  一个阶级的箭手仍在发射
  那空漠的没有灵感的天空
  那阴魂萦绕的古旧的中国的梦
  当那枚灰色的变质的月亮
  从荒漠的历史边际升起
  在这座漆黑的空空的城市中
  又传来红色恐怖急促的敲击声……
        (《无题》)

  这些冰冷坚硬的诗句,强烈敲击着精神囚笼坚固的墙壁。尽管当时并没有更多的人听到它的回响,但它依然是一个时代的精神解放的先兆。

  多多自称为有专业水准的男高音歌手,深谙意大利美声技巧,自然也就懂得呼吸对发声的重要性。与此相类似的是,他的诗歌艺术则可以看作另一种意义上的"呼吸",一种精神性的"呼吸"。在对于内在精神渴望的强有力的挤压下,多多把汉语抒情推到"高音C"的位置上,以一种精确而又纯粹的、金属质的声音,表达了自由而又完美的汉语抒情技巧。

  但新诗人群体在"依群—根子—多多"的现代主义路径上并没有走得太远。"白洋淀诗群"的其他诗人,在诗学观念上没有像根子、芒克、多多他们那样极端,也没有他们那么强烈的话语变革意识。但他们的诗作,至少与主流抒情文学中的政治抒情诗和工农兵诗歌,拉开了足够的距离。他们在充满末世感的精神深渊前面,停下了脚步,驻足于"文革"的文化废墟之上,回身将目光投向环绕着自我的"小世界",开始收拾属于他们自己的经验碎片，以重整破碎的精神天地。在意象的使用上，这些诗人都在寻找与个体内心情感相关的意象。诗人努力将"自我"形象纳入到国家民族"大叙事"之中来呈现。这一抒情模式在话语风格上与主流的政治抒情诗有相似之处，但它用"民族—人民—母亲"的三位一体的宏大意象，取代了政治抒情诗中的"党—领袖—人民"的三位一体。这一类诗歌承接了20世纪前半叶的诗歌传统，在修辞手法和话语风格上，更接近于艾青、臧克家的传统。与林莽诗歌风格比较接近的是马佳和江河。他们的诗，试图在国家民族"大抒情"与自我"小抒情"之间达成妥协，在抒情的个人化色彩与民族、国家以及时代的大背景之间，找到一种协调。经过北岛、舒婷、顾城等人的努力，一种新的抒情方式开始趋于成熟。这种新抒情，为"文革"后的新文学的诞生，做好了准备。

莫言，或文学应该如何还债

在现代中国文化和社会生活中，文学所扮演的角色非同一般。在某种特殊状态下，它甚至会以一个"救赎者"的面目出现，承载着世人的全部梦想。想一想"四五"运动天安门广场上的诗歌和杂文的功能，就不难理解这一点。北岛式的"救世主义"色彩的文学，始终是中国人心目中的文学范本。文学在诺贝尔奖坛上的缺席，甚至比其他奖项的缺席来得更令人痛心疾首。它所彰显的不仅是文学和精神文化上的不足，更是被视作当代中国知识分子整体性的精神委顿的象征。人们对于文学的诉求并不只是在语言艺术方面，政治正义和道德纯洁等方面的使命同样也要求文学来承担。无论是本土传统中的鲁迅，还是诺贝尔奖得主索尔仁尼琴、米沃什等人，"德艺双馨"的文学是几十年来中国人的精神寄托。文学对于中国人来说，始终承载着"救赎"的梦想。人们渴望通过诺贝尔文学奖的肯定，让文学成为一代人的精神"救赎"。人们也在诺贝尔文学奖所标榜的文学理念中，看到了这种"救赎"的希望。

然而，长期以来，中国当代文学对这个时代欠债太多：现实关怀的债务、政治正义的债务、道德担当的债务、艺术完美性的债务，等等。作家们的怯懦、无聊，乃至无耻，无不触目惊心。现实生活中道德愈是沦丧，对于文学的道德洁癖就愈发严重，文学的"救赎"使命就愈发迫切。然而，莫言的获奖被理解为对当下文学的整体性的肯定，这让人们的"文学救赎"梦想突然间归于破灭。现在，既然在莫言身上集中了中国作家的荣光，他也必将承载他们的耻辱。事实上，莫言本人十分清楚这笔债务的性质，他的文学写作，在某种程度上就是一种"还债"，他在现实生活中的亏欠，在文学中要加倍地偿还。在我看来，这也正是他在文学中不断追求艺术上的神奇效果和现实批判性的动力所在。但还不够，在他获奖之后，他还必须还当代作家的集体性的债务。无论是在精神赎罪的意义上还是在文化消费的意义上，他都必作为头生子，成为献给文学神殿的祭品。因此，对于莫言来说，今年的斯德哥尔摩既是神坛，又是祭坛。

从根本上说，莫言的文学是1980年代的那场"新文化运动"的产儿。在那个既开放又禁锢的年代，有限的表达自由使得文学表达显得更为重要，也更有用武之地。莫言在艺术上的丰富性和复杂性，也正是他跟现实生活和政治之间纠结不清的结果。现实生活中的莫言，正如他本人的笔名"莫言"所表达的那样，他深谙"祸从口出"的生活教条，一直在小心翼翼地规避迎面而来的政治旋风。而他在自己作品中所表现出来的则是通常为人们所诟病的所谓"无节制的"聒噪。文学对于他来说，似乎是一种补偿。莫言身上表现出一种言说的悖论。一方面是话语的膨胀，另一方面是禁声；一方面是言辞的聒噪，另一方面是沉默。正如他在小说《丰乳肥臀》"雪集"一段所描述的那样。他笔下的汪洋恣肆的话语洪流，仿佛要穷尽表达任何事物的言辞。依靠不断地聒噪，不断地向空气中吐露着话语的泡沫，以掩饰内心失语的焦虑和对禁言的恐惧。这是"沉默的辩证法"。莫言深谙这种辩证法，他通过矛盾的话语暴露了当下中国言说的悖谬处境。莫言的文学话语活动，即是一种言说与沉默的自相矛盾。

这同时也是一种"沉默的政治学"。他的作品有时是以一种空前的勇气，突击到现实生活中的危险地段，而且发出尖锐的批判之声；另一方面，他又以不断膨胀的话语泡沫，来掩盖其真实意图。只有在这些让人不胜其烦的聒噪声中，莫言才敢大声说话，并说出他对现实的不满和对不公的愤怒。这个不停地吐露泡沫的螃蟹，偶尔露出他那对有力的大螯，构成对现实的抗议和威胁。

人们往往一般性地谈论文学应该干预政治，文学不应该也不可能脱离政治，等等。然而，文学应该如何干预政治，则语焉不详。比起作品来，人们更爱看诺奖得主的受奖演说辞——那里面，作家往往更加直截了当地表明文学立场，文学应该如何如何，云云，而缺乏阅读文学作品本身的耐心。

事实上，莫言文学的政治性是显而易见的。莫言自己也宣称，他的文学大于政治，很显然，他在提醒读者，不应该将文学的政治性与政治本身等同和替换。莫言文学的政治性，即是在他的话语世界里，颠覆现实中的政治秩序。莫言的这一政治批判的惯用手段即是"戏仿"。戏仿的修辞规则是游戏性的，这是莫言小说最重要的文体方式之一。戏谑的言辞、动作和仪式，构成了制度化话语方式的严肃性的反面。戏仿文本以一种与母本相似的形态出现，却赋予它一个否定性的本质。它模拟对象话语特别是政治意识形态话语的严肃外表，同时又故意暴露这个外表的虚假性，使严肃性成为一具"假面"。这也就暴露了意识形态话语的游戏性，或干脆使之成为游戏。戏仿使制度化的母本不可动摇的美学原则和价值核心沦为空虚，并瓦解了制度化母本的权威结构所赖以建立的话语基础。因而，可以说，戏仿的文本包含着至少双重的声音和价值立场，它使文本的意义空间获得了开放性，将意义从制度化文本的单一、封闭、僵硬的话语结构中解放出来。从这一角度看，戏仿就不仅仅是一种否定性的美学策略，它同时还是一种新的世界观念和价值原则。这一点集中地体现在小说《欢乐》中。中学生齐文栋的生理感受和心理活动、瞬间场景的描述、各种知识话语片断、俚语、俗话、顺口溜、民间歌谣，等等，这些话语的碎片相互嵌入、混杂，在同一平面上展开。卑俗与崇高的等级界面消失，被淹没在多重"声音"混响的话语洪流之中。这种混响的"声音"，杂芜的文体，开放的结构，形成了一种典型的（如巴赫金所称的）狂欢化的风格，既是感官的狂欢，也是话语的狂欢。狂欢的基本逻辑，它构成了制度化生活的权威逻辑的反面，它从话语的层面上否定和瓦解了制度化的世界秩序。狂欢化的原则是对既定的生活秩序的破坏和颠倒。但这种看上去仿佛巴赫金所称的"狂欢化"风格，在某种程度上依然是一种伪装，好像一位顽童借过节的喜庆氛围，大干平日里不敢干的恶作剧。

莫言的小说提供了一个开放性的现代小说的范本。他并不因为对写作的伦理承诺的恪守，而把叙事艺术处理为一种简单粗劣的道德美餐。各种各样的人物声音各自拥有自己的"真理性"和一定支配权力。在这个权力的国度里，严肃性和"硬度"是话语的权力保证。但莫言的戏谑性的模仿则打破了这些话语自身的完整性和封闭性，打断了其支配力的连续性，使之变成了种种荒谬的东西。话语各自的"硬度"被相互抵消，抵消它里面包含的支配的权力。莫言的文学世界错综复杂，诡黠怪诞，呈现出一种极为复杂的结构和重叠交错、自相悖谬的立场。在《红蝗》的结尾处，莫言明确地道出了自己的写作理想就是将那些在意义和价值方面彼此矛盾、对立的事物混杂在一起，"梦幻与现实、科学与童话、上帝与魔鬼、爱情与卖淫、高贵与卑贱、美女与大便、过去与现在、金奖牌与避孕套……互相掺和、紧密团结、环环相连，构成一个完整的世界"。或许在莫言看来，不如此不足以表达当下中国现实生活的复杂性和荒诞性。唯其荒诞，才显写实。从这个意义上说，莫言是一位现实主义作家。而所谓"迷幻现实主义"（Hallucinatory Realism），在表达现实的时候，肆意制造迷幻的效果，在莫言那里，既是美学策略，也是政治策略。莫言的文学以其内在的复杂丰富，来反抗外部的简单粗暴；以其悖谬和滑动，来抗拒政治权力对文学的直接征用。

但这依然无法完全为他本人现实生活中所表现出来的政治奴性辩护。他本人在某种程度上也很清楚这一点。其实，写作的莫言一直在批判做人的莫言。他在《生死疲劳》中，让"莫言"小丑化，在《酒国》中让"莫言"庸俗化，都可视作一种间接的"自我赎罪"行为。莫言身上那种充满了反讽的和意义悖谬的东西，不仅是针对现实世界的，同时也是针对他自身的和普遍人性的，这也正是莫言文学批判的深刻性所在。底层生活经验，练就了他这种狡兔一般的生存本领。一方面是强烈的介入，一方面是委蛇和闪躲。这就是莫言的"话语策略"。因此，他的批判有时看上去像是在献媚；同时，他的献媚，有时看上去像是在批判。这是莫言的狡诈之处，也是他的危险之处。

莫言本人在一篇文章中，提到鲁迅的寓言《聪明人和傻子和奴才》让他印象深刻。而今天看来，鲁迅的这个寓言在某种程度上也可说是一幅莫言的精神肖像。作为北方农民的儿子，莫言温柔敦厚、谦和老实。然而正如《檀香刑》中的高密县令所说："本官一向认为，老实就是聪明。"在现实的公共领域里，莫言则是"聪明人"。这个聪明人谨小慎微，善于投机取巧，在需要表明立场的场合，却闪烁其词，王顾左右而言他。他在法兰克福书展上的演讲中，谈到了歌德和贝多芬为人处世方式的比较，为自己的怯懦和圆滑寻找辩护。以现代知识分子的标准来看，这是一种十足的"乡愿"哲学。

但是，诺贝尔文学奖显然不是对"聪明人"莫言的褒扬，虽然它被人们怀疑有这种效果。作为文学家的莫言，是一个在文学中充满对权贵的尖刻嘲讽、对罪恶的愤怒诅咒和对不公的高声抗议的"傻子"。或如莫言本人所说的："日常生活中，我可以是孙子、懦夫，是可怜虫，但在写小说时，我是贼胆包天、色胆包天、狗胆包天。"他的愤怒的利刃，必须裹挟在一大堆废话的刨花当中扔出去。或者像《天堂蒜薹之歌》、《酒国》、《生死疲劳》等作品中那样，借助"傻子"及其变种——盲艺人、酒醉者或驴子等家畜——发出前所未有的激愤勇敢的抗议之声。

今天，围绕着诺贝尔神坛上的这份文学祭品，人们议论纷纷，从各自的角度看到了各种不同的莫言，并加以赞成和反对，争执不休。这场争论才刚刚开始，而我的文章则应该结束了。在鲁迅寓言中，"慢慢地最后出来的是主人。"这个角色最容易被忽略。获得诺奖之后的莫言，堪称文学之王。然而，他会成为寓言中的那位"主人"吗？

莫言，一个"病态"时代的文化征候

诺贝尔奖对于莫言来说是一个意外收获，对于当代中国文学来说，也是如此。面对这样一个突如其来的喜讯，公众的反应首先是——震惊。这一点倒与本雅明所说的那种现代主义艺术的美学效果相一致。在各种场合下，关于莫言获奖的议论沸沸扬扬，莫衷一是。由震惊而混乱，由混乱而谵妄，乃至歇斯底里，凡此种种，或可视作当下中国文化的荒诞的"现代性"诸征候。

在一个重商主义盛行的时代，倒是利益上的考量多少显示出某种理性。出版界的反应很迅速。莫言获诺奖，给奄奄一息的国内文学出版业打了一支强心针。据说，由此带动了股市文化板块的上扬。人们在莫言身上看到了巨大的商机。在莫言的故乡，我们可以看到诺奖效应延伸的强度。当然，这跟文学关系不大。大到当地政府拨款种高粱，小到参观莫言旧居的游客拔萝卜，一种一拔，大小有别，但动机无异——无非是想借光。

文学界的反应相对要迟钝一些。尽管莫言早已成为当代文学研究著作乃至许多硕士或博士学位论文写作的对象，但这些学术性的评价大多停留在当下几十年的文学史框架内，很少有人会用一种世界性眼光来面对这样一位作家。因此，学者专家们在面对获奖一事作出回应时，除去祝贺赞美的礼节性套话之外，涉及专业性的评价，大多不得要领。

莫言的获奖，在一定程度上改变了当下汉语写作的版图，也对文学史写作和文学教育的框架性，构成了某种程度上的冲击。语文出版社中学语文教研组表示，莫言作品已经确定将被收录在高中语文选修课本中，选中的是中篇小说《透明的红萝卜》。高校文学史教材编写方面也迅速跟进，表示要修订《中国现代文学史》，有关人士表示，中国现代文学史教材将因为莫言获奖而改写，"在文学史教材中，目前只有曹禺、巴金、老舍和鲁迅是专章介绍，现在加入了莫言，他代表了我国现当代文学的最高成就。"将莫言的介绍、评价立为专章。文学史教科书本就是一份文学权力"封神榜"，莫言借助瑞典学院的册封，终于登上了本国文学宝座，与鲁迅、沈从文、老舍等现代文学大家共享文学偶像地位。

与此同时，质疑之声也此起彼伏。互联网永远是一个意见交锋的地方，除了一般意义上的"赞成与反对"之外，针对莫言获奖事件的争议，主要集中在文学与政治的关系方面。在反对者看来，莫言的官方身份（作协会员、副主席，以及曾经的军人身份）引人注目，以致引起了人们对其政治立场的怀疑。特殊的官方身份很可能与一个作家应有的自由精神和独立立场相悖，况且，至少在公开场合，莫言几乎没有表达过对社会不公的直接抗议，相反，他还卷入了一场令人不解的"抄写"风波当中。以现代知识分子的标准来看，这是一种十足的道德"乡愿"和精神"犬儒"。这一点，被视作作家的道德污点，也被认为与诺贝尔文学奖的伟大传统相悖。人们可以举出索尔仁尼琴、布罗茨基、米沃什，甚至赫塔·米勒来作证。因此，如果不是外界误判了莫言的价值的话，那么，就只能归咎于诺奖委员会偏离了诺贝尔以及文学的精神传统。赞成者则强调文学的特殊性，并指责反对派没有好好阅读过莫言。如果很好地读过莫言的作品的话，就不难发现，在莫言笔下，充满了尖锐的现实批判性。文学家可以以自己特有的方式，传达自己的政治立场和道德观念，而并非要直接介入现实的政治行为。文学的现实"介入性"是以作家本人的独特的个人经验和话语风格，来实现对现实生活的介入，以话语层面的丰富性和复杂性，来对抗现实政治的简单粗暴和专断。正如我在一篇文章中所说的，所谓"迷幻现实主义"（Hallucinatory Realism），"在莫言那里，既是美学策略，也是政治策略。莫言的文学以其内在的复杂丰富，来反抗外部的简单粗暴；以其悖谬和滑动，来抗拒政治权力对文学的直接征用。"当然，我本人并不属于"赞成"与"反对"两派中的任何一方，我更愿意关注作家，尤其是像莫言这样的作家的内在的多面性和复杂性。如果说，赞成与反对的意见所描述的都有其合理性的话，那么，这很可能就是莫言的全部，一个自相矛盾的自我。他身上的这种矛盾性，也很可能就是我们这个时代的重要的精神征候。

至于境外的反应，同样也显得一派迷乱。海外媒体和读者对于当代中国文学本就所知甚少，莫言一出，媒体无所适从。各种报道更多地集中在莫言获奖的文化意义与作为"经济巨人"的国家形象之间的关系方面，这也表明，海外对中国的认知，更多地集中在中国的经济成就方面。人们总是从自己熟悉的东西上去寻找新事物的认知参照物。至于莫言获奖与国家经济成就之间的关系性质究竟为何，解释则各有不同。一种观点认为，这是经济繁荣、大国崛起在文化方面的指标（这一点，深合国内朝野上下之心）；另一种观点则认为，这是文化人在抵御物欲横流的时代的艰难努力的见证。

事实上除了专门研究中国当代文学的汉学家（这样的人本来就少，而真正的文学行家就更少得可怜）之外，很少有海外舆论能对莫言作出恰如其分的评价。我们甚至可以在那一份水准平平、充满隔靴搔痒的套话的诺奖颁奖辞中，看出西方世界与现代汉语文学之间的隔膜。马悦然的看法不值得特别关注，因为瑞典文学院的意见就是他的意见，只需看诺奖颁奖词即可。而被称之为"顾大炮"的德国汉学家顾彬先生，貌似行家，也常有惊人之语发出，他在莫言的问题上也放了一炮，但在他的一番看上去十分犀利的言辞中，偏见与卓识参半，盲目与洞见并存，或多或少包含着跟马悦然的立场刻意的针锋相对。

海外主流文学界对莫言及中国当代文学所知甚少。虽然早在2005年，美国著名作家厄普代克就曾在《纽约客》撰文论及莫言，但通篇看下来，无非是概要地介绍了一下《丰乳肥臀》主要内容。当然，以他的文学地位，介绍一下就已经是很高的奖赏。

对莫言盛赞有加的，当属诺贝尔文学奖得主、日本作家大江健三郎。据称，他就是莫言获奖的提名者之一，而且，很显然，是起重要作用的提名者。但在某种程度上说，大江在文学上的贡献与其说是获得诺奖，不如说是他推荐了莫言获奖。可是，另一位诺贝尔文学奖得主赫塔·米勒却对莫言获奖表示了极度的不满。相关报道语焉不详，也没有证据表明米勒对莫言的作品有多大程度上的理解，我们所知道的是，米勒的批评主要是出于道德义愤。至于米勒批评的合理性理由，并不难猜测，应该跟前文所提及的反对者的意见差不多，只不过在她的言论环境中，她的表达更为直截了当。我理解这位前罗马尼亚作家的情绪，但我怀疑她的资讯来源的可靠性，也怀疑媒体传播的准确性。

著名的文学杂志The Kenyon Review刊登了一篇署名Anna Sun（孙笑冬）的评论文章《莫言的病态语言》（"The Diseased Language of Mo Yan"），算是一篇较为专业的莫言评论。孙女士在文章一开头征引了帕斯捷尔纳克的小说《日瓦戈医生》中的一段话作为自己文章的题记，其用意无非是说，这个时代的粗鄙化使得文学话语的复杂性和精神深度消逝殆尽，言辞变成了赤裸裸的语义直陈，如同这个时代的欲望和心思一样。孙笑冬写道：狄更斯、哈代和福克纳这些伟大的小说家，面对严酷的人类生存条件，而莫言的作品缺乏像上述作家所具备的重要东西：美学信念。这些作家的美学力量是火炬，照亮了人性的黑暗和痛苦的真相。莫言的工作不乏人工技巧的光泽，在他的幻觉世界，却没有照亮混乱现实的光芒，并由于缺乏整体的美学考虑而致混乱和失败。打开他的作品的任何一页，都混杂着乡村土语、老套的社会主义修辞和文学上的矫揉造作，令人惊讶的平庸。莫言的语言是重复的，粗鄙的，大多缺乏审美价值。相反，倒是葛浩文的翻译，使莫言的作品显示出某种光芒，使之看上去貌似高尔基或索尔仁尼琴。莫言的语言是惊人的和引人注目的，因为它是患病的。它脱离了中国文学数千年传统中的优雅、复杂和丰富，脱离了屈原，到李白、杜甫，再到苏轼，再到曹雪芹所建立起来的伟大传统，是一种病态的现代汉语。莫言的作品其实是社会主义美学的产物。病源在于长期盛行的工农兵的政治语言。但沈从文、汪曾祺、老舍、冰心、钱锺书等，则逃脱了病态的感染。这也就意味着，莫言并没有尽到一个作家应尽的职责——捍卫母语纯洁的传统。

作者孙笑冬是一位年轻的华裔学者和作家,她对古典中国和当代中国文学的状况有充分的了解,尤其是对当代中国的文学语言状况感触更深,这是通常意义上的"汉学家"难以体会到的。但在我看来,孙女士只说到了汉语文学语言的美学意义的一个方面。她本人的美学立场本身就带有严重的偏执性。由此联想到此前不久风靡一时的作家木心。木心的语言由于与20世纪后半期的汉语环境相隔离,因而较为完好地保存有民国时期语言的气韵。这一点,被当下的文艺界人士所追捧。但木心是一个孤立的个案。木心的价值在于其作为一个业已消逝的语言和美学的"标本"意义,就好像一枚被农夫遗忘在树枝末梢的果实,在美学的严冬里散发着光辉。它的存在,不能证明时下是硕果累累的深秋。

莫言的语言则不同。它不是一个孤立于世外的美学风景,它是当下季节里的一场暴风雪。它与现实之间的关系是短兵相接的白刃战,在一场混战当中,旁观者往往难以分辨出对立的双方。孙女士的描述是准确的。在莫言的成名作《透明的红萝卜》一开头出现的就是农村生产队队长训话的场面。这个能说会道的农民,一张嘴便是连篇的谚语、顺口溜和粗俗而俏皮的骂人话,其间还夹杂着一些歪七歪八、半通不通的官方辞令:领袖语录、上级指示、报刊社论的言辞,等等,以显示自己不同一般的身份。但是,这种夹生的官腔、杂凑的语言,非但不能令人生畏,反倒叫人觉得好笑。在这种戏谑性的"模仿"中,包含着莫言小说的一系列风格学秘密。莫言在语言上的价值,恰恰是他那种刻意制造的混乱、芜杂、重复和陈词滥调,或者说,孙女士所说的"病态的"语言。这一点也正印证了普鲁斯特所说的,"美好的书是用某种类似于外语的语言写成的。"(《驳圣伯夫》)莫言以戏仿手段所达到的"反讽"效果,是一种否定性的美学。戏仿文本以一种与母本相似的形态出现,却赋予它一个否定性的本质。戏仿使制度化的母本不可动摇的美学原则和价值核心沦为空虚,并瓦解了制度化母本的权威结构所赖以建立的话语基础。因而,可以说,戏仿的文本包含着至少双重的声音和价值立场,它使文本的意义空间获得了开放性,将意义从制度化文本的单一、封闭、僵硬的话语结构中解放出来。从这一角度看,戏仿就不仅仅是一种否定性的美学策略,它同时还是一种新的世界观念和价值原则。

莫言的文学确实是"有病的",它是一个有病时代的病毒携带者。它以自身的免疫力,存活在这个时代。这是莫言一代人的宿命,也是他们的价值所在。但它与传统的中学语文教育理念和旨趣,也就是与那种玻璃暖房里的洁净和茁壮背道而驰。莫言在一篇写中学生的故事《欢乐》中就曾无情地嘲讽过中学语文教育。而现在,中学语文教育趋炎附势、瞎凑热闹,迟早要陷入自寻烦恼的尴尬境地。

扎西达娃、西藏与文学地理学

1985年,扎西达娃在小说《系在皮绳扣上的魂》一开头这样写道:

  现在很少能听见那首唱得很迟钝、淳朴的秘鲁民歌《山鹰》。我在自己的录音带里保存了下来。每次播放出来,我眼前便看见高原的山谷。乱石缝里窜出的羊群。山脚下被分割成小块的田地。稀疏的庄稼。溪水边的水磨房。石头砌成的低矮的农舍。负重的山民。系在牛颈上的铜铃。寂寞的小旋风。耀眼的阳光。
  这些景致并非在秘鲁安第斯山脉下的中部高原,而是在西藏南部的帕布乃冈山区。我记不清是梦中见过还是亲身去过。记不清了。我去过的地方太多。直到后来某一天我真正来到帕布乃冈山区,才知道存留在我记忆中的帕布乃冈只是一幅康斯太勃笔下十九世纪优美的田园风景画。

这些并非可有可无的描写,它无意中泄漏了1980年代中期新小说产生的灵感来源和叙事秘密。事实上,这篇小说像一根点燃的引信,在短暂的时间里,引爆了当代文学的先锋主义大爆炸。

一位身居拉萨的藏族人,为什么要通过秘鲁民歌来想象自己的故乡?为什么要通过秘鲁和安第斯山脉来比附自己正栖身其中的土地呢?这种地理学和空间形象上的相似性,使得描写西藏的故事,与其拉美原本相比,来得更为相像,更为逼真。

在1950年代的拉丁美洲，风靡一时的"爆炸文学"，不仅激发了拉美文学的复兴，也对西方主流文学构成了强烈的冲击，乃至改变了全球的文学格局。在政治上和经济上处于依附地位的拉丁美洲，却在文化上赢得了繁荣和支配性的影响，这给80年代的中国作家以极大的刺激和启示。重新反观本土经验，回到本土文化内部来，成为文学创造的原动力。

如何描述和呈现本土文化和自身的生存经验，这对于80年代中期的作家来说，并非一件自然而然的事情。既有的文学观念和话语模式，支配着作家们的头脑。观念和叙事的惯性，使得作家们在处理现实经验的过程中，陷于麻木和陈腐的陷阱，而对西方文学的简单模仿，也难以改变这种局面。在此背景下，西藏因其地理上的特殊性和文化上的神秘性，拉开了与当时主流汉语文化圈之间的距离，也在一定程度上摆脱了主流汉语文学的书写惯性和观念约束，因此，它很自然地成为作家们挽救艺术想象力于枯竭的神奇空间，成为新的文化想象力的灵感来源。地理学上的偏移，成为当代文学偏移的一次重大的战略迂回。

西藏，是当代文学史上一次重大的文学事故。它不仅是一处高原或一个少数民族聚居地，更重要的是，它是"文革"后文学想象力的重要来源。在某种程度上说，喜马拉雅山脉、雅鲁藏布江，乃至整个西藏文化，是"文革"后新文艺的发源地。

事实上，西藏首先并不是作为文学形象出现在"文革"后，而先是作为视觉形象，出现在陈丹青、陈逸飞、何多苓等人的绘画艺术中。当代中国艺术家在西藏发现了一个新的形象仓库和灵感源泉。随后出现在诗歌中，杨炼的长诗《诺日朗》，激发了人们对于文化神秘性的想象。一场规模巨大的"文化寻根运动"由是开始隐隐萌动起来。

西藏形象进入小说，则应归功于小说家马原、扎西达娃和马建。他们差不多同时以西藏为叙事空间。西藏在地理上的边缘位置和在文化上的陌异性，以及其在环境中所产生的特殊的时空经验和心理经验，都是他们构建新小说的基本材料。对于政治地缘区划而言，它是本土的，但对于文学想象和小说叙事而言，它则是陌异的。寻根作家和先锋作家在这里知道了由异域经验向本土经验转化的微妙的结合点和中转站。相比之下，这些作家们在处理相似的汉族文化主题时，则要麻烦得多。地理空间的陌异性不存在，只能诉诸时间的陌异性。寻根小说返回到过去，也就不难理解了。韩少功则走得更加极端，他把时空背景设置在古代，甚至是神话传说的年代，以寓言的方式来处理。他们将现实悬置起来，风干为若干文化代码，然后按某种观念模式加以拼接。这样，他们的小说看上去是在"寻根"，实际上往往成为无根的蓬蒿，转眼间就变得干涩枯黄起来。从动机上说，《系在皮绳扣上的魂》，可视作杨炼式的文化寻根意识的延续。但由于他本人的民族身份，他在处理西藏题材的时候，显得轻松自如。实际上是写实，看起来却神奇。单纯而又简洁的叙事，使得这篇小说在当时诸多故作高深的"寻根"小说中，显得不同凡响。

但是，这个拉美化了的西藏叙事，一方面提供了新的小说叙事空间，另一方面，它仍旧是本土文化在西方现代主义文化语境下投射出的模糊的影像。扎西达娃尽管充分地展示了西藏生活的真实空间，依然只是现代性语境下的一个有待改造的陌异空间。尽管扎西达娃不是那个"叫马原的汉人"，但他却是一个"说汉语的藏人"。在小说中，对于西藏的环境，主人公"我"想到的却是萨尔瓦多·达利的《圣安东尼的诱惑》，藏人朝圣之地，"我"却是用"托马斯·莫尔创造的《乌托邦》"来比方。他试图用他的收音机里的声音，"一个男人用英语从扩音器里传来的声音"，取代藏人塔贝的"神的声音"。"这是在美国洛杉矶举行的第二十三届奥林匹克运动会的开幕式，电视和广播正通过太空向地球上的每一个角落报送着这一盛会的实况。我终于获得了时间感。手表上的指针和日历全停止了，整个显出的数字告诉我：现在是公元一千九百八十四年七月北京时间二十九日上午七时三十分。""我"在电子手表上获得的时间感，跟塔贝和婛等藏族人在皮绳结上的时间感形成反差，作者借此赢得了文化上的强势。更为重要的是，小说中的主人公"我"在最后对那位藏族女孩说："你不会死。婛，你已经经历了苦难的历程，我会慢慢地把你塑造成一个新人的。"确实如此，古老的西藏正在被新的文化叙事塑造成了一个"新人"。地理学意义上的西藏，其文化的灵氛正在蜕变和消散。系在皮绳扣上的藏文化之"魂"，在新小说叙事中，实际上正在等着或者已经被"电子化"。

格非的时间炼金术

在"水边"

格非在《褐色鸟群》的开头部分写道:

> 我蛰居在一个被人称作"水边"的地域,写一部类似圣约翰预言的书。

这段话,不仅仅是小说主人公的自述,也可以看作是作者对自己的写作生活的一番表白。在这里,格非基本上为自己的写作划定了一个象征性的位置。然而,蛰居在"水边"究竟能写出什么样的书呢?历史上有过一位栖身水泽的约翰——施洗约翰,但他不曾写过书。至于通常被称作"圣约翰"的那一位,与写作之事略有关联,但没有证据表明他是否在水边居留过。问题在于,格非至今也不曾写过任何一部带预言色彩的书。也许他有过这样一类梦想,但居住在"水边"这种地方,对于撰写"预言式的书"来说,并无特别的帮助。

孔夫子对于山水有一套精辟的见解,他说:"智者乐水,仁者乐山。"很显然,山的庄重肃穆能给人以一种道德上的承诺,并且,登山能远眺,似乎也有助于作预言。古之仁者圣贤,如摩西、耶稣,都爱登山训众。而水则是一种容易诱人陷入沉思的物质。沉思,是智者的品质,并非仁者、预言家、先知之流所必备的禀赋。更为重要的是,水具有一种流动和易变的性质，这似乎颇有悖于先知的道德理想。故而，水在仁者如施洗约翰那里，至多只能当作灵魂的洗涤剂来用。但流水的易变性，却向人们暗示出宇宙万物变动不居的秘机，这恰恰是智者所要思考的内容。故孔夫子说：知者动。就孔夫子本人来说，这位倡言"仁"的大圣贤，一俟面对流水，也不由得感慨系之：那流逝的时光就像是这样的啊！像孔夫子这样一个并不愿意作本体论思考而企图建构道德规范的人，他的思想也被流水引向了歧途。

至于格非，我们很容易从他的小说中发现智性的因素。他在许多读者和批评家眼中扮演了一个智者的形象，甚至经常有人误以为他是一位年事已高的老作家。这位"水边"的沉思者，更感兴趣的是诸如存在、时间、意识、记忆之类的存在本体论问题，而不是灵魂拯救或道德训诫。也正因为如此，他的作品为那些坚持道德原则的批评家所诟病。

观看

格非在《褐色鸟群》中接着写道——

"水边"这一带，正像我在那本书里记述的一样，天天晴空万里，光线的能见度很好。我坐在寓所的窗口，能够清晰地看见远处水底各种颜色的鹅卵石，以及白如积雪的茅穗上甲壳状或蛾状微生物爬行的姿势。

主体首先是作为一位观察者出现的。"观看"的姿态，表明了主体对外部世界的态度以及他在这个世界中的位置：客观的、非伦理的态度和局外的位置。"水边"首先是一个便于观察的处所。它很好地满足了"观看"的客观条件。良好的能见度使主体能够对大千世界体察入微。他甚至认为自己能够像显微镜一样，观察到各种"微生物"的形状。这种显然是被夸大了的观看能力，表明了主体对"自我意识"的特别的强调。

这里的"观看"是一种客观化的行为，但它不是现实主义的行为。这种细致、精巧和繁复的客观化的描写，与其说是在刻画外部世界，不如说是对观看主体的意识状态的显现。事实上，格非笔下的观看主体总是带有幻想的气质，他所观察的客观世界亦带有明显的幻想性。借此，格非凸现了对观看主体的关注。

格非笔下的外部世界，通过主体的观看行为，首先表现为视觉的对象（正如莫言的世界首先是听觉的对象）。世界诉诸主体的感官而得以存在，而对于客观世界的充分、细致的描绘，体现了主体的感官系统的敞开程度。对感官不加限制地充分敞开，是先锋小说的一个共同特点。特定的文化观念和意识形态总要在感官与世界之间设置某种屏障，以保证文明的规范和秩序。比如，孔子对视听行为的礼教抑制。这种道德化的视听行为最终走向了其反面。残雪在其作品中对这种反面的、变态的视听行为——窥视和窃听，作出了充分的揭露和讥讽。而格非（以及莫言、余华）则在努力消解感官活动的道德戒律，将视听行为还原为一种客观化的生理活动。在格非的《没有人看见草生长》中，观看变成了一种物理学式的观察。作者不厌其烦地用一种冷静、客观的句式，描述诸如"咖啡罐和盛有柠檬水的杯子"、船码头等场景。

而在此"物"的世界里，主体又如何得以显现呢？格非写道——

> 我的视线停留在河面浑浊的裹挟着泥沙的水线和你之间，炫目的阳光刺得我的眼球一阵阵酸疼。

只是因为外部客体物质的刺激所引起的生理反应，才揭示了主体的存在。这种物化的描写，还原了世界最极端的客观性。在小说《风琴》中，格非让这种纯粹的观看行为面临道德的考验：保长冯金山目击了日本兵凌辱自己妻子的一幕——

> 在腐洇的酒的香气中，冯保长看见日本人推着他的女人朝村里走来……一个日本兵抽出雪亮的刺刀在她的腰部轻轻地挑了一下，老婆

肥大的裤子一下褪落在地上，像风刮断了桅杆上的绳索使船帆轰然滑下。女人的大腿完全暴露在炫目的阳光下……在强烈的阳光照射的偏差之中，他的老婆在顷刻之间仿佛成为另一个完全陌生的女人，她身体裸露的部分使他感到了一种压抑不住的激奋。

在道德法庭上，冯金山应该被判处剜眼的刑罚。但在小说中，通过冯金山的观看行为，揭示出了肉体和无意识的奥秘，或者说，使我们在理性和道德之外，还发现了人的肉体和无意识，而后者，无疑也是"自我意识"的重要部分，有时甚至还是主要的和强有力的部分。

观看解放了视力，尽管这种解放有时必须付出代价。不仅仅是格非，在莫言和余华那里，我们也能发现，他们在解放视觉（观看暴力）的同时，付出了美学上的代价。由此可见，这一代人为了在艺术上解放感性生命，不得不在道德上和美学上进行冒险。

在"水边"的位置和"观看"的姿态，是对格非的写作状况的一个绝妙的比方。对于格非来说，观看（同时也是写作）的困难不会来自道德压力和美学成规。一个纯粹的观看行为，其必要条件无非是事物的能见度和主体的视力。在许多地方，格非一再强调环境的明晰性和气候上的晴朗天气，至少，他必须首先想象这个世界上的任何事物都是明晰可辨的，或者，他必须坚信主体在视力上（理解世界的能力上）是可靠的。可是，要坚信这一点该是多么困难！

在《欲望的旗帜》中，格非终于将他的困惑公之于世了。首先是世界的明晰性出了问题。哲学副教授曾山在一次通宵失眠之后，只身徘徊在晨雾弥漫的校园。在这样一个时刻，观看遇到了困难，连不远处正在健身的老秦的身影看上去也显得"隐隐绰绰的"。这位曾山在整部作品中都扮演着一名忧心忡忡的沉思者的角色。作为一名哲学教师，他对理解这个世界缺乏信心。这个时代在他看来是阴晦暧昧的，他的一篇论文的题目就叫作《阴暗时代的哲学问题》。而他阴郁的情绪和无力的理性与这个时代的特征完全相称。然而，作为一个观看者，曾山看到了什么呢？

曾山抱臂站在桥头，凝望着远处的河面。

从表面上看，这仿佛是一尊了不起的思想家塑像。可此时此刻，曾山却正处于思想的危机之中。他在无意识中将目光投向了流水本身。然而，对于流水的注目并不能给他的观察和思考带来什么好处。相反，对于流水的长时间的凝视，只能加剧视觉的迷离和意识的昏乱。

《唿哨》将"凝视"的危险性推向了极端。这篇小说精细地描述了老者孙登在一个有利于观察的好时光（"在一个阳光明媚的正午"）里的凝视。但是，观看在这里面临着危机。这位衰老的观察家的目光是呆滞的、昏昧的。尽管有诸多事物进入了他的视野，但他却分不清自己所看到的事物究竟是真实还是幻象。而曾山也面临着同样的困境。当他再一次"走到了河边灿烂的阳光之中"（又是"灿烂的阳光"！）时，他却显得心不在焉，若有所失——

一切都恍若梦中的情景。他在这所著名的大学呆了整整十年。他熟悉这条河流以及两岸的一树一石。但他无法区分这个午后与记忆中的过去有何不同。

在这里，格非将注意力转向了主体内部。这样，外部世界的昏昧性就成了主体意识昏昧性的表征。观看从内部出了毛病。观看的障碍披露了主体意识的故障和有限性。对于孙登这样一位年迈的观察家来说，问题的根源则在于时间因素的介入。时间（及其所带来的衰老）使他的目光呆滞，意识迷乱，如同流水使注视者头晕目眩一样。孙登的"流水"就是"时间"本身。

时间

在格非那里，河流总是作为时间的换喻而出现的。比如，在曾山的生存活动中，那条小河几乎是无处不在的，它既是曾山的存在背景，又是对于时间（以及与此相关的"记忆"）的揭示物。而在《欲望的旗帜》中的另一个主要人物——女主角张末那里，这条河流甚至还是她的无意识领域里的重要部分。她的一个情欲之梦，即是一次发生在小河边的经历。关于时间的经验，构成格非小说中的"自我意识"的核心，也构成了格非小说的基本内容。

以时间经验作为小说的基本内容，在格非的其他一些小说中，甚至无需"河流"意象来引发。《追忆乌攸先生》是格非最早的一部小说，从表面上看，这似乎是一个有关谋杀的侦破故事，但在叙事中起作用的却并非侦查行动。随着故事的进展，案件及其相关的内容部分渐渐消失，化为乌有，遗留下来的只有在侦查过程中，人们尽力追忆往事的一些记忆残迹。时间像流水一样冲刷着人们的意识空间，记忆即是冲刷过后的遗迹。在另一些作品（如《青黄》、《褐色鸟群》、《陷阱》、《迷舟》、《唿哨》等等）中，时间亦像洪水泛滥的河流，淹没了故事的堤坝。它以无比巨大的吞噬力，吞没了一切事物，而使自己成为作品的唯一主人公。而事物和人物，在这时间的大书中，只不过是为证明时间存在而设置的一些记号和路标而已。我们看到，在格非的作品（尤其是早期作品）中，人物往往用代码来表示，如"棋"、"牌"、"瓦"、"黑桃"、"官子"等等，它们只是作为更高的存在者的时间游戏中的一个代码而存在。另一方面，这些形象暧昧、性格扁平的影子般的人物，也是在提醒人们，"人"既不是作品的主人，也不是世界的主人。

由此可见，格非小说中的世界是一双重性的结构，如同镜像结构一样。一面是现实世界：人物、事物、事件；一面是想象世界：时间以及时间中的主体经验，即记忆。不过格非对这一镜像结构作了一个逆向处理。现实世界变成了表象和代码，是一个幻想世界，它只是时间中的主体意识的一个影像。与此相对应，格非的小说亦存在着双重性的结构。其"显性文本"是各种各样的故事：侦破、谋杀、性爱、战争、旅行、等等；其"隐性文本"即关于世界的"时间性"母题，亦即关于人的生存经验中的时间性关系。这一点（无论其观念的来历如何），是格非对现代汉语小说最主要的贡献之一。以往的小说尽管也有关于时间问题的思考，也有对时间的深刻体验，但是，将时间这样一个形而上学化的存在因素当作母题来表现，则是格非小说的基本任务。

根据上述理解，我们可以断言，格非的小说所描写的不是人物，而是人物的"自我意识"。同样也可以说，其所记述的不是事件，而是主体对时间流逝的记忆痕迹。他的小说基本上如同一幅"自我意识"的"地貌图"，其中，《青黄》则是最精确的一幅。

《青黄》虚构了一个语源学调查的故事：主人公"我"赴麦村调查"青黄"一词的本义。这几乎可以看成是一个关于"存在"的寓言。一个又一个被调查者，都竭力回忆着往事，企图还原事物存在的本来面目。可是，时间使他们的记忆出现了偏差，记忆的线索不是突然中断，就是偏离到另外一些事物上去了。时间在这里呈现出扭曲、断裂、延宕或凝滞等各种状态，构成了一个巨大的意识迷宫。而这个迷宫的核心，盘踞着一头可怕的记忆怪兽——遗忘。

> 一个黄昏接着一个黄昏，时间很快地流走了，在村落顶上平坦而又倾斜的天空中，在栅栏和窗外延伸的山脉和荒原中没有留下一丝痕迹。我整日整夜被那个可怜的人谜一般的命运所困扰，当我决定离开这里的时候，我突然有了一种不真实的感觉。

这种感觉在格非笔下经常出现，它显示出时间可怕的力量——"遗忘"。正如《追忆乌攸先生》中所说的："时间叫人忘记一切。"而对于"青黄"（它是"存在"的代名词）的本意的追索，在时间的流逝进程中，变成了对其意义的远离或丧失。

时间所拥有的遗忘的力量，将意识主体抛进了可怕的记忆空洞之中，亦将存在的意义引向"虚无"。正如博尔赫斯笔下的镜子和梦一样，遗忘（或记忆空缺）暴露了存在的虚幻性的一面。格非的小说深刻地触及了"时间"的二重性本质：记忆和遗忘。主体即陷身于这二重性的对立与断裂的间距之中：一方面是记忆的诱惑，另一方面是遗忘的威胁。

追忆

格非在《陷阱》中这样描述"记忆"的状况——

> 我的记忆就来自那些和故事本身并无多少关联的旁枝末节，来自那些早已衰败的流逝物、咖啡色的河道以及多少令人心旷神怡的四季景物，但遗忘了事件的梗概。

这段话揭示了"记忆"与"遗忘"之间的关系，并指出了"追忆"的可能性。时间悄悄地将记忆引向遗忘的"陷阱"，而被追忆复现的只是记忆的一些残片。格非在《青黄》中进一步阐发了这一观点——

> 时间的长河总是悄无声息地淹没一切，但记忆却常常将那早已深入河底的碎片浮出水面……

这些记忆残片，构成了追忆的意识材料。而这些意识材料，并非由理性的时间秩序所组织起来的完整的序列，而是意识主体在现实生存活动中的感性经验和无意识内容。追忆的"逻辑"遵循的正是感性经验和无意识原则，理性的时间"逻辑"则将追忆引向记忆的反面。格非在小说中用案件的逻辑、语词的意义和文典等来象征理性的时间秩序，如乌攸先生的案件、"青黄"的语义、《麦村地方志》等等。这些物事和符号系统表面上一劳永逸地凝结了记忆、攫取了时间，然而，正像《麦村地方志》一样，这部虚构的文典本身即是记忆混乱的产物，它将追忆引向了万劫不复的歧途，引向了"乌有"和"虚无"。这样，复原时间的努力也就沦为徒劳。

追忆将注意力放到主体的感性经验方面，或者，不如说，是感性经验推动着追忆的进行。这一转变意味深长。记忆中的一树一石，作为主体的感性活动的标志，为时间的流逝，也为主体的生存提供了证据。至此，我们为格非小说中的主体的"观看"动作找到了存在的依据。视觉的感性活动正是为了识别并记住这些时间标记。观看行为将这些标志存入记忆档案构成对时间流逝的感知，正如通过观察候鸟的迁徙和花事的变化来判断季节的更替（这一点，是《褐色鸟群》中反复指示过的）。这些外部事物的标志性意义在于对个人内在经验的唤醒，并将观察者个人的过去和现在（以及未来）的经验（对这些事物的感知和记忆）联结在一起。因而，可以说，观看为追忆准备了物质材料，使追忆得以穿透时间的迷雾，将主体的存在意识统一到感性经验的基础之上。

　　没有比《迷舟》的文本能更好地说明这一切的了。这个所谓的"历史故事"（奇妙的是，它同样也发生在河流两岸），正如它的名字一样，布满了迷雾。故事的时间长度为七天（这个时间长度暗合了"创世纪"的长度），作者特别地用"第一天"、"第二天"等加以标志，如同钟表的刻度或日历的号码一样。这是一个引人注目的提示，表明时间因素在故事进程中的支配性地位。从表面上看，这个故事记录了主人公萧的生命丧失过程，但这位心事浩茫的军人从一开始就陷入了记忆的荆棘丛中。往事浮现，搅乱了他的现实感，也模糊了他对未来的预知。在他的肉体消失之前，意识早已迷失。这种观念似乎与中国古老的"魂魄"观念暗合。更为奇妙的是，在小说一开头，格非干脆直截了当地画起图来：两条交汇的河流和几处地点，记忆和现实中的一切都产生于此。这是一幅粗劣的简图，它出现在作品中并非出于必不可少的理由。但这幅简图却暴露出他的作者无意识中的某些秘密。河流的形状看上去像一段分杈的枯树枝，而分散在河两岸的几个地点则像是几粒散落的石子：圆的和三角的。这些图形正与哲学教师曾山在河边所观看到的事物一致，它们也是格非本人记忆所注重的对象。"树与石"恰好是《格非文集》中的一个书名。格非在该集的"自序"中也特别阐明了这些标志性的自然事物的意义——

　　　　我随手写下《树与石》这个书名，并无特殊的含义。也许它仅仅能够留下一些时间消失的印记和见证，让感觉、记忆与冥想彼此相通。

感觉、记忆与冥想，不正是意识主体在时间现在、时间过去与时间未来中的状况吗？这段话点明了格非小说写作的基本意图：通过追忆来复现个体在时间中的生存经验。而"树与石"以及文本中的任何事物，都是为这一追忆的过程设立的一些路标。

在本文开头部分，我们谈到过格非声言关于"预言之书"的写作。不错，格非在叙事时间上采用过一些手段，似乎使所谓"预言"更加名副其实。比如，他在《褐色鸟群》中让主人公"我"追述1992年春天的"往事"，而小说本身的实际写作时间却是在1987年。很显然，这是对"时间未来"的虚拟。即使如此，虚拟的"时间未来"仍然是被纳入到"追忆"的轨道中才得以成立。因而，这只能看作是对"预言"的戏谑性的虚拟（或者说，是"戏拟"）。这样，"预言之书"实际上乃是"追忆之书"。同样，书写着"时间现在"的"观看之书"（如果它存在的话，最好的形式是照片），正如我们在前文所论述的那样，亦是为追忆提供情感经验的记忆材料。任何"观看"都必将成为"追忆"，一如照片随时间的推移而泛黄一样。

格非企图通过追忆来揭示不同时间维度上主体生存经验（感觉、记忆、冥想）的交织、互渗的共生状态，在"记忆"与"遗忘"之间架设一道桥梁。这样，也就实现了他本人所主张的"复现逝去的时光"和"还原个人经验"的写作理想。但追忆活动本身，从根本上说，仍是关涉现实生存状态的。追忆无非将逝去的时间召回到现实的生存活动中加以复现，同时，现实的生存经验无时不在介入和改造对于时间的追忆。比如，"突然"出现的现实事件，改造了记忆的内容，也改变了追忆的方向，并在主体的意识内部进行了结构变换。关于这一点，我们在下面还将谈到。这里特别要指出的是，格非对于"时间"和"追忆"主题的偏爱，并不意味着对现实生存的拒绝和漠视。从根本上说，这些被追忆所唤醒的生存经验，构成了我们现实生存意识的基础和"自我意识"的核心。经验的碎片充填了时间的"空洞",从而改变了"存在"的虚无品质。从这个意义上说,追忆仍是对时间和存在的拯救。

阴谋与爱情

踏上追忆之路,如同踏上一条回乡之路,它像时间一样漫长,像童年一样美好。在通常情况下,回乡者总是满怀温馨的记忆和甜蜜的憧憬,即使偶有感伤的情绪,这情绪在追忆之中也变得甜丝丝的。因而,追忆(或回乡)经常是一个带浪漫色彩的主题(比如,在哈代那里和在普鲁斯特那里)。浪漫的回乡甚至不需要理智,双足任凭习惯力量的牵引,即能够自行抵达。可是,这种浪漫的旅行在格非那里变得格外困难。

格非小说中经常出现"麦村"这个地点,它或者是人物童年生活的场所,或者是故事的原生地。当然,它也可视作故事"追忆"的目的地。可是,格非笔下的人物在踏上这条漫长的追忆之路后,却面临着记忆歧路丛生的状况,另一方面,"突然"发生的现实事件也往往接踵而至。其结果是,人物或者无可挽回地陷入了迷途(如《陷阱》、《夜郎之行》等),或者立即被某种厄运所控制(如《迷舟》等)。追忆之路在格非笔下变成了一条荆棘丛生、危机四伏的道路。

萧(《迷舟》中的主人公)的命运之路被安排在他返回故乡途中。然而,从一开始他就通向危险。在这篇小说中,格非再一次采用了一个"镜像结构"。萧的命运像在镜子中一样向两个相反的方向展开:一是他追忆中的过去,一是卜卦者预言的未来。而现实则是镜子本身,它使过去与未来在这里重合。但这是一面危险的镜子,它像一个陷阱安排在萧的身边,命运无论向哪个方面发展,都在不知不觉中陷身于这个可怕的死亡陷阱。

通过萧的命运我们可以看出,现实生存处境如同一张巨大的阴谋之网,人物则是猎物。格非笔下的许多故事背后,都隐藏着这样一场阴谋。比如,《追忆乌攸先生》中的谋杀,《敌人》中的复仇阴谋,《湮灭》中的有预谋的自杀行动,《大年》中的豹子的命运,等等。一般说来,当代先锋派小说家在他们最初的作品里很少直接描写当下的现实生活，但这并不意味着他们漠视现实生存经验对人的意识的影响。这些作家似乎更乐意将现实生存活动处理成一些基本的经验内容，并将这些内容沉降到无意识领域里加以呈现。这样做应该更有利于凸显现实经验对主体内部世界的改造作用。比如余华，用现实生存中的"暴力"经验处理一个心理事件，以凸显主体在普遍存在的暴力面前的创伤性记忆痕迹。格非则将"阴谋"视为现实生存的基本经验之一。从这个意义上说，格非、余华等人的那些表面上看十分抽象的作品，依然具有现实针对性。而写于1990年的《欲望的旗帜》，则干脆就是关于现实生活的主题的。这部小说的故事围绕着一次学术会议展开，可这次会议看上去不如说是一场大阴谋。会议成为阴谋的契机和展开场所，这对于任何一位现代中国人来说都不会感到奇怪。事实就是如此：阴谋家开会，老实人上当，敏感者忐忑不安，旁观者幸灾乐祸，而会议的每一项议程都有将局面引向灾难的可能。

从时间特性方面看，"阴谋"与"暴力"有许多相似之处：它们在发生时呈现为"突发性"和"瞬间性"。所不同的是，暴力具有一股足够强大的冲击力，它如同一枚尖锐的楔子，突然嵌入主体的意识"板块"，造成创伤性的裂隙。阴谋则具有一种软性的形式，像橡皮，它抹擦，在意识上造成"空白地带"。阴谋并不像暴力那样，强行阻断时间，它显得更有耐心，它埋伏、诱导、等待，将时间拉长、变软、无限延伸，直至最后一刻才突然打断时间的链条，露出死神的狰狞面目。这也就是阴谋对萧的吞噬过程。格非还特别地描写了萧在面临毁灭的那一瞬间的内心感受——

> 面对那管深不可测的枪口，萧的眼前闪现的种种往事像散落在河面上的花瓣一样流动、消失了。他又一次沉浸在对突如其来的死的深深的恐惧和茫然的遐想中。……他看见母亲在离他不远的鸡埘旁吃惊地望着他。她已经抓住了那只母鸡。萧望着母亲矮小的身影——在抓鸡的时候她打皱的裤子上粘满了鸡毛和泥土，突然涌起了强烈的想拥抱她的欲望。

对于萧来说，这样的感受来得未免太晚了。尽管如此，它毕竟是萧所见到的最后一丝温馨的光，它照亮了七天来（也许是一生）萧的阴云密布的生活，是帮他领悟到生命意义的唯一启示。也可以说，这突然涌起的"爱"的愿望，为这个面临毁灭的世界提供了最后拯救的希望，尽管它缺乏现实的可能性。不过，萧对爱的愿望的发现，在格非笔下是十分难得的段落，它毕竟是一种在非常情况下才被激发出来的隐秘的愿望。而这种愿望却显示出了爱的一般性质：对永恒的渴望。

在所有的爱当中，情爱是个体生命把握时间的最极端的方式。热恋中的情侣最充分地体现了人类对时间永恒的要求，他们像饥渴的人一样，疯狂地扑向时间，攫取时间，在瞬间感受着永恒。格非笔下的爱的主题也更多地被放置到情爱的范畴中来表现，并与他的时间和追忆的主题联系在一起。爱情总是主体追忆的最基本的内容之一。如《迷舟》中萧对杏的回忆，《边缘》中"我"的爱情经历，以及《褐色鸟群》、《没有人看见草生长》等作品中的叙述内容。

但是，情爱却包含着比一般的爱更为复杂的成分，它既有爱的普遍属性，又隐藏着其特有的欲望因素——性。情爱之所以在回忆中变得温馨美好，乃是因为时间滤去了其中的欲望内容。但现实的情爱却以欲望作为原动力。欲望具有一股强大的力量来推动情爱的现实完成，但它又是一股带有原始的盲目性的力量。

格非在描写现实情爱内容的时候，注意到了欲望力量的存在。爱情奇妙得像阴谋。它像阴谋一样不期而至，像阴谋一样使时间消失，意识迷乱，或者，盲目的欲望恰好成了阴谋的帮手。萧与杏的爱情经历恰恰是这样：情欲帮助完成了阴谋。而在《欲望的旗帜》中，两个主人公（张末与曾山）也像陷入一场阴谋一样地陷入爱情。至少可以说，爱情与阴谋有着相同的时间形式和效能。另一方面，对于欲望因素的消除，固然有可能使爱免于盲乱，但却使它沦陷于冷漠。《初恋》描写了一对情侣追述旧日恋情的故事，似乎是让时间来消除欲望的破坏性影响。可是，格非却将他们安排在情感破裂的时刻才使追忆成为可能。爱情产生的过程巧妙地被偷换成爱情消失的过程，或者说，曾经产生的爱情在时间中，在激情被消磨之后便迅速地循原路返回，直至消失。这一时间结构导致了一种反讽的效果。它表明了格非对于现实的爱的不信任。从某种程度上讲，格非对爱的主题的描述，正暴露了我们这个时代的情感生活的困境：疯狂与冷漠相互纠结的悖谬的迷途。

格非的小说通过对时间、记忆及个体生存处境和"自我意识"的艰难思考，揭示了我们这个时代一系列存在本体论上的重大问题。而作为这个时代的观察者和写作者，他在思考这些难题的同时，自己也不可避免地陷入这些难题之中，这样，便给他的作品带来了晦涩和悖反的文体风格。近年来，他似乎有走向简洁明快风格的趋向。但在我看来，风格的变化并不完全取决于个人才能。

格非的近作《时间炼金术》基本上很好地总结了格非写作的基本主题和艺术成就。在这部作品中，格非将时间分解成感觉的碎片，放置到叙事的熔炉中冶炼。这表明作者为解除时间悖论所作的最后努力。可在这个"炼金术"中，作为"催化剂"的爱已失效（它在作品中被性和冷漠感所取代），它充其量只能是一种低效的黏合剂，在后现代背景下对生存进行巧妙的拼贴。时间炼金术不幸沦为时间拼贴术。

我想，格非本人也许根本就不相信"炼金"的神话，他只不过在作一次戏谑的讽喻。在这个暧昧的时代，看来也只好如此了。

关于李洱《遗忘》的"学术讨论会"

当李洱的小说《遗忘》摆在我面前的时候，我感到了一种挑战。它对我的批评能力形成了挑战。我喜欢这种挑战。然而，我还是感到它的意义超出了我的学问所能覆盖的范围。为此，我特地邀请了几位朋友，在我家里举办了一次小型的学术讨论会。这些朋友是有关方面的专家，但他们都爱好文学。他们各自从专业的角度，对《遗忘》提出了自己精辟的看法。以下是这次讨论会的纪要。

抢先发言的是一位名叫昆德拉的音乐家。此人好表现自己。他说——

《遗忘》是一部弦乐四重奏。第一小提琴——冯蒙；第二小提琴——罗宓；中提琴——曲平；大提琴——侯后毅。首先，由第一小提琴演奏宣叙调，引出主题。其主部主题是"遗忘"，由第二小提琴奏出，"历史记忆"和"知识"是该主题的呈示和变奏。其副部主题是"神话"，由大提琴奏出，"现实"是该主题的呈示和变奏。中提琴则演奏其中的谐谑曲。至于其中关于现实的部分，显然包含某种讽喻性，这使作品带上了喜剧性色彩。它的喜剧性风格与遗忘主题结合在一起，就是一本"笑忘录"。

接着发言的名叫佩莱克。他基本上赞同昆德拉的看法。不过，他却作了另一番阐释。由于口吃，他说起话来总是尽量简短。

《遗忘》与其说是一部小说,不如说是一局棋,而且是一个残局。衰老的王,放荡的后,斜行而且善变的象和野心勃勃、凶狠狡诈的卒。他们分别被称之为侯后毅、罗宓、曲平和冯蒙。在一张由"神话传说"和"现实"这两种方格拼接起来的棋盘上,按各自的规则走动。结局其实从一开局就已决定了:年轻的卒子吃掉了衰老的王。

佩莱克这样说,因为他是一位象棋大师。他还专门写过一本关于象棋的《使用指南》(La vie mode d'emploi)。

这时,性情古怪而又固执的昆虫学家纳博科夫站起来质疑——

你们谈的都有一些道理。但你们又都犯了一个致命的错误。你们忽略了一个至关重要的人物——嫦娥。此人虽然是一个没有出场的人物,但却是该作品的真正的主人公。嫦娥,又名"恒娥",翻译出来就是"The Eternal-Feminine"(永恒的女性)。何以能够永恒呢?因为她实际上是一种蝴蝶,学名"恒蛾"。不过,它是一种早已灭绝的蝶类。古代人看到蝴蝶年复一年地作茧、化蝶的轮回变化,以为蝴蝶是永恒不死的。故而,梁山伯和祝英台会化作蝴蝶,以纪念他们永恒的爱情。此种蝴蝶每年春天来到平原地带交配产卵,是谓"下凡"。而一到夏季复又远走高飞,不知所终,是谓"升天"。而冯、侯、罗、曲诸人,则是"恒蛾"的四种状态:虫卵、幼虫(也就是"毛毛虫")、虫蛹和虫茧。李洱就像一位魔术师,让这些虫子幻化作人形,在世上活动。众所周知,魔术师的本领正是一位小说家必备的本领之一。

一提到魔术师,"巴别图书馆"的馆员博尔赫斯插话了——

这并非一种简单魔术。事实上,任何魔术都包含着关于宇宙的某种秘密。我们"巴别图书馆"里就有不少中世纪阿拉伯的魔术书,它们就包含着古代阿拉伯人的宇宙观,与我们现代人不一样。李洱的

《遗忘》也是如此。

宇宙存在于"阿莱夫"。阿莱夫是永恒的。阿莱夫是完美的。然而，阿莱夫又是虚无，是"不在"。嫦娥就是阿莱夫。一个"永恒的美人"。她在，又不在；她不在，又无处不在。等等。所以，侯后毅既看见了嫦娥，又没看见嫦娥。

然而，阿莱夫又是关于记忆的。记忆之路是一条交叉的小径。它看上去通向远方，通向遥远的过去，实际上它却又回到现实中，并与我们的现实经验交叉，使现实看上去就好像是古老历史的一个虚幻的回声。这就是古老的东方的"轮回"观念。诗云：

……那黑色的轮回
一夜又一夜地将我留在世上的某个地方，
……
……它给人们
带来了爱情和黄金时光，只留给我
一朵凋零的月季，一团乱麻似的
街道，重复着我的祖先的古老的名字：
帝俊、后羿、逢蒙、嫦娥、宓妃、钟馗、屈原
……

然而，盘踞在记忆的交叉小径之中心的就是"遗忘"。我早就说过，"所谓写作，就是我们对所读过的东西的记忆与遗忘的混合物。"《遗忘》就是对许多典籍的"遗忘"的痕迹。这就好比词典是人们对事物"遗忘"的痕迹一样。

人老了，就难免啰唆。况且，这个老头子因为书看多了，便好作玄奥之论，说起话来往往虚虚实实，颠三倒四，叫人难以捉摸。所以，他的话未可全信。

然而，有人从另一个角度证实了这位玄学老头的这一番胡言乱语。他

就是建筑师卡尔维诺。他说——

　　从建筑学角度看,《遗忘》是一个四面体的房屋。它由四面墙组成:本事、考证、考证者的故事和图片。请注意:你们几位都忽略了图片的存在。然而,没有壁画的建筑,简直就是监狱。
　　由这四面体所构成的房屋,是一座迷宫,就像是某种蜘蛛的巢穴。在它的中心居住着一位怪客——遗忘。我仿佛看到李洱先生像一只繁忙的蜘蛛,在编织一张名叫"遗忘"的大网,为的是捕捉不存在的事物。遗忘是这个建筑物的真正主人。因为,没有人知道它的出口何在。也许,它根本就没有出口。当然,也就没有入口了。不过,这种"四面体"的建筑是不可能存在的"城堡"。因而,它也可叫作"看不见的城堡",或者"不存在的城堡"。我们干脆借用李洱本人最早的一篇小说的名字,把它叫作"悯城"吧。
　　顺便说一句,所谓"凸凹文体",也完全符合后现代主义建筑学的原则。"凸"与"凹"正好是两个品种的建材。它并不像某些心理阴暗的家伙所认为的那样,是对色情的暗示。

　　我以为这句话是针对我的,因为我就是这么看的,当然是在心底里。但我却发现,坐在我对面的大学教授戴维·洛奇的脸微微地一红。他干咳了两声,慢条斯理地开了腔——

　　一部关于学院生活的讽喻性作品。学院生活就像是一个"小世界",这一点,我最清楚。并且,在学院里发生某些桃色事件,比如,男教师与女学生之间的恋情之类,也是难免的。至于这是否与"凸凹文体"有关,这就很难说了。
　　嫦娥就是学者们所追求的事物的意义。语言就像是一匹色狼,总在追逐着意义女郎。而意义在天上,就像遥远的月光,可望而不可即。追求意义的道路是漫长的,为此,我们要上下而求索。上,即"升天";下,即"下凡"。有时不免还要"下地狱",像但丁那样。然而,任何意义的界说,都只是一种传说,一种猜测。尽管学术语言貌似科学,但它更像是猜测。

意义偶尔"下凡"到语言中,但旋即又"升天"了。留下的意义空洞,则由语言来充填。知识和学术由是而产生。然而,语言所能引诱的,永远只是意义的替代品,一如冯蒙所引诱的罗窊之于嫦娥。"小世界"里的事情往往如此。

这时,一个名叫艾柯的警探说话了——

诸位,你们为什么不将《遗忘》看作是一桩谋杀案呢?这难道不是明摆着的事情吗?一个名叫冯蒙的博士研究生,因为学位问题而谋杀了自己的导师。历史上也有过相似的案情:逢蒙杀害了自己的师傅后羿。而这个冯蒙的所作所为,无非是对古人的一次拙劣而又卑鄙的模仿。因而,《遗忘》的主题是关于"模仿",其故事线索则是一桩谋杀案。凶手的日常生活和学术活动中所涉及的点点滴滴,都可以看作是其罪行的蛛丝马迹。最终,罪行昭然若揭。如果让我来写,它的题目就叫作《玫瑰的名字》。况且,该作品中有一处提到了"玫瑰"的名字。

接下来发言的是一位厨师。此人名叫巴尔特,来自一个叫作"后庖丁"的高级宾馆。他有一手上好的烹调手艺。据说,最近他与社科院的陈博士过从甚密,因而,对文学也颇有些见地,治文学批评若烹小鲜。不过,遗憾的是,在他发言的时候,我正好去了卫生间。我只断断续续地听到他的一些"话语碎片":切片、拼盘、杂拌儿、欲望(食欲?)、快感、大卸八块、解(构)牛……

讨论到最后,一直沉默不语的无业人员巴塞尔姆终于憋不住了,他跳将起来,扯着尖锐的假嗓子叫道——

谎言!谎言!彻头彻尾的谎言!也许是一个美丽的谎言。那些漂亮的照片,则为这些美丽的谎言做出了有力的伪证。(当然,任何谎言都需要伪证。)这是谎言的艺术吗?抑或艺术的谎言?

不过,我喜欢谎言,这些艺术中的谎言。我就是一个谎言制造者。因为,谎言正是我们生活的本质。现实的虚伪性总是被"真实"的假面所掩盖。所以,我讨厌那种制造"真实性"幻觉的"艺术"(不如叫作"骗术"更合适一些)。也许,只有相信艺术中的谎言,才不至于被现实生活中的谎言所诓骗。事实上,真正的艺术并不像人们所想象的那样能够揭穿生活的虚伪性,相反,它永远只制造新的谎言,并以自身更伟大的虚伪性来为现实的虚伪的"真实"作证。《遗忘》值得称道之处就在于,李洱发现了"话语之虚伪性"这一秘密,他创造性地利用了各种各样的虚伪话语的"断砖碎瓦"——言之凿凿的"谎言"和价值连城的"废话"——建构了一座虚幻的"神殿"。从外表上看,它仿佛就是一座真实的"神殿"。但它的存在只是为了证实这种"真实"的虚假性,从而,让居住于其中的"神祇"变成木偶,也让那些膜拜的人们感到不安。

人们说话总难免要受自己的知识所限。我的这些朋友们也不例外。他们说的都是自己的行话。至于能否切中李洱的作品,这还是个问题。于是,我作了如下一番总结性的发言——

根据诸位之上述意见,至少可以说明李洱的《遗忘》是一个具有多重可阐释性的"文本"。或者,它只能被称之为"文本"。它似乎根本就不能称之为一部"小说",甚至也不是任何其他通常的文类作品。这也正是一种古老的和最原初的写作方式。我们确实可以说它是一个各种话语和文体相拼接的产物。但它不也是我们这个民族古老的历史记忆的残余(神话传说)与现代人的生存经验(荒诞感和虚无感)混杂的产物吗?在其中不也正好混合着现代生活的荒诞和焦虑吗?当然,更重要的还是它在形式上的奇特性。它是对各种经典文类的戏谑性的模仿以及对各种经典性的文学主题的戏谑性的改写。它就像在那些被戏仿的经典的支离破碎的废墟之上生长出来的一朵稀奇古怪而又妙不可言的花儿。当然，事实上任何写作都是改写，而同样，任何阅读都是误读。

我们看到，在《遗忘》中李洱仿佛习得了一种分身术，他同时变成许多人，然而又不是任何人。可是，哪一个才是真实的李洱——那个我所熟悉的朋友李洱呢？对于我来说，这一点更令人感兴趣。我想起了李洱最初的那些作品，比如《导师死了》之类。在这个有着光怪陆离的形式的文本背后，依然保留着一些李洱所热衷的故事结构方式：学院生活、导师、研究生、学术活动，以及人与人之间的隔膜感，等等。还有李洱所特有的谈话方式：机智而又不乏精辟的句子和在故作严肃的言辞中隐含着诙谐的语调。我阅读着《遗忘》，就仿佛听到了李洱"呵呵呵"的笑声，看到了他那狡黠而又俏皮的表情。我能感觉到我所熟悉的那个李洱。从这些方面来看，李洱又似乎没有变……

就在我高谈阔论的时候，我的妻子下班回家了。她一看见屋子里的情形，脸马上就沉了下来。我知道，我们这场混乱而又无聊的"学术讨论会"不得不赶紧收场。因为，我的妻子素来不喜欢我的这帮游手好闲而又好夸夸其谈的朋友。我的朋友们也很清楚这一点。他们一个个都知趣地溜开了。一眨眼功夫，便全都无影无踪，就像幽灵一般。

丽娃河畔的纳喀索斯
——宋琳诗歌的抒情品质及其焦虑

> 有什么能够在水之外,为它
> 划定边界?
>
> ——宋琳:《十只天鹅》

一

宋琳诗歌的水性品质是显而易见的。留心一下他的诗集就不难发现,宋琳的诗不仅有一种流水般的清澈和恍惚的风格,而且他偏爱使用水流的场景和隐喻。河流、湖水和海,总在其诗中反复出现。《在拉普拉塔和渡船上对另一次旅行的回忆》、《博登湖》、《保罗·策兰在塞纳河》、《读水经注》、《脉水歌——重读水经注》、《从盐根海岸看黑曜绝壁》、《江阴小调》、《西湖夜游》、《伸向大海的栈桥》、《上海的一条河》……对于《水经注》毫不厌倦的反复阅读,也提示了他对水系的特殊癖好。

> 你们,百川的名字,浩浩水波
> 从一条河引申出另一条
> 遥远如来自某个极地
> 源头是谜,它的譬喻也是谜
>
> ——《读水经注》

这同时也是宋琳诗歌的一个譬喻，其中隐藏着宋琳诗歌的源头和谜底。他写了那么多的河流，写了"百川"，为的是找到一条"原初的河"。而我坚信宋琳的这一"水流心结"源自他的诗歌生活的策源地——丽娃河。丽娃河曾经是一条妖媚的水流，她贯穿华东师范大学校园，以其特有的阴柔气质和梦幻风格，养育了华东师大的诗歌精神。宋琳则是一匹游荡于丽娃河上的抒情之猫。目睹过1980年代华东师大校园景象的人，都会记得这个诗歌幽灵四处徘徊的情形。已不那么清澈的丽娃河水，照出了这位抒情的纳喀索斯的形象，这也是1980年代校园抒情诗人共有的形象。对于"自我"的迷恋和浪漫主义品格，构成了那个时代的抒情的基本面貌。

从丽娃河引申出苏州河，又从苏州河引申出塞纳河，以及一切河流。然而，这所有的水流，都可看作是"原初的河"——丽娃河的变形和影子。"百川"不过是这一特殊河流的一百条注释。

　　一个人，一条河。那个注释家
　　知道自己越来越近了
　　却对着川流中不动的影子大感不解
　　于是贴近并且听着
　　采采流水……
　　　　　　——《读水经注》

通过一条普通的河流，冥想大地上的一切河流和水系，这不仅是诗人的天分，同时也是哲人的禀赋。学生时代的宋琳，曾以迷恋哲学、热衷思辨而著称，他早期著名的诗篇《致埃舍尔》，显示出他在哲学方面的癖好，并因此获得了一个"哲学狐狸"的诨号。关于哲学，宋琳这一代人正从课堂上和教科书中老生常谈的"唯物辩证法"中摆脱出来，热衷于寻找新的思辨游戏。通过博尔赫斯和埃舍尔，进而是毕达哥拉斯和芝诺，他们开始习得关于循环、重复和悖谬的知识，关于错综如迷宫的时空悖论和无限增值的"镜像"观念。

> 十二座一模一样的桥上,
> 没有哪一座不是车水马龙。
>
> 晚钟震响,众鸟敛迹,
> 尖顶隐入灰暗的天空。
>
> 目光茫然,风中最后的树叶
> 颤抖着,不知落向何处。
>
> 强烈感觉到分裂的自我,
> 仿佛十二座桥上都站着你。
>
> ——《漂泊状态的隐喻》

这首斯蒂文斯风格的诗,包含着建立在悖论基础之上的对古老的"一"与"多"的关系的辩证法。"多"源于"一","一"衍生"多",十二座桥都模仿着那座"唯一的"桥,正如"百川"源于同一条河流。从"众多"的形象中看到原初的"单一",我们可以将它理解为诗人寻找自我认知的镜像的尝试。事实上,无论是屈原还是朱湘,也无论是华兹华斯还是保罗·策兰,对于一位现代诗人来说,都是诗人自我形象在历史的逝川上投下的模糊的影子。或者反过来说,这位生活在20世纪的诗人,则无非是遥远过去的水畔吟咏者的一个片面的镜像。所有的水畔吟咏者,也都在注释着同一个人。类似的玄学经验,我们还可以从与宋琳同时代的欧阳江河的诗歌和马原的小说中看到。

然而,"采采流水"之上,那只贴近的耳朵又能够听到什么?倾听,是宋琳诗歌的基本姿态。但他并非一个耳听八方的人,相反,对于日常生活世界的声音,宋琳表现得相当迟钝。宋琳的倾听对象,是那耳蜗中心的风暴,水流深处的喧嚣,通常听不见的纯粹的声音。正如他在描述众多河流的时候，总是指向那唯一的源头一样，宋琳追求一种听觉的"纯粹性"。在他看来，如果没有一种穿透感官之喧嚣的纯粹听觉，我们只能听到一些嘈杂破碎的声响，从根本上说，依然是一个聋人。

> 那里升起一棵树。哦，纯粹的超升！
> 哦，奥尔甫斯在歌唱！哦，耳中的高树！
> 万物沉默。但即使在蓄意的沉默之中
> 也出现过新的开端，征兆和转折。
> ——里尔克：《致奥尔甫斯的十四行诗·1》（林克译）

里尔克是一个带有浓重宗教情怀的诗人，他在一定程度上复活并重塑了古老的"奥尔甫斯教"的核心教义。奥尔甫斯（或里尔克），这位歌唱者和抒情者的神，在整个1980年代，强有力地统治着中国诗坛的时期，正如诗人臧棣所说："在对中国诗人产生影响的过程中，里尔克几乎销蚀了文化传统的异质性，或者说轻巧地跨越了通常难以逾越的不同文化传统之间的鸿沟。"（臧棣：《汉语中的里尔克》）对于中国诗人来说，里尔克的那些充满了神秘主义气息的赞美和祈祷，代表了纯诗的最高境界。宋琳的组诗《死亡与赞美》，正是这样一种语境下的产物。赞美和祈祷的言辞，其功能超出了语词的意义域，直接指向超验的神秘世界。它同时也是诗人返回内心的路径。克服感官的物质性的喧嚣，实现"纯粹的超升"，达到纯粹声音的极致。

如果说，祷告和赞美是诗人在向最高存在吁求价值和意义的话，那么，人类言说的反面——"沉默"，则在现实的处境中，为言说的价值领域划定了边界。而在声音的深处，是永恒的沉默。宋琳对这一"沉默"与"声音"的辩证法深感兴趣，这也是他的诗学的核心内容。他的倾听与言说的艺术，在俄国诗人艾基（Gennady Aygi，1934-2006）的"沉默诗学"中得到了强有力的呼应。在艾基看来，沉默才是存在的本质属性，万物鸣响喧嚣，但最终都将归为沉寂。人类的言辞也是如此。若非真正领悟到沉默的价值，则不懂得言说的意义。宋琳一度迷恋艾基的诗学，他曾经翻译过艾基的诗作,并与张枣一起以《今天》杂志社编辑的身份,采访过艾基。在论及艾基的时候,宋琳显然不会忽略艾基有关沉默的奇思妙想,他写道:"艾基的语言策略是什么呢?在熙熙攘攘的现代潮流中他坚持以提高难度的抒情自处,他的诗歌为语言最大程度地保留了沉默的古老属性。"(《谛听词的寂静——关于艾基的沉默诗学》)

  这是嘴唇和水的歌声
  要是我能够,我将记录下水位
  同时抓住一只惊慌的天鹅
  …………
  耳朵,酿造大风暴的小小场所
  通过你,我到达水的听力和沉默
      ——《倾听》

二

  1991年初夏,宋琳刚从一个特殊的地方出来。他就像一个贪婪的饥民,热切地攫取失去的时光。那个时节,也是宋琳诗情勃发的季节。有一段时间,这匹抒情的野猫每天都会在午夜时分打我宿舍的窗口路过。"张闳,拿支烟来。"他喊道。我从窗户铁丝护网的空隙里递过一支香烟,窗户外即刻腾起烟雾,伴随着烟雾的还有一串串梦呓般的短语和句段,这些正是他新近的诗作。仅仅隔着一个篮球场,对面是女生宿舍——第六学生宿舍。安静和黑暗使六舍变得遥远。夜雾浩渺,恍如宽广的河流。"……它宽得像忘河"(《在拉普拉塔和渡船上对另一次旅行的回忆》)。那些白天叽叽喳喳、花枝招展的女孩们,此刻已沉入黑甜梦乡。"她们正在梦见我们交谈。"宋琳说。

  恍如一个古老的"河汉遥望"的场面,像《诗经》一般古老。它在古代诗歌中被吟唱过无数回,足以编写一部冗长的主题史。而现在,这个场面突然在世纪末的午夜,散发着黑色的精神辉光,提示着"世界之午夜"的精神处境。而这个抒情的"纳喀索斯"则从如水的月夜和少女的梦中,映照出他自己的忧郁面容。

如果说,夜雾的阻隔尚且是一隐喻的话,河流的阻隔性在宋琳笔下则变得更为突出。

  大河前横,人依旧远在途中
      ——《读水经注》

这与《诗经·蒹葭》中的"溯洄从之,道阻且长"有异曲同工之妙。水流意念,有着古老的传统。无论是在《诗经》中还是在《楚辞》中,河流总是关涉情欲和梦幻,而同时也是距离与阻隔的象征。尽管现代人在跨越河流时,并无特别的困难,但河流的阻隔性,依然以隐喻的方式存留于人类的无意识深处,象征着人生路途中难以逾越的鸿沟。如同但丁笔下的冥河,刻画着生与死之间的深刻界限。

  保罗·策兰畅饮塞纳,越喝越渴。他喝着黑暗,从局部到全部的黑暗;他喝掉最后一个词的词根。
  ……
  漂啊,从塞纳到约旦,从巴黎到耶路撒冷。保罗·策兰用眼睛喝,用他自己发明的喝法喝,一个人畅饮着来自天国和地狱的两条河。
      ——《保罗·策兰在塞纳河》

事实上,保罗·策兰"畅饮"之处,也是宋琳"畅饮"之处。同样,保罗·策兰的"渴"也真切地被宋琳所感知。"越喝越渴",也就是策兰和宋琳共同的"焦渴"。甚至,它还是宋琳那个时代的共同"焦渴"。而这一"焦渴"的原型来自古老神话中的"天神之子"——焦渴的坦塔罗斯。这个窃取了天神的秘密并要考验天神智慧的家伙,被罚站在湖水中,水流浸到他的下巴处,但只要他一低头喝水,水流就立刻退去,显出干涸

言辞喧嚣的时刻

的湖底。坦塔罗斯是诗人自我形象的投影,他也象征着人类普泛性的"存在之焦渴"。

被心灵之渴折磨着的人们,靠什么样的液体来滋养?对于诗人来说,语词是存在之意义的蓄水池。浸透着文化和经验液汁的语词,被诗人汇聚成意义的水流。从这个意义上说,诗的一种拯救,对于存在之物的价值和意义陷于干涸和焦渴的拯救。由此来理解宋琳对《水经注》的不厌其烦的反复阅读,或许可以说,这正是其内心的焦渴和对人生迷途的焦虑的表征。我们看到这个人,正从有关水系的古老典籍中,徒劳地寻找摆渡人生迷津的线索。对于诗人而言,也许唯有依靠语词来解除这一精神之渴,借助诗行来涉足"天国和地狱的两条河"。

然而,坦塔罗斯式的"越喝越渴"的宿命,比一般意义上的"焦渴"更让人困窘。诗人北岛道出了这一处境——

> 饮过词语之杯
> 更让人干渴
> ——北岛:《旧地》

如果没有涉足那"唯一的"和"最后的"河流,精神之渴将无从缓解。直到"喝掉最后一个词的词根",言辞的水分也将归于穷尽,它将诗人推向了"渴"的极致,将词推向意义的终极悬崖。此时,言辞也就触及了"太初的词"的词根——这是宋琳式的悖论。

> ……不死的陈词滥调
> 将一次横渡引向一生的慈航
> ——《博登湖》

在浩渺人生的水面上,诗意语词如同水面上的粼粼波光,闪烁着梦幻般的希望。那些饮过"百川"而返回到初始状态的词,看上去如同一些"陈词滥调",但同时也承诺了诗的"不死的"品质,成为唯一有望将生命引渡到丰沛的福地的"慈航"。

三

水流还是一种诱人陷入冥想的物质。在冥想的迷茫中,时间正从我们身边悄悄溜走。水流意念与时间母题总是密不可分的。河流与时间经验之间的相关性,是人类古老智慧关注的对象。无论是在东方还是西方,先哲们都曾在面对河流的时候,生发出关于时间流逝的感慨。

> 我想,第一个来到的人在这同一条河上,
> 必定像我一样沉思过时间。
> ——《上海的一条河》

像赫拉克利特和孔子那样沉思时间,这给宋琳的诗歌带来了浓重的哲理意味和沉思品格。对存在的时间性的思考,一度成为这位"哲学狐狸"的精神日课。他曾在一个特殊的无所事事的日子里,靠阅读海德格尔的《存在与时间》打发那些难熬的时光。哲学沉思的习惯,影响到宋琳的诗学观。在宋琳看来,哲学与诗有着共同的起源,它们源自人类最初始的生命经验。

> 也许这就是诗:飞矢之影
> 反对飞矢的运动。遵循着
> 异想天开的逻辑,大象从容
> 穿过针眼;对于逝者,濠梁之鱼
> 有它高出一筹的理解
> 它们倏尔游动,或止息静观
> ——《给青年诗人的忠告》

这首玄学色彩的诗,包含了宋琳的诗与哲学同源的诗学观点。诗与哲

学共同注释着世间一切基本的物象和经验。

　　水的流动性召唤着流浪的梦想,无家可归乃是诗人的宿命。从丽娃河这个临时的家园迁徙到遥远的塞纳河畔,哪里都不是诗人永恒的故乡。宋琳在描绘各种各样的河流,为的是在他的诗行中,接近他的精神母体,然而在此过程中,他同时也正在一点点地失去他心中的河流。远离故国和母语的生活,实际上给他带来了另一重焦虑——时间中的自我遗忘。遥远的空间阻隔,在他的诗里转化为时间的长度。在《脉水歌——重读水经注》、《断片与骊歌》等诗篇中,宋琳仿佛要通过对时间的沉思,来填充自己与故乡之间遥远的空间距离。而在另一首诗中,宋琳借异国诗人前辈之口,说出了自己对在时间中渐渐远去的故国的感受——

　　　　沙漏。秒。最细腻的皮肤的触觉。
　　　　玉如意。痒。你读过的书中
　　　　既无页码又无标点的秘籍。
　　　　太阳的章节。月亮的章节。海的章节。
　　　　哑剧的脚本,一首比枝形吊灯更美的
　　　　佚名作者的回文诗那循环的织锦。
　　　　……
　　　　《山海经》里闻所未闻的奇异动物。
　　　　兵马俑的沉默。丹客的炉与剑。
　　　　我在日本的一块石碑前
　　　　用手掌阅读国的天朝的不朽铭文。
　　　　与布宜诺斯艾利斯的一个铜门环对应的
　　　　上海石库门上的另一个铜门环。
　　　　　　　　　　——《博尔赫斯对中国的想象》

　　这些短语,像一串时间的碎片,断断续续编织起支离破碎的时间"织锦"。穿过历史漫长的隧道,历史中的人与事走到现代,走到诗人面前。布宜诺斯艾利斯与上海,在梦幻中重合在一起。而那些历史的话语碎片嵌入现实的言谈，呼吸着彼此的气息。"心灵这个艺术必须穿过的海峡沟通着不同的广阔水域，自身却是狭窄而又险峻，一不小心便会船翻人亡。心灵意欲为感觉的版图设立标记，于是那儿出现了语言。"（《幸存之眼与可变的钥匙——读策兰的诗》）语言在想象的领域内，显示出强大的粘连性，它把记忆的断片与现实的陌生感受连接在一起，重构了诗人的存在空间。

然而，一种陌生的语言的意外出现，提醒着诗人的现实处境——

> 深秋发出它的准确读音——
> Passiflore,
> 这词义的意外波浪
>
> 使满架的藤蔓同时汹涌
> 拍打着回廊上空的群星
>
> ——《断片与骊歌（12）》

陌生的声音翻腾着虽然读音准确却意义空洞的声音泡沫。可以想象，在塞纳河畔或太平洋彼岸的布宜诺斯艾利斯，这些声音泡沫是何等地汹涌，它们是在宋琳与母语之间的比河流和海洋更加辽阔的精神屏障。它们是真正的"忘川"。

宋琳在谈到保罗·策兰时，写道："策兰的观点异常鲜明：'一个人只有用母语才能说明自己的真相。在外语环境下，诗人是在撒谎。'（Felstiner：46）我想这间接表达了一种了不起的个人抱负，属于饮过不同的词语之源者的经验之谈。但还有什么比用凶手的语言写作抒情诗更折磨人的事？尤其是在它沦为杀戮自己的亲人和同胞的工具之后？"（《幸存之眼与可变的钥匙——读策兰的诗》）与其说宋琳是在谈论策兰，不如说是他的一个自述。在长期的异域生活中，他必须依靠母语的力量，来维持对"自我"的真实状态的记忆，对抗遗忘和"自我"的空洞化。

说吧，河流，
因克服羁绊而开辟出的
河床、峡谷、流域，
静静淌过乌托邦之境

——《断片与骊歌（28）》

"忘川"焦虑考验着宋琳的诗歌写作。我们看到，身处异国的宋琳，不停地在古老的汉语中，翻检遥远的记忆，感受母语的呼吸，挽救母语于淡忘。而在此抵抗"忘川"的艰苦卓绝的搏斗中，宋琳笔下的那些经过空间撕扯和时间水流冲刷的语词，反而变得如同鹅卵石一般，浑圆而且坚硬，足以垒起诗人对故国的想象和永恒轮回的时间城堡。唯有在这冥想中的时间城堡里，诗人宋琳才仿佛找到了自己的灵魂居所。

四

但是，还有一种时间性的变异，或许是宋琳所始料未及的。通过语词的炼金术固然可以超越历史时空，可以返回到遥远的过去，却不一定能够进入现在；时间之舟逆流而上，抵达六朝时代的秦淮河或古瓜州，"轩廊外的塔，怀抱箜篌的女人"如在眼前，但却未必能够在当下的港湾停靠。带着母语回到故国，诗人会发现，这里已经不是他的故乡。记忆、梦想和诗行中曾经的故国，已经不存在了。比起诗歌中虚拟和譬喻的故国来，这里更像是另一个国度。

宋琳无疑是存在于他的诗意语词所构筑的记忆和幻想的世界里的人。许多年后，他回到中国，茫茫然若有所失，虽然他并不习惯于表现出特别的焦虑或不适应。然而，即使如我这样一直留在国内的人来看，宋琳诗中的故国记忆，也比现实的国度更为真实。在一个被日新月异的现代"鸦片"所沉醉而迷失了时间感和真实感的时代，语词存留的记忆更长久也更珍贵。

宋琳试图在诗中再现已然逝去的古老中国的生存场景，依靠汉语的诗意图景所凝固起来的古典中国，恍如宣纸上虽然退色但仍依稀可辨的水墨画——

  云梦泽上的云，销魂的雨
  宋玉的解梦术满足了楚王的淫欲
  清水之畔，筠筜幽幽，名士们
  佯醉、打铁、冶游于林中
  与残暴的君主旷日周旋
  我又怎能幸免侍者的头衔
  在奉命陪同皇帝北巡的游历中
  梦想山川风物和美的人心
  从一部水之书发现了不得已之境
  我岂不愿放浪于市廛之间
  像绿鹦鹉，在烛光的妩媚中
  在玄奥中谈吐世道陵迟
      ——《脉水歌——重读〈水经注〉》

  另一些与宋琳有着相同文化观和诗学观的诗人，如柏桦的《望气的人》、《在清朝》，张枣的《春秋来信》等，也表现过相似的场景。如果那些古老的所谓"陈词滥调"果真是"不死的"的话，那么，古老的中国生活则可能依旧存活在诗行所建构出来的家园之中。而保持母语永恒的生命，正是诗人的伟大使命。

  看啊，一切皆流。但重泉中
  我的影子却如不动
      ——《脉水歌——重读〈水经注〉》

  这位抒情的纳喀索斯，再一次回眸注视自己的倒影，但这不再只是一个自我迷恋的寓言，而是同时关涉到一种文化的历史寓言。时间在此凝固不动，正如古代"飞矢寓言"所揭示的那样。这是《易》的时间，是循环和静止的时间，是凝固和沉寂的时间的化石。但它又在语词和记忆的缝隙间，流动不已。动与静，历史与现实，自我与镜像……这些对立的词项，在静穆的诗行中，达成了和解。诗人"我"的影子，不过是通过语词之镜所折射出来的古老母语及其所蕴涵的生存智慧的细小光芒。以呼吸母语的雾气为生的当代诗人们，他们如同寥落的寒星，点缀在五光十色的现代天空中，只有当人们把目光投向更为高远之处时，方能发现他们发出的微弱而又神秘的光芒。

　　我再一次见到出国后的宋琳时，已经是在新世纪了。2000年1月的一个黄昏，在一家破败的小旅馆里，我找到了他所住的房间。我穿过昏暗的散发着霉味儿的楼道，仿佛在穿过幽深的时光隧道，来到的不是21世纪的上海，而是20世纪70年代的某个县城的招待所。他和刚从澳大利亚回国探亲的朱大可住在一起。夕阳的余晖把整个房间映照得一片昏黄。在昏黄的光线里，朱大可正在一堆乱七八糟的行李中寻找着什么。宋琳则斜倚在床头，翻动着一本破破烂烂的电话簿，找到一个拨打一个，不通。再找一个，再拨，还是不通。这时，我看见他的电话本上的号码还是他出国前的七位数。

　　我目睹了这一荒诞而又有趣的场面。一切仿佛一个隐喻，一个深刻的浪漫主义黄昏图景。二十世纪的浪漫主义的电话已经无法与现在这个世纪接通，他留在二十世纪的某个时间里，与浪漫诗意做伴。而这个场景仿佛预言般地早在宋琳本人的诗当中预显过——

　　　　群山宁静的诱惑，风景中的
　　　　人物，如在魏晋。枯坐着缅怀
　　　　酒、农事和诗歌，眺望与地平线的
　　　　苦涩融为一体。
　　　　　　　　　——《断片与骊歌（1）》

写作如何成为公民社会的典范
——关于文学及人文学术的公共性的思考

1990年,墨西哥诗人奥克塔维奥·帕斯获悉自己成为该年度诺贝尔文学奖金得主这一消息的时候,正在纽约访问,并正在接受一名记者的采访。短暂的兴奋过去后,采访继续。记者安赫利卡·阿维列拉女士问道:"几分钟前,你曾建议美国总统乔治·布什多读点诗。那么,你建议墨西哥总统做什么呢?"帕斯毫不犹豫地答道:"也是读诗。"这是一个诗人对政治家的建议。在旁人听来也许会觉得有些好笑。这是一个乖僻的、书生气的建议吗?是一个过分的要求吗?政治家真的需要读诗吗?对于一位政治家来说,读诗又有何益?

实际上,对于国家政治而言,诗即使不像柏拉图所认为的那样,是一种有害于城邦的谎言,也可以说是一种华美但却无关紧要的装饰品,除非那些政治家们打算用这些华彩言辞来诱骗公众。诗,既不能使经济增长,也不能使国民所得有所增加,又无助于国际贸易的发展,甚至,也从没有过谁依靠一首诗来征服敌国或消弭国与国之间的纷争。对于一位务实的政治家来说,诗,并非政务的急需。而政治首脑应该有更多重大的有意义的事情等着他去做:国家行政事务、国际外交、社会发展计划,等等。另一方面,对于日常生活而言,诗歌更可以说是一件没有什么用处的东西。不用说政治家,就是任何一位平民,读诗也决不会比一场球赛,或者是一条股市行情来得更为重要。既然如此,那为什么一定要求人们在诗歌这种无关紧要的东西上面浪费宝贵的时间呢?作为诗人的帕斯应该很清楚这一点。然而,帕斯却似乎丝毫不以为忤。如果不是因为他在几年之后去世了,我想,他大概还会固执地向任何一个国家的政治首脑提出同样的建议。我不知道布什是否接受了帕斯的建议,在打完了海湾战争之后也去读上几行诗。这并不重要。事实上,诗人帕斯是在这里向所有的人发出呼吁,希望诗歌(以及文学,乃至整个人文性的写作)能够进入他们的阅读空间。

在帕斯看来,文学至少是一种有益于社会的事情,不仅如此,它甚至是一个社会保证其健康的文化精神的必不可少的事物。如果我们把社会看作是由那些有情感、有心灵的人组成的共同体而不只是一堆经济、政治事务的话,那么,就会同意帕斯的说法。然而问题在于,不是写作行为本身直接介入了公共事务。写作对现实的影响,乃是在写作行为已然完成之后。而写作本身并没有多少公共性可言。

写作,尤其是文学性的写作,首先是一件发生在私密领域内的事情。许多类型的文化活动,比如,文艺表演、文化教育,以及诸如演说之类的政治性的言论活动,具有较强的公共性。这一类文化活动往往需要在公开场合展开,并需要与公众之间有较为密切的互动关系,它直接介入公共领域,并对公共事务产生重大影响。而写作则不同。一般而言,写作不具有在公共领域里公开展示的功能。当人们面对一个书写文本(比如,文学作品、学术著作等)的时候,所见到的是一个已然完成的作品。写作是写作者在孤独状态下完成的动作。

与写作行为的孤独性相一致,书写作品的文本内部也是一个相对孤独的空间。一部作品一旦完成,即有着相对稳定的形态,而且要求作品有一种内在的自足和自我完善的特性。文学作品遵循其美学上的完满性,学术作品则遵循其逻辑上的完满性。这种相对独立、自足的完满性,并不会轻易随外部环境和舆论力量而变化。

还有一重孤独性来自阅读方面。文学的阅读空间也是相对孤独和自足的。尽管文学又是会被拿到公共场合下,为众人所分享,尤其是在某些特殊的情形下,文学还会表现为公众情绪的原动力和催化剂,比如,在政治运动中,诗歌会在广场上朗诵,并激发起众多听众的情绪。但这都是文学的非常状态。在现代传播的语境下，作为印刷符号的文学文本，提供给读者的是单个作家的个人的话语。在通常的阅读状态下，是读者与作者，两个孤独的个体之间的互相打量、注视、倾听和理解。

在文本的私密领域内，文本拥有其自足性，但它并非一个自闭的空间。通过传播和公众的阅读行为，文学的话语空间向公共领域敞开。文学在其内部空间，模拟公民社会的状态。在文学的空间里有激情，有忧伤，有美好的事物，也有人间邪恶（被批判的邪恶）。帕斯在访谈中继续说道："不只是政治家们应该读诗，社会学家和所谓的政治科学（这里存在着一个术语上的矛盾，因为我认为政治的艺术性比科学的艺术性更强）专家们也需要了解诗歌，因为他们总是谈论结构、经济实力、思想的力量和社会阶级的重要性，却很少谈论人的内心。而人是比经济形式和精神形式更复杂的存在。人是有七情六欲的人；人要恋爱，要死亡，有恐惧，有仇恨，有朋友。这整个有感情的世界都出现在文学中，并以综合的方式出现在诗歌中。"[1]从帕斯的表达中可以看出，他将文学写作看作是对社会的精神空间的一种虚拟，而且是那些其他文化形态不可替代的部分的综合呈现。各种各样的人物在文本空间里相互交往、对话、冲突，通过阅读文学，人们在陌生的事物和人群之间，寻找理解。人们习得甄别合理的或不合理的事物的能力，并最终在阅读终结的时刻，反思现实世界的缺陷。如果可能的话，并加以改良。

文学不是一般意义上的公共舆论，也不提供舆情参照，但文学可以反应单一个体对舆情的情绪和态度。从这个意义上说，文学又是一种特殊的舆情。但从文学的生产方式上看，与公共舆情有着根本的差别。文学首先是一个个体的创造活动。首先是以每一个单独的个体的自我充实和自我完善为基础的。公民有权选择介入或者是疏离公共事务。作为一名有较强文化能力和话语权力的公民，作家和知识分子在公共领域的言论影响力，显然要大于普通公民，因而，他们在公共事务中承担的义务和责任，也相对要多一些。但这并非文学写作的根本。作家往往会选择远离一般意义上的

---

[1]【墨西哥】奥克塔维奥·帕斯：《太阳石》，朱景冬等译，桂林，漓江出版社，1992年，第347页。

公共性，建立自己与公共事务之间的必要的距离，来摆脱现实利害关系的制约，以保证作家对现实公共事务的独立评判和批判立场。人文学术也有同样的特征。倘若文学自身尚未获得自主的意识，其现实"介入"不可避免地沦落为一种舆论，成为某一社会阶层（有权势的或无权势的）的代言工具。

1950年代至1980年代，当代中国文学却是一种至少看上去"公共性"极强的文化门类。大批的革命文学作品的普及率，绝不亚于今天的畅销读物。而诸如关于《红楼梦》、《水浒传》的评论，则几乎是全民性的运动。在这几十年里，文学在上层建筑领域里起着顶部装饰的作用，将政治意识形态的光芒反射出七彩的颜色，美化了公众生活领域的灰暗。文学家则在公共生活中一直扮演着公众的教导者和拯救者的角色。但这并非因为文学家有着特别的人格魅力而堪称道德典范，相反，这个时期的文学家们在基本的人格尊严和艺术品格上，乏善可陈，在更多的时候，他们甚至还不如普通民众更有道德感。公众对文学的相对较为强烈的热情，也不意味着国民有着普遍强烈的文学需求和高水准的文学鉴赏力。文学享有这种过分崇高的地位，有赖于背后的政治强力的支撑。文学话语不过是政治话语的柔化版，在社会运动最热烈的场面里，借助政治强力的文学的高亢声音，看上去像是一种狐假虎威的表演。

在今天看来，文学的这种"公共性"首先来自公共生活的一体化，文学不过是这种一体化的公共生活中的较为引人注目的文化形态之一。依照某种权力的指令，文学家像外科医生一样，致力于公众的思想改造和灵魂重塑的手术。这样，往往会产生一种错觉，认为当代文学是那般的高贵和强大。然而，随着社会开放程度的增大和意识形态禁锢的松动，当代文学的外强中干的虚弱本质暴露无遗。

长期被误解的"文学公共性"的虚假性一旦被揭穿，文学就不得不面对自身在"公共领域"及"公共事务"中退场的命运。建立在作协机构、报刊出版、学院文学教育等文学制度之上的垄断性生产关系，面临挑战。在大众文化时代盛大的文化筵席上，文学不得不屈居一隅，在次要席位上分得一些残羹剩饭。虽然在主流的文化格局的等级秩序中，文学依然高居文化金字塔的顶端，但显然已不再居于公共言论舞台的中央。文学家的角色在公众视野里备受冷落，文学的声音也变得可有可无。面对这样一种尴尬的处境，文学充其量只能自救了，拯救社会或拯救公众的宏大理想，变得不切实际。文学尚未真正建立自身内部的价值，要想在社会公共领域引导价值，如果失去了外部强力的支撑，就只能被公共文化所抛弃。

1980年代中期以来，文学呼吁自身的独立性，试图挽回自己的尊严。先锋文学在形式上的自律性的试验，是文学恢复自身主体性的尝试。1980年代，一个写作者如果不能在公开出版的主流文学刊物上发表作品的话，就没有可能获得作家的头衔，没有可能获得公众的认可。或者说，公众没有可能知道他们，自然也就没有可能认可他们。先锋诗歌则是例外。1980年代的前卫诗人一直是以民间诗刊的方式来发布自己的作品，聚集同仁诗人。诗歌界形成了一个强大的民间传统。这一传统被称之为"第二诗界"。"第二诗界"的规则与主流文学界的规则正好背道而驰。不能赢得民间诗刊的认可的诗人，在诗歌界恰恰没有地位。与此相反的路向是汪国真。汪的诗歌尽管还不属于"完全市场经济"模式，但已经具备了诗歌娱乐化的雏形，他通过迎合公众趣味和媒体造势，达到了宣传上的成功。

1980年代中期的文学遗产，即是试图建立文学自身在价值上和美学上的内在完整性。事实上，这一传统始于"文革"后期。在当时的政治高压下，来自民间的青年知识分子的隐秘化的文学书写（如"今天派"诸诗人的写作）依然绵绵不绝，而且，在今天被视作1980年代新文化运动的主要精神源头。值得注意的是，"今天派"的文学书写，并非依靠积极和公开地"介入"当下的公共生活来赢得其公共性，相反，它在相当长的时间里，并不为公众所知晓，它是以对一体化的公共生活的疏离和回避，来赢得自身的价值。更为重要的是，我们并不能因此而得出这样的结论："今天派"诗歌或"文革"期间的地下写作缺乏对公共性的关注。众所周知的事实是，"今天派"中的北岛、江河、杨炼等人的诗歌，乃是日后所谓"新时期文学"对公共领域的文学"介入"的典范。而那些持较为纯粹的唯美主义立场的诗人和作家，甚至会对北岛等人的诗歌过于强烈的"介入"色彩持批评态度。

毫无疑问，我们很容易在文学史上找到作家介入公共事务的范例，比如，雨果、左拉、萨特、索尔仁尼琴等作家，以他们的写作，直接干预了现实事件的进程。他们也因之被视作社会的伟大"良心"。这一类的写作触及现实的公共生活中的某些部分，而且往往是那些较为显著和影响重大的部分。但另一类写作者，比如普鲁斯特、卡夫卡之类的作家，却表现出对公共事务的极度淡漠，他们在私密的空间里完成了对一个内在的精神空间的探索和批判性的摹写。但与他们同时代的作家相比，就对自己时代的生存经验的揭示和批判而言，普鲁斯特、卡夫卡这样的作家，在深度和强度上，都达到了一个难以企及的极限。

一般而言，在个人的审美领域与公共交往领域之间，有一种"不可通约性"。个人经验一旦进入话语领域，就会遇到很多麻烦。文学家需要面对的首先是个人，是个人的内心。他常常以逃离公共生活领域、疏离公共事务，来获得对公共性的独特的关注。萨义德在谈到知识分子的社会功能时，做了如下描述："把知识分子的职责想成是时时维持着警觉状态，永远不让似是而非的事物或约定俗成的观念带着走。这需要稳健的现实主义、斗士般的理性的活力以及复杂的奋斗，在一己的问题和公共领域中发表、发言的要求二者之间保持平衡——就是这个使得它成为一种恒久的努力，天生就不完整、必然是不完美。"[①]这种状态，既是知识分子的，也是文学家的和艺术家的。唯其如此，我们才能够真正理解陈寅恪的意义。当几乎所有的学者和作家都在忙于为现实涂脂抹粉的时候，陈寅恪选择了寓居岭南，与世隔绝，专心为古代的一位身份卑微的风尘女子立传。

文学以及人文学术的写作所建立起来的"书写理性"，它与公民社会的政治理性相类似。每一个个体都是独立的，并有权选择自由表达的方式和对象。虚构性写作、纪实性写作、学术性写作和批判性写作，凡此种种基本的写作类型，实际上也可以看作公民社会意见表达的诸种方式。个体的独立性要求和内在的精神律令，是建构其公民主体的基本保证。正如文学和学术遵循其自身的美学的和逻辑的规律。

[①]【美】爱德华·W. 萨义德：《知识分子论》，单德兴译，北京，生活·读书·新知三联书店，2002年，第26页。

另一方面，每一个独立、自足的文本，又是无限敞开的。文本与读者之间，构成了一个奇妙的交流装置，更为重要的是，这种交流并非简单的单向灌输和控制。读者有权随时抛开手上的任何作品，如果他对它不满意的话。他甚至可以因为愤怒而撕毁手中的书，这也是正当的行为。从这种理想的文学阅读关系中，我们可以看到理想的公民社会交往伦理的雏形。通过阅读关系，作者与读者共同建立起一个微型的有关美学和价值的"精神共同体"。而真正意义上的公共空间由是开始形成。

重返独立的文学精神空间，不仅意味着作家需要捍卫自己的精神独立性，同时也意味着作家的文学书写需要营造一个独立的和自我完善的话语空间。前者是文学独立性的精神驱动力，后者是文学独立性的生存空间。从这一点出发，文学的公共性问题的进一步要求，则是公民对于阅读、书写等精神生活需求空间的建立。而一个真正意义上的现代公民社会的公共空间，即是建立在这一系列独立的个体精神空间单元之上的。从这个意义上说，写作（及其阅读）乃是公民社会的行动典范和价值典范。

文学守护心灵[①]

我是一名文学"逃兵"。在文学节节败退的一段时间里,我没有和它共同坚守阵地,从混战中的文学战场上逃离,转移到"文化批评"阵地。但并非因为怯战,而是失去了目标。那个与自己的时代相呼应,甚至是引导一个时代的精神路向的文学,似乎已不复存在。从临近的"文化批评"高地上,我时时反顾昔日的战场,我能看到那些熟悉的身影依然在忙碌,文学城楼依然高耸,看上去固若金汤,但实际上已经没有了攻城的部队。更多的阵地早已沦陷,文学家早已跟他们昔日的敌人——权贵、市侩、庸人——打成一片,各种各样的文学评奖和研讨会,就是他们会师的庆功宴。在推杯换盏中,文学不过扮演一下"三陪"的角色。也有个别的文学战士,试图来一场绝地反击,重振精神的威严和高扬艺术的旗帜,间或的短促突击,也颇有斩获,但在互联网时代,文学领域的战斗基本上如同弹弓打鸟的游戏,并没有真正的杀伤力,也鲜有像样的收获。他们在纷乱的文化市场中匍匐前进,而在这个庸常的物质化的时代,这一状态看上去更像是鸵鸟。

尽管如此,我依然愿意对那些坚守在文学高地上的昔日的战友们表示敬意。是的,我是文学"逃兵",但我自信我不是文学"叛徒"。我把这样一次逃离看成是一次撤退,一次战略性的转移,我转移到另外一个阵地。我不能保证我另外一个阵地是更高的一个文化高地,但是我想它应该

[①] 本文为"'改革开放30年之文学话题'研讨会"的发言。

可以和文学的阵线遥相呼应，如果他们依然保持对现实的介入的热情和批判的勇气的话，"文化批评"或许可以提供有力的火力支援。共同面对一个时代，或可形成交叉火力和一种有效的钳形攻势。站在另一处高地回望近三十年来的文学，我把它看成这么几个段落：

文学守护社会（第一个十年，1978-1988）

这一时期，通常被视作文学的"黄金时代"。刚刚从"文革"中复苏的新文化中，文学占据着首脑的位置。从"伤痕文学"到"寻根文学"，文学不仅创造着新的社会生活话题，而且创造着新的文化形态和美学形态，并为其他艺术门类提供强大的精神驱动力和美学资源。文学的蝴蝶翅膀的每一次扇动，都有可能在社会文化生活中掀起巨大的风暴。而诗人、作家们则俨然时代的精神领袖，高踞文化神坛的顶端发号施令。

这个时代的文学，不仅是领袖型的文化样式，同时还是一种全能型的文化样式。自"伤痕文学"起，全社会的政治和思想文化问题都围绕着文学而展开，另一方面，文学也紧紧环绕着社会的核心问题而彰显于世。从总体上说，1980年代初期的文学，就是一种"问题文学"。以"问题关怀"引领时代。文学甚至包揽了诸如哲学、政治学、社会学、伦理学等人文社会科学的功能，并且，在资讯工业及娱乐工业尚相当幼稚的情况下，还占有了知识公众的业余休闲娱乐的时间。文学以强大的"现实介入"力量守护社会，文学家常常同时扮演民族先知、社会良心、政治勇士、道德英雄、公众导师和娱乐明星的多重角色。另一方面，全知全能型的角色，也让文学不堪重负。如果没有1980年代中期的先锋文学运动的援救的话，文学将一病不起。先锋文学运动在一定程度上补充了文学自身的能量，改变了文学内部虚弱的状况，强化了文学的表达力。遥远的先锋主义的光芒，至今依然照耀着文学创新的道路。

事实上，这一时期的文学过分强化"公共性"，与文学本身的精神能力并不相符。这种"公共性"首先来自公共生活的一体化，文学不过是这种一体化的公共生活中较为引人注目的文化形态之一。这只是一个特殊年代的特殊现象，所谓"黄金时代"的旧梦已不可能也无必要复现。但经历过那个年代的文学家们，许多人依然沉湎于昔日辉煌的旧梦当中，不愿意睁开眼睛看一看现实的局面。在近年流行的各种各样的纪念和回顾中，"1980年代"正在成为一个"神话"，这就为文学日后神话的破溃埋下了伏笔。随着社会开放程度的增大和意识形态禁锢的松动，当代文学外强中干的虚弱本质暴露无遗。

文学守护欲望（第二个十年，1989—1998）

　　文学的春天是短暂的。在一场初夏的暴风骤雨过后，辉煌的第一个十年落花流水，溃不成军。一旦被政治意识形态所抛弃，文学守护社会的神话旋即破灭，文学甚至连守护自身的能力也甚为可疑。文学陷于一派萧条的荒年景象。接下来是汹涌而至的市场化的浪潮开始冲击文化领域，文学首当其冲。1990年代的文学，首先是在为自身生存而奋斗。文学期刊大多失去了国家财政支持，依靠市场来维持生存，国家编制作家曾经享有的物质特权急剧缩水，文学在社会文化结构中的层级也急剧下降，由首脑地位下降到"下半身"。欲望的旗帜升起来了，精神问题变成了欲望问题。

　　欲望之旗也有一种号召力——市场号召力。欲望写作的倡导者则声称，这是一次真正的文学解放。欲望是人性不可分割的一部分，被种种伦理观念和成规长期压抑的"欲望"，必须翻身获得解放。文学自身由"神学"变成了真正的"人学"。文学的这一转变，也正呼应了1990年代以欲望满足为目的的市场经济的蓬勃发展，以及肆无忌惮的纵欲文化。它让奄奄一息的文学看到了一线苟延残喘的希望。经过短暂的头晕目眩之后，作家们很快适应了市场的杂乱和喧嚣。他们开始涂脂抹粉，阔步迈向市场。初级阶段的文化市场，比农贸市场更混乱，注水和掺假的现象更为普遍，也更难督察。如果说，《废都》式的注水尚且羞羞答答地留下一些空格标记的话，"美女"、"宝贝"们则干脆直截了当地弄虚作假，用伪装的快感叫喊，吸引读者的注意力。与此同时，各种各样的抄袭和剽窃行为也大行其道。守护欲望的战斗看上去像一场假面派对。欲望手枪貌似火力凶猛，但这些假冒伪劣的产品，发射出来的无非是些色彩炫目烟花，装点一下灯红酒绿的夜景而已。

这一现象也让另一部分人痛心疾首，文学跟人性、道德一起堕落，不再起到挽救国民精神的作用。有人试图重塑文学的精神性，披上一些堂皇的"崇高"、"理想"、"人文精神"的甲胄，一副圣斗士的打扮。但这些陈旧笨重的披挂，在纷乱的文化集市里磕磕绊绊，被人们误以为是盛世马戏中的一档古装狂欢节目，最终落下一堆笑柄。

无论是赞成还是反对，都可以看出一种严重的"头脑—身体"分离的症状。身体脱离了头脑的管束，严重的精神"脑瘫"无力控制被欲望刺激起来的蓬勃情欲，或许可以看作是这个时代文化自身的一种"精神分裂症"。

文学守护利益（第三个十年，1999—2008）

欲望并非文学阵地的最后一道阵线，市场化也不是文学所面临的最后一波攻击。跨过世纪之交的门槛，迎面而来的是互联网世界。面对来自虚拟世界的幽灵战士，传统的文学陷入了一个更为艰难的境地。

传统文学作家的话语权利，是建立在作协系统和期刊出版系统的"金字塔"结构之上的，这一结构保证了主流作家在话语权上的垄断性。建立在互联网平台之上的数码资讯时代，话语权的垄断性面临挑战。互联网的"网状"结构，不仅使得文化传播不再艰难，而且网络平台的平面性和通道的网络状，至少在理论上使得每一个资讯源都有可能处于一个等值的节点上，每一资讯源在话语权利上是平等的。互联网使得每一个人都有成为写作者的可能，都有自主发布并传播自己作品的可能。任何一个文学网站或网络刊物，都可以模拟传统的文学杂志，甚至比那些杂志有着更多的表达上的优势。依赖传统印刷媒体的文学，在数码虚拟世界里丧失了原有的神圣性，同时也丧失了任何精神上的优越性。更为严重的是，作为一种表达手段，在技术上它也没有任何优越性可言。网络书写的便捷性，网络传播的迅捷性，以及多媒体表达的丰富性和影响力，都是印刷媒介所无法比拟的。

写作者并不需要等到杂志和图书编辑来决定自己作品的命运。网络论坛、电子刊物、博客，乃至手机短信，等等，随时随地都可以闪烁文学的光芒，而依靠网络上的点击率，一位写作者就有可能成为万众追捧的明星写手，并不需要等待作协、评论家或学院学者的认可。另一方面，文学已不再有发表的"门槛"，口水之作几乎泛滥成灾。如果认定文学应该有一个建立在文化经典之上的基本美学原则和精英话语样式，那么，"文学垃圾化"或者"文学死了"的批判的呼声，也就必然会出现。

现在的问题是，捍卫表达权的平等，难道不是文学的应有之义吗？！网络书写所体现出来的书写权利的民主化，不正是文学最原初的动力和最终极的目标吗？！文学曾经强烈呼吁并至今依然在为之而奋斗的"表达自由"的理想，不正是通过数码技术革命实现了吗？！如果今天的作家们对互联网上的自由表达表示敌意，那么岂不是"叶公好龙"吗？！我想，每一个写作者，都不得不面对这一系列令人难堪的、至今依然是难以回答的问题。

然而，今天的互联网写作所要求的，已不再是与传统文学分享写作权利，而是试图颠覆自古以来文学书写和传播的等级制，并进而试图颠覆文学的美学习惯和价值尺度。文学努力守护自己的利益，为既得的传统利益而战，到目前为止，这种文化话语权利再分配的不对等的战争，仍在进行当中，胜负尚未见分晓。但依我看来，没有什么悬念，正如中世纪掌控《圣经》阅读和阐释权力的僧侣，在印刷术革命面前的败退一样。

最近，所谓"30位作协主席网络写作擂台赛"事件表明，坐在文化特权堡垒中的所谓"传统作家"，已经无法回避写作网络化这一强大的趋势。长期以来对"网络写作"采取"鸵鸟政策"的作家们，今天已不得不装模作样地表示一下对网民的亲近姿态。但对于那些曾经享有特权的写作者来说，网络比市场更可怕。一个作家在市场上的失败，只是通过销售数的低迷来表达，即便如此，他依然可以赢得作协系统、职业评论家的青睐，尽管常常是通过利益交换的方式来实现的。而在互联网上，一个作家的失败的表达方式，则是无数网民在跟帖中的肆意嘲笑和辱骂。任何一个普通网民，无论他是否懂文学，都有权利和能力，当场对作品指指戳戳。这些批评是即时的、粗暴的、肆无忌惮的，而且，还不是所谓"学理的"和"建设性"的。面对以年轻一代为主体的网民，主流作家们在文化观念上、战斗士气上和网络技术上，都处于明显的劣势。落荒而逃往往成为他们迫不得已但却可算明智的选择。

文学守护心灵（未来文学的希冀）

今天，文学的文化话语权的全方位垄断地位已不复存在，这个昔日的超级帝国的疆土，早已被瓜分完毕。昔日喧嚣的辉煌，并不能真正体现文学的本性。人文学术、社会科学、大众文化媒体、电视娱乐节目、互联网社群文化，乃至诸如KTV之类的大众休闲娱乐形式，分享着昔日文学独霸的荣耀。文学既很难同人文社会科学争夺文化统帅的地位，也很难同媒体和娱乐文化工业争夺欲望宣泄的主导权。

墨西哥诗人奥克塔维奥·帕斯在获得诺贝尔文学奖之后的访谈中，曾经建议国家政要应该多读读诗歌，而且"不只是政治家们应该读诗，社会学家和所谓的政治科学（这里存在着一个术语上的矛盾，因为我认为政治的艺术性比科学的艺术性更强）专家们也需要了解诗歌，因为他们总是谈论结构、经济实力、思想的力量和社会阶级的重要性，却很少谈论人的内心。而人是比经济形式和精神形式更复杂的存在。人是有七情六欲的人，人要恋爱，要死亡，有恐惧，有仇恨，有朋友。这整个有感情的世界都出现在文学中，并以综合的方式出现在诗歌中。"我想，帕斯的这段话，很好地阐明了诗（文学）的核心价值。未来的文学将从旧的文化帝国的核心部位撤出，并抵达另一个中心位置——心灵。文学当然可以面对社会、面对市场、面对群众，但文学更是面对个人的内在情感，是诉诸个体的心灵的事业。它是文学（及其他艺术）的真正领地，也是永远不可攻克的坚固堡垒。

这个狂暴和躁动不安的时代，文学守护着心灵。这个心灵的事业跟其他事业不同，正如心灵跟其他身体部位不同一样，它并不显露在外，相反，它通常是看不见的，隐藏在身体的内部，是一个不容易抵达的隐秘幽深的地带。因而，它是容易被忽略的。未来的文学不再奢望充当文化首脑，但文学也不再屈就肉体。对于那些有内在诉求的人来说，文学的声音方能被听见。当我们喜悦、激动、伤感、悲哀的时候，当我们在深夜孤独面对黑暗的时候，我们便能感受到它的跳动，并能感受到自身生命的存在和价值。这样，文学也真正恢复了它的古老的含义——"心声"。

那些牵动我们的情感、打动我们心灵的文学，究竟在哪里呢？——这就是我对当下的和未来的文学的疑虑和希冀。

第二辑
艺术无用功

样板戏：革命神话及其形式

革命的神话体系

"样板戏"虽然大多出自"文革"前的京剧现代戏汇演，但江青在挑选剧目过程中，并非随意而为。"样板戏"效应不只是单部"样板戏"在单独起作用。"样板戏"是一个整体性的计划，整个"样板戏"构成了一个庞大的革命文艺体系。"文革"期间代表极左政治派别立场的写作班子"初澜"在《中国革命历史的壮丽画卷——谈革命样板戏的成就和意义》一文中，点明了"样板戏"的整体构想。文章写道：

> 革命样板戏以党的基本路线为指导思想，深刻地反映了半个世纪以来，中国的无产阶级和广大人民群众在中国共产党领导下进行的艰苦卓绝的武装夺取政权的斗争生活，和无产阶级专政下继续革命的斗争生活，为我们展现了一幅雄伟壮丽的中国革命的历史画卷。[①]

"样板戏"在选材上，基本按照中共党史各阶段来进行。有反映1920年代中共领导的武装斗争题材的《杜鹃山》、《红色娘子军》；有反映1930年代抗战时期八路军、新四军和其他抗日工作者的活动的《红灯记》、《沙家浜》、《平原作战》、《白毛女》；有反映1940年代内战时

[①] 初澜：《中国革命历史的壮丽画卷——谈革命样板戏的成就和意义》，《红旗》，1974年第1期。

期，解放军的战斗生活的《智取威虎山》；有反映1950年代朝鲜战场志愿军作战活动的《奇袭白虎团》；有反映1960年代工业领域的《海港》和农业领域的《龙江颂》，等等。形成了一幅巨大的"中国革命的历史画卷"。

出于意识形态宣传的目的，"样板戏"刻意经营一个革命化的史诗体系。初澜写道："革命样板戏是我们学习党史、军史、革命史的形象化教材，是我们进行路线教育的形象化教材。"事实上，这一动机在"十七年文学"中已初露端倪，以"三红一创"为代表的史诗化长篇小说，已经在构造无产阶级革命史诗方面，作出了很大的努力，初步形成了一个庞大的史诗体系。从这个意义上说，"样板戏"与"十七年文学"一脉相承，这也就是为什么"样板戏"基本上是从"文革"前的文艺作品中选取改编对象的原因。所不同的是，"样板戏"首先选择了京剧这一古老的、成熟的传统中国艺术形式作为载体，企图在创造"中国特色"、"中国气派"的文艺形式上有所突破。另一方面，"样板戏"在革命历史叙事方面，极大地强化了路线斗争和阶级斗争这一逻辑。而经过精心的选择和构建，"样板戏"的体系性也大为加强，考虑到了革命历史和现实生活中的每一阶段和每一领域的题材，彼此之间相辅相成，共同建构起一个总体结构完整的革命史诗体系。

然而，"样板戏"的主导者的目标并不仅限于此。"样板戏"不仅要创造一个革命的史诗体系，而且还要使其自身历史化，以艺术革命和文化革命的方式，成为革命史诗中不可分割的、甚至是最为华彩的一部分。选择京剧为主要的表现形式，即暗藏着一种更大的艺术雄心。

京剧经过数百年的磨砺，在艺术上高度成熟。尤其是经过1930年代梅兰芳、程砚秋等艺术家的改造，京剧已经基本上完成了现代化的艺术转型，成为一种能够适应现代舞台艺术要求的全新的艺术形式，并使之走向了世界。这种高度中国化而又能适应现代潮流的、在艺术上趋于完美的戏剧形式，在世界艺术舞台上，占有不可替代的位置。西方文艺界对中国京剧的高度评价，也集中在这一方面。了解京剧的江青，显然很清楚这一点。初澜在《京剧革命十年》中也承认："地主资产阶级在京剧舞台上惨淡经营了一二百年，使旧京剧成为我国戏曲中技艺性最强的剧种，无产阶级要在尽可能短的时间内改造它，超过它，压倒它，这决不是轻而易举的。"①

与小说、诗歌等经典的文艺形态相比，戏剧从来就是一种更加大众化的艺术。戏剧的大众性、现场感和感染力，在文化和意识形态传播过程中，效果更为显著。而京剧即是中国本土受众面最普泛的、影响力最大的艺术，超越了社会阶层的限制，几乎妇孺皆知。在西方历史上，一个伟大的时代，往往与一种伟大的戏剧形式相伴随。古希腊时期的悲剧家的悲剧，文艺复兴时代的莎士比亚的话剧和19世纪的瓦格纳的歌剧，既是它们所属时代的时代精神之体现，也是那个时代所创造的艺术巅峰。对于"文革"的主导者来说，创造一种适合文化革命时代精神，真正体现这场"史无前例"的革命的历史价值的艺术形式，是刻不容缓的历史使命。这也是"文化大革命的英勇旗手"江青最迫切的事情。

与当时的政治造神运动相呼应，文艺造神运动则在"样板戏"舞台上进行。造神，首先就要驱鬼。与政治运动中驱除现实中的"牛鬼蛇神"一样，艺术造神运动需要驱除的是文艺作品和艺术舞台上的"牛鬼蛇神"。正如初澜所指出的："革命样板戏的创作，就不是单单搞一两出戏的问题，而是一场激烈的阶级斗争。我们的革命样板戏要把帝王将相牛鬼蛇神赶下舞台，让工农兵成为舞台的主人，为巩固社会主义经济基础，巩固无产阶级专政服务。"在"牛鬼蛇神"被清除一空的艺术神殿里，"工农兵形象"取而代之。在《林彪同志委托江青同志召开的部队文艺工作座谈会纪要》中，这样写道：

　　文化革命要有破有立，领导人要亲自抓，搞出好的样板。资产阶级有所谓"创新独白"，我们也要标新立异，要标社会主义之新，立无产阶级之异。要努力塑造工农兵的英雄人物，这是社会主义文艺的根本任务。②

---
① 初澜：《京剧革命十年》，《红旗》，1974年第4期。
② 《林彪同志委托江青同志召开的部队文艺工作座谈会纪要》，《人民日报》，1967年5月29日。

这就是所谓"根本任务论",即将塑造无产阶级英雄人物的典型形象,视作社会主义文艺的"根本任务"。这一观点最早在江青的《谈京剧革命》中,就已经提出来了,"纪要"将其进一步明确化。

"样板戏"体系塑造了以工农兵形象为主体的革命英雄形象谱系,构成了"文革"意识形态神话的重要内容。初澜写道:

> 革命样板戏是中国革命雄伟壮丽的历史画卷,同时又是无产阶级英雄形象的灿烂夺目的艺术画廊。
>
> 用革命现实主义和革命浪漫主义相结合的创作方法,成功地塑造了一系列无产阶级英雄典型,再现了在中国共产党和毛主席领导下的人民革命运动。柯湘、洪常青、李玉和、郭建光、杨子荣、严伟才、方海珍等等都是在党的正确路线指引下涌现的工农兵英雄人物,又是自觉执行毛主席路线的杰出代表。在以往的一切旧文艺中,剥削阶级为了维护他们的统治地位,总是歪曲历史,把他们的代表人物描绘成"救世主",而把创造历史的劳动人民视为渣滓。现在,一个个无产阶级英雄典型,威武雄壮地树立在社会主义文艺舞台上,放射出绚丽的光彩。这些英雄形象是文艺史上一切剥削阶级文艺作品中的所谓"英雄豪杰"所不能比拟的。无产阶级是人类历史上最伟大的阶级,"最有远见,大公无私,最富于革命的彻底性。"他们正是创造历史的人民群众的真正代表。[①]

"样板戏"中的英雄,根据生旦净末诸行当,形成了一个英雄谱系。有小生形象出现的年轻男子,如杨子荣、郭建光、严伟才、赵勇刚、李石坚等;有以老生形象出现的成年男子,如李玉和、洪常青、参谋长、高志扬、李志田等;有以花旦形象出现的年轻妇女,如阿庆嫂、柯湘、方海珍、江水英、英嫂等;有以青衣形象出现的少女如李铁梅、吴清华、常

---

① 初澜:《中国革命历史的壮丽画卷——谈革命样板戏的成就和意义》,《红旗》,1974年第1期。

宝、喜儿、阿莲等；有以老旦形象出现的老年妇女，如李奶奶、沙奶奶、张大妈等，还有以花脸形象出现的中老年男子，如雷刚、马洪亮、阿坚伯、李胜等；其他还有青年小伙子的形象代表，如沙四龙、韩小强等。从政治身份上看，这些形象是普通的工人、农民、士兵、基层干部、下级军官等，在舞台形象上，却是对传统戏曲中的英雄角色的延续。

神圣化的革命历史叙事，造就了这些神话般的英雄人物。在政治上，他们是革命的代表，是正确的化身。他们掌握了克敌制胜的法宝，如同史诗、悲剧和民间传奇中的英雄一般，能够一路披荆斩棘，战胜各种妖魔鬼怪，最终成为英雄史诗中的主角。阶级斗争的矛盾冲突，磨砺了英雄们不同一般的辉煌品格，他们光彩照人，表现出高人一筹的领袖气质，把人高贵的品质和革命的精神集于一身，滤去了一般意义上的人性杂质，成为高度纯粹的"意识形态符号"。这种被提纯了的"人"的形象，已接近于神，高踞于革命的奥林匹斯山上。

"样板戏"英雄群像也成为"符号再生产"的对象，是其他艺术门类如诗歌、散文、曲艺，以及绘画艺术普遍汲取的素材。"文革"期间，这些"样板戏"诸神的形象，替代了门神、年画、装饰画，出现在各种各样的公众场合和民众家里。他们成为普通人日常生活中学习的榜样，民众被要求"学'样板戏'，做革命人"。"样板"英雄的辉光，照亮了日常生活的平淡和晦暗，指明了通往神圣革命的金光大道。每一个不同性别、不同年龄段、不同身份的人，都可以找到自己的榜样。"样板"英雄如同现实生活中不同人群的"守护神"，盘桓于人群的上空，他们向芸芸众生投下关切的和监视的目光，让民众时刻警醒自己的弱点和缺陷，净化自我。

史诗化题材和神话英雄式的人物形象，构成了"样板戏"神话体系的核心部分。在"样板戏"的主导者看来，这是无产阶级文艺的一次伟大的革命。在人类文艺史上，这样的无产阶级英雄形象谱系，还从来没有出现过。"旧京剧、旧芭蕾舞剧是表现中国或外国的帝王将相、才子佳人的艺术形式。"历史上，无产阶级革命在彻底改造资本主义世界的经济基础、打烂资产阶级的国家机器的斗争中，进行了艰苦的斗争，但在无产阶级上层建筑和意识形态建设中，尚无更多的成功经验和范例。在无产阶级这个新兴阶级掌握了意识形态和文艺生产的主导权之后，也还没有真正成功地利用旧的统治阶级的文艺形式，创造无产阶级的文艺和塑造无产阶级的英雄形象。即使是苏联的社会主义文艺，也未能成功塑造这样的革命形象，而且，当代修正主义分子完全歪曲了马克思主义文艺思想，使文艺成为资产阶级复辟的工具。而在中国，"十七年文艺"则又贯彻了一条"封资修"占统治地位的文艺"黑线"。从历史的观点看，只有"样板戏"才真正完成了无产阶级统治文艺舞台的任务，填补了无产阶级文艺的空白。正是基于这样的逻辑，张春桥才会这样说："从《国际歌》到样板戏，这中间一百多年是空白。江青同志搞的样板戏，开创了无产阶级文艺的新纪元！"①

"三突出"："样板文艺"的美学公式

"样板戏"是"文革"政治意识形态的艺术表征。与"文革"的极左政治相适应，"样板戏"体现出一种极端主义倾向的美学原则——"三突出"原则。这一原则，最初由于会泳提出，由"样板文艺"加以实践，并逐步推广，成为"文革"文艺的基本方针。

既然塑造无产阶级英雄形象是社会主义文艺的根本任务，那么，如何塑造英雄形象，就成为文艺创作的主要课题。1968年，主持上海"样板戏"编创工作的于会泳，在总结"样板戏"创作经验时，写道：

> 江青同志十分敏锐地识破了阶级敌人的各种阴谋诡计，为了击退阶级敌人的进攻，为了使毛泽东思想永远占领文艺阵地，她十分重视工农兵英雄人物的塑造，特别重视突出主要英雄人物的塑造。我们根据江青同志的指示精神，归纳为"三个突出"，作为塑造人物的重要

---

① 转引自谢铁骊、钱江、谢逢松：《"四人帮"是摧残文艺革命的刽子手》，《人民日报》1976年11月10日。

原则，即：在所有人物中突出正面人物来；在正面人物中突出主要英雄人物来；在主要人物中突出最主要的即中心人物来。江青同志的上述指示精神，是创作社会主义文艺的极其重要的经验，也是以毛泽东思想为武器，对文学艺术创作规律的科学总结。①

"三突出"这一概念是于会泳提出的，但很显然，发明权不是他，而是江青，他只不过是对江青在指导"样板戏"编创时提出的种种创作思想，加以理论总结。这一理论后又经由"文革"理论班子进一步加工完善。在一篇《努力塑造无产阶级英雄人物的光辉形象》的文章中，将"三突出"原则确定为：在所有人物中突出正面人物；在正面人物中突出英雄人物；在英雄人物中突出主要英雄任务。文章还将这一原则上升到无产阶级政治的高度，称："怎样把无产阶级英雄人物塑造得高大丰满、光彩夺目，是摆在我们面前的一个首要的政治人物，是无产阶级文艺革命中的一个新课题。这是无产阶级文艺同一切剥削阶级文艺，包括资产阶级的'文艺复兴'、'启蒙运动'及十九世纪批判现实主义文艺的根本区别所在。"②

根据"三突出"原则，"样板戏"对剧本进行了大规模的改造、加工、提炼和完善。江青能够随意调度和支配全国各地最优质的艺术资源，但由于在革命叙事和塑造人物等方面的种种意识形态约束，艺术家个人的艺术倾向、美学个性，受到严格的限制。他们如同在一架意识形态操控下的庞大的美学机器上，小心翼翼从事加工劳动的工人，不敢稍有闪失。

"高大全"、"红光亮"的英雄形象

"样板戏"首先是突出主要英雄人物，塑造高大丰满的英雄形象。如《智取威虎山》中的杨子荣，在原作《林海雪原》中，并非一个最重要

---

① 于会泳：《让文艺舞台永远成为宣传毛泽东思想的阵地》，《文汇报》，1968 年 5 月 23 日。
② 上海京剧团《智取威虎山》剧组：《努力塑造无产阶级英雄人物的光辉形象》，《红旗》 1969 年第 11 期。

的角色，"样板戏"则重点突出杨子荣的英雄形象。原来剧本中设计的一大串"牛鬼蛇神"：定河老道、蝴蝶迷、一撮毛、栾平老婆，等等，全部砍掉，同时调动各种艺术手段加强了杨子荣等正面英雄人物的形象。原作中，杨子荣之所以能够打入匪巢，是因为其扮演的土匪形象惟妙惟肖。而"样板戏"则一改杨子荣身上的匪气，让其以英武雄壮、浩气凛然的形象出现在舞台上。编创者还特地设计了"打虎上山"一场，来强化杨子荣的英雄气概。打虎，从来就是一种英雄行为，"打虎上山"，则预示着这位英雄将征服"威虎山"。

在《红灯记》原作中，李玉和曾经嗜酒，故鸠山要以请喝酒为名捉拿李玉和，李奶奶才会在其被捕之前，给他喝一碗送行的酒。而在"样板戏"中，嗜酒这种有损英雄形象的内容消失了，李玉和"临行喝妈一碗酒"的情节突如其来，只能以某种象征性的方式来理解。李玉和以端酒、转身、亮相、一饮而尽的表演，显示出一种大义凛然、视死如归的英雄气概。

"样板戏"破除了"写真实论"的原则，把主要英雄人物无限拔高，其他正面人物成为其陪衬；反面人物则与其构成强烈的对比。也破除了"中间人物论"，把正面人物与反面人物截然分开，一目了然。英雄人物威武雄壮，高大挺拔，浓眉大眼，意志坚定，目光炯炯。他们把人性中最高贵的品质：无私、忠诚、勇敢、智慧、冷静、坚忍不拔……集于一身。他们的出场，光彩照人，熠熠生辉，仿佛天神降临。相反，作为他们的敌人，那些反面角色扮相"丑陋"是共同的体貌特征，或肥头大耳、体态臃肿，或身材干瘦、獐头鼠目，或腰弯背驼、猥琐不堪，或衣冠不整、浪荡逍遥。其个人身体形象的缺陷直接对应着其道德缺陷和否定性的政治身份。品格上则集中了人性中最卑劣的一面：阴险、愚昧、怯懦、凶残、狡诈、贪婪、贪生怕死、歇斯底里……他们的出场，暗淡无光，如蛇行鼠窜。

《芦荡火种》中，本有阿庆嫂在胡传魁、刁德一等人之间调笑周旋、打情骂俏的情节，这本符合阿庆嫂公开场合里的江湖身份，也使得戏本身充满了生活情趣，人物形象更具活力。到了"样板戏"《沙家浜》中，则被认为有损革命者的光辉形象而被删削。不过，在《沙家浜》一剧中，谁是主要英雄人物，仍是一个难题。究竟是新四军指导员郭建光还是地下党员、春来茶馆的老板娘阿庆嫂？原作《地下联络员》的主角是阿庆嫂，并且，阿庆嫂的特殊身份，也更富于戏剧性。但在改编过程中，编创人员不得不增加郭建光的戏份，而且不惜生硬地增加出一个缺乏戏剧性的、基本上没有情节的"坚持"一场。而这一改动的背后，是中共党内政治权力斗争的曲折反映。郭建光还是阿庆嫂，实际上是突出武装斗争还是突出地下工作的冲突，进而言之，则是毛泽东所代表的井冈山武装斗争道路还是刘少奇所代表的白区地下斗争道路的两条路线斗争的体现。

"三突出"成为一种必须严格遵守的美学公式，并进一步衍生出"三陪衬"、"三对头"、"三打破"等公式。故事情节、人物塑造和人物对话，几乎完全是对意识形态语码的直接转译。在这种"公式化"的创作模式中，生产出来的作品，有着统一的形制和风格。民间有歌谣讽刺这种"公式化"的产品，称："队长犯错误，书记来指路。揪出大坏蛋，全剧就结束。""一个大姑娘，身穿红衣裳，站在高坡上，挥手指方向。"

突出阶级意识，强化仇恨哲学

以阶级斗争为纲，突出无产阶级政治意识，也是"样板戏"所要强调的原则。《海港》原作主要是一个关于青年工人不安心码头工作，造成质量事故，经教育后思想转变的故事。在"样板戏"《海港》中，女党支部书记方海珍成为主要英雄人物，阶级立场不坚定的韩小强则变成了次要人物，原先有落后思想的"中间人物"钱守维则变成了暗藏的阶级敌人。质量事故变成了一场阶级斗争，进而是事关无产阶级国际主义形象的阶级斗争。日常生活中也充满了阶级斗争，思想冲突变成了敌我矛盾冲突。这样的阶级斗争模式，在某种程度上说，也正是对"文革"期间阶级斗争扩大化的现实的一种曲折反映。

《红灯记》中的李玉和一家是一个奇特的家庭结构，它是一个纯粹以阶级情感为纽带建立起来的。祖孙三代本不是一家人，却组成了一个革命家庭，并且，革命传统代代相传。李玉和唱道："人说道，世间只有骨肉的情谊重；依我看，阶级的情谊重于泰山。"强烈的阶级意识替代了以血缘纽带联系起来的家庭伦理观念。"赴宴斗鸠山"一场则是阶级斗争在日常生活中得到强化的体现。鸠山在酒宴上，以世俗的生活哲学劝诱李玉和，李玉和则对以革命的斗争哲学。鸠山以老朋友的身份套交情，李玉和对答道："你是日本的阔大夫，我是中国的穷工人。你我是两股道上跑的车，走的不是一条路啊。"突出了李玉和鲜明的阶级立场。

以"诉苦"的方式，讲述革命者受苦的历史，成为"样板戏"唤醒阶级仇恨和进行阶级斗争传统教育的必不可少的手段。《杜鹃山》"情深如海"一场，矿工出身的党代表柯湘向农民军诉说饱受阶级压迫的家史，与农民之间建立了一种基本的阶级认同，抵御了来自温其久的乡亲乡情观念的侵蚀，并解救了被农民军掳来的为土豪推车的田大江，教育了阶级意识淡薄的雷队长。"亲不亲，阶级分"与"甜不甜，家乡水；亲不亲，故乡人"的观念差异，最后演变成一场你死我活的阶级斗争。《红灯记》中也增加了"痛说革命家史"一场，将李玉和的革命精神与"二七大罢工"联系起来，强调了工人阶级革命斗争的历史传统。其他如《智取威虎山》中的"深山问苦"一场，《沙家浜》中沙奶奶说家史一场，《海港》方海珍、马洪亮向韩小强讲述码头工人苦难史一场，等等。

《白毛女》中的杨白劳，在歌剧中是一个性格懦弱的贫苦农民，因地主逼债而被迫卖掉自己的女儿后，绝望中喝卤水自杀而死，在"样板戏"舞剧版本中，则被改成杨白劳拒绝签押女儿的卖身契，奋起反抗，在搏斗中被地主打死。

在激烈的阶级斗争中，英雄得以成长，英雄的性格得以鲜明化。这是"样板美学"对"无冲突论"的抵制和拒绝。另一方面，在剧烈的冲突中，人物的中间状态亦不复存在，"中间人物"要么转变为革命者，要么成为敌人。

不断被强化的阶级意识，在人物情感上也表现为鲜明的对立。情感的一端是深厚的，超越故乡、血缘、人伦等观念的"阶级情"，另一端则是强烈到无以复加的"阶级恨"。这种建立在强烈仇恨基础上的阶级立场，也正是"文革"极端化的造反行动的动力。李铁梅的一段唱，把这种仇恨表达得淋漓尽致：

> 提起敌寇心肺炸！
> 强忍仇恨咬碎牙。
> ……
> 咬住仇，咬住恨，
> 嚼碎仇恨强咽下，
> 仇恨入心要发芽！

欲望"清洁化"和身体"革命化"

　　"样板戏"创编过程中，还有一些改编，微妙地传达了"样板戏"主导者江青个人的美学趣味，给"样板戏"打上了鲜明的江青个人的性格烙印。

　　首先是家庭形态的畸形。熟悉"样板戏"的人都会注意到，"样板戏"中几乎没有一个完整的家庭形态。"单亲家庭"是"样板戏"中家庭的基本形态，如《红灯记》中李奶奶、李玉和和李铁梅祖孙三代，隔壁慧莲婆媳；《智取威虎山》中常猎户、常宝父女，李勇奇家母子；《沙家浜》中沙奶奶、沙四龙母子；《白毛女》中杨白劳、喜儿父女；《杜鹃山》中的杜妈妈和杜小山母子，等等。不仅家庭结构特殊，而且主要人物基本上都是单身。阶级敌人黄国忠、钱守维，都是形单影只、独往独来的单身汉。更为引人注目的是，那些女主角，也都是单身一人，如《海港》中的方海珍，《龙江颂》中的江水英。《沙家浜》中的阿庆嫂显然是已婚妇女，夫妻俩一起开茶馆，但在剧中，阿庆却一直不在场，被打发去跑单帮去了。《杜鹃山》中的党代表柯湘，是夫妻两人一同前往杜鹃山，但丈夫未及出场就先牺牲，连姓名也没披露。

　　歌剧《白毛女》中，喜儿和大春本是一对恋人，甚至喜儿和黄世仁之间，亦有甚为复杂的情感纠葛和两性关系。而在芭蕾舞《白毛女》中，喜儿与大春的关系，只存在革命化的阶级情谊，与两性之间的情感无关。而与黄世仁之间，则只有阶级仇恨。一切可能指向两性间关系暗示性的内容,均被小心翼翼地抹去。

《智取威虎山》原作《林海雪原》中,有一段关于参谋长少剑波与卫生员白茹的隐隐约约、似是而非的爱情情节,曾经让许多读者浮想联翩。而在《智取威虎山》中,不仅这些爱情内容被抹除得一干二净,这两个人连名字都改掉了,少剑波改为"参谋长",白茹改为"卫生员",以免那些熟悉的名字唤醒读者心中残存的"二零三首长与小白鸽"的记忆。

江青对"样板戏"中家庭、爱情等内容的这种怪异的"清洁化"处理方式究竟出于何种动机,我们姑且不去猜度,但"样板戏"的禁欲主义倾向确是相当明显的事实。革命文艺中的"欲望"禁忌,是一个较为普遍的现象,但从来没有达到过"样板戏"中的严酷程度。从革命的意识形态逻辑看,禁欲主义是试图用革命理性克制感官本能的力量,来实现革命的精神清洁化和神圣化的理想。这种超越性的精神能力,是英雄的本质体现。另一方面,禁欲同时也是对欲望的一种恐惧和焦虑的表征。任何诉诸感官的本能力量,都有可能导致身体欲望的解放,而身体欲望的解放,则是个人权力解放和精神解放的先声。对于无产阶级革命来说,这种解放是危险的,是身体的"无政府状态"。作为严格禁欲的代偿,则是人的本能的情感冲动,转化为对革命的狂热忠诚和对敌人的强烈仇恨。

身体的革命化,要求革命者严格约束自己的身体和本能,即使是阶级仇恨,也必须纳入到革命的纪律约束中。《红色娘子军》是身体和欲望的革命化规训的一个范本。源自本能的复仇冲动,只能导致革命纪律的混乱,并带来不良后果。吴清华的身体挣脱了反革命的锁链,但她疯狂的复仇本能,则必须接受革命纪律的约束和规训。无产阶级革命的目标是:只有解放全人类,才能最后解放自己。

经过革命纪律的严酷考验,吴清华在政治上充分成熟了。在那位"女儿国"里的男性领袖献身革命之后,她代替了他成为娘子军的新领袖。值得注意的是,在《海港》一剧中,女党支部书记方海珍成为了主角,而《龙江颂》的主角——龙江大队党支部书记则由原作中的男性,被改换成女性。这些角色性别转换,意味深长。对于"样板戏"的主导者江青来说,可以说是一种象征性的满足。最后,在江青最钟爱的《杜鹃山》一剧中，甚至彻底改变了权力关系中的性别布局——它为一群梁山好汉式的男性英雄们，安排了一位女性领袖。然而，这一权威向女性方面的转移，并不意味着男性权威的退位，相反，它通过对新的女性领袖的精神支配，而获得了真正彻底的完成。女性政治上的成熟，使自身达到了与男性平等的地位，或者说，她们努力使自己以从意识到身体都更加男性化的方式来实现这种平等。对于女性来说，这种政治权利上的象征性的胜利，毋宁说是一场悲剧。

"样板戏"与形式

初澜是江青等人在文艺方面的理论代言人，在谈到"样板戏"的形式变革问题时，初澜这样写道：

> 京剧思想内容的革命，必然要求对京剧艺术形式实行根本性的改造。这个问题解决得好，工农兵英雄人物形象就能牢固地占领京剧舞台；解决不好，帝王将相、才子佳人就会东山再起。对旧京剧的艺术形式采用"旧瓶装新酒"的改良主义的办法，显然是与革命背道而驰的。让我们的时代的工农兵英雄人物去吟唱表现古人的老腔老调，模拟死人的举止动作，势必歪曲新生活、丑化新人物。相反，完全抛开京剧艺术特色，采取虚无主义的态度，另起炉灶，搞白手起家，也是走不通的。要让京剧的唱、做、念、打各种艺术手段都为塑造无产阶级英雄形象服务，就必须从生活出发，打破老腔老调，批判地吸收和改造其有用的东西，标社会主义之新，立无产阶级之异。十年来，京剧革命坚持了"古为今用，洋为中用"、"推陈出新"的方针，正确地解决了京剧艺术形式的批判继承和创新的问题。古与今、洋与中、推陈与出新是对立的统一，也就是破字当头、立在其中的道理。"不破不立。破，就是批判，就是革命。"革命样板戏中英雄人物的音乐形象和舞蹈形象的产生，都是批判继承和改造了旧京剧艺术中有

用成分而进行创新的结果。每个英雄形象的成套唱段设计，对传统的唱腔和唱法都进行了革命，既具有强烈的时代精神，又发挥了京剧唱腔的艺术特色。今天，在人民群众中，不论男女老少，不论是京剧的内行还是外行，都乐于学唱革命样板戏的唱段，祖国大地到处飞扬着我们的英雄人物气贯长虹、激越优美的曲调。旧京剧中那些所谓"最精彩"的唱段能有我们革命样板戏的唱段这样广为流传吗？事实已经有力证明：我们的革命样板戏已在艺术上战胜了旧京剧，压倒了旧京剧，为无产阶级开辟了批判继承和改造古典艺术形式的革命道路。

撇开漂浮于表面的意识形态话语泡沫，这段话实际上讲的就是京剧"样板戏"在"唱做念打"等方面，继承了旧京剧的传统，并融进了革命性的时代精神。

戏剧结构

京剧在戏剧结构方面，有一定的局限性，不适宜表现特别复杂的性格、多变的情节、众多的人物和错综的人物关系。它更重故事中固定角色的分配，而不重故事结构的安排。因此，京剧在表达现代题材的时候，在情节分布和整体结构上，受到较多的限制。

"样板戏"试图克服这一难题，它广泛借用西洋歌剧和话剧艺术的结构模式，来处理相对复杂的现代题材。如果处理得不怎么成功的话，它就容易陷于"话剧加唱"的尴尬局面。然而，"样板戏"还是较为成功地处理了一批结构较为复杂的剧目，如《红灯记》、《智取威虎山》、《沙家浜》、《杜鹃山》等。如《红灯记》，以"密电码"为核心动机，敌我双方围绕着它展开了激烈的追逐和争夺，而人们并没有看到这个神秘道具的真面目，其间暗含了传统惊险故事的结构。另一方面，则又有一条家族史和工人阶级革命史的线索。阶级仇和民族恨，构成了《红灯记》交织在一起的两条主线。

"样板戏"蕴涵了多重语码体系，既有意识形态语码，又有传统民间传奇性的语码。《沙家浜》以茶馆这一特殊场所，来展开地下工作者在复杂处境中与敌人斗智斗勇的情节，于是便有了"智斗"一场中精彩的戏剧冲突。十八个新四军伤病员，暗合民间传说中的"十八罗汉"、"十八好汉"。舞剧《红色娘子军》中的"常青指路"一幕，则可视作是对民间传说中的"仙人指路"的化用。《杜鹃山》农民军抢党代表一场，则沿用了传统民间故事中的"劫法场"的情节。《红灯记》的"赴宴斗鸠山"类似于民间故事中"魔道斗法"的情节，《沙家浜》中的"智斗"则如同民间"二人转"式的机智和打趣，等等。

在"样板戏"中，在其革命的主题和形式的遮蔽之下，深藏着某种"民间性"成分。有学者指出："民间文化在各种文学文本中渗入的'隐形结构'的生命力就是如此的顽强，它不仅仅能够以破碎形态与主流意识形态结合以显形，施展自身魅力，还能够在主流意识形态排斥它，否定它的时候，它以自我否定的形态出现在文艺作品中，同样施展了自身的魅力。"[①]然而，从"样板文艺"中发现某种"民间性"因素，并不能据此得出结论说这是"民间性"对于官方的政治意识形态的胜利，相反，它只能证明"民间性"的失败。"样板戏"对于"民间性"艺术形式的援引过程，并非是对于"民间性"的获得，相反，它是一个"民间性"的不断损耗和流失的过程。

音乐与唱腔

音乐方面的改革，是"样板戏"最具革命性的和争议最多的方面。首先是用西洋乐器乃至交响乐队伴奏。反对者认为，西洋交响乐队的伴奏，是对京剧的艺术完整性和原有的艺术韵味的破坏。"样板戏"在音乐方面是不中不西、不伦不类的怪胎。而支持者则认为，"样板戏"丰富了京剧音乐。但无论如何，"样板戏"音乐有其不同一般之处。

主题音乐的设计：每一剧目根据其不同的主题，设计了主题音乐，这

[①] 陈思和：《民间的浮沉——对抗战到文革文学史一个尝试性解析》，《今天》（纽约），1993年第4期。

是西洋歌剧和交响乐的基本艺术方式。如《红灯记》用《大刀进行曲》的旋律，为故事营造时代背景，而在表达李玉和家庭内部情节的时候，则代以一段较为抒情的音乐。《智取威虎山》则在主题音乐中糅合了《中国人民解放军进行曲》和《三大纪律八项注意》的旋律，以不同的变奏方式，贯穿全剧。《龙江颂》和《杜鹃山》则专门为主人公江水英和柯湘设计了主题音乐，成为主人公性格形象不可分割的一部分。

以音乐塑造人物性格：除了上述为主人公设计的主题音乐之外，在唱腔设计上，"样板戏"也作出了一些尝试，吸收了西洋歌剧和艺术音乐的曲式和调性，对京剧唱腔的板式加以改造，克服了传统京剧唱腔"类型化"的缺陷。如柯湘的《乱云飞》中，引奏先以人物主调呈现主题，然后接以主调跌宕起伏的变奏，以呈示主人公此时此刻在严峻的形势下翻腾不已的心潮和万千思绪。其他如杨子荣的《胸有朝阳》、李玉和的《雄心壮志冲云天》、郭建光的《毛主席党中央指引方向》等"咏叹调"式的唱段，音乐形象十分鲜明，个性突出。芭蕾舞剧《红色娘子军》第三幕中，以凄婉的小提琴来引导吴清华出场，而洪常青表演"大刀舞"时，则以雄浑的圆号来表达动机。

反面人物出场时，则常以低音提琴、巴松管等奏出节奏缓慢、声音阴森低沉的音乐，塑造阴险狡诈的人物性格或预示一种不祥的后果。

音乐的系统性：传统京剧中的乐器，在种类上和表现力方面，都很有限，音乐样式也较为单一和类型化。在现代剧场表演时，锣鼓等打击乐声音过高，容易显得嘈杂、吵闹，乐队诸乐器的律制、节奏要求，均不统一。西洋乐器音色稳定，音强也容易控制。更为重要的是，西洋交响音乐有一种内在的整一性，可以更加鲜明地凸显全剧的总体化的主题。交响乐队有统一的指挥，可以将乐队诸乐器整合为协调、统一、和谐的音乐整体。音乐的整体性，包括多部主题的呈现，交替出现和变奏，可以塑造丰富的音乐形象，前奏曲、间奏曲等，也能够给音乐带来奇妙的变化。也正因为如此，"样板戏"的音乐和唱腔，能够被改编成管弦乐组曲或交响套曲。而《杜鹃山》在全剧的音乐布局和唱腔设计上，基本上按歌剧的模式，显露出"京剧歌剧化"的萌芽。

表演方式

　　人物形象"脸谱化"和表演的"程式化",成为"样板戏"饱受诟病的艺术缺陷之一。但这并非完全是"样板戏"的过失,而是传统京剧本身固有的艺术特点。京剧"样板戏"继承了这一特点,只不过它将这种"程式化"的表演模式,用来对应意识形态刻板、僵硬的逻辑。"样板戏"以大量的亮相和造型,来塑造人物。以高度政治符号化的身体形象,来制造革命神话的身体表征。如郭建光的"亮相"动作:左手紧握驳壳枪红绸带,右掌呈45度角斜向上举,左脚前探与右脚成丁字状,正视前方,目光灼灼。行进时,他身先士卒,位于队列之首,踞马步,右手握枪瞭望,左掌向后指示战士严阵以待。立定时,则身处正中,昂首挺立,右手平握手枪,左掌斜开,众战士蹲伏呈拱月势。

　　事实上,"样板戏"仍有许多超越传统京剧"脸谱化"的形象塑造模式,寻找人物个性化的性格塑造的努力。如《沙家浜》中,刁德一的形象和表演,就甚为复杂。刁德一出场时,像幽灵一般斜着身子,鼠窜似的直奔台口。他身着军装,身体僵直,又戴着眼镜和白手套,手中还捏着一只烟嘴,把书生式的温文尔雅与军人式的刻板僵硬混杂于一身,刻画出了这个人的身份。他时而缓步思索,时而猫腰疾行,表情半阴不阳,似笑非笑,这一组写实化的动作和传统的生丑表演身段相结合,塑造了刁德一特有的形体特征,形神兼备地刻画了刁德一的个性。

　　柯湘手戴镣铐的表演,摈弃了花旦戴镣铐时(如《苏三起解》中)的那种无奈、哀怨的动作,而是采用了刀马旦、武生甚至是花脸表演时的那种大幅度的、有力的转身、甩镣的动作,与李玉和在刑场的表演甚为相似。从中可以表明,革命者的英勇无畏的品质是超性别的。

　　在芭蕾舞剧《红色娘子军》中,舞蹈表演内容丰富,大量吸收了中国古典舞蹈、少数民族舞蹈、京剧表演、军事操练、体操、技巧,乃至传统武术、杂技的身体语言,极大地丰富了芭蕾舞的舞蹈语汇。如吴清华的"倒踢紫金冠",貌似杂技的"踢碗"动作,洪常青的大刀舞、娘子军集体射击舞、赤卫队员的匕首舞、小战士的投弹舞、老四的鹰爪拳舞、众团丁的砍刀舞，都是富于原创性的舞蹈段落。而吴清华在地上翻滚、挣扎等表演，则又吸收了现代芭蕾的动作，亦极富创意。

舞台形式与舞美

"样板戏"打破传统京剧舞台砌末的限制，采用了更为丰富的舞台设置和舞美形式。"样板戏"的舞台基本上接近于西洋话剧舞台的写实形态，改变了传统京剧重写意、象征的假定性特征。如《红灯记》中的家庭内部陈设。而《沙家浜》则采取传统水墨山水画风格的布景，营造了风景如画的江南水乡风情。但也广泛使用隐喻、象征等手法，如《智取威虎山》"打虎上山"一场，通过阳光透过茂密的松林，来表达杨子荣"胸有朝阳"的大无畏精神，而威虎山匪巢则充满了幽暗、阴沉、令人窒息的气氛。"样板戏"还广泛使用灯光、音乐和环境的变化，来表达人物的内心情感，接近于表现主义的手法。如《杜鹃山》柯湘演唱"乱云飞"一段，背景阴云密布，音乐急促低沉，表现情势险恶，主人公内心焦灼不安的状态。反面人物出场时，舞台上灯光晦暗，色调惨淡，

服装与道具

现代剧最直观的舞台形象，就是服装的现代样式。此前也有不少现代题材的京剧，如"时装京剧"、"洋装京剧"，在戏服上采用现代服装样式，但"样板戏"的现代服装经过精心设计，与"样板戏"中的英雄谱系一起，形成了一套完整的革命现代京剧服装体系。

男性主人公以郭建光为例，头戴军帽，身穿新四军灰色制服，衣袖上翻，露出白色衬边，左臂有"新四"字样的红色臂章，右肩斜束枪带，皮带在腰，下有绑腿，脚着草鞋，上系红色绒球，显得英武干练，严整紧凑，革命的组织性和纪律性昭然若揭。女性主人公以柯湘为例，短发，小花格中式大襟褂，袖口卷起，腰束布带，显得英姿飒爽、朴素大方。臂上的红色袖箍、鞋上的红绒绣球、枪上的红色绸带连同肩膀上所搭毛巾上两

颗醒目的红星，提示着主人公的政治身份。也有一些个性化的服装，如李玉和铁路工人制服打扮，脖子上系长围巾，围巾上有补丁，突出其劳苦阶层的身份。李铁梅着大襟小花袄，凸显少女的活泼、热烈的性格，扎单长辫，甩动或揪扯长辫，可以表达情感。

反面人物的符号化痕迹同样明显。他们衣着奢华，常穿皮袍皮袄，绸缎衣裤、藏色马褂，胸有怀表银链，头戴礼帽，手拄拐杖，这种传统的中式打扮，暗示其没落阶级陈旧、堕落的生活作风和美学趣味。

宽大的军装，不适合于芭蕾舞，舞剧《红色娘子军》巧妙地将娘子军的服装改造为紧身的短褂短裤，腿部则打上绑腿。这一装扮乍一看甚为可笑，但它却符合芭蕾舞这种需要凸显身体体型、线条和腾跃、翻滚等大幅度动作的表演需要。

传统京剧旦角的"水袖"，是其重要的表演道具。"样板戏"给作为旦角的柯湘、江水英、方海珍等革命者，设计了手中一条毛巾，既表示角色的劳动者的身份，又可以一定程度上替代旦角甩水袖的动作的完成。茶馆老板娘阿庆嫂则始终挥舞着一条手绢，以眼花缭乱的挥舞，周旋于复杂的人物关系之中。

语言

"样板戏"的语言总体上说，是一种高度意识形态化的语言，大多数唱词和对白是领袖语录、中央文件、报刊社论、意识形态说辞和革命者豪言壮语的生硬的混合体，空洞僵硬、了无生趣、面目可憎，是政治观念的传声筒。但"样板戏"十年磨一戏，在语言上也下过不少功夫，每一段唱腔，每一段台词，甚至是个别词句、字眼，都经反复推敲，虽常过于雕琢，但也不乏精妙之处。

由汪曾祺等人参与编创的《沙家浜》的台词，语言的艺术性令人惊叹。郭建光的唱段《祖国的好山河寸土不让》的开头一句，原先是："朝霞映在阳澄湖上，芦花白稻谷黄绿柳成行。"巧用色彩对比，形成诗情画意，已是绝妙好句。后觉得这种句子过于文人气，便改成"朝霞映在阳澄湖上,芦花放稻谷香岸柳成行。"虽牺牲了色彩感,但"放"、"香"、"行"三个字均用开口呼,而且押宽韵,在韵律上更加舒展、响亮,在意义上用动的状态替代了静的色彩,或可称更胜一筹。而"智斗"一场中,阿庆嫂与刁德一、胡传魁等人的旁敲侧击、语带双关的言辞较量,也是精彩纷呈,阿庆嫂的机智和周密、刁德一的狡诈和阴险。最后,阿庆嫂以行云流水的江湖腔调,赢得了舌战的胜利。她唱道:

垒起七星灶,铜壶煮三江。
摆开八仙桌,招待十六方。
来的都是客,全凭嘴一张。
相逢开口笑,过后不思量。
人一走,茶就凉——
有什么周详不周详?!

这些不仅是"样板戏"中的精彩片段,也可以说是当代文学史上的经典段落。

《智取威虎山》中,杨子荣在匪窟中的言词,也是戏中最吸引人之处。他要冒充土匪说话,又必须保持一个革命者的本色不变,形成了一种怪异的话语方式。如他与土匪对"黑话"的一段——

座山雕:(突然地)天王盖地虎!
杨子荣:宝塔镇河妖!
众金刚:么哈?么哈?
杨子荣:正晌午时说话,谁也没有家!
座山雕:脸红什么?
杨子荣:精神焕发!
座山雕:怎么又黄啦?
(众匪持刀枪逼近杨子荣。)
杨子荣:(镇静地)哈哈哈哈!防冷涂的蜡!

140　言辞喧嚣的时刻

在"样板戏"普遍的"红色话语"中，突然插入一段土匪的"黑色话语"，而且，观众并不知道这段"黑话"是什么意思。这道黑色的话语裂隙，给人们带来一种未知事物的神秘感，刺激了人们的想象。红与黑两种话语之间，形成了一种强烈的对立和紧张，给言辞带来了出乎意料的光彩。接下来的一段也有一种特别的美学效果——

> 座山雕：听说许旅长有几件心爱的东西？
> 杨子荣：两件珍宝。
> 座山雕：哪两件珍宝？
> 杨子荣：好马快刀。
> 座山雕：马是什么马？
> 杨子荣：卷毛青鬃马。
> 座山雕：刀是什么刀？
> 杨子荣：日本指挥刀。
> 座山雕：何人所赠？
> 杨子荣：皇军所赠。
> 座山雕：在什么地方？
> 杨子荣：牡丹江五合楼。

在舞台上，这段对白由慢到快，由弱到强，然后越来越快、越来越强，最后戛然而止，让人紧张得喘不过气来。它骈散结合，文字洗练、明快，抑扬顿挫，铿锵有力，也是剧中的华彩段落。

《杜鹃山》一剧在语言上是"样板戏"中最为考究的一部。全剧通篇韵白，如以下两段：

> 郑老万：山乡春来早，
> 李石坚：荒地吐新苗。
> 雷　刚：（紧握柯湘手）你就是我们日盼夜想的党代表！

郑老万：（钦佩地）想不到，看不透，打仗干活儿，行家里手！
柯　湘：（谦虚地）风里来，雨里走，
终年劳累何所有，
只剩得，铁打的肩膀粗壮的手……

这种通篇韵白的效果，使得念白能够整体性地融入作品中，成为由音乐和唱腔为主体的全局性"歌剧化"架构当中不可或缺的一部分，从而有效地避免了现代京剧"话剧加唱"的弊端。

"样板戏"还热衷于制造革命化的格言、警句。通过对民间谚语、熟语、成语的化用，输入革命教谕的内核，成为一句革命化的格言。如"栽什么树苗结什么果，撒什么种子开什么花"（《红灯记》）"明知征途有艰险，越是艰险越向前"（《智取威虎山》）"上海港不是避风港，太平洋上不太平"（《海港》）等等。

隐喻与象征

"样板戏"继承文学史上革命文学中的意象和隐喻系统，并将其系统化。"样板戏"本身即努力追求意识形态的高度符号化，因此，"样板戏"就成了庞大的革命象征符号的仓库。几乎所有的革命意识形态符号，红旗、松柏、阳光、红缨枪、刀枪、镣铐……都能在"样板戏"中找到。

戏剧艺术与其他艺术不同之处在于，它还是一种通过表演性的身体形象来表意的艺术。身体符码在舞台上，如同语词在文字文本中和图像、色彩在视觉文本中的功能等同。"样板戏"通过角色的亮相、造型等模式化的表演手段，塑造了一系列固定的表情和身体符号，这些符号指向某个特定的精神状况和心理状态，并可直接对应一些固定的词组和成语，如顶天立地、坚忍不拔、壮志凌云、英勇奋斗、奋勇向前、大无畏、胸有朝阳、信心百倍、语重心长、亲如一家、情深意长、苦大仇深、怒斥顽敌，等等。反面人物的身体符号也有其特定的模式，如诡计多端、厚颜无耻、负隅顽抗、贪生怕死、黔驴技穷、魂飞魄散，等等。这种直接通过身体符号来演绎意识形态概念的表演手段，在"忠字舞"和"语录操"中，已初露端倪，"样板戏"则将其体系化了。

"样板戏"中也有较为复杂的隐喻结构，如《红灯记》中的"红灯"。红灯，本是铁路工人李玉和的劳动工具，也就是一盏扳道夫用来打信号的号志灯，但在《红灯记》中，它却扮演了十分重要的角色。它既是工人阶级的劳动工具，又是一种信号系统。作为一盏灯，它是光明和温暖的象征，而作为一盏红色的灯，它又象征着革命的热情和先烈的血。而在故事情节发展的关键时刻，它还起到识别敌我的重要作用，因为它是作为识别地下交通员的暗号之一。这样一个号志灯，发出的就不是一般的信号，而是区分敌我这个"革命的首要问题"的信号。对于红灯的认同与否，是进行阶级甄别的至关重要的物件。普通的家用油灯，虽然也可以照明，但却不具备这种如同照妖镜一般神圣的功能。因此，红灯成为这个特殊的革命家庭的神圣器物。一家之主随身携带着它，家庭中的长辈时时擦拭它、虔敬地供奉它，并向晚辈讲述红灯的象征意义。它是革命家庭的"传家宝"。通过对这件革命"圣器"的传承，而不是普通日常器物和家产的传承，这个建立在阶级关系基础上的家庭，方得以克服血缘人伦的局限性，成为一个无产阶级的革命家庭。也正是在神圣红灯的照耀下，李铁梅得以超越生物学遗传规律，继承李玉和的革命基因——他的品德、智慧和胆量。

与《红灯记》相比，《沂蒙颂》则是一个隐喻失败的例子。《沂蒙颂》试图演绎"军民鱼水一家亲"的传奇，但它过分直露的象征意图，反而弄巧成拙。按照革命的意识形态逻辑，人民子弟兵与人民群众是母子关系，人民是军队的母亲，人民的军队是人民母亲的乳汁养育的。这一比喻在《沂蒙颂》中，被以写实的手法演绎出来，让一位年轻的农村大嫂用真实的乳汁去喂养一位解放军伤员。这种过分直露的手法，让"乳汁"的隐喻性荡然无存，隐喻所留下的艺术想象空间被一场索然寡味的真人秀表演所填满。而观众也被这种拙劣的写实手法弄得无所适从。

"社会主义现代主义"?

如果我们将"十七年"的文艺看作是"社会主义现实主义"的话,那么,"样板文艺"则很难与"十七年文艺"归为一类。我们可以依据现实主义理论来检验"十七年"的文艺,并可以批评它在相当大的程度上违背了现实主义的基本原则。但是,"样板文艺"却不是现实主义的。无论从哪个方面来讲,它与我们通常所认为的现实主义都有着根本性的不同。正因为如此,人们才往往会指责"样板文艺"的反现实主义性质。

不能说凡是带有反现实主义倾向的就一定是现代主义的,但"样板文艺"与现代主义的距离显然比与现实主义的距离要近得多。"样板文艺"所体现出来的美学的确符合现代主义美学的某些基本精神。现代主义是对资产阶级美学(特别是19世纪的批判现实主义美学)的一种反叛和否定,而这也正是社会主义文学的理想,是"社会主义现代主义"的美学原则。社会主义文学与现代主义文学在其根本之处有着某种精神上的相通。因此,如果社会主义这一概念成立的话,那么,"社会主义现代主义"就有可能作为对社会主义现实主义的补充,成为对资产阶级的艺术和美学的"超越"。或者说,社会主义的"现代性"与现代主义的"现代性"之间存在着某种程度上的亲缘性。

作为现代主义文学之一的未来主义,其美学原则也很容易为社会主义文学所接受。未来主义要求表现代表文明进步的事物,表现超越历史和现实的事物,这一点与社会主义美学原则完全相吻合。正因为如此,作为未来主义者的马雅可夫斯基很快就与无产阶级的美学理想一拍即合。他的"红色鼓动诗"也就很自然地成为无产阶级文艺的一部分。

现代主义并不要求忠实、客观地再现现实,而总是对现实加以变形处理和赋予作品内容以某种"寓言性"。这种"寓言性"在"样板戏"中表现得也很充分。并且,根据社会主义的原则,它剔除了寓言中的个人性,而转化成为一个公共"寓言",一个富于教育意义的现代"寓言"。"教谕"功能自然是艺术的一个十分古老的功能,但社会主义文艺的"教谕"功能则往往借助于现代化的艺术手段和艺术形式,来达到这一目的。这一点也正是布莱希特对于社会主义文艺的伟大贡献之一。

"样板戏"选取中国古代民间戏曲形式并对其加以现代化的改造,来作为自己的基本艺术形式。从表面上看,这似乎仅仅是为了实现"古为今用"的美学承诺,但我们却不能忽略中国传统戏曲其形式本身所具有的意义和功能。中国传统戏曲在艺术形式上更接近于现代主义艺术中的象征主义和表现主义。布莱希特就从这种艺术形式中吸取灵感来创造他自己的"史诗剧"。"样板戏"在其内容上至少在当时被认为是代表了一种全新的历史意识。在形式上则改造和"复活"了传统的艺术形式,并赋予这种形式以现代意味。从它的结构安排、台词和唱腔设计、舞台艺术(灯光、舞美、音乐等)设计以及舞台表演等方面,都经过了精心的安排。它大量地运用夸张、变形、隐喻、象征、讽喻等现代主义的手法,具有浓郁的现代主义色彩。"无产阶级"的政治意识形态真正获得了一种形式上的表达,或者说是对意识形态的"本文化"。高度抽象的意识形态符号拼贴技术与程式化的情节构筑方式,与现实主义相去甚远。

人们往往过分强调现代主义与社会主义文艺之间的对抗性,将现代主义看作是对社会主义美学原则的反叛,却忽略了现代主义文艺在经过社会主义的改造之后,也能成为社会主义文艺之一部分,也能为社会主义文艺路线服务。与一般现代主义不同的是,"社会主义现代主义"是国家文艺之一部分,是在国家权力支配下的一种文艺运动。因此,它必然与国家权力之间产生密切的联系。

结语

今天,如果我们撇开政治权力消长和意识形态转型所带来的种种偏见,可以看出江青等人主导创造"样板戏"的真正意图:他们试图创造一个历史奇迹,创造一个按照他们所理解的真正的"无产阶级文艺",成为人类艺术殿堂里最辉煌的艺术神话之一。当然,由此他们自身也可以名垂青史。这一努力的结果,客观上造成了"样板戏"在政治权力和意识形态诉求的催生下，奇迹般地出现在动荡混乱的"文革"时期，并放射出华美的艺术光芒。然而问题在于，文艺的生产并不完全等同于政治意识形态生产。无论是古希腊还是文艺复兴，无论是汉唐还是宋明，无论是19世纪的瓦格纳还是20世纪的梅兰芳、程砚秋，伟大文艺的出现，都是时代精神召唤和艺术家个人创造的结果。在政治权力指令下的自上而下的文艺生产，制造出来的必然是一种畸形的艺术怪胎。"样板戏"实际上是一种政治意识形态的艺术编程。按照意识形态程序和江青等人的意志，编创班子集体制作。它抹除了艺术家个人化的痕迹，具体个人生存经验和艺术经验的完整性不复存在，个体生命感受被分割成碎片，传统文艺作品中的艺术结构和美学经验，也被碎片化，成为在意识形态程序上进行拼接的构件。"样板戏"是这样一种"公式化"的工艺流程的产物，如同大工业机器生产流水线的作业方式，只不过，这是一架虽高速运转，但却做工粗糙、工艺陈旧的文化机器。其产品虽几经打磨，依然难掩生硬、僵死、苍白空洞的面目。另一方面，江青等人垄断了艺术资源，并由"样板戏"形成对艺术市场的垄断，造成了其他艺术门类、艺术流派和艺术风格的文艺的凋零，也就是所谓"八亿人民八个戏"的荒芜局面。这种"一枝独秀"、"一花独放"的艺术，它或许会有古希腊悲剧式的悲壮和崇高，或许会有莎士比亚戏剧式的丰富的人物形象、戏剧情节和华美的语言，或许会有瓦格纳歌剧式的恢宏和神圣，或许会有梅兰芳的清丽、程砚秋的婉转、裘盛戎的雄浑、周信芳的苍凉，但这些附着在表面的华美艺术油彩，终将随着时间的推移而褪色、剥脱，露出内部人性的空洞、苍白和政治意识形态的僵硬本质。在庞大的意识形态神话破产之后，"样板戏"的神圣光芒也随之黯淡，它的宏大华美的外表，成为公众的笑料。而那些从意识形态躯壳上脱落下来的若干艺术残片，却仍然时时散发出几丝迷人的美学光芒，作为对那个时代的艺术家的艰辛劳作的微薄慰藉。

消费叙事中的革命与情欲
——电影《山楂树之恋》的精神分析

"文革"题材的叙事模式

乍一看，这部相当琼瑶化和韩剧化的言情片，很难同张艺谋联系在一起。但细心察看，还是能发现若干蛛丝马迹，比如，男女主人公貌似纯真憨厚的夸张的咧嘴一笑，跟《我的父亲母亲》中的人物如出一辙。影片最后对女主人公的红色外衣的突显处理，也可以明确地得出结论——这确实是张艺谋的作品。尽管张艺谋曾经拍摄过《活着》这样的电影，但时过境迁，如今的张艺谋要处理一部"文革"背景的故事，确实是一桩棘手的事情。

一般而言，"文革"叙事有三种模式：

1. **伤痕叙事**。这是"文革"叙事的经典模式，从"文革"期间的地下文学中就开始了，到"文革"结束后的1970年代末1980年代初达到了高潮。以伤痕叙事来表现"文革"的写作者，成分较复杂，既有"文革"中遭冲击的资深作家，也有参与"文革"而又能进行批判性反思的红卫兵一代，还有一些追随政治风潮的主流作家。代表性的作品有小说《芙蓉镇》及同名电影等。伤痕叙事一方面符合主流意识形态的"文革"判断，另一方面也与公众对"文革"的基本理解相一致，在政治上是正确的，但叙事模式上往往陷于刻板，呈现为一种简单的扬善惩恶的伦理批判。只有少数作品，如曹冠龙的短篇小说、礼平的中篇小说《晚霞消失的时候》、电影《小街》等，尚能在一定程度上超越这种陈腐的道德控诉。这种叙事模式在1980年代中期开始日渐式微。王朔等人的小说和电视剧《渴望》，曾经对这种模式进行了隐晦的嘲讽。

2. 神话叙事。这种"文革"叙事的主体是"红卫兵—知青"群体，"文革"叙事是他们青春记忆的载体。将"文革"理想主义化，事实上是对自己逝去的青春年华的追悼和缅怀，因此，或多或少要美化一番，哪怕是其苦难和污秽的一面。这种记忆炼金术有一种神奇的功能，会把疯狂化为激情，把痴迷化为信念，把愚昧化为质朴，把残忍化为勇敢。梁晓声、张承志等人的作品谙熟这种化腐朽为神奇的点金术。事实上，这种声音在1980年代较为微弱，反倒是这几年开始变得高亢起来。这一类作品与重庆等地风行的群众性的"唱红歌"运动遥相呼应，重塑了"文革"神话。

3. 讽喻叙事。这一叙事的主体是所谓"60后一代"人，也就是"红小兵"一代。他们是"文革"的局外人和旁观者。他们了解"文革"的游戏，在少年时代半真半假地模仿过"文革"的造反运动。他们震撼于"文革"的残忍，又被这种残忍所魅惑。于是，以游戏性的方式再现荒诞、疯狂的故事，以戏谑的手法避开心理伤害，同时又可以有距离地欣赏残忍游戏。这正是他们在"文革"中所扮演的角色，历史故事成为其个人的"成长寓言"。关于"文革"的讽喻叙事，则是这种角色扮演在文学中的延续。但仅就文学性而言，讽喻叙事保持了一定的距离感，它既不为伤痕的愤怒冲昏头脑，也不会因与自己相关而去刻意自我美化，因而赢得了更大的美学空间。王朔、余华、韩东等，属于这一群体。代表性的作品如王朔的小说《动物凶猛》以及根据该小说改编的电影《阳光灿烂的日子》等。

在相当长的时间里，关于"文革"的叙事，基本上以这三种模式出现，只是到了近几年，开始出现一种新的叙事模式——消费叙事。在诸如《幸福像花儿一样》、《血色浪漫》、《激情燃烧的岁月》等电视剧中，总能看到一群花样少年穿着那种曾经被称之为"鸭屎绿"的老式军装，自由自在、快乐幸福地生活着。抹除其浓浓不等的意识形态油彩，这种行为表明，"文革"并没有被彻底淡忘，它正在以一种新的形式，回到当下，回到我们身边，只不过它更多的是以文化消费品的方式出现。政治怀旧迅速进入娱乐消费领域。

《山楂树之恋》显然也属于有关"文革"的消费性叙事作品之一。

性的罪与罚

几个响应"开门办学"号召的中学生，为了编写革命化的新教材，组成"K市八中教改小组"，下到农村。在一处偏僻的村庄，他们发现了一株特殊的植物——开红花的山楂树。原本开白花的山楂树，却开起红色的花朵来，教材编写组的工宣队李师傅一锤定音，为这一奇特的植物学现象作出了意识形态化的解释——"烈士们的鲜血染红了它"。于是，教材编写组试图以革命化的手段，重新编写山楂树的故事。

然而，红色的山楂树能教给人们什么呢？

事实上，作为革命隐喻的红色山楂树意象背后，同时含有苏联主义的寓意。一曲《山楂树》，在1970年代的乡村与1950年代的苏联之间，建立起某种隐秘的联系。而勘探队作为现代科技文化的象征，也是斯大林时代苏联文学中经常出现的套路。然而，正如小说原作中所写的，"按当时的观点，《山楂树》不仅是'黄色歌曲'，甚至算得上'腐朽没落'、'作风不正'，因为歌词大意是说两个青年同时爱上了一个姑娘，这个姑娘也觉得他们俩都很好，不知道该选择谁，于是去问山楂树。"在《山楂树之恋》的语境中，苏联歌曲《山楂树》散发出稀薄的情爱气息，让主人公陷于意志迷乱。革命钢铁意志的战车，在半路中出了事故，这棵或许是因基因变异而染上了革命色彩的植物，阴差阳错地将《山楂树之恋》男女主人公引向了歧途——他们陷入了一场爱情。

象征着爱情的白与象征着革命的红，纠结在同一株山楂树上。革命时期的爱情，这一主题本身就充满了戏剧性。而作为故事重要驱动元素的白血病，则将这一组戏剧性的矛盾集于一身，至少其名称听上去是如此。

白血病，又是白血病。《山楂树之恋》的核心受众应该对这种疾病不会感到陌生。1980年代，日本电视连续剧《血疑》中，女主人公幸子也患上了这种不治之症。这部由超级影星山口百惠和三浦友和主演的冗长的电视剧，消磨了整整一代人的业余时光，并为他们提供了生死之恋的经典范例。白血病既是幸子与她同父异母的哥哥之间情感联系的纽带，同时又是这场不伦之恋的悲剧结局的根源。

《山楂树之恋》沿袭了爱情悲剧的叙事框架，因恋爱中的一方患上了某种不治之症而死亡，导致有情人不能成为眷属。在这个烂俗的言情故事中，依然少不了疾病这个重要角色。同样是不治之症，同样被矫饰和诗意化。白血病，它既是情欲的诱发剂，又是其终结者，如同英国维多利亚时代文学中的结核病一样。

爱情源自生命本能，源自原始本能的冲动，它常常表现为盲目的激情冲动。在一个情欲禁锢的年代，爱情就是一种原罪。疾病在这里完成了一种惩罚功能，它以破坏生命机能，乃至消除生命的方式，阻遏爱的冲动。男主人公因病致死，实际上是自我阉割的隐喻。革命时代的性道德，援引了原始的性禁忌和性恐惧的精神资源，构成了对恋爱中的男女的巨大压抑。

疾病作为言情故事中的佐料，突显了爱情的悲剧性，进而，疾病自身也成为情感消费的对象。由于偶像级明星山口百惠的缘故，白血病不仅不再可怕，甚至成为一种可亲的东西。对于那个时代的年轻女孩来说，如果手臂上也出现一块可疑的淤斑的话，很可能是一种荣耀。它可以让自己跟偶像山口百惠有了多一点的共同点，进而，幸子式的爱情似乎也就近在咫尺了。在网络文学的开山之作《第一次亲密接触》中，悲剧主人公罹患的则是跟白血病同样危险的红斑狼疮。然而，在小说中，红斑狼疮被描述成为两颊上对称的红斑，如蝴蝶一般美丽，几乎就要展翅飞翔了。尽管这与真实的红斑狼疮的临床征候相去甚远，但读者仍热爱这个虚构国度里的红斑狼疮。这表明，网络时代的文学消费也对疾病有强烈的嗜好。然而无论如何，它仍然是病态的爱情，正如疾病就是身体的病态。

纯情的算术

从总体上来看，电影《山楂树之恋》在情节上是平淡的，叙事也很平缓，这与通常意义上的"文革"故事颇不相同。但这并不意味着张艺谋对"文革"有何与众不同的理解，而只是在努力回避"文革"的现实。女主人公静秋的母亲在学校被学生训斥，并被罚扫地（即便如此，其真实性依然很可疑。1974年之后，已经很少有走资派被学生训斥和体罚），角色偶尔说出几句"文革"语言，等等，如果没有这些，几乎很难看到"文革"的痕迹，它几乎可以看成是任何一个时期的爱情故事。

不过，张艺谋感兴趣的并非"文革"，而是恋情，一种当下情欲消费领域所稀缺的情感资源——纯情。与他在《满城尽带黄金甲》之类的大片中，对情欲和感官的极尽夸张渲染之能事的做法不同，张艺谋的情感算术是减法。对于张艺谋来说，纯真，既意味着减少，意味着匮乏，甚至空无。这个在官能上铺张浪费的人，突然一下子变得节约，甚至吝啬起来。这一变化意味深长。

原作中静秋跟老三、长林之间的三角关系，被电影削减为一对一的爱情关系，使这场原本有点复杂的爱情故事，变得更加单一了。导演集中力量营造二人间的单一的爱情悲剧，即悲剧既与他人无关，也与时代和社会等外在环境无关，仅仅因为疾病而致恋人生离死别。这样，既捍卫了性道德的纯洁性，也规避了现实政治的严酷性。

张艺谋在演员遴选和后期宣传过程中，也一直在强调对所谓"纯情"的追求。而他所理解的"纯情"，即是一种对情感的无知无识的状态。静秋的"纯情"源自对情的朦胧和对性的无知，确实是某种程度上的"纯情"女孩，但把她这样一位性无知状态下的女孩吹捧为"纯情女神"，则显得有些夸张。张艺谋或许努力做到自平淡中见神奇，但实际的效果却是平庸和肤浅。除非我们认为，"文革"时期的人的言行都是僵硬、笨拙的，否则，很难说演员的表演是成功的。

另一方面，静秋式的貌似"性洁癖"的性道德操守，往往要以"性放纵"作为代偿。不仅现在如此，革命时期也是如此。当时风行一时的手抄本《少女之心》和《曼娜回忆录》，差不多就是跟静秋的爱情同时产生的。后来的"文革"题材的作品，如王小波的《革命时期的爱情》中，得到了更为直接的揭示。我们在静秋的女同学魏玲身上，看到了失去"纯情"的后果。并且,正如我们在影片中所看到的,这种后果是恶劣的。或者说,作者为了表扬静秋式的"纯情",而通过魏玲的遭遇来制造"性恐惧"。

曼娜(或魏玲)式的奢侈的情欲,在情感匮乏的时代,本身就是罪恶,它遭到惩罚也是必然的。实际上即便纯情如静秋,在一个欲望高度禁锢和压抑的时代,也随时有被指为淫乱的危险。而静秋式的情感得以幸存而且还能够被许多人乐意追忆,更为重要的原因是,男主人公已经以疾病和死亡来完成了自我压抑和自我阉割。在这里,致死的疾病反而成了一种拯救。否则,维持张艺谋所标榜的"纯情",只能沦为一种更为扭曲的情感状态。而这一点在21世纪的叙事中,则被消费主义逻辑修复为无性的"纯情"。这也是《山楂树之恋》最吸引人的地方。在荒淫的泥淖中打滚的当下人群,只能依靠这种人工修复的贞操聊以自慰。

静秋实际上构成了曼娜的反面,更准确地说,她们是一枚硬币的两面。维护静秋的纯洁性,是以遗忘和压抑,甚至惩罚曼娜为代价的。就情欲的层面而言,静秋是曼娜的减法,而曼娜则是静秋的加法。如此而已。这是一种建立在"性即罪恶"观念基础之上的性道德,其脆弱性不言而喻。在"文革"刚刚结束时出现的《被爱情遗忘的角落》(小说及同名电影),则从另一角度控诉了革命时代扭曲的性道德。对欲望的禁锢和压抑乃至道德惩戒所带来的性恐惧,扭曲了人性的自然状态。其实,用不着白血病或别的什么疾病来阻止爱的蔓延。时代就是疾病。

可以视作贫困时代精神征候文本的《山楂树之恋》在当下这样一个消费时代出现,呈现为一种怪异的面容。它将无性视作纯洁,将空无视作单纯,将疾病视作康复。它片面地夸张一个时代的诗意的一面,如同诗意化疾病一样,将一个情欲禁锢的时代诗意化。在张艺谋们精打细算的情感算式中,匮乏成为最大的抒情利润的来源。但爱本身的短缺,难以满足消费时代强大的消费力,所谓"纯真",无非是一代人情感贫困的伪饰。影片最后一曲《山楂树》,用清丽的滑音营造出来的纯净效果,来得那么突兀,难掩内在情感的空洞,也恰恰是这一代人贫困青春的挽歌。

旁观和嬉戏

——1960年代生人的精神特质与空间意识

在历史的夹缝中"长大成人"

1960年代出生的人注定是属于在"比较"当中寻找代际文化属性及身份认同的一代,注定要在跟1950年代出生的兄长辈一代人的比较中,方可获得自我确认。二十世纪七八十年代所发生的一系列大大小小的文化运动,对于1960年代生人来说,似乎都跟他们相关,但他们却从来就不是这一系列文化行动的主体。他们始终扮演着辅助性的甚至旁观的角色。他们与1950年代人之间的关系,恰如"红小兵"与"红卫兵"之间的关系。

从教育背景上看,1960年代生人与他们的兄长辈差别不大,但更缺乏系统性和完整性。他们基本上是在"文革"期间开始接受教育,动荡不安贯穿了他们的中小学阶段。这期间,教育系统几乎都处于瘫痪或半瘫痪状态。他们的教育残缺不全,但幸运的是,他们中间的大多数人倒并没有因此而陷于"脑残"。因为学校教育虽然残缺,反倒给他们带来了更多天性自由发育的机会,而自由天性中同时混合着人与兽的双重形象。

"红小兵"一代人的精神成长期实际上是在1970年代的"文革"后期。这一代人在童年时代或多或少目睹过政治运动的热烈、严酷和歇斯底里,但等到他们真正开始懂事和有独立行动能力时,激荡不安的"文革"造反运动的高潮已经过去。虽说运动尚未真正结束,却已是强弩之末。此时的革命徒有其表。革命、造反之类仅仅停留在口头上,在电影和文艺演出的表演当中。大规模的公共行动，仅限于欢迎西哈努克亲王的来访或欢送兄长们下乡去当知青，间或有基辛格博士或齐奥塞斯库同志来访，算是得以一窥外部世界的蛛丝马迹。1970年代，参与造反的"红卫兵"早已被遣散到农村的"广阔天地"，在那里"绣地球"，为生存而艰难地奋斗。然而，规模浩大的上山下乡，他们依然是旁观者。尤其是到1972年以后，全社会都弥漫着一股浓重的怀疑、消沉、颓废的气息，人们开始悄悄地追逐个人化的物质享受。

"红小兵"们目睹了这个时代的精神蜕变，由狂热到颓唐再到表演。虽然他们的年龄尚不能完全理解其间的含义，虽然他们心中还一直渴望"七八年再来一次"的革命风暴，渴望轮到自己像兄长辈那样大显身手，但兄长们的"变相劳改"的命运，像不祥的阴霾笼罩在家庭和全社会上空。父母已经开始在家里悄悄筹划，如何让尚在读中小学的子女躲避上山下乡的命运。四周弥漫的沉闷、消极和颓唐的雾气，悄悄地渗透到他们尚且幼小的内心深处。接下来的"批林批孔"运动，"红小兵"一代似乎有了用武之地，但这场运动可以说比任何一场政治闹剧更像是一场闹剧。斗争所针对的是一个刚刚死去的政治人物和一个死去两千多年的、此前几乎闻所未闻的历史人物。对此，成年人也是虚与委蛇，适可而止，因此，较少有什么人受到实质性的伤害。这样，对于这些少年人来说，无非是一场虚拟的战斗游戏，他们的愤怒是夸张的，言辞是虚张声势的，行动是表演性的。另一方面，政治的严酷性亦被消解。

学校教育的松懈和残缺，给这一代人造成的影响是双重的，一方面，他们的知识是不完备的，进而影响到他们的思维，由于缺乏完备的知识，其理性的完满性也就会有所欠缺。另一方面，由于缺少学校制度化的规训，他们个人的自由意志得到了相对较为充分的发育。狂放的野性尚未得到充分宣泄，因此，他们身上表现出更多的叛逆性。而相互冲突的二重性，构成了1960年代人的精神品格。在此后的日子里，狂放不羁的一面将会间歇性地发作。

"文革"结束后，1960年代人则又很不幸地跟"老三届"和知青一代人成为同学，他们挤在同一间教室里上课，形成了明显的"代际"差异。

在活跃的校园文化生活中，1960年代人依然只能扮演旁观者的角色。处在校园文化中心位置的是"老三届"，他们阅历丰富，阅读也很广博，刚刚从"文革"期间学校里毕业的1960年代人，在他们面前，显得像个小学生。然而，这种状况也有积极的一面。与兄长辈同窗，让1960年代人见识更多更广，仿佛一夜之间长大成人。但在相当长的时间里，他们依然生长在1950年代人的阴影之下。他们本应成为这个时代的主人，却不幸跟上一两个年代的精英挤在一起。传说中的1980年代的辉煌，与他们关系不大，虽然他们在这个时代风华正茂。1980年代是一个拥挤的年代，被压抑了十多年的热情和才华，同时迸发。

"断裂"经验

1950年代人身处一个巨大的文化断裂带上，他们的文化身份被历史地判定为"断裂的一代"。这一"断裂"的征候，首先在1970年代末由所谓"今天派"诗人表达出来。接下来在1980年代中期的所谓"寻根文学"、"85新潮美术"、"第五代电影"、"现代派音乐"，以及"新建筑"等文化潮流中得到进一步的呼应。1960年代人同样以"断裂"来表征自己的文化处境。1998年，朱文等人发起"断裂"问卷调查——《断裂：一份问卷和五十六份答卷》。答卷者以1960年代生人为主体，他们的回答倾向于否认与上几代人之间的精神血缘关系。这一份文件，可以看作这一代人的精神宣言书。虽然同样标榜文化"断裂"，但1950年代人的"断裂"经验，更像是一种"替代"。北岛在《结局或开始——献给遇罗克》一诗中写道："我，站在这里/代替另一个被杀害的人/为了每当太阳升起/让沉重的影子像道路/穿过整个国土。"北岛一代人骑跨在断裂带上，成为两个不同时代的纽带和桥梁。而1960年代人则已经身处断裂带的另一边，他们几乎是轻而易举地跨越了北岛他们那一代人始终无法逾越的历史责任和道德使命的鸿沟。

在一篇关于"朦胧诗"25周年纪念的文章里，生于1960年代的诗人韩东以《长兄为父》为题，阐明了这两代人之间的关系。这一关系是双重的。一方面，"长兄为父"是向兄长辈的一种致敬；另一方面，也表明了在他们共同完成了"弑父"行为之后，"兄"又开始扮演"父"的角色。兄弟之间的对抗关系不可避免地变得尖锐起来。事实上，1960年代生人早在1980年代中期就已经模糊地意识到他们这一代人的文化处境，在那个时期的诗人群体，诸如"莽汉派"、"非非派"以及"撒娇派"等那里，已经有过最初的表达。他们喊出"Pass北岛、舒婷"的口号。但直到1990年代末，这一文化立场才得到了全面和清晰的表达。这一代人花了十多年的时间，才描绘出自己精确的文化定位和清晰的主体图像。或者说，他们才意识到需要公开表明自己的"断裂"立场，需要通过另一场"断裂"行动，来塑造自己的文化形象。

1960年代这一代人以游戏性对抗现实生活的严酷性，以嬉戏对抗日常的无聊和枯燥，政治意识形态的浓酽被稀释为一杯寡淡无味的温吞水。一些小小的恶作剧，不太危险的越轨，虚拟的造反，有时也会来上一段"在路上"式的离家出走。这一切，仿佛依然延续着"红小兵"时代的游戏。北岛式的强烈的怀疑主义，会在绝望之余告诉这个世界说"我不相信！"而1960年代人的方式则是不置可否。他们并不谈论，因为他们几乎从来就没有真正相信过。

旁观姿态

"旁观"，培养了这一代人冷静、理性的气质，一种不盲从、不迷信的批判精神。在1980年代这样一个开放的年代里，理想主义的旗帜早已褪色，但尚不至于破碎。旁观者并没有撤离时代现场，但已经拉开了一定的距离。这种"有距离"的注视姿态，与这一代人的文化特质密切相关。

生于1950年代的诗人杨炼，以传达历史的宏大性的抒情诗而名满天下。在他一部组诗中有一首叫作《大雁塔》，诗中借古塔传达了一种有关历史文化的深切关怀和悠长喟叹。这一类"新怀古诗"在1980年代初期风靡一时，并很快成为日后所谓"文化寻根"思潮的前奏。而生于1960年代的诗人韩东则写下了一首叫作《有关大雁塔》的诗，明确针对杨炼作出了一个嘲讽性的回应。在韩东那里，大雁塔无非是一座很高很旧的建筑物而已，"我们"上去，无谓地四处张望了一番，就下来了。登上高塔的高瞻远瞩的姿态，被一种无所谓的旁观姿态所替代。这个"一无所有"的群体，没有"红卫兵"一代那种沉重的历史责任感和文化上的负罪感。与上几代人相比，1960年代人更关注当下，关注"此时此地"的存在处境和当下经验的荒诞性。

韩东的这一反历史和反抒情的美学立场，在更晚一些的余华、格非、李洱等人的小说和李亚伟、杨黎、朱文、伊沙等人的诗歌里，得到了更进一步的发挥。余华的小说以一种有距离的旁观姿态，精确地描述着残酷和血腥。格非的小说则以一种似是而非的白日梦，来表达现实世界的隔膜和可疑。朱文以一种极端冷漠的、局外人的口吻，描述了现实生活的无聊感和荒谬感。诗人杨黎则干脆以《冷风景》为题，描述了一个仿佛被放大镜所放大了的、静态的和寂静的街景，以展示他冰冷的目光所看到的世界图景。

这种有距离的冷漠感和局外人式的旁观姿态，既是这一代人察看世界的方式，也是他们自我观看的方式。这一点，在崔健的歌曲里传达得最为充分。崔健的摇滚歌曲，可以视作1980年代中期的重要文化征候。崔健在《快让我在雪地上撒点儿野》唱道："咿耶，咿耶，因为我的病就是没有感觉。"凛冽的雪地，在这里变成了对身体和意识的麻痹症的疗治。寒冷的刺激，似乎是把感官生命从长期政治高压和僵化的教育体制束缚中解放出来的兴奋剂。雪地撒野，这一矛盾景观，恰恰把身体的热与外部环境的冷的冲突充分凸显出来了。崔健唱出了那个时代时而禁锢时而开放的"文化疟疾"寒热交替的典型症状，也唱出了一代人的政治温顺与文化撒野的矛盾状态。

嬉戏精神

与"旁观"姿态相匹配的另一种精神特质,是"嬉戏"。在时代的现场"旁观",回到他们自己的世界里则尽情地"嬉戏"。姜文执导的根据王朔小说《动物凶猛》改编的电影《阳光灿烂的日子》,微妙地传达了1960年代人的嬉戏精神。

王朔出生于1950年代末期,其作品的精神气质跟同时代人相去甚远。或者可以说,王朔的文学,是关于日后1960年代生人的文化精神的预表。但他仍然明确地意识到了自己及其少年时代的伙伴们在自由嬉戏时的童真与兽性的混杂状态。而生于1960年代的姜文,所迷恋的则是少年恶作剧式的快乐体验。"文革"荒诞和残酷的一面被刻意弱化,仿佛一件被小心翼翼清洗掉血污的白衬衫。在姜文的镜头里,那个时代变成了一场充满少年青涩气息的暴力游戏。姜文的另一部电影《太阳照常升起》,有着相同的游戏性。虽然也有关于痛苦和灾难的内容,但导演更感兴趣的是故事的讲述方式,奇妙的连环套结构。姜文的这种影像"叙事游戏",跟他同时代的先锋小说一脉相承。而相比之下,上一代导演如陈凯歌、张艺谋等,他们在经过短暂的先锋主义实验阶段之后,很快就走向历史文化深处寻找一种深度表达。这一点,跟小说界的韩少功、阿城、贾平凹等"寻根派"作家遥相呼应。

在美术方面,嬉戏精神表现得更为充分。如果说,陈丹青、张晓刚、徐唯辛等人的作品始终有一种深度的反思气质的话,那么,他们笔下的主题和风格,到方力钧、岳敏君、刘大鸿等1960一代人那里,则转变为戏谑和反讽的狂欢。方力钧的无聊的哈欠,岳敏君的嬉皮笑脸的嘲讽,刘大鸿的混搭、错乱的场景,把人物小丑化,事件游戏化。这一代人以他们多少有一点玩世不恭的艺术嬉戏,消解了现实生活和意识形态的严肃性,而后者,正是权力所赖以栖身的基础。因而,嬉戏精神在很大程度上也是对于权力意志的消解。从这一角度看,"红卫兵"一代比"红小兵"一代有着更为强烈的权力欲和物质上的贪婪,也就不难理解。另一方面,也正因为这一代人在意识形态上的机会主义特质,他们随时可能被不同势力所征用,或为了某个目的而依附于不同的势力。这一代人的政治色系也就显得尤为宽泛和复杂。自由主义者、个人主义者、艺术至上者、国家主义者和"新左派"等种种庞杂的、甚至相互对立的思想派系,都同时出现在这一代人当中。

偶然的空间

从根本上说,1960年代人缺乏具体、明确的空间意识。在他们的精神成长期,空间意识往往是"祖国"、"世界"等一些宏大概念,与具体的空间感相去甚远。作为政治隐喻的所谓"广阔天地"的辽阔性与现实中每一个具体的个体肉身生存空间及其精神空间的逼仄性,形成强烈反差,造成这一代人生存经验中的空间意识的错位和混乱。

与此相关的是,1950年代人或多或少参与了"文革"的破坏性的行动,而且在随后的上山下乡运动中,以"改造世界"为己任,投入到"学大寨"的"大地艺术"当中,重建革命化的空间。在他们成为建筑师之后,依然不得不面临空间宏大叙事的压力和秩序化的空间诉求,尊崇由时间的逻辑所建构起来的空间秩序。1950年代出生的建筑师尚且有建构宏大空间和秩序化空间的冲动,这一点或许可以看作这一代人一方面强烈的权力欲,另一方面则是纾缓他们曾经的空间破坏行为所带来的心理焦虑,或者可以说,他们要以一种空间建构的方式来"赎罪"。

上几代人所关注的空间,往往是跟历史和时间相关联的整体性空间。文学中的"史诗化"倾向,关于"过去"、"现在"和"未来"的时间层面的因果关系及其连续性,关于"乡村"和"城市"之间的对立及其所传达出来的关于"落后"与"进步"的历史关系,等等,在史诗及"史诗化"长篇小说,以及"寻根派"小说中,表现得很充分。他们中间的那些有历史使命感和文化抱负的建筑师,为了建构富丽堂皇的伟岸空间,重整空间秩序,同时又在摧毁陈旧的、破败的和"落后的"空间。一方面是在赎罪,同时又在犯下新的罪孽。

在以1960年代人为主体的先锋主义文学运动中所表达出来的空间经验，则发生了重大的改变。先锋作家关注的是与同时代其他国度之间的平行性差异，而不是历史性的连续或断裂，不是历史总体上的完整性。即使他们在处理历史题材的时候，也是将历史处理成某种可能跟当下存在相平行的某些空间点，由这些点拼合出历史的平面，进而成为映照当下的"镜像"。如苏童的小说《我的帝王生涯》，以及格非的《大年》、《迷舟》，李洱的《遗忘》、《花腔》等。在他们的这些小说中，出现了一种新的历史叙事，这一类小说被称为"新历史小说"。这一现象或可称为"时间的空间化"。

如果说，1950年代人是"时间性的一代"，那么，1960年代人就是"空间性的一代"。从童年时代起，这一代人与历史之间的纽带被外部的暴力所切断，他们内心充满了对宏大叙事和权力化的时间秩序的不信任。他们并没有强烈的文化"负罪感"和"赎罪"意识。他们更愿意以一种空间化的眼光来看待事物。事物的时间性可以被扭转，不同的时间面上的事物可以相互重叠和镶嵌，好像魔方一样。在他们成为建筑师之后不久，很快就迎来了一轮空前的城市建设"大跃进"的狂潮。这恰好满足了他们的"嬉戏"欲望。这一代建筑师对于高度和广度的空间经验并不特别在意，更回避空间上的宏大和悠远。

新一代年轻的建筑师所面对的，是一个业已破碎的河山，一个被拆得七零八落的生存空间，他们企图从旧材料和旧形式的碎片中，重新拼合起一种本土化的家园感。因此，在他们的建构当中，有一种"碎片化"的倾向和对于"偶然"空间秩序的兴趣。比如李晓东的"桥上书屋"。一个构筑在一座旧桥上的学校，赋予桥梁这样一个特异性的空间以精神性，然而，它几乎是偶然地与书和文化遭遇，空间的过渡性和悬置性被书的超越性精神所改造，成为飞越贫瘠的日常生活和庸常的物质时空的奇妙场所。这是现象学空间构造的典范。Urbanus（刘晓都、孟岩、王辉）的"土楼公舍"，董豫赣的"清水会馆"也有同样的效果。而朱锫的"岳敏君美术馆"可以看作是一场建筑师与美术家之间的空间嬉戏，本身就跟岳敏君的反讽精神不谋而合。

王澍的建筑中所表现出来的冷静旁观姿态是显而易见的，但他的沉思气质与众不同。他的空间的嬉戏性，是在记忆的虚拟状态下被表达出来的，仿佛在白日梦状态下记起童年往事。他在向古老的传统寻找灵感的时候，彻底放弃了宏大空间的理性规划。透过那些细小窗眼，瞥见那些青砖灰瓦，在那些曲径交叉的院落里，时间和空间的节点交叠隐现。人们与过去的时间偶遇，与老旧的风格偶遇，与那些残山剩水偶遇，也与一代人童年时代所居住过的老宅和故园里的角角落落偶遇，那里是他们曾经玩过沙堡游戏的地方，是他们童年梦幻的所在，是邈远记忆的草丛。

现代木刻艺术的辉煌与困局

中国是木刻艺术的故乡。中国传统木刻发轫于唐宋,至明清渐至鼎盛,鲁迅称其"曾经有过很体面的历史"。但它同时又是一个"无名的历史"。一般而言,传统木刻附属于印刷术,是图书复制技术的一部分,它从来没有成为一门独立的艺术。它的辉煌,主要是由无数身份低微的无名工匠所创造。而现代版画艺术完全是一门独立的艺术,它由艺术家独立构思,并在木板、石板等材料上通过制版和印刷程序完成。

20世纪以来,中国的文艺家致力于介绍西洋艺术,现代西洋版画开始进入中国。尤其是因为一代文豪鲁迅的大力推介,木刻受到了一大批青年艺术家的热爱。1931年,鲁迅等人在上海开办"木刻讲习所",介绍并出版了包括丢勒、柯勒惠支、麦绥莱勒、蕗谷虹儿、比亚兹莱、苏俄木刻家等在内的西方木刻艺术,为青年木刻艺术家提供了良好的学习和创作条件。一门古老而又崭新的艺术开始在中国出现。古老的艺术精神在现代语境下复活,爆发出新的生命力。

新兴木刻是现代新文化运动的一部分。从它诞生的那一刻起,新兴木刻就积极地介入现代中国的社会文化生活。新兴木刻不仅为现代中国艺术提供了崭新的艺术形式,也为我们这个时代提供了忠实的记录和再现。八十年来,艺术家们以他们手上的木刻刀,刻录了这个时代的痛苦和欢乐。或犀利,或温婉,或狂放,或纤细,或明快轻灵,或深沉邃远。现代中国版画,既是中西文化交融的产物,又是传统与现代传承和革新的产物。积极地继承,勇敢地创新——这就是版画艺术给我们这个开放的时代的有益启示。

20世纪三四十年代，是中国新兴木刻的黄金时代。这一局面与其所处的时代密切相关。一些思想激烈、热情奔放的年轻人，在伟大的左翼文化领袖的引导下，掌握了一种相对较为便捷和低成本的艺术工具。相对于那些学院和商业占有垄断地位的其他画种来说，新兴木刻尽管处于相对边缘的地位，但它能够吸引地位低微的年轻人。不久之后，历史为这些年轻人提供了比学院和市场更为广阔的大展身手的空间。随着抗日战争的爆发，艺术家的命运与生死存亡的国家民族命运密切联系在一起。新兴木刻在工具和传播手段方面的优势立即显示出来了。

复制性和形制规格较小，这本是木刻艺术的局限所在，但在战争年代，这些特性恰恰成了一种传播上的优势。油画、国画、宣传画等艺术形式虽也可以用于抗战宣传，但单幅绘画传播面有限，印刷传播虽可大量复制，但需要印刷所专门制版印刷，周期长。一把刀，一块板，一瓶墨，几张纸，这些物件就可以构成一个小型的印刷所。在艰苦的战争条件下，木刻艺术不仅成本低，而且传播迅捷。

木刻的表现力也与战争环境相适应。战争状态下，公众更需要的是对意志的激发和鼓励，对力量的赞美，政治和道德立场也相对简单和明晰。立场分明、非此即彼的价值选择，适合木刻，尤其是黑白木刻。20世纪三四十年代是木刻艺术的辉煌时期，虽然其题材的可选择范围相对较小，战争宣传始终是这一阶段的主要题材和主题，艺术家创作的手段也相对单一，技术也较为粗陋，但由于战争的缘故，这些都是可以被理解和被接受的。战斗的美学更能赢得战争状态下的公众。因此，从某种程度上说，是三四十年代的社会环境，尤其是战争环境，创造了新兴木刻艺术的辉煌。这一辉煌几乎无法复制。

战争时代结束之后，木刻的艺术表现空间开始萎缩。和平年代的审美需求也有了许多变化，单纯追求"力感"和黑白分明的价值判断的美学，并不能从根本上适应新的时代的需要。战争年代的优势终将被消耗殆尽。如果新兴木刻艺术不能寻找新的题材和新的语言的话，它必将失去公众。在"文革"期间的大规模"工农兵美术"运动中，木刻的普及率似乎有所提高，其战斗精神也得到了发扬，尽管这种"战斗精神"所带来的更多的是文化和艺术上的破坏。因此，"文革"期间木刻艺术影响力的"复苏"，只能是艺术史上的一个例外。

毫无疑问，新兴木刻在八十年的历史中，创造了夺目的辉煌。但近几十年来，在这个时代整体的艺术空间里，木刻艺术显得暗淡无光。它的艺术冲击力和文化影响力都陷入空前的低迷。不仅与几十年前的木刻艺术相比是这样，而且，跟同时代的其他艺术门类相比，也是如此。近年来，版画艺术的发展困局尤为显著。

在我看来，版画艺术的发展面临三重亟待克服的障碍：1. 题材上的单调和主题上的滞后；2. 表达手段缺乏创造性；3. 传播上的局限，尤其是艺术市场的萧条。

在题材和视觉语言上，版画往往是对其他画种作品的追随和移植。即使在"文革"那个版画相对比较发达的时期，依然如此。那些表现工农业生产的版画作品，看上去就是类似的油画作品的木刻版。木刻艺术本身的特色和表现力，被油画或国画式的构图方式、笔法和风格所掩盖。这一点，与20世纪三四十年代木刻无可替代的、令人过目难忘的艺术风格，不可同日而语。

艺术界普遍承认，相比之下，版画艺术家更坚定地捍卫艺术本体的纯粹性，在纷乱的市场化浪潮面前，更能执着于艺术的独立精神。但从另一方面看，版画家与整个时代生活之间的隔膜也更深，不仅与市场隔膜，也与日常生活和社会文化隔膜。这种隔膜固然保护了艺术的纯粹性，但更严重的危险则在于它让艺术失去了丰沛的时代精神的滋养。曾经强有力地介入生活、在生活世界搏击和战斗的"力"的艺术，难免成为孤芳自赏的雅致小品。固然，雅致小品和战斗的艺术，都是艺术的一部分，但在一个社会生活方式、文化精神都在发生剧烈变动的时代，版画艺术依然保持无动于衷，这与其草创时期的艺术精神可以说是背道而驰。

"文革"结束后，打破艺术僵局，积极介入新时代生活的美术作品，很少属于版画。比较一下罗中立的油画《父亲》和徐匡、阿鸽的版画《主人》，就很能说明问题。这两幅作品差不多出现在同一时期，而且是那一时期各自画种的典范之作。前者不仅在思想文化上产生了震撼性的效应，而且开启了一个时代的新画风。而后者虽然在表现手段上略有新意，但总体上依然沿袭陈旧的"样板美术"的画风，与一个开放的时代精神相去甚远。陈丹青、艾轩等人1980年代初的西藏主题系列油画在美术界影响深远，但类似题材在袁庆禄、吴长江等人的版画得到再现，却是1980年代末的事情。这个时间差，是否在提示版画与整体艺术之间的差距？

不错，版画界也有诸如广军、董克俊、苏新平、卢治平，以及年轻一代的苏岩声、方利民、孔国桥、刘庆元等为代表的艺术家，试图突破版画在艺术语言上的局限，他们在版画语言变革方面，作出了大胆而又艰难的尝试，但与其他艺术类型，如油画、雕塑，尤其是观念艺术和行为艺术等相比，版画界的探索显得滞后而且缩手缩脚。尽管就版画界内部而言，八十年来的变化是明显的，甚至是惊人的，但与其他画种、其他艺术门类相比，放在整个文化艺术界来看，版画几乎可以说是原地踏步。版画界依然沉湎于昔日的辉煌迷梦当中，自我陶醉、顾影自怜。

在市场化条件下，版画艺术在传播上的局限性是显而易见的。版画的复制性不仅没有优势，反而成为其进入艺术品收藏市场的头号障碍。另外，版画在材质、形制规模等方面，也受到诸多限制。同样毫无疑问的是，市场的真正目标在于最大限度地攫取利润，这不仅与艺术的目标南辕北辙，往往还会损害艺术家的自信心和艺术本身的独立性。但在我看来，这些客观条件的限制，都不是版画拒绝市场的理由。任何形式的艺术，都有其不同的局限性。市场可能是艺术的敌人，但却是艺术必须与之打交道的对手，而且是强有力的对手。艺术在与这种强有力的对手打交道的过程中，能够锻炼自身。在当今全球化市场消费时代，艺术不可能回避市场。艺术必须去主动征服这个市场，才有可能克服它。真正的艺术能够在这场剧烈的搏斗之中变得强大。而一种强大的艺术，市场就不再成其为障碍，相反，被驯服的市场变成艺术传播的强有力的工具。现代版画如果不能经受市场考验的话，它的"新兴"的使命必将就此终结。

无用功，或劳动的神话及其终结

从田园牧歌到摩登时代

除了民间风俗画之外，古希腊罗马时期和中古时期的艺术作品，很少表现劳动的场面。古希腊艺术以美的标准处理身体，劳动中的身体很难满足古希腊的美学要求。中世纪艺术则以身体对痛苦的承受来表达灵魂获救的主题，而劳动的诉求则直接指向现实的物质利益，它意味着饥饿的解除，意味着肉身生存的物质保障。劳动，首先是物质性的，然后才是美学的和形而上学的。劳动中的身体表现为相对单纯的肌肉运动，与灵魂问题关系甚远。

但近代以来的写实派画家并不排斥表现劳动。16世纪尼德兰画家彼得·勃鲁盖尔就经常描绘农民劳动场景。弗朗索瓦·米勒对劳动主题更为热衷，劳动者的形象成为其作品的主角。米勒改变了古典主义艺术对身体形象的理解，身体的美学形态并不尊崇曲线和比例的定律，而是在于它在劳动中与土地和物质之间的关系。劳作者的身体俯向大地，与其说是向大地索取，不如说是劳作者对大地的一种感恩仪式。即使是居斯塔夫·库尔贝的《筛麦的女人》这种表现女性身体线条的作品，曲线的美学也服从于现实的美学。劳动的物质性在米勒笔下被赋予了某种超越性的价值。劳动把天空、大地和人联系在同一空间。劳动不仅仅是一种生存的基本需求，同时还是劳作者的存在方式和价值。劳作者缄默的身体，召唤着存在的充实和饱满。

从主题学上看，梵高继承了米勒、库尔贝的传统，但他笔下的劳动更具形上性。他不是再现劳动场景，而是表达劳动的观念和形而上学。在播种发生之初，阳光就赋予大地以收获的金黄，暗示着播种与收获的一致性。劳动像是一个神迹，播种就是收获。种瓜得瓜，种豆得豆。

然而，大工业劳动场景却很少出现在美术作品中。维多利亚时代的英国，是大工业时代的鼎盛时期，整个英国几乎就是一个巨大的生产车间。然而，我们很少在那个时期的美术作品中看到机器和工人。相反，维多利亚时代的美术热衷于表现休闲和怀旧，即使偶有劳动场面，也是田园牧歌色彩的农作。只有埃德加·德加的一些作品，间接地表现过现代社会的劳动。摩登场所的女工，在超负荷工作之后，作为劳动的负面结果的困倦和疲劳。

大工业劳动的快速、机械和重复的运动，显然不符合绘画艺术所追求的和谐效果。绘画艺术对于相对静止事物的表现力，对于大工业劳动也无能为力。倒是新兴的艺术手段——摄影和电影，常常以工业生产为题材。由机器制造出来的复制机器——照相机和摄影机，能够克服机械运动的迅捷性，可以捕捉转瞬即逝的瞬间。

大工业劳动将劳作者的身体囚禁于机器之上，劳动者与劳动对象和产品相分离，也与自身的活动相分离，其身体运动是被机器所激发和带动。劳动的主体是机器，人不过是机器的附属部分。而且，劳动者也与劳动价值相分离。马克思称之为"异化劳动"。卓别林的电影《摩登时代》，将这种异化劳动表现到极致。

劳动的乌托邦

社会主义美术对劳动场面情有独钟。劳动本身及劳动者成为社会主义美术重要的美学对象。这首先取决于社会主义意识形态对劳动的态度。

马克思主义经典作家之一恩格斯特别强调了一个重要的命题——劳动创造人。这一命题不仅仅有生物学和进化论方面的含义，更为重要的是其历史唯物主义哲学含义。这也就意味着劳动先在于意识和主体性，是人的主体性之本质规定。由此引申出来的社会主义意识形态则将作为哲学范畴的劳动指认为具体的劳动，并根据劳动与否，将人群区分为"劳动者"和"剥削者"。毫无疑问，劳动首先是一种权利。而在社会主义制度下，这种权利首先表现为政治权利。按劳分配，多劳多得，不劳者不得食——这些不仅仅是经济学意义上的分配原则，同时也是一种政治学和伦理学。不劳而获在政治上是反动的，而且，在道德上也是可耻的。"寄生虫"即是对不劳而获者的蔑称。

社会主义将劳动推到了一个神学的高度。劳动不仅是商品价值和利润的来源，而且成为人的本质规定和实践理性的尺度。劳动者，首先是体力劳动者，则被视作国家的主体而获得神圣地位。第三版人民币图案，基本上是表现工农阶级的劳动场景的，以凸显人民共和国对经济和财富的本质规定。但在艺术作品中的劳动，甚至闭合了通往物质利益和经济价值的通道，直接指向意识形态的价值核心。革命的劳动哲学认为，一旦彻底摆脱了私有制条件下的雇佣劳动，劳动者就将成为劳动的主人，而不是物质的奴隶。劳动也就成为一场自由的嬉戏和道德的奉献。这一自由劳动的范本，在革命导师列宁倡导的"星期六义务劳动"中被确立，其间包含着共产主义劳动精神的萌芽。

革命宣传画营造了一个劳动的乌托邦。劳动不再只是通过肌肉运动产生能量并转化为剩余价值的生理过程，也脱离了具体的物质利益的实现，它是国家主体彰显权力和价值的象征。作为国家主体的劳动者占据着画面中心，被神圣辉光所环绕。欢笑的表情光芒灿烂，扫除了任何物质性的阴影。夸张的身体姿势超越了肉体的局限性，重力学和生理学原则被轻而易举地克服。这表明其并非一般意义的身体运动，而是象征着劳动的永恒本质。劳动于是成为一种集体性的政治狂欢。

然而，在另一方面，劳动则又是一种惩罚。对于不劳而获的反动阶级，通过强迫劳动来实施报复和惩戒，是无产阶级专政的一部分。惩罚性的劳动，暴露了劳动神话的另一面的真相。劳动看上去成为人的意识和主体性的根本，是身体运动的价值实现，但它同时又意味着对身体的否定。

劳动将身体禁锢在肌肉运动中，以消耗体力来规训身体，进而改造内心世界。从这个意义上说，惩戒是乌托邦的必要补充。

1981年，广廷渤的一组表现劳动场景的绘画，则在一定程度上回归到米勒、库尔贝的传统上。尽管依然残存有"文革"美术的"红光亮"痕迹，但基本上遵守写实主义的美学原则。劳动，即使不像德加笔下那样会产生身体的困倦和疲劳，但至少被还原为与身体有关的物质活动，会产生体力消耗和身体水分的丢失。

"徒劳"的艺术

无论是异化劳动还是自由劳动，劳动价值论的根本原则都没有改变。劳动创造价值，只不过价值被不同的主体所占有：剥削者或劳动者。然而，何云昌、谢德庆的行为艺术作品"无用功系列"则对劳动价值论进行了一场根本性的颠覆。

有关劳动之无价值的思想，并非后现代才有。一些古老的宗教思想中，早就包含了类似的观点。佛教中的"劳蛛缀网"的隐喻，把整个人生看作是一场盲目的徒劳。蜘蛛终日忙忙碌碌编织网络，但命运的风雨轻而易举地撕碎了蛛网，如是终而复始，最终无非是一场空忙。佛教教义所昭示给人们的，是对现世繁忙的否定，通过对"空"的领悟来获得解脱。

"无用功"行为艺术模仿了"徒劳"的隐喻，但它不是宗教。"无用功"行为艺术忠实地模拟了劳动的外观和程序，并不指向任何现实意义或精神解脱的目标。《打卡》再现了现代职业化劳动的场景，劳动无非是被机械时间所分割的若干节点上的机械动作；《石头英国漫游记》模拟了搬运和行走，物体被移动，但没有离开，力在作用却并没有做功；《铸》模拟了构造和浇筑，一场幽闭和敞开、囚禁和解放的空间游戏；《艺术/生活Art/Life》模拟了联结和疏离，牢固的联结并未使疏离有所克服……"徒劳"取消劳动的价值，构成了劳动的负面镜像。

劳动被设置成为一个中性的场域内的符号活动。它没有深度，因为它不产生价值；也没有广度，因为它重复、循环。它只是一个被称之为"劳动"的符号所填充的空洞的场所。它挑战劳动的极限，把劳动这一范畴推向了价值论的绝境。在"零价值"状态下，它不是经济学的对象，不是政治学的对象，不是文化人类学的对象，甚至不是美学的对象。而它只是"劳动"本身，如此而已。这或许可以称之为"劳动的现象学"。通过将劳动还原到纯粹状态，切入劳动的核心（假如它有一个"核心"的话）。

这个"徒劳"的现象学的符号游戏，甚至也不是娱乐，不是自由的艺术嬉戏。它近乎逼真地映现了劳动现象，成为"真实"劳动的镜像，或者也可以说，它使所谓"真实"劳动呈现出"劳动"理念的镜像。这些无限增殖的镜像，充填于生活空间，使世界无限膨胀。这样，我们所存在的这个世界，不是如佛教所认为的那样虚幻和空无，相反，它是一个被虚无所充实的极度致密的空间。

塑造中国身体：身体主权与身体技术

"黄帝身体"、"公民身体"与"革命身体"

公元1793年9月8日（乾隆五十八年八月初四日），英国国王乔治三世派遣的以乔治·马戛尔尼勋爵为首的访华使团来到中国，参加当朝的乾隆皇帝83岁寿辰典礼。但在典礼上是否行三跪九叩之礼的问题，发生了分歧。马戛尔尼及其随员们只肯行单膝下跪或深鞠躬之礼。因为礼节上的分歧，两国邦交和贸易方面的洽谈不了了之，却在中国百姓中留下了一个关于西方人身体构造特殊性的传说，人们相信，洋鬼子是因为少一块膝盖骨而不能弯腿下跪。

我感兴趣的是，在这场中西方正面接触的游戏中，身体所扮演的角色。身体的这些在直观上的和被想象出来的差异性，成为近代中国"国家民族意识"初级认同的基础。在乾隆时代的故事中，西方人对个人身体尊严的捍卫，在中国人那里被释读为某种可笑的身体缺陷，身体的差异喜剧性地植入文化冲撞的结构当中。而在大约半个世纪之后，情况发生了根本的转变。中国人因为在同西方对抗过程中的屡屡败绩，技术、制度和文化缺陷，则转化为体质上的悲剧性的缺陷。"东亚病夫"的恶名，成为一百多年来中国人集体性的深层精神焦虑。所谓"中国身体"的形象，至今依然被笼罩在这种焦虑的迷雾当中。

在全球化学术语境下对于所谓"中国身体"问题的学术关切，是近二十来年的事情。正如古老中国与近代西方的文化相遇之初所遭遇到的，是两种不同的身体经验的误解和冲突一样，西方文化理论对于中国身体的理解，也往往陷入一种难以理喻的困境。美国学者冯珠娣在谈到身体问题时指出："中国是没有'身体'的。"[①]冯珠娣进一步解释说："我的意思是中国没有笛卡尔式的身体，在中国不可以像笛卡尔那样把身体看作与精神完全分开的那种纯粹的身体。"不仅如此，就单纯的身体本身，中国身体也不是现代解剖学意义上的"身体"，或者说，所谓"盖伦身体"。

汉学家试图从另一路径来理解"中国身体"的特殊性。"黄帝身体"是美国汉学家费侠莉在《繁盛之阴》一书中提出的概念，用来指称古典中国（前现代阶段中国）的身体建构。在古代中国医学经典《黄帝内经·素问》中，借黄帝之口，描述了古典时代对身体的基本理解。所谓"黄帝的身体"，乃是将身体视作古典中国宇宙观中的"气"与"道"的容器。这一身体形塑目标，可由儒家的道德化的规约——"修身"、道家的神秘化修炼——"内丹"和中国功夫的身体控制技术这三者的混合来实现。

第二个概念——"公民身体"。黄金麟先生的著作《历史·身体·国家——近代中国的身体形成（1895~1937）》详尽而又精辟地分析了近代（现代）中国身体的成长史。近代中国的文化形象与有关身体的"焦虑记忆"紧密相连。在黄金麟先生看来，晚清以来的中国社会变革，是一个现代国家长成的时期，表现在身体领域即是一个国民"身体的国家化生成"的过程。我们看到，一个古老帝国，拖着沉重衰朽的身体，急迫追踪现代化步履。通过所谓"军国民"、"新民"、现代法律制度、工业化钟点时间等制约和规训，一个现代国家意义上的公民身体之雏形渐次显像。我将之概括为"公民身体"。

第三个概念我称之为"革命身体"。所谓"革命身体"的形塑有着较为复杂的层面和生成过程。从某种程度上说，社会主义革命是中国近代以来的"现代性"逻辑的延续，它在身体形塑方面，沿袭和强化了现代国家的"军国民"和大工业钟点时间的规训逻辑。但它并未走向黄金麟所谓的"公民身体"的完成，恰恰相反，它走向了现代公民社会的身体生成路径

[①] 冯珠娣、汪民安：《日常生活、身体、技术》，《社会学研究》，2004年第1期。

的反面。政权以革命的名义对公民身体主权实行全面的和霸权性的操控和剥夺。"革命身体"以前所未有的高度符号化的面貌出现，成为国家强权和政治意识形态的物质载体。

然而，中国身体的现代形塑，始终在外部支配和内部调控之间摇摆。在现代化的文化冲突中，身体也成为不同的文化观念和政治权力冲突的战场。来自公开的领域的国家意识形态倾向于通过外部，以现代科学原理来组织和调控公众的身体形象，完成身体的现代性转型。而来自私人化的领域民间传统观念，则始终以它自己的规则来对待身体。传统的养生术、气功、秘方和秘技，依然强有力地支配着中国人的身体观和生命观。本文重点探讨"革命身体"的形塑及其解体过程中的几个节点和身体技术。

孝道：与古典中国的身体主权

现代社会人们普遍接受了个体的身体主权属于个人的观念。所谓"人权"概念，实际上首先是建立在个体的身体主权基础之上的，并由此派生出一系列相关的法律、政治、经济、文化等领域的制度建构。脱离了身体主权，"人权"则失去了其物质基础。现代西方社会甚至给身体划定一个主权专属的空间范围——"一米线"。身体周边一米，属于私人领地，他人贸然闯入，是无礼之举，而且会有一定的危险性。这与国家主权领域内的诸如"12海里"领海概念类似，或者可以说，现代国家主权观念实际上是个体的身体主权观念的延伸。

古典中国的身体主权归属则与上述观念大相径庭。在古代中国人看来，一个人的身体应该属于整个家族，首先是属于作为生育者父母，并由此可以推导到最终的所有者——祖先。这是"祖先崇拜"观念，也是"孝道"的生物学基础。《孝经·开宗明义》中写道："身体发肤，受之父母，不敢毁伤，孝之始也。"个体有义务维护自己的身体，但这并不是出于自我关爱的原因，个体的身体只是自然血缘纽带中的一个环节，个体的身体维护从根本上说是为了家族的血缘纽带的坚固和延续。这被视作"孝道"始端。

　　身体主权问题也是古代中国文化,主要是儒家礼教文化的根本问题。由身体主权的逻辑出发,来理解通常所说的"万恶淫为首,百善孝当先",也就顺理成章。男女性爱本发乎自然,但须得有道德戒律的约束。"淫"是对性爱的一种道德污名化的描述。一般而言,淫无非是包括两种类型的性爱。一是不合法的性爱(如通奸、乱伦),二是以单纯追求性快感为目标的性爱。不合法的性爱,即使有生殖的结果,但却是对合法婚姻家族的血缘纯洁性的破坏。而单纯追求性快感的性爱,则因自身过分沉湎于性快感当中而遗忘了家族繁衍的使命。淫之所以被视作一种恶行,而且是首恶,或许并不在于其性爱行为本身,而是在于性爱中的个体对于自身身体的支配权的僭越和滥用。这种过分的欲望放纵,就会被视作不道德的"淫"。

　　与此相对应的是,孝被视作首善之行为。从身体的视角看,孝,实际是身体对于祖先的归顺和服从。而且,孝还必须首先通过一系列的仪式化的身体表演来呈现。孝之所以被称之为"善",乃是通过放弃自身的身体主权,并通过仪式化的身体规训,将自身纳入"孝道"的秩序之中,并最终完成传宗接代的家族使命。从《孝经》中所论及的孝道来看,孝之终极目标依然是表演性——"立身行道,扬名于后世,以显父母,孝之终也。"对于个体而言,其所能自我支配的内容,是根据孝的终极目标对自身的控制和修行。至少儒家是这么认为的。

　　儒家将身体高度伦理化,修身实际上是对身体的自我节制和调控。通过精神内省和躯体控制,使之符合既定的伦理规范,塑造理想的人格形象(君子)。在日常生活中恪尽孝道是修身内容的一部分,修身又被视作君子成就功业的起点,而君子得以"治国平天下"则又是彰显孝道的最理想的方式。古代中国的身体文化始终在如此的逻辑中循环。

　　以现代人的观点看,孝道过分繁琐和刻板的礼仪性则近乎伪善。"立身行道,扬名于后世,以显父母",这种过于明显功利目的的身体规训,也很难赢得现代人的价值认同。然而,即便在古代,也有不同的看法。比如,道家的修身就不一定以实现孝道和"治国平天下"为目标。对身体

"受之父母"的观念也有一些叛逆者,如魏晋时期的士人对此不以为然,认为人之于父母如同所盛之物与器皿,物一旦被取出,就与器皿没有什么关系了。但持这种观念的人,必得有担当"不孝"之罪名的勇气。以孝道为本的身体主权观,也只是中国古典文化中身体观念的一种,尽管它是占支配性地位的一种。

武术:古老的身体技术

较之古希腊罗马,中国古典文化中的身体形象显得较为暧昧模糊。在中古时期广漠的景象中,人的身体只不过是其中的一个细小物事,其地位与一块石头、一株树或一头牛相当。几根潦草的线条,约略勾勒出人体的模糊轮廓,作为写意的山水画中的一个细微点缀,或者写实画中的粗放情节。儒家文化中的重要命题之一——"修身",其所涉及的"身"的概念,与一般意义上所理解的"身体"相去甚远,或者说,它并非现代文化中的那种关涉力量、速度、灵活性等运动性指标的"奥林匹克化"的身体。即使是最直接关涉身体的运动——武术,其文化地位也并不像如今这般彰显。

如今被称之为"中国功夫"的武术,首先被当作一种特殊的身体技能。如同其他手工艺一样,它是身体技能的一种,只不过这种技能的对象是身体。由于这种手工业性质,武术的传授也会受到行会规则的约束。同时,它又是一种特殊的人际关系。依靠一种古老的伦理原则建立起来的一组人际关系,这种关系类似于依据自然血缘纽带联系起来的父子关系,表现为一方对另一方的绝对服从。所以,武术的传承常常是家族性的,如果缺乏自然血缘纽带的有力维系,师徒关系在学徒对师父的人身依附方面,则要求显得更苛刻。"一日为师,终身为父"的谚语,表达了对这种关系高度肯定的强烈愿望。

师父根据他从自己的师父那里习得的身体技术,对徒弟的身体加以管束、训练和改造。身体经过武功的重塑,成为拳师自我意志自由支配的、具有高效攻击性的身体机器。训练有素的身体搏击术中所包含的暴力化倾向，始终是一种令人不安的因素，必须对其加以道德化的约束，方能把武术纳入到正常的社会秩序当中。如果缺乏这一约束，肌肉听命于本能冲动，就有可能沦为单纯的暴力，并被"恶"的势力所利用。因此，在武侠故事中，最常见的叙事模式就是"正—邪"对抗。身体及其功夫在此结构中，扮演了正或邪的斗争工具。对身体技能诉诸更高级的支配——武德，成为必要。通过武德，将功夫这一身体技术上升到形上层面，赋予肉体活动以精神性。功夫因此完成了由"术"向"道"的飞跃。

值得关注的是，武术传承过程中所透露出来的家族式身体归属关系，表明了古老的中国身体的文化属性。而在现代大众文化产品——如电影、电视作品中，则将身体纳入民族国家叙事的结构，把身体的超级技能放大到国家民族主权伸张的高度。身体对抗的胜负，转化为国家之间对抗状况的隐喻，并从中得到民族心理的象征性的满足。"黄飞鸿系列"电影最巧妙地把家族性的身体认同与现代国家的文化认同糅合在一起，完成了古老身体神话的现代转型。

功夫同样有对身体潜能极端发挥的功能，但它有明确的功能性指向，即用于技击。锻炼肢体以获得力量和灵巧性，目的在于身体对抗的搏击中击败对手。相比之下，起源跟武术接近的另一种身体技术——杂技，由于过于强调身体技能的灵巧性和可观赏性，就不能像力量型的武术那样，成为国家民族强力的象征。杂技将肢体的技能发挥到极致，属于专门人士训练的项目，更多地是用于表演。

广播体操：身体的科学化和军事化规训

体操是有关肢体的训练。但与诸如拳术、气功等古典时代的身体训练术不同，体操是现代社会的产物，它包含了现代文化对身体的理解。体操，尤其是群众性的广播体操，虽也可以用于表演，但它却不是专门的表演性的技能。虽也获得力量和灵巧性，但却不敷实战。其唯一的功用就是健身。

体操是一种源于西方的现代健身运动，其运动原理建立在西方现代身体观和健康观基础之上。根据人体系统解剖学和生理学的原则，将身体分解为若干构件：头颈、上肢、下肢、胸部、腰部……分开锻炼，复又回到整体。运动方式则由简单到复杂，由轻微到剧烈，复又回归静止。这一过程，体现了西方文化对物质运动规律的理解，包含了物质世界的运动与静止的辩证法，同时也是对古希腊"生命在于运动"箴言的现代回应。

广播体操则是建立在一般体操之上的群体性的健身运动。它当然不可能达到健美体操那样的专业化的身体健美效果。实际上，其目的也不在此。广播体操看上去更像是一种集体仪式。1970年代初，在一场狂乱的革命热潮过去之后，一套新的广播体操颁布。每天早晨，人们都会首先被高音喇叭里播送的广播体操的声音所唤醒。由广播喇叭播放统一的口令，并配以有节律的音乐。音乐也加入了这一重大的身体规训与操练的计划当中，悠扬而又节奏强烈的乐曲，被扬声器放大到振聋发聩，把其间所裹挟的政治威严通过耳朵灌输到操练者的身体内部。在口令和音乐的指挥下，在公共空间的开阔地带，人们被组织起来，集体执行一种统一的身体锻炼。

运动被按照科学原则，分解为若干段落，配有动作要领，并画有示意图，指导人们如何运动自己的身体。当群众定时、定点、按统一口令进行锻炼时，特别强调整齐划一的效果。唯有在最后的略微快速、但不过分的、有节制的跳跃运动一节，方显得有一些零乱，但这也是这一套广播体操里最有乐趣的地方。

广播体操不仅是一种健身运动，同时（甚至首先）是一种时间标识，它提醒着一天的时间的开始，并且，这个时间的支配权是由一个统一的命令中心所掌控。它提醒公众，必须按照统一的指令唤醒自己的身体，并逐步把身体启动，以达到合适的状态投入工作和学习。

对于一个尚且处于农业社会的中国来说，这种由军事化操练演化而来的，配合以一定程度上的娱乐性的集体身体规训行动，实际上也只能在诸如工厂、学校、机关、兵营等现代社会各基本单位里实行。而在广大农村，身体依旧处于散漫的自然状态。但这种在科学的名义下，对公众身体进行统一的支配和控制，却起到了强大的示范性作用。

人的身体从农耕时代大自然的母体里脱落下来，成为大工业时代的工具理性的附庸。某种倾向的现代性的身体形象和人格，如是被塑造。但这只是现代性身体形象的一个方面：组织化、标准化、高效率和服从。这是现代性的一个维度，它隐含了现代性的美学原则的一部分。

广播体操在日后发展为大型团体操，尤其为那些急于完成现代性转型而走向高度集权的国家所钟爱。这一变化的后果，至今依然可以在电影导演张艺谋的多种作品和朝鲜的群众艺术中看到，并得以高度艺术化地发挥。

甩手疗法：民间秘技的身体自制

值得注意的是，在少儿的"眼保健操"中，加上了"穴位按摩"的内容。尽管在科学性上尚存疑虑，中国古典传统中的人体经络和穴位学说在社会主义中国的身体保健领域，却奇妙地得以一定程度上的保存。在"文革"后期，针刺疗法甚至一度得以畸形地发展。针刺麻醉和针刺治疗聋哑病人获得成功的例子，在官方媒体上被大量报道。与此相呼应的是，各种各样的民间秘方和秘传疗法在1970年代也开始从蛰伏状态慢慢苏醒过来。而在"文革"的高潮时期，这些都被当作"四旧"而被红卫兵暴力清除。

当时，"文革"的高潮已经过去。像任何一场革命一样，在高潮期过去之后，公众身心俱疲，社会普遍陷于"不应期"。普遍的政治冷淡，即是这场巨大政治震荡的后遗症。尽管官方口号依旧是"把无产阶级文化大革命进行到底"，但实际上公众对革命普遍采取一种虚与委蛇、得过且过的态度。对公共的政治生活漠不关心，而对日常物质享乐的生活追求开始浮出表面。剧烈的政治震荡之后，便容易产生相对的滞缓和节结。这一政治性的运动周期现象，在公众的身体生理机能上也有反映。据有关统计数据显示，中国在1970年代初期，恶性肿瘤的发病率有一个急剧上升的趋势。①虽然科学总是向人们承诺对癌症的攻克，但并不能提供明确的时间表。科学为作为群体的人类提供了攻克癌症的可能性，提供了希望的承诺，但对于单个具体的个体生命来说，这种承诺几乎等于零。于是，个体的生命意志，终于压倒了政治理性。对自我身体的关注，变得更为迫切。

与群众性的广播体操相对应的，是私人空间里的"甩手疗法"。甩手疗法盛行于1970年代，先是通过民间口口相传的方式秘密流传，据称其原理出自佛家健身法。基本方法是：选择一较安静处站立，避开干扰（如面壁而立），身体站直，脚伸直，腿稍弯，肛门上提，脚趾用力抓住地下，两脚距离等肩宽，两臂自然下垂，同时向前后摇甩，向后用力，向前不用力，由随力自行摆回，两臂伸直不宜弯，两眼平视，调匀呼吸，心无杂念。身体微微前倾，着力点在双脚尖。用力轻微，使双臂如同钟摆一样机械摆而不刻意用力，摆动频率跟随脉搏的节奏，每次大约半小时。动作要领为：上宜虚、下宜实、头宜悬、口宜随、胸宜絮、背宜拔、腰宜轴、臂宜摇、肘宜沉、腕宜重、手宜划、腹宜质、胯宜松、肛宜提、跟宜稳、趾宜抓。甩手次数无一定之规，视各人情况而定。较好的方法是由二三百开始，逐渐做到每回一千多至二千多次，约半点钟；每日上下午、晚上三次。

这看上去似乎是传统的中国气功的简化版，是一种抽去了气功之哲学和文化内涵的临床实用版本。它只能在民间秘密流传，在私人空间和私人时间里进行。这是在传统气功文化和养生术被禁止的年代里，民间养生观念的自发性的萌生。这也可以看作是民间个体对高度组织化的集体身体支配的、私密的和微弱的抵抗。他们试图在有限的私人空间里，部分地窃回个体的身体主权，交由自己支配。

但这是一种有限的身体主权。以机械的、近乎无意识的肢体摆动，把自己变成一架机械装置，来不断地消磨意志，使自我化为空无，把健康托付给一种神秘的力量。这种消极的身体态度，透露出那个时代的个体勉为其难的身体自救和对生命的渺小的希望。

---

① 参阅叶莘莘主编：《预防医学》，人民卫生出版社，2001年，第349页。

差不多同时，民间还出现了一系列其他形式的身体自我救助，如"卤碱疗法"、"白开水疗法"、"红茶菌疗法"等，其中"鸡血疗法"是最为有趣甚至近乎荒诞的一种。"鸡血疗法"同样也是由民间秘传的一种疗法，称通过肌肉注射公鸡的血，可以提高身体免疫力、抗癌和延年益寿。当官方媒体大肆宣传草药治好癌症、针灸治好聋哑等医学奇迹的时候，"鸡血疗法"也趁机悄悄地露出了其若隐若现的怪异面容。这一疗法的奇妙之处在于，它把中国传统医学和现代临床医学这两种完全不同的身体观念混杂在一起，恰恰也呼应了那个年代盛行的"中西医结合"理论，只不过它是一种来自民间的似是而非的呼应。以自然物——鸡血，借助现代临床医学手段——注射，来完成一种治疗，用巫术弥补科学的不足，同时也是用科学来赋予巫术以合法性。医疗机构似乎也默认了这种半科学半巫术的方式。不过"制剂"由病人自己提供。于是，医院里出现了这样一种奇观：求医者拎着一只半大公鸡，来到医院，由医生处方后，到注射室抽鸡血注射。

无论是自主的甩手运动还是借助于公鸡的力量，都透露出公众对身体的自我支配的愿望。这是一种与外部的意识形态革命相分离的内在的身体自制和自我疗救。

身体消费：革命身体的解体

与文学形象上的"高、大、全"和听觉形象上的"高、响、快"相呼应，"文革"时期"样板美术"在视觉形象上表现为"红、光、亮"的美学风格。油画《我是"海燕"》是1970年代的革命"样板美术"的经典之作，其在当时的影响力不亚于《毛主席去安源》。这两幅作品代表了文革"样板美术"在身体塑型上的典范。《毛主席去安源》塑造的是一位男性革命领袖的青春形象，而《我是"海燕"》则是女性革命战士青春形象的样板。

画面上一个女兵在暴风雨中攀在电杆上抢修线路，背景是阴暗的天空、狂泻的暴雨和雷电的闪光，烘托出人物英勇无畏和革命乐观主义精神。这一切都符合"样板文艺"的原则。毫无疑问，海燕的意象来自苏俄作家高尔基的散文诗《海燕》。暴风雨中飞翔的海燕，通常被用作共产革命的英雄的象征。而海燕的轻巧、敏捷、迅疾的特性，更具女性气质。因而，海燕所包含的矫健、英勇的寓意，一般被视作女性革命英雄特有的精神气质。"文革"期间，曾经有一份红卫兵传单，将江青比作"文化大革命红色暴风雨中矫健的海燕"。在这幅画中，"海燕"既是话务兵的联络暗号，又有搏击暴风雨的革命女战士的精神象征。斜射的雨线和在风中飞扬的雨衣所构成的倾斜和不稳定的背景富于动感，更加凸显了凌空挺立女战士坚定、矫健的身姿。

悖谬的是，身体，尤其是欲望化的肉身，在革命的意识形态中，总是禁锢的对象。性别特征总是需要巧妙而又严密地加以掩盖和抹杀。这位"海燕"也不例外。作为女性的身体被革命的军装严密包裹，其在豪雨如注的激情之夜所从事的事务，也只能是革命的工作，为革命牵线搭桥。然而，艺术却又在无意识中，泄露出一些非意识形态化的内容。革命的主题并不能彻底掩盖生命的本能冲动。透过动荡不安的画面，隐约可见一种难以掩盖的生命激情。草绿色的军装被暴雨淋湿，严谨的军装包裹下的女性身体线条毕现，红扑扑的面部在冷色调的天空衬托下，显得格外醒目。也正因为这位女战士的形象泄露出来的女性的身体性感和暧昧的激情，使得这幅作品比同时期其他许多作品更具视觉冲击力，它有时会令人陷于危险的遐想。一位青年女性在暴雨之夜的激情及其凌空的身体形象，在"文革"这个昏暗湿冷、危机四伏和令人不安的"雨夜"，或多或少也给人带来了一丝微薄的暖意。

随着消费时代到来，"革命身体"面临解体的命运。在市场化时代，身体主权迅速走向个体自我支配，国家权力的身体控制力逐步被削弱。

"文革"后最早风行的带有消费主义色彩的身体运动，是20世纪80年代初风行一时的"健美"运动。1980年底由《体育报》社编辑部主办的第一本全国性健美杂志《健与美》杂志正式创刊。1983年6月2日～4日在上海举办了第一届"力士杯"全国健美邀请赛（男子）。1986年在深圳举行的第四届"力士杯"健美锦标赛正式增加了女子个人和男女混双比赛，女运动员第一次按照《国际健美比赛规则》的规定，穿"比基尼"泳装参加。当时尽管票价卖到20元的高价，偌大的体育馆仍场场爆满，望远镜竟卖出了上千架。来报道此次比赛的各报记者近千名。当时有记者称："这次比赛的意义就像原子弹爆炸那样极为深远。"

"健美"把身体的健壮纳入美学范畴，模仿古希腊罗马的人体雕塑的形态，将身体的每一块肌肉都锻炼到极度发达的状态。职业健美表演者尽力收缩肌肉，使之尽可能地凸出于皮肤的表面，向观众展示，并佐以橄榄油，发达的肌肉所鼓胀的皮肤，在白炽灯的照耀下，闪闪发光，看上去就像是一幅被艺术化了的运动系统解剖学示意图。它同时也符合了20世纪西方文化中试图在科学与艺术之间进行调和的美学理想。

在健美运动中所展示出的身体肌肉，其主要功能并非用于运动。它几乎纯粹用于展示，即按照解剖学的区划，把身体的运动系统凸显出来，达到典型化的效果。在健美体操中，身体被系统解剖学和人体美学诸原则所支配，彻底被"表征化"，运动被简化为单纯的肌肉的收缩和舒张，用以呈现运动系统的解剖学和生理学体征。也就是说，身体在这里成为现代身体理念的一个"作品"。

另一方面，这一纯粹的肉身表征，与革命的意识形态无关，貌似强健的体魄，也并不能给社会带来更多的生产力，毫无疑问，它提供了一个"去意识形态化"的身体标本。甚至，过于夸张的肌肉和为了肌肉效果而伴随出现的兴奋剂的介入，使其健身色彩也日益稀薄。如果没有类固醇类药物的支持，健美运动就难以为继。唯有美学价值被凸显出来了，健美的唯一目的，就是身体形态表演。健美身体更多地从属于视觉消费范畴，而在1980年代的中国，甚至在一定程度上还可充当情色消费的替代品。

1990年代以来，是身体消费文化的高潮阶段。人们渴望改造自己的身体，但不是出于政治意识形态的需要。人们听命于各式各样的商业广告和保健指南。人的身体的敌人不再是阶级血统，而是体内过剩的脂肪、胆固醇、尿酸及其他生化物质，人们企图通过服用一些制剂或从事某种运动，来把这些有害的生化物质从身体内部清除出去。曾经有一段时间电视台导购节目以大量的广告宣传一台名叫"甩脂机"的机器。让一肥胖的中年女性在甩脂机上被剧烈地甩动，腹部腰部的赘肉在一阵剧烈颤动之后，镜头切换为一身材苗条的中年女性。据称其科学实验依据是：一块肥猪肉在高速震动的甩脂机里，肥肉缩小。甩脂机利用惯性原理，甩除皮下组织中的脂肪颗粒，而不是像外科手术那样暴力化切除或抽吸，又造成了健身和休闲的假象。貌似健身器材，但又把运动托付给外部的机器来完成，将减肥的承诺寄托于科技力量，似乎有一举多得之便。下层中老年民众在缺乏瘦身器材和健身投资的情况下，借此聊以满足渺小的瘦身愿望。但保健专家称，活体的皮下脂肪与死猪肉不同，不可能靠外部机械力甩脱。于是，有关部门认为有商业欺诈之嫌而下令禁播这一广告。赘肉彻夜哆嗦的画面终于从荧屏上消失了。无论是强化肌肉还是甩除脂肪，都是以科学的名义，承诺着身体的健与美的价值实现。在此背景下，再来察看"革命身体"的命运，则更加意味深长。

"后文革"时期的前卫艺术家热衷于选择毛时代的革命美术作品为对象，进行颠覆性的改造。随着消费时代到来，"革命身体"面临解体的命运。在市场化时代，身体主权迅速走向个体自我支配，国家权力的身体控制力逐步被削弱。女艺术家呼鸣的《透明军装系列》即是其中的代表性的作品。《透明军装系列》很显然是对《我是"海燕"》的故意模仿。这些戏仿的艺术，关注的是脱离了意识形态关联的肉身形象本身，消耗着"革命身体"的剩余价值。透明的军装无需激情的雨水淋湿，就足以将女性的身体曲线，甚至是更隐秘的内容暴露无遗。《我是"海燕"》中被掩盖和被压抑的女性身体部分，被加以透明化的处理，革命的无意识内容彻底敞亮化。身体姿态也被极端化处理为带有情色意味的姿态，革命的激情表达被改写为情欲诱惑。"革命身体"公开成为欲望的对象和视觉消费的对象。

"革命身体"的剩余价值，在于脱离了意识形态关联的肉身形象本身。那些被改造过的"革命身体"形象，在被仔细地擦去了红色痕迹之后，被转换为欲望化和性感化符号，并开始挺进市场。与各式各样的选美、健身、保健、瑜珈和电视选秀节目，以及文学界"身体写作"、"下半身写作"一样，身体被从意识形态控制状态下拖曳出来，投向欲望宣泄的市场。美色消费也宣告了欲望和资本对当代中国身体疆域的占领。而互联网上出现的芙蓉姐姐的"S形"身体革命，则把身体符号化消费的浪潮推向顶峰。

"太极化"或"奥林匹克化"：身体主权的焦虑

意大利导演安东尼奥尼拍摄的大型纪录片《中国》，一开始就有市民在公园和街头练太极拳健身的镜头。对于现代西方人来说，这是古老东方神秘性的一部分。这个把肢体变成丝绸一般柔软舒展的运动，看上去既不像拳术，也不像体操，又不像舞蹈。它并不是一个简单的肢体操练，这跟现代西方将身体运动局限于运动系统的观念相去甚远。

"太极化"的身体是一个整体。太极拳是单个个体的整体化的身体的运动，肢体不过是这一整体的"动"（或"静"）的完成者和外部表征。但"太极化"的身体主权与其说属于单个个人，不如说属于那个无所不在的"气"及其间所包含的融汇万物的"道"。单个个人面对外部世界，顺应天时，同时又回归内心，顺应内在的"气"。身体从属于心，从属于内在的"气"。身体的运动和变化，需要首先调匀内在的"气"，并顺应它。太极拳消融了肢体与心灵的界限，肢体的屈折与伸展，与呼吸吐纳相呼应，也与内心的动和静相谐调。

与"文革"期间国家主流意识形态压倒性支配的状况不同，1980年代以来，个体的身体主权越来越向民间自主的方向倾斜。"革命身体"的解体，比革命意识形态的解体，来得更早也更为迅速。主流文化则试图通过对民间传统的身体观的合法化，来吸纳和征用民间文化资源，而这同时也成为官方意识形态合法化的基础。1980年代以来，主流意识形态表现出对武术、气功、民间秘技的容忍，乃至把他们作为民族文化"软实力"的一部分，推向世界。2008年的北京奥运会，在张艺谋倾其所有的传统文化元素大展览的开幕式上，"太极拳"成为唯一与运动相关的展示内容。

然而，在现代身体形象塑造的过程中，"太极化"的身体必须面对来自现代身体文化的强制性的改造。太极运动首先被简化为中华武术的一种，并在更多的时候只能在民间以若隐若现的形式存在。进而，通过外部形态规约和改造，使之迅速"奥林匹克化"。现代太极运动把个人化的应天时而动的心身活动，化约为可从外形上简单模仿的肢体动作。在祛除了其间玄奥的神秘主义文化色彩之后，太极运动能在统一的背景音乐的指示下，付诸团体的整齐划一的动作表演，看上去不过是节奏较为缓慢、动作不那么剧烈的一种体操。在一些运动会的开幕庆典上，我们常常可以看到团体操形式的大型太极拳表演。它向世人展示了古老的身体技能如何在现代运动规则的制约和规训之下，变成一种代表国家民族整体形象的现代身体形象。

通过身体的"奥林匹克化"改造，民间身体主权被有效纳入到现代国家身体管理程序当中。只有当这些民间身体文化提出更为过分的主权要求的时候，身体文化的冲突才会转化为政治性的。而我们今天所看到的则是，一个晚期社会主义的身体文化景观：在业已溃败的古老文化身体的废墟上，现代国家理性建立起胜利的运动场，在其间彰显其奥林匹克式的盛大荣光。

行为艺术：身体的解体

1980年代中期之前，美术作品中的身体一直是艺术表现的对象而不是材料，一般通过架上绘画作品来呈现，只有在表演艺术中，如歌舞表演，身体才作为材料来运用。但在表演艺术中，身体活动服从于其他艺术语言，如歌曲和舞蹈语言。身体本身依然是一个封闭、自足和完全的整体。它整体性地作为歌舞等艺术语汇的代码而存在，其本身并不构造语句，也不产生语义。语义的实现是由外在的艺术形态的语义生成逻辑来建构和完成。行为艺术改变了这一状况。

1989年，北京举办的"中国现代艺术展"，艺术史上通常将其看成是当代行为艺术的分水岭，但人们更多的是关注这一时间节点的象征性意义，而往往忽略了其间所发生的艺术行为的具体含义。今天回头反观二十年前的这场艺术展的时候，就会发现，其中的行为艺术不仅仅是艺术家个人艺术冲动的表达，它们还表现出令人惊讶的社会文化"预言"功能。李山的《洗脚》所预言的身体消费热潮，吴山专的《大生意》（卖对虾）所预言的文化商业化倾向，王德仁的《致日神的？》（抛撒避孕套）所预言的欲望泛滥，张念的《等待》（孵蛋）所预言的教育产业化及其危机……这些社会文化症状，无一不在整个1990年代发作出来。

然而，这一系列预言性的行为艺术，被一场"枪击事件"所终结。肖鲁女士的"枪击"行为，射碎了1980年代建构起来的艺术主体的幻象。1990年代，前卫艺术家不得不勉为其难地拼补一个破碎时代的破碎的艺术主体形象。另一方面，二十年前的这场"枪击事件"，也发出了中国大陆前卫艺术"大跃进"的信号弹。

行为必须通过身体来完成，身体的表情状况和运动状态，则是其主体内在精神状态和无意识欲望的外部投射。而行为艺术家的身体表演，则是自觉的身体行为。任何行为，如果不谋求现实的功利目的，在艺术家给定的一个特定的艺术语境里，符合艺术基本规则（如感官震撼、形式创新等），它就可以被视作行为艺术。行为艺术家的身体行为比一般意义上的行为更具典型意义。它在一定程度上传达了一个时代的身体经验及其行为观，也是一个时代公众的身体主权和创造力的体现。

1980年代，公众的身体和行为仍受到相当大的限制。外部权力通过法律、行政和公共舆论等手段，对个体行为的高度规约，以身体和行为高度自主和自由为目标的行为艺术，则需要花费更多的努力，方能摆脱这些限制。从1980年代零星出现的行为艺术中，可以看出，艺术家的身体行为被局限于较为狭小的空间里的相对静止的姿态，如身体包扎和捆绑（丁乙的《街头布雕》等）、静止姿态（如《洗脚》、《等待》中的坐姿）等，偶有运动，其幅度也较小。

1990年代之后，社会开放程度加大，公众身体行为的自主性得以大幅度增加。即使是长期被限制在土地上的农民，也得以以劳工的身份大规模迁徙。与此相关的是，1990年代以来的行为艺术也发生了重大变化，其在数量、规模和效果等方面，都达到了一个空前的状态。各种各样的行为艺术，强烈地昭示着个体的身体主权意识的觉醒。艺术家的身体主权要求，不再局限于在既定的行为规范状态下寻求语义上的颠覆性的表达，而是不断地寻找身体语言本身的突破，不断拓展身体语言的疆域，激发身体的创造力，在自我与他人、个体与群体、身体与环境、人体与动物身体之间的交流和冲突中，完成身体的创造性的梦想。

1990年代以来的行为艺术，无情地拆毁了艺术这个人类精神的"避难所"，艺术作为存在的家园和美学乌托邦的可能性，已经消失。传统意义上的美学神殿，如今是一座四面透风、风雨飘摇的破庙，已无力经受政治、道德和商业市场化的急风骤雨。艺术裸露在现实的戈壁滩上。艺术家通过破坏性的身体形塑，来抵御外部政治权力对身体的征用和规训。与传统的优雅艺术相比，行为艺术是血腥、暴力、丑陋的代名词，行为艺术家是一群哗众取宠"胡闹"的变态分子。他们遭到了来自官方、公众，以及精英知识分子的共同谴责、嘲弄和唾弃。人们从美学、道德、公共伦理等多方面进行审判，甚至有人打算诉诸法律，以立法的方式来彻底禁锢行为艺术。但那些勇敢的艺术家依然在努力捍卫自由表达的权利。

马六明及东村艺术家群体的《为无名山增高一米》，是身体艺术的著名作品。一组赤裸的身体重叠堆积，在大地上隆起，徒劳地增加山的高度。身体虽然紧贴土地，但却是大地上的赘生物，一堆毫无意义的肉体，这或许可以看作艺术家对人类自身及其文明的批判。另一方面，身体堆积如山，但这些身体却依然是孤独的。这种身体的孤独性，在马六明个人的作品中表现得更为充分，阴阳合体的形象与沉默的展示，向一个怪异的境界伸展。从根本上说，马六明的作品，有一种深刻的内省性和沉思的品格，是一种身体的哲学。

相对于马六明的向内拓展的身体孤独性，高氏兄弟更热衷于身体的交流，热衷于主体的外向性的空间拓展，以及个体的身体主权在公共领域里的自我实现。高氏兄弟是乌托邦主义者，他们的作品总是闪耀着理想的光芒和对残酷现实的批判。《拥抱20分钟的乌托邦》，以陌生人集体拥抱的方式，尝试突破不同主体之间的身体隔膜和主权界限，表达了身体克服自我与他者之间的阻隔的精神诉求，它在根本上是一个政治乌托邦寓言。高氏兄弟表达的是一种身体的政治学。

一方面，身体及其行为，为中国当代艺术提供了新的艺术材料、表达手段，身体行为作品急剧增加；另一方面，总体而言，中国当代艺术家的身体表达语汇贫乏，句型单调。这样，就形成了身体符号的"通货膨胀"。在公民权利的身体表达过程中，艺术家的表现常常显得力不从心。从北京的圆明园到798园区，再到宋庄，艺术与权力、艺术与资本之间，展开了复杂而又尖锐的对抗。其间也有巨大的退让、妥协和合谋。

社会主义的身体技术的另一倾向，是集体化的身体操控。在阶级的标准化形象确立之后，群众所要做的，就是模仿和趋同，从集体劳动，到集体广播体操和团体操表演莫不如是。在张艺谋的政治庆典仪式和群众性的"唱红"运动中，依然保存了这种集体主义的身体征用和调度。而艾未未的"葵花子"作品则讽喻性地针对中国的这一现实。被复制出来的亿万颗陶瓷葵花子，正象征着亿万国民的生存状态。他们是孤立的个体，是千篇一律的重复的单子。

在当下中国的现实生活中，身体问题变得日益严重。社会各阶层及个体之间的身份差异和利益冲突，往往表现为身体的直接对抗。在某个特定的时间和场域里，艺术家们也丧失了艺术家的特权，他们不得不跟民工或其他平民一样，必须通过直接的身体对抗，来维护自己的权利。

艾未未介入现实的维权行为中，同时，又卷入街头的身体对抗。他是一个知行合一的艺术家。艾未未的行为，既是艺术，也是现实生活。他将身体在艺术和生活中合二为一的运用发挥到了极端。同时，他又将身体行为与其他艺术媒介（影像、声音、雕塑、建筑等）、材料（布匹、陶瓷等）和数码技术结合在一起，完成了一系列行为：现场调查、念接力、快闪表演、集体飨宴、街头游行、肢体冲突，乃至（被动的）暴力与法的惩戒，几乎完成了一个自由公民的自主身体行为所能够达到的极限。

然而，正如艾未未所复制的亿万葵花子一样，一旦时机成熟，每一颗葵花子都将发芽，生长，长成绿色的生命，并自由地绽放出灿烂的花朵。这，就是艺术给我们的启示。

光影中的记忆与遗忘

——为《1980：上海祭忆》而作

上海是现代中国摄影术的故乡。上海开埠后不久，西洋照相术就开始传入中国，上海是这一技术传入的最重要的口岸之一。从那时起，差不多每一段上海的历史，都有大量的影像记录。尤其是在二十世纪三四十年代，有关上海的影像资料十分丰富。在近年来兴起的所谓"上海怀旧"热潮中，老上海的旧照片也仿佛被搅动的鱼鳞，从沉落的水底翻腾上来，成为上海记忆的重要部分。

然而，在这些有关上海的影像中，1980年代似乎是一段被忽略的历史。这并不是说，1980年代的上海没有图像记忆，也不是说1980年代的上海不值得记住。但有关这一阶段的照片，确实是被有意无意地淡忘掉了。1980年代，照相机对于普通人来说，也还是稀罕之物。在一般情况下，专业摄影师往往是那些就职于官方媒体的摄影记者，他们的摄影是为公家工作的一部分。而在日常生活中，摄影则是那些商业照相馆里的照相师的工作。专业摄影师在为官方媒体拍摄一张照片的时候，所考虑的并不是对于对象的记录，也不是对象的真实性问题，而是如何根据官方意识形态话语来生产出一个理想的图像。商业照相馆的照相师所做的，差不多是同样的事情。一个人走进照相馆，或一位观光客在某一景点拍照留念，也需要听从照相师的安排，在布景或真实景点前，拍出一张理想的相片来。由于工具和表达方式的限制，那个年代的摄影术或多或少都显示出一种官方媒体风格和照相馆风格。作为图像的记忆，也在一定程度上成为一种假想或想象。

《1980：上海祭忆》（1980s Commemorating Shanghai）摄影展让我们看到了另一种上海记忆的面相。毫无疑问，摄影从一开始，就是对记忆的模仿。摄影术通过胶片感光保存，并通过暗房技术，将储存的图像冲印出来，视觉残留在视网膜上的图像的复现。摄影术强大的摄取、复现能力，是视觉记忆的替代性技术。另一方面，摄影术与其说是有关记忆的，不如说更像是一种遗忘。人们在遗忘的时候，才需要照片来帮助回忆。摄影术就是这样一种"记忆的悖论"。这样一种悖论，也表现在上海的影像记忆当中。"上海祭忆"，这个名称意味深长。在英文中，照片（Photograph）一词本就有"记忆"的含义，它可以用来形容与记忆有关的状况，可以跟其他词汇一起，构成诸如"摄入脑海"、"印入脑中"、"摄影般的记忆"之类的短语，表达记忆方面的意义。然而，对于上海来说，1980年代是一段尴尬的历史。这个时期的上海，依然在岁月的沉睡中延续着昔日的旧梦。跟六七十年代相比，除了更加拥挤之外，并无太大变化。它有时确实就是一段被刻意淡忘的历史。通过这些照片来记忆，同时，这种记忆仿佛一场祭奠仪式，照片陈列于某处，昔日那些空间和事物，如今早已变得面目全非，这些照片所记录的，确实就像是那些逝去的时间、事物、情形和场面的"遗照"，是对逝去的时空的追思和缅怀。

唐载清是当代上海摄影的活化石。或许因为职业，他早期的照片属于明显的"样板摄影"，被传媒界称之为"新华体"摄影。这种图片往往是直接模拟政治宣传画的"摆拍"。它们当然也是上海社会生活的一个侧面，而那些作为背景的高楼和街道只有上海才有，但上海城市生活的真相被淹没在浩大的政治意识形态洪流当中。对街头的市民日常生活场景的记录，是唐载清一类官方主流摄影的表达转型的一个重要标志。尽管这些摄影作品依然没有完全摆脱官方的"新华体"摄影模式，但寻求摆脱"新华体"摄影的路径，寻找新的镜头表达，已经成为唐载清，乃至整个上海摄影界在1980年代的努力方向。与此同时，民间自发的影像记录也开始兴起，一批民间身份的摄影师尝试着有意识地去拍摄一个时代的上海城市生活，尤其是市民日常生活。

"平民性"是这一阶段上海摄影的一个十分醒目也十分重要的特征。1980年代,社会生活开始发生一系列重大变化。与南方沿海地区相比,上海的变化虽然不够大,也不够剧烈,但日趋世俗化、市民化和非政治化,则是一个基本的趋势。摄影师,尤其是民间独立摄影师努力将镜头对准自己身边、街头巷尾的日常生活,也就是自然而然的事情了。这也就是我们在这个《1980:上海祭忆》摄影展所看到的——"平民性"。如王耀东的"广场系列"中的普通市民和路人。龚建华镜头里纷乱的弄堂生活:排队购物、洗衣服、倒马桶……徐喜先干脆将镜头对准市郊村镇。大都市的边缘地带,非典型的城市空间和生活,这些内容尤其容易被忽略和遗忘。

"瞬间性"是这一阶段上海摄影的另一基本特征。既然摄影术是一种记忆的艺术,而记忆又是关乎时间、由时间所限制的,那么如何处理时间经验,就显得很重要。"抓拍"技术乃是从根本上保留了时间的"瞬间性"。在"抓拍"的瞬间,时间是由对象自身的存在状况所主导,从而被记录下来,而不是像"摆拍"那样,摄影师根据自己头脑中的观念或外在的政治意识来安排。最典型的是杨元昌的名作《师徒》。《师徒》抓住普通人真实的瞬间,比《保卫大上海》一类"摆拍"出来的"样板摄影"来得更具视觉冲击力和精神震撼力。大量瞬间"抓拍",实际上也是在尽可能多地保留日常生活的"平民性"。这一点,也是1980年代摄影语言转型的重要标志。

"实验性"则是这一阶段上海摄影的第三个基本特征。首先是杨元昌的摄影。唐载清等人1980年代的摄影在拍摄题材、对象和拍摄手法等方面已有所突破,但尚未真正从根本上完成摄影话语的转型,杨元昌是一个有着明显的摄影话语、转型自觉的摄影师。杨元昌的"肖像系列"开始刻意偏离摄影术的"仿真性",尝试着让摄影成为摄影师美学意图和生命意志的自觉表达。杨元昌所处理的不是具体的和实体的人、物、景,而是关于色彩、光线和时间等投射在人、物、景之上的诸如对比、界限、距离、反差和逆转之类的光影关系。这种纯粹的光影艺术的追求,使得摄影术摆脱了单纯的记录、拍照的技术而成为一种观念和美学表达。杨元昌等人的摄影与先锋文学、实验美术、前卫音乐、新潮电影等一起,共同构成了1980

年代的先锋文化运动的主潮。

先锋性的话语革命一旦被发动,其影响是无可消除的。同时代其他摄影师虽然未必像杨元昌那样自觉和极端,但也都无可避免地打上了先锋文化的印记。陆杰镜头下的街景,明显就不再是一种实录,而是对大都市生活中混乱瞬间的抓捕,对城市中变与不变的部分的对比,对街景中"实"与"虚"、"满"与"空"等空间范畴的反差的迷恋,尤其是对人与城之间的隔离、对峙的紧张关系的描述。王耀东的"广场系列"也不再是一般意义上的空间系列,它有着不可忽视的独立立场和鲜明个性。王耀东显然在努力寻找与官方主流图像话语的差异性,他的镜头里的广场,不再是一个官方政治仪式的空间,而是城市市民生活空间的一部分。王耀东刻意凸显了空间的"无用性",空旷,寥落,人群的散乱分布,被一种偶然性所支配,被某种凝滞、松弛、漫不经心,甚至无聊所充满。空间与人群之间有一种不协调的关系,让人感到平常而又一些不适。曾经的政治性的严肃、神圣,被冲淡和消解,甚至或多或少蕴涵了某种反讽性效果。

相比之下,顾铮则走得更远。顾铮摄影的前卫性和实验性是显而易见的,他在摄影师群体中,是主体意识最为明显、话语风格也最为鲜明的一位。顾铮的影像话语或可称作"窥视话语"。或许,可以在阿兰·罗布-格里耶的小说《窥视者》或安东尼奥尼的电影《放大》中,可以看到这一话语的原始形态。在顾铮那里,摄影师不是一个脖子上挂着相机,神气活现、招摇过市的征服者,相反,他刻意扭曲和压制了摄影师的身份和地位。顾铮摄影中摄影师的主体位置很特别。摄影师仿佛一个城市的旁观者,一个身份不明的过客,以好奇而又怯生生的眼神,偷偷打量那些林立的建筑物和街景。在某种程度上,顾铮把摄影师还原为一个服从于照相机镜头的人,摄影师好像一个不懂摄影的普通人,只不过被照相机偶然召唤而来,胡乱地拎着照相机,任由镜头自己拍摄。同时,他也不是这座城市的主人和常客,太熟悉这座城市的人,容易迷恋自己记忆中的某些东西,美好的或可恶的,而陌异化了的"窥视者"的眼光,则以一种零度的视角和中性的情感,一种介乎记忆与遗忘之间的状态,与这座城市的建筑、街道、空间和景物偶然相遇。这种偶然性,使得这些有一种不稳定感,它不再是那个曾经熟悉的故乡，相反，他让熟悉的事物变得陌异，有了距离，乃至某种隔绝状态，从而产生一种不真实的荒诞感。另一方面，也正是因为这样一种状态，使得顾铮的镜头获得了前所未有的自由。

　　自由地拍摄，自由地观看。自由地表达，无疑是《1980：上海祭忆》摄影展，乃至一切观看的艺术的基本目标。1980年代的上海摄影，在时间、空间、语言等诸多方面，都作出了艰难而且卓有成效的努力。因为摄影师们的这些努力，人们看到了一座城市无法切断的时空记忆的图像形态，以及在这些图像中所依稀闪现的艺术家执着的眼神和自由的灵魂。

超现实主义的"黑弥撒"

踏着"达达"的节奏，一群"超现实主义者"粉墨登场了。但这不是跳"骑马舞"的演唱组合，而是20世纪20年代一群欧洲文艺家的新艺术表演。

超现实主义怀着对理性主义的刻骨仇恨，登上了历史舞台。他们的艺术，看上去如同一出荒诞剧，荒诞不经的内容和夸张离奇的外观，把一个时代的艺术舞台搅得乌烟瘴气。然而，这正是他们希望达到的效果。无论是哲学上的纯粹理性，还是现实生活中技术理性的恶性膨胀，还是资本主义条件下的精确的利益计算，在超现实主义者看来，都是艺术的天敌。

理性主义的强势地位，构成了近代西方文化的基本特征。理性主义的逻辑成为文明进步的尺度之一，有时甚至是唯一的尺度。它无所不在，正如马克斯·韦伯不无骄傲地描述的那样——"理性化的经济生活、理性化的技术、理性化的科学研究、理性化的军事训练、理性化的法律和行政机关"，甚至"理性化的神秘观照"。[1]但这一切在超现实主义者眼里，却是一种负面的东西，一种压抑性的力量。超现实主义理论家布勒东在一份宣言中写道："我们仍生活在逻辑的统制下。但它是在一鸟笼里跳来跳去愈过愈不容易跑出去。在文明的掩饰下，以进步为借口，人们已经将一切（不管其合理或不合理）可能被称之为迷信或幻想的东西，一律从思想中

---

[1] 马克斯·韦伯：《新教伦理和资本主义精神》，于晓、陈维纲等译，生活·读书·新知三联书店，1987年，第15页。

赶出去，并且摈弃一切不同于常规的真理探求方式。"①近代西方"科学至上"的理性主义知识体系指引着真理探求的路径，也垄断了这一路径。古代和其他非西方民族尚存有的那种"经验的知识、对宇宙及生命问题的沉思，以及高深莫测的那一类哲学与神学的洞见，都不在科学的范围之内。"②如果这些"非科学"的心智也有可能通往真理的神秘境界的话，那么，近代西方文化已经丧失了这一能力。

另一方面，这一理想主义思潮一旦同国家民族利益至上的观念结合在一起，就成为文明的灾难。不同国家民族和社会阶层的利益诉求不可避免地产生冲突，当冲突变得不可调和的时候，暴力就成为解决问题的唯一途径。技术和实力的较量，通过战争来决定胜负。第一次世界大战即是在这样一种精神背景下发生的。超现实主义者厌恶战争，他们纷纷躲进中立国比利时的苏黎世，在那里发动他们的文化反叛运动。

在近代西方文化中，"人"这一概念被表达为"理性的动物"。这种理性化的精神倾向与资本主义结合在一起，成为一种强大的、压倒性的精神力量。人的欲望、本能、非理性的一面，被压抑到了意识结构的最深处。而在理性之光未能照亮的意识幽深处，隐藏了更为复杂、更为丰富的人性内容。这是弗洛伊德的"文明压抑"假说的基本含义。而被压抑的那一部分内容，无法通过清晰、精确的理性话语来表达。超现实主义者是弗洛伊德理论在文艺上的践行者。布勒东给超现实主义下了一个经典的定义："超现实主义：阳性名词。纯粹的精神的自动主义，企图运用这种自动主义，以口头或书面或其他的任何方式去表达思维的真实过程。它是一种不受理性的任何控制，排除任何美学的或道德的利害考量的思想的自动记录。"③

达达主义是针对"理性"的拆迁队，达达主义致力于破坏、拆除理性主义大厦，在一片废墟的精神地平面，露出了物性的基座和欲望的地下

---

① 安德烈·布勒东：《超现实主义宣言》，袁俊生译，重庆大学出版社，2010年，第14—15页。
② 马克斯·韦伯：《新教伦理和资本主义精神》，于晓、陈维纲等译，生活·读书·新知三联书店，1987年，第15页。
③ 安德烈·布勒东：《超现实主义宣言》，袁俊生译，重庆大学出版社，2010年，第32页。

室。它的后继者超现实主义则是"非理性"的矿工。超现实主义把梦看作是艺术灵感最丰富的矿藏,这些寻梦的"矿工",孜孜不倦地在梦境中挖掘。

跟他们的先驱者达达主义一样,超现实主义也喜欢发宣言,像是革命年代的宣传队。事实上,他们确实把自己的艺术行动看作是一场革命。他们或对苏俄式的共产革命极度推崇(如阿拉贡),或迷恋于无政府主义者的造反运动(如布勒东)。尽管像布勒东这样的超现实主义者不承认社会革命(如苏维埃革命)的革命性,但现实中的社会革命,借助暴力,完成了对理性的摧毁和恶的本能的无限释放。相比之下,超现实主义者在艺术领域里的精神革命,显得如同一场荒唐无稽的儿戏。

另一方面,他们对自己的事业实际上也缺乏信心,又生怕别人看不懂,于是,就不定期地发布一些"宣言",不厌其烦地解释为什么要这样做。但越描越黑,越解释越模糊,他们的"宣言"比他们的作品还要含糊混乱,基本上是一笔糊涂账。然而,问题在于,如果他们表达的逻辑通顺、清晰,则又与他们所要颠覆的"理性"和"逻辑"同流合污了,与他们的反理性、反逻辑主张背道而驰了。超现实主义就这样在理论上陷于自己设计的悖论的陷阱。它本身就是一个自相矛盾的产物。

随着摄影装置的发明,艺术家基本上被逐出了现实的外部空间。艺术家转向对不可见的内在世界的窥伺和发掘。在19世纪中后期,各种各样的神秘主义文化在欧洲上流社会当中流行,且不说莫斯科这种东方色彩浓厚的地方风行的萨满术,即使是在柏林、维也纳、巴黎等地,也有花样繁多的秘术。古代诺斯替教派的复活、斯维登堡的神秘主义哲学、来自印度的佛教、种种"通灵术",以及弗洛伊德、荣格等人的心理学,或多或少也都打上了神秘主义的烙印。艺术家成为一种介乎巫师和先知之间的特殊角色。

超现实主义运动无异于一场关于理性的毁灭的"黑弥撒",布勒东则扮演了大祭司的角色。他们在古典时代的美学废墟上,跳起狂欢的舞蹈。"自动书写"和"自动绘画",则是他们狂热的咒语。超现实主义者沉湎于梦境当中,不愿醒来,不愿看见现实境况。他们往往会借助苦艾酒和鸦片、大麻一类的致幻剂,来获得超越尘世的幻觉和奔逸的灵感。波德莱尔和德·昆西是他们的前辈。而兰波对"通灵术"的迷恋,也是他诗歌奇迹的根源之一。在艺术上，则由达利狂乱的梦境所表达出来的恐惧与战栗，而达到极致。

时过境迁，超现实主义艺术本身早已明日黄花。但超现实主义艺术会在不同的时机和条件下，以不同的方式出现，产生各式各样的超现实主义的变种。寻求对理想主义思维方式和中产阶级美学趣味之藩篱的突破，寻求人性本能的解放，一直是20世纪西方艺术的基本主题。这一主题在1960年代以对主流文化的全面反叛，达到了一个高潮。艺术运动转化为社会政治运动，美学革命变成了日常生活伦理学的革命。

在中国，情况则有所不同。中国艺术家对超现实主义的浓厚兴趣，发生在"文革"结束后的1980年代。这个年代，恰好是社会性的革命癫狂归于平息的阶段。社会的理性正在逐渐恢复，人们开始试图以一种开放的态度来接纳一切来自外部世界的思想和文化。那个年代，中国的艺术家以及作家、诗人、学者，对任何来自异域的思想潮流和艺术风格，都兴趣浓厚，从文艺复兴时期的人文主义，到16、17世纪的启蒙主义，再到19世纪的浪漫主义和现实主义，乃至19世纪末20世纪初的象征主义和印象派，等等，无一不照单全收。受超现实主义影响的作品，最初只不过是一些技术层面的模仿之作。徐芒耀的《我的梦》是这一阶段的代表性作品之一。人物以沉思者的姿态，突破坚硬的墙体，下半身仍停留在墙体之内。这当然是一个隐喻，它与其说是一场梦，不如说是一种理性的反思。张群、孟禄丁的《在新时代——亚当夏娃启示录》，也是将理想主义色彩的人文精神跟超现实主义笔法混搭在一起，嫁接痕迹明显，意图一览无遗。这些作品对超现实主义的肤浅仿效，塑造了突破精神禁锢，追求梦想，追求理想，同时又有深刻而沉重的反思精神的改革开放时代的新青年形象。它们虽有超现实主义的外观，但其艺术精神依然属于社会主义美术的范畴。

半生不熟的"现代主义"，是1980年代中国"现代主义"文艺的通病。这种夹生的艺术，也可以视作在社会主义主流艺术的威权之下妥协的产物，或者可以称之为"社会主义现代主义"。

事实上，当代中国现实本身即显示出强大的"超现实"风格，现实的荒诞性足以让梦的怪诞显得无足挂齿。理性的缺乏、欲望的极度膨胀、人性的扭曲、暴力的残酷性、集体性的精神癫狂……这种种"超现实主义"的征候，都曾以不同方式表现出来。艺术家甚至无需借助任何"通灵术"或释梦手段，只需真正直面现实本身，就可以呈现出超现实风格。从这个意义上说，荒诞就是真实，超现实主义就是现实主义。因此，在另一些艺术家，如徐累、张培力、李山、张晓刚、冷军等人的作品中，超现实主义因素显示出一种强大的"介入性"的力量。不仅如此，在整个1980年代中期之后的中国艺术作品中，超现实主义几乎成为一种必不可少的艺术成分。

也正因为如此，中国当代艺术中的超现实主义，呈现出与西方大不相同的面貌。中国当代艺术，首先是架上绘画中的超现实主义，理性非但没有被摧毁，相反，艺术家或多或少都带有理性的反思色彩，带有对政治上的和美学上的反思性的批判性。超现实主义所追求的迷狂和梦呓，更多地渗透在观念艺术和行为艺术作品当中。

未来主义·时间与权力

一百年前,马里内蒂在《未来主义宣言》中写道:"时间和空间已于昨天死亡。"资本主义大工业生产条件下的物质洪水,冲击着西方文明的堤坝,物化的空间急剧膨胀,时间在加速,理性对于时空经验的总体性的把握,正在逐步丧失。这是西方文明史上的一次重大事变。这一历史事变的后果之一,是现代主义的产生。现代主义是古典世界"总体性"观念崩溃的严重症候。在古典的时空墓地之上,现代主义跳起了狂欢的舞蹈。

象征主义和表现主义与未来主义和达达主义,分别构成了现代主义艺术的右翼和左翼。右翼现代主义以"忧郁症"的方式,表达了对现代世界的不适应。现代生活世界扭曲了人类的生存空间,人类生存的家园的完美性不复存在,浪漫主义时代的"还乡"幻象亦已破灭。家园感的丧失,成为现代主义的心理征候,间或表现为歇斯底里发作。在蒙克那里,空间焦虑是最为突出的表征。桥或阴沉的室内,幽闭的和不稳定的空间经验所带来的危机感和末世感。

现代主义的左翼则表现为"躁狂症"。未来主义代表了解决现代性时间焦虑的激进方案。未来主义产生的时代,现代的航船已经拥挤不堪。如果说,古老的诺亚方舟试图以"保存"的方式来拯救文明于灭顶之灾,那么,未来主义者所作的努力正好相反,他们以"抛弃"来挽救不堪重负的文明之舟。马雅可夫斯基曾经这样喊叫道:"把普希金、陀思妥耶夫斯基、托尔斯泰等人统统从现代的轮船上丢下水去。"出于对现实的不满,未来主义者迅速将现实处理为历史,并急迫地渴望摆脱时间的纠缠,他们以狂躁的方式,破坏历史和现在——超越历史和现在,把生命的赌注押给未来。讽刺的是,马雅可夫斯基尚未来得及把普希金、陀思妥耶夫斯基、托尔斯泰等人完全抛下现代的轮船,他自己的"生命之舟"就"撞上了爱情的暗礁"。

在未来主义艺术家看来,基于视觉原理的透视法、基于光学的色彩及明暗关系的美学合法性依据已然失效,联结人与世界的纽带也已断裂。然而,未来主义在自我表达上,却陷入了自相矛盾的困境。艺术语法的完整性,是对外部世界经验完整性的保护,如果抛弃历史和现在,有关未来的表达,势必陷入话语秩序的混乱。马里内蒂写道:"我们歌颂声势浩大的劳动人群、娱乐的人群或造反的人群;歌颂夜晚灯火辉煌的船坞和热气腾腾的建筑工地;歌颂贪婪地在吞进冒烟的长蛇的火车站;歌颂用缕缕青烟作绳索攀上白云的工厂;歌颂像身躯巨大的健将一般横跨于阳光下如钢刀发亮的河流上的桥梁;歌颂沿着地平线飞速航行的轮船;歌颂奔驰在铁轨上胸膛宽阔的机车,它们犹如巨大的铁马套上钢制的缰绳;歌颂滑翔着的飞机,它的螺旋桨像一面旗帜迎风呼啸,又像热情的人群在欢呼。"世界的废墟景观,构成未来的乐园。

然而,在现实层面中,未来并不只是一个时间概念。未来首先是一种权力,唯其诉诸某种强势的政治意识形态,方可赢得的权力。未来主义的时间乌托邦想象,蕴涵着某种内在的权力诉求,必须依附于某种权力(政治的或资本的)方得以实现。人们总是惊讶地发现,未来主义者在与没落的过去决裂之后,又立即热切地投入到权力的怀抱中。马里内蒂的未来主义纲领,很快就诉诸意大利法西斯主义的政治实践。在法西斯主义那里,马里内蒂得到了征服未来的巨大力量。而在马里内蒂那里,法西斯主义则找到了指向未来巨大权力的欲望本源和美学诱惑。马雅可夫斯基式的未来主义则诉诸苏俄共产主义。而事实上,用不着等到这两个强力政权的终结,未来主义自身已成为过去。这倒也符合未来主义的"瞬间性"的时间信条。

未来主义的时间观是怪异的,亵渎与崇拜、仇恨与热爱、毁灭与拯救、浓重的"末世论"色彩与乌托邦式的救赎狂想,相互纠结在一起,混合成一种诡异、绚烂的风格。从这个角度看，未来主义无非是后现代"时间性精神分裂症"的早期症状。

不过，未来主义者们热爱宣言胜过创作，他们是历史上发布宣言最多的艺术流派。确实，为了未来而创作，几乎是一种面向子虚乌有的表达，抵达未来，无非是一个象征性的姿态而已。而宣言的意义则在于：抢先一步向未来报个到。

这幢建筑因巨额的造价、高昂的管理维修费用和并不那么实用的内部空间构造，引来诸多质疑。毫无疑问，如果没有强大的行政权力、强烈的意识形态渴求和强大的资本能力，这枚巨蛋恐怕只能存在于建筑师的头脑当中。如果说，马里内蒂的未来主义是褐色的，马雅可夫斯基的未来主义是红色的，那么。保罗·安德烈的未来主义则有着后极权时代双重色彩：资本的金黄和权力的灰黑。这是权力与资本的交媾所产下的一枚奇异的蛋，它表达了一种奇异的美学和文化逻辑——后现代嬉戏精神和古老帝国权力意志的诡异的混合体。

苏俄作家布尔加科夫的小说《不祥的蛋》中曾描写过一种怪蛋，在现代科技神奇的红光的光照下，孵化出一群怪异的爬行动物，它们四处蠕动，所向披靡。而今天，这枚蕴涵着巨大的政治和美学精神能量的未来主义之蛋，将会孵出什么样的新奇物种来，令人颇费猜度。

拱廊街，或资本主义的空间寓言

在过去的几个世纪里，巴黎一直是西方城市之母。这个可以被不断复制的原文，在欧罗巴大地上留下了多个副本。自19世纪中期以来，它变成维也纳、柏林、布鲁塞尔、彼得堡……而在更晚一些时候，在它的东方的殖民地上，变成了上海或西贡。

巴黎的秘密激起了无数艺术家的探究冲动。而19世纪的巴黎，足以令任何一位艺术家为之倾倒。从维克多·雨果到夏尔·波德莱尔，这些伟大的作家都试图以自己的方式，解读巴黎的精神暗码。在巴尔扎克野心勃勃的"人间喜剧"写作计划中，就有一部分被称之为"巴黎生活场景"。因为这种对巴黎生活的百科全书式的描绘，恩格斯认为巴尔扎克的作品"提供了一部法国'社会'，特别是巴黎'上流社会'的卓越的现实主义历史"①。

在巴尔扎克笔下，那些来自外省的年轻人——如拉斯蒂涅之流，把他们的野心都倾注到巴黎身上，一如他们在上流社会沙龙里，把自己的情欲投向美丽妖冶的沙龙交际花一样。巴黎在这些年轻人面前，永远闪烁着危险的诱惑。而作为后辈的瓦尔特·本雅明，似乎也在巴黎找到了他真正的精神故乡。他的故乡柏林在一定程度上也是巴黎的复制品。在巴黎流亡期间，本雅明对19世纪的巴黎表现出浓厚的兴趣。面对他的精神前辈们所生活和描绘过的巴黎，本雅明也像一个来自外省的年轻人一样，充满了好奇

---

① 【德】恩格斯：《致玛·哈克奈斯(1888年4月初)》，《马克思恩格斯选集》第4卷，人民出版社，1972年，第462页。

和征服的野心。本雅明探究巴黎的野心,蕴涵在他的庞大的"巴黎拱廊街计划"中。这个计划对于一个20世纪的异乡人来说,几乎是一个"不可完成的任务"。我们所看到的,也只有若干计划大纲、随笔片断和大量的研究笔记。但即使只有这些尚未完成的草稿,我们依然可以说,它足以跟巴尔扎克的"人间喜剧"计划相媲美。本雅明在法国作家阿拉贡的《巴黎城里的乡下人》那里,读到了对拱廊建筑形式和人群的描写。本雅明在青年时代曾经到巴黎游玩,也许他本人正像阿拉贡笔下的乡下人一样,迷失在繁复的迷宫般的巴黎拱廊街中。而着手"拱廊街计划"写作的本雅明,相信自己找到了打开巴黎城市空间的密钥。

巴黎创造了最丰富的城市空间语法,它的街道、河流、桥梁、庭院、宫殿和广场,闪烁在欧洲城市的梦想当中。这一语法规则首先由建筑物所奠定。"建筑扮演了下意识的角色。"[1]巴黎的建筑,尤其是塞纳河沿岸的建筑群,就是整个欧洲城市的下意识的或梦境中的"地上乐园"。在这些建筑中,圣母院和卢浮宫代表了两种最基本的空间"句型"。它们分别象征着西方文化中的两个基本的精神向度或权力模式:"天上的权力"和"地上的权力"。其更早的原型则是远古时代的巴别塔和迷宫。哥特式风格的圣母院,以其高耸和奇崛,传达了灵魂克服重力向上飞升的诉求。而君王宫殿卢浮宫,则以对平面空间的占位性扩张和巴洛克式的奢华繁复的装饰性,表达了现世肉身的欲求和世俗权力的扩张性的要求。圣母院和卢浮宫的两个维度,也是西方文化中的两极,也是西方社会文化两种最基本的权力模式。从某种程度上说,理解了巴黎,也就掌握了打开近代以来的欧洲城市文化大门的钥匙。正因为如此,它们激起了西方作家和艺术家以及普通公众持久不衰的兴趣。维克多·雨果笔下的圣母院和现代作家丹尼尔·布朗笔下的卢浮宫,即是以这两处地点为背景的小说的代表性作品。

如果说,古典时代的巴黎以圣母院和卢浮宫为城市标志的话,那么,它们在现代巴黎的摹本则是埃菲尔铁塔和拱廊街。然而,在本雅明的拱廊街研究计划中,埃菲尔铁塔并不在其中,甚至在他的其他涉及巴黎的文字

---

[1] 【德】瓦尔特·本雅明:《发达资本主义时代的抒情诗人》,张旭东、魏文生译,北京,生活·读书·新知三联书店,1989年,第178页。

中，也没有提及铁塔。直到罗兰·巴特的《埃菲尔铁塔》一文出现，我们方看到一定程度上的对本雅明的研究的补充和完成。

现代城市是资本主义的摇篮。资本的所有身体部位，都袒露在现代的商业大街上，无论是其华丽精美的头脑，还是其淫荡糜烂的下半身。而在所有的街道中，拱廊街是最现代和最特殊的一种，而且最能体现现代城市街道的本质。它是街道的精神标本。如同豪尔赫·博尔赫斯笔下的《阿尔法》，拱廊街就是第二帝国时期的巴黎的"阿尔法"。

拱廊街之于瓦尔特·本雅明，一如商品之于卡尔·马克思。在商品身上，马克思发现了资本主义社会机体的构成秘密。如果把商品比作资本主义社会的"细胞"的话，那么，拱廊街则是它的一个生命器官。在拱廊街，我们听到了资本的呼吸和心跳。

本雅明在研究波德莱尔笔下的第二帝国的巴黎的时候，已经预示了"拱廊街计划"的最初萌芽。他把拱廊街看作是发达资本主义时代的一个"微型世界"。这个"内部空间"和"外部空间"的接合部，聚合了资本主义社会的生活世界的种种隐秘关联。在本雅明看来，这是资本主义社会的日常生活空间的一个重要器官。

拱廊街不仅是一个商品和人流的集散地，同时也是一个重要的城市空间节点。现代资本主义在空间上的区划极为复杂，但其最根本的分区在于对私人领域和公共领域的严格划分。这是现代资本主义社会的空间政治学基础。拱廊街的出现，对这种空间理念的逻辑边界形成了挑战。然而，与其说是"挑战"，不如说是一种"调和"和"妥协"。拱廊街是私人空间与公共空间的过渡地带，它使得这两个分离的领域出现了模糊不清的面貌。

拱廊街改变了街道的空间形式，重新分配了建筑空间的"内—外"关系，使得作为外部空间的街道，看上去像是室内。玻璃天棚可以遮风挡雨，适合各式各样的浪游者逗留其间，因而，这里成了诗人、艺术家和妓女、浪荡儿共同混迹其中的场所。行人走在拱廊街上，仿佛行走在宫殿或其他内室的走廊上。本雅明在论波德莱尔笔下的巴黎的时候，描绘了一幅怪异的巴黎生活场景，商品和游手好闲者代替了巴尔扎克笔下的银行家或交际花，成为本雅明笔下的现代城市的主角。他们曾经也是波德莱尔笔下的抒情主人公。本雅明写道:"街道成了游手好闲者的居所。他靠在房屋外的墙壁上,就像一般的市民在家中的四壁一样安然自得。对他来说,闪闪发光的珐琅商业招牌至少是墙壁上的点缀装饰,不亚于一个有资产者的客厅里的一幅油画。墙壁就是他垫笔记本的书桌;书报亭是他的图书馆;咖啡店的阶梯是他工作之余向家里俯视的阳台。"[①]

阳台确实是重要的建筑构件,它是内室向外部世界的延伸,仿佛建筑物凸出的感觉器官。本雅明在他的回忆录中,对阳台记忆深刻,其开篇的第一节就叫作"内阳台"。"柏林人安适的小窝往往至阳台而止。柏林——那城隍爷本人——的领地从这里开始,在这里它完完全全地属于自己,以至于任何稍纵即逝的事物都无法和它相提并论。在它的保护下,空间与时间各得其所并融洽和谐,它们都俯首听命于它。"[②]

这个曾经属于罗密欧与朱丽叶的空间,现在似乎脱离了古典时代的单纯情欲,而与外面的街道构成了另一种关联。位于阳台上的观察者,把他的目光投向街道。他的视线延伸到外部世界,而他实际上却又置身于自我的空间。这种暧昧的视觉关系,构成了现代城市的语义含混的空间隐喻。本雅明写道:"每当晚间内阳台上的读书会开始时,我们就把这些椅子拉拢来。煤气灯的光芒从红绿交映的灯罩里射到雷克拉姆出版社的袖珍本上。罗密欧的最后叹息飘过我们的后院,去找寻等候着他的朱丽叶墓中的回音。"[③]这一段落仿佛就是拱廊街叙事的前奏曲。古典时代的罗曼蒂克的记忆,在街灯暧昧的光照下,如同遥远的叹息,在阳台上空飘荡。这也正是本雅明所说的"灵氛"(Aura)。

本雅明在这里注意到了街灯的光线。"一盏接一盏点燃汽灯的节奏令人沉思。"[④]街灯的光线改变了城市生活的时间经验,它使得白昼的时间被

[①] 瓦尔特·本雅明:《发达资本主义时代的抒情诗人》,张旭东、魏文生译,北京,生活·读书·新知三联书店,1989年,第55页。
[②] 瓦尔特·本雅明:《驼背小人——1900年前后柏林的童年》,徐小青译,上海文艺出版社,2003年,第11页。
[③] 同上,第10页。
[④] 瓦尔特·本雅明:《发达资本主义时代的抒情诗人》,张旭东、魏文生译,北京,生活·读书·新知三联书店,1989年,第69页。

拉长了。但它同时也改变了空间经验,内部空间与外部空间在亮度上的差异变得越来越小。本雅明还注意到,第一批煤气灯就是安装在拱廊街的。[1]通过阳台与街灯的暧昧关系,资本主义时代的空间形态开始发生改变。来自外面的光,像夜间的盗贼一样悄悄潜入室内,正在策划一场"内部世界"的叛乱[2]。"如果拱门街是室内的古典形式——游手好闲者眼中的街道就是这样——那么百货商店便是室内的衰败。市场是游手好闲者的最后一个场所。如果街道一开始就是他的室内,那么现在室内变成了街道。"[3]在本雅明看来,内部世界(居室)空间经验的瓦解,是现代主义空间革命来临的重大信号。

在西方建筑文化中,建筑采光问题不仅仅是一个单纯的光学问题,它同时也是一个神学问题。在中世纪风雨如磐的宗教迷狂中,摇曳不定的烛光艰难地维护着脆弱的理性。玻璃首先运用于教堂。嵌有复杂装饰图案和宗教故事绘画的彩色玻璃,是文艺复兴以来教堂建筑不可或缺的重要构成。自然光透过玻璃窗,照亮教堂内部空间,与昏暗的烛光相比,它更接近天国之光。大规模的玻璃生产,使得玻璃成为一种普通的建筑材料,玻璃迅速从教堂和宫殿向民用建筑上转移。拱廊街的建成,有赖于新兴建筑材料和新兴工艺的出现。其中最重要的工艺就是玻璃材料在建筑上的大量使用。这一建筑材料学上的革命,最早出现在伦敦的水晶宫。这个巨大的玻璃幕房不幸毁于大火,但它为日后城市大规模的玻璃幕墙建筑提供了范本。

就建筑空间的"上—下"关系而言,拱廊街似乎是对古罗马万神殿的结构的下意识模仿。古罗马的万神殿在穹顶顶部,留下一个圆形的开口,以保证天上的光线直射神殿内部。玻璃很好地解决了密闭与通透之间的矛盾。钢铁材料为大面积的玻璃穹顶的固定,提供了稳固的架构。铁条和螺母绞合成肋条形穹顶支架,支撑起大块玻璃。光线透过玻璃穹顶,投向建筑物和街道,照耀着行人和商品。这不仅仅是对照明问题的解决,而且在

---

[1] 参阅瓦尔特·本雅明《发达资本主义时代的抒情诗人》之"傅立叶与拱廊街"。
[2] Interior 一词,兼有"居室"、"内部世界"、"内在性"等多重含义。参阅瓦尔特·本雅明《发达资本主义时代的抒情诗人》之"路易·菲利浦与内部世界"。
[3] 瓦尔特·本雅明:《发达资本主义时代的抒情诗人》,张旭东、魏文生译,北京,生活·读书·新知三联书店,1989年,第72页。

某种程度上在拱廊街的商品世界与高处的天空之间建立起关联。

由于这种采光技术的变革所暗示出来的神学意义，傅立叶主义者在拱廊街中看到了他们的社会乌托邦的曙光。拱廊街的玻璃工艺是傅立叶主义的空间形式的重要条件。傅立叶所设计的法郎斯泰尔即是一个"拱廊街式"的建筑。他的法郎斯泰尔还特别关注了采光问题。"街廊[1]不是从两边得到光线，因为它的一侧与建筑物相邻。整个法郎斯泰尔有两组房间，一组从外面得到光线，另一组得自街廊，街廊必须和面朝它的三层楼一样高。"[2]建筑的采光的充分性，符合傅立叶式的乌托邦梦想，理性和平等的光芒照耀的国度，在建筑的意义上实现了。

但本雅明还是看出了法郎斯泰尔的"虚浮的道德关系"[3]。在傅立叶的乌托邦空间里，光被道德化为一种精神性的事物。而本雅明所看到的拱廊街的玻璃，还原了光的物质性的一面。玻璃增加了物质的透明性，也是资本主义物质世界的透明性要求的一个绝妙的隐喻。在拱廊街中，玻璃大量运用于商品陈列。拱廊街的玻璃橱窗以玻璃的透明性书写，表达了物质的赤裸本质和商品与人之间的明目张胆的欲望关系。拱廊街是现代市民社会巨大的精神宫殿，但它首先被物质所充斥。商品是这座宫殿的真正主人。1867年和1889年的巴黎世界博览会，其建筑的基本构件即是拱廊街。世界博览会的场地成了一个巨型的拱廊街，一个由钢铁和玻璃营造起来的物质的天堂，一个物质欲望的巨大迷宫。阿拉贡笔下的乡下人在这里迷失了方向。只有游手好闲者才在这个迷宫里如鱼得水，他们并不打算找到目的地。玻璃橱窗赋予了商品以神奇的魅力，它是现代商品的性感装置。商品裸露于人们的目光下，却又形成一个坚硬而冰冷的阻隔。它既是引诱，又是拒绝。只有进入玻璃宫殿的内部，才能完成与商品的交易和亲密接触。而游手好闲者游荡于玻璃橱窗的透明空间里，目光掠过商品的表面，只是象征性的占有给予他们巨大的窥视满足。在本雅明看来，游手好闲者与商

---

[1] 原文为 Street-gallery，属于拱廊街（Arcade）的一种形式。
[2] 转引自本奈沃洛：《西方现代建筑史》，邹德侬等译，天津科学技术出版社，1996年，第144页。
[3] 参阅瓦尔特·本雅明《发达资本主义时代的抒情诗人》，张旭东、魏文生译，北京，生活·读书·新知三联书店，1989年，第179页。

品一起，构成了拱廊街空间文本中的基本情节要素。

资本主义空间文本的另一重叙事则由埃菲尔铁塔来完成。与卢浮宫或拱廊街的几何学空间叙事不同，埃菲尔铁塔的空间叙事是力学的，这一点与圣母院的方式一致。如果说，拱廊街中的商品在与人群的暧昧接触中获得了"情感"（本雅明把它看作是一种最大的"移情例证"）的话，那么，埃菲尔铁塔则是试图赋予商品以灵魂的努力标志。我们可以把拱廊街看成是发达资本主义精神空间的诞生地，而埃菲尔铁塔则是其方尖碑和凯旋门。它的教堂塔楼式的外形，超过了任何宗教建筑的高度，仿佛是巴别塔矗立在现代世界的精神平原上。尽管它并未给现代文明世界带来预想的和睦和一致，但它至少宣告了商业文明一体化时代的到来。巨大的钢铁支架，仿佛上帝的臂膀，有力地托起了一个超级高度，表明资本主义物质文化并不仅仅是一种单纯的物欲和身体权力，而且还是一种信念和教义。它的敞亮性甚至不用借助玻璃就能够实现，因为它本身就是一个巨大的空洞，四面敞亮的支架，直接伸入天堂。这个高耸的物质巨塔，除了展示自身材料的物质性力量之外，什么也不是。这个没有神位的空洞神殿，赋予商品拜物教最高级空间形式，以它的高傲姿态，向人们宣告了现代物质主义文化在地上的胜利。

值得注意的是，本雅明对波德莱尔笔下的第二帝国的巴黎的研究，是从巴黎的街垒战开始的。正如马克思一样，本雅明对街垒战兴趣颇浓，尽管他们都对1848年革命的街垒战方式作出过批判性的反思，但街垒战所表现出来的革命性的冲动，无疑是任何一个革命知识分子的梦想。据称，波德莱尔曾经参加1848年的巴黎街垒战，这一事实令本雅明更加兴奋。同样，马克思的密友恩格斯，也曾亲自参加过1848年南德和爱北斐特地区起义的街垒战，而且，恩格斯还把街垒战设计为共产主义者的城市暴动的主要作战形式。

古典巴黎的街道里所蕴涵的革命性的冲动，在街垒战中使之变成了一个暴力的空间。革命者，那些中世纪秘密会社式的密谋家，他们曾经是街道及其相关的下等小酒馆的主角。那些由大石块拼砌起来的狭窄的街道，为街垒战提供了作战工事材料和防守作战的武器。

而奥斯曼对巴黎的改造，帮助拿破仑三世实现了消除城市暴动的隐患。奥斯曼拆除了大量的中世纪街道，将那些狭窄的石头街巷变成了宽敞的混凝土路面的大街，甚至还移植了大批的树木，营造出可供休闲的林荫大道。然而，就在这凡尔赛式田园风光所装饰起来的林荫大道上，杀机毕现。帝国军队的士兵和战车可以在这样的街道上快速推进，街垒战士不可避免地暴露在帝国军队的火力覆盖范围内，面临着被歼灭的危险。

奥斯曼的巴黎改造工程，呈现了城市现代性的二重性特征：它增加了城市空间的敞亮性，为物质世界的透明提供了充分的保证，同时也消除了古老的英雄主义的梦想，正如艺术品的"灵氛"消逝在纷繁嘈杂的商品世界中一样。正因为如此，拿破仑三世成了马克思和本雅明共同的敌人。在他们眼里，拿破仑三世是一个平庸的政治小丑，是城市中产阶级的无聊偶像。而无产阶级战士在由狭小的神秘主义的空间转向敞亮的现代物质主义的空间的过程中，显得无所适从。他们在拱廊街的世界里，变成了游手好闲者、酒鬼、拾垃圾者和现代主义诗人。在现代主义的大街上，游手好闲者成为现代英雄。只有在他们身上才隐约可见密谋家的影子。

街垒的消亡，预示着发达资本主义的公共空间的成熟，中世纪残余的秘密会社和由密谋家自底层引爆的暴力革命，正在走向消亡。除非彻底打烂资本主义世界的国家机器，革命变得前途未卜和希望渺茫。实际上，这种革命自19世纪末以来，只发生在现代性改造尚未充分完成的城市，如彼得堡、华沙、布拉格和1920年代末的上海，而且，成功的可能性变得越来越小。失去了街垒的无产阶级，如同失去了丛林的印第安人，等待他们的是被屠杀的命运。本雅明感叹道："拿破仑三世埋葬了六月战士们的希望。"[①]

街垒的消亡，是街头革命转向现代政治的分水岭。对于革命者来说，如果不进入议会政治斗争，那么，他们就必须回到丛林或者乡村，回到原始的暴力形式当中去，在那里再现古老的英雄主义激情，用鲜血染红光荣的冠冕或者像悲剧英雄一般死去。这一点却是马克思和本雅明都始料未及的。

---

① 【德】瓦尔特·本雅明：《发达资本主义时代的抒情诗人》，张旭东、魏文生译，北京，生活·读书·新知三联书店，1989年，第122页。

桥与楼的梦想

桥与焦虑

桥梁是建筑史上最伟大的发明之一。桥的存在,首先提示着阻隔的存在。但同时又意味着对阻隔的克服,意味着沟通和交流的实现。当初摩西如果拥有一座桥的话,那么,跨越红海的壮举就会变得轻松自如。

在桥梁出现之前,道路被水流所隔断,舟船承担了过渡的功能。舟船的漂浮性和摇摆性,固然给航行带来了某种乐趣,但通过舟船航渡的危险性是显而易见的。而桥梁则通过其桥墩、桥台和基础,与大地联系在一起,它的稳定性给人以安全保障。海德格尔称赞道:"它使河流、河岸和大地相互成为邻里。"

一般而言,这一特殊的建筑是道路的衍生物,它在道路的危机时刻出现,并使面临中断的道路得以延续。但其形态和功能均不同于一般的道路。桥完全独立于路,构成一个自足和完整的建筑形态。这个架空的人造通道,由包括桥身和桥面的上部结构与包括桥墩、桥台和基础的下部结构两部分组成。桥赋予路以飞翔的形态,使匍匐前进的路腾空而起,如同爬行动物向鸟类的进化和飞跃。作为路的变体,桥是对路的危机的拯救,并实现了路的梦想。

然而,在文艺作品中,桥常常作为惊险情节展开的空间。桥出现在一个危机的节点上,一个空间连续性断裂的时刻。这个偏离存在中心的地带,有着不确定的、未知的和偶然的特征。桥让两个彼此分离的空间偶然地联结在一起，这一特性与情欲的发生机制颇为接近，因而，桥的主题常常包含着有关情欲的暗示。桥常常成为邂逅或分离的场所。商业电影《廊桥遗梦》、《滑铁卢桥》(《魂断蓝桥》)和《新桥恋人》等，都表达过这一主题。

在河流或沟壑横亘之处，桥梁超越其上，建立了一条由此及彼的通道。桥梁比道路更加明确地勾画出"彼"与"此"的界限。桥提示了彼岸的存在，诱发了对彼岸的梦想，并且，它可以满足彼岸梦想的实现。或者，至少可以说，桥是一个带有乌托邦色彩的中介物。正是基于此种理由，海德格尔才会赋予桥以深沉的存在论意义——"桥梁以自己的方式使大地和天空、神圣者和短暂者聚集于它自身。"

但与海德格尔的乐观主义的哲学阐释有所不同，在现代主义艺术家笔下，桥的主题则常常显出另一番面貌。挪威画家蒙克即喜欢以桥为对象。在《不安》中，桥被表现为一个焦虑和梦魇的空间。画面上，人群如同幽灵一般从桥面上通过，表情一派迷惘和焦灼，远处有教堂的塔尖若隐若现，暮色四合，行人却不知将往何方。其情形宛若少年尼采所吟唱过的："当钟声悠悠回响，/我不禁悄悄思忖：/我们全体都滚滚/奔向永恒的家乡……"相同的情形在《喊叫》、《忧郁》等作品中得到了强化。桥面上的孤独者形象模糊、身份不明，在无缘无故地喊叫，或者陷于无边的忧郁之中。蒙克笔下的世界，显露出黄昏景象。轮廓模糊的空间，传达出存在的不确定性和存在者无可名状的本体焦虑。黄昏是一个重要的时间节点。白昼消失，黑夜来临。然而，白昼尚未消失，黑夜尚未来临。一切方生未生、方死未死。时间上的不确定性与愁绪的莫名性相一致，这一不确定的时间，赋予存在的不确定性。世界陷入危机时刻。黄昏，如果它是一危机时刻的话，这危机却不是突如其来、从天而降。它并不给人以末世般的震撼，而是以一种缓缓逼近的方式，远远袭来，让人的感官和意识陷于错觉和麻痹。等到清醒过来，世界已无可挽回地陷入黑暗。一种缓慢的沉沦，拯救显得更加无望。桥，在这里似乎不再意味着连结。它将人群置于悬空状态。它是大地裂隙处一个不稳定的粘连物，远离家园的一处令人不安的地带，一个无所依凭的场所。深渊之上，"神圣者"隐晦不明，"短暂者"无家可归。

电影《卡桑德拉大桥》把桥所蕴涵的危机意识推向了极端。这是一部灾难题材的商业电影，但其中所包含的生存焦虑经验，却暗示着现代人的深层精神危机。一列危机四伏的列车，不停顿地驶向不可知的未来，其终点将是一座深渊之上的危桥——卡桑德拉大桥。大桥并非通往幸福彼岸的通道，而是通往深渊的陷阱。尽管危机在最后一刻得以解除（列车在冲向危桥的一刹那，停住了，列车上的病毒威胁也消失了），但深刻的危机意识和浓重的宿命论色彩，依然难以消除，从中也可以看到基督教"末世论"神学的微弱光芒。

中国古典艺术中的桥却似乎更接近于海德格尔式的桥的想象。中国古典绘画中的桥，很少表现生活世界的惊险情节。它甚至没有任何情节性的因素。桥并不作为"此岸"—"彼岸"之间相勾连的通道，它只是此岸世界的一片景色，是融入天地山水之整体中的一个细小片段，它总是与舟楫、草庐等事物一起，构成静谧孤寂的风景的一部分。诗人马致远的《天净沙·秋思》中描绘一幅有桥的风景："枯藤老树昏鸦，小桥流水人家，古道西风瘦马，夕阳西下，断肠人在天涯。"尽管有因空间辽远而引发的"断肠"之愁，但不同于蒙克笔下的空间焦虑，桥在中国古典艺术家那里所指涉的乃是一种时间惆怅。桥依然与树木、流水、道路、房屋等一起，构成了可供暂时栖居的处所。水流与桥梁，并不构成空间冲突和对抗，相反，它们只是表达一组貌似对抗的事物之间的差异和对话。水流模拟阻隔，并非真正的隔绝；桥梁也模拟连通。它们只是阻隔和连通的代码。而在小桥与流水的阻隔和连通的游戏中，给诗人及其他生存者带来的是某种情调、乐趣和意境。这种趣味在古典园林中的桥梁艺术达到了极致。园林在一个缩微的空间里，模仿外部世界的山水和道路，并尽量增加复杂和曲折，营造尽可能丰富、广袤的空间。而每一个景物都被高度符号化，成为外部世界之事物的某种拟像。以浓缩的空间来浓缩时间，以对想象中更为丰富的空间的占有，来完成对时间惆怅的克服和超越。

也正因为这种空间的游戏性，即使是桥的断裂，也不成为空间危机的象征，相反，断桥的"残缺之美"，所带来的是一种更奇妙的美学效果。

"驿外断桥边，寂寞开无主。已是黄昏独自愁，更著风和雨。"[①]由于桥的断裂，而造成的人迹罕至的结果，形成一种萧条和荒凉的意境，更能激发时间惆怅的情绪。因此，中国古典诗人和艺术家并不热衷于表达坚固的桥、不朽的桥和永恒的桥，相反，在所有材质的桥梁中，他们更钟情于木桥，即所谓"板桥"。木板桥在中国古典文艺作品中，享有更高的荣耀。木桥简约和质朴的品质，符合古典中国的诗学理想。"鸡声茅店月，人迹板桥霜"[②]的情形，被视作一种超迈的意境。另一方面，板桥的脆弱性和易于显露的时间痕迹，也更适合扮演桥在中国空间诗学中的游戏性角色。

楼与愁

平林漠漠烟如织，
寒山一带伤心碧。
暝色入高楼，
有人楼上愁。

玉阶空伫立，
宿鸟归飞急。
何处是归程，
长亭更短亭。

（李白：《菩萨蛮》）

暮色苍茫时分，一个身份不明的人，在一个不明确的地点，一种无可名状的愁绪。没有任何明确的缘由，这种无缘无故的愁绪，正如奥地利诗人里尔克诗中所写的："此刻有谁在世上的某处哭，/无缘无故地在世上

[①] 陆游：《卜算子·咏梅》。
[②] 温庭筠：《商山早行》。

哭，/哭我。"①无缘无故，是一种本源性的晦暗，它与忧郁者的时间境遇相吻合。

李白的词意与蒙克著名的油画《忧郁》，有相似之处。《忧郁》中远处有教堂的塔尖若隐若现，暮色四合，行人却不知将往何方。桥面上的孤独者形象模糊、身份不明，陷于无边的忧郁之中。

李白与蒙克的忧郁，在背景空间上呈现出一些差异。李白词的背景则是一片自然景观，高楼之上，望见烟云笼罩的林野、青黛色的山峦、空寂的石阶和凉亭、归巢的飞鸟……自然物呈现出来的不是世界的断裂和虚无，而是世界的冷漠和无谓。漠漠如烟的树影和山峦，把忧郁散布在空中，在天地宇宙间弥漫。这一浩茫的忧郁，比蒙克式的强烈的焦虑感，来得更为汹涌，更令人难以释怀。另一方面，与桥所暗示的阻隔和断裂的焦虑不同，楼所要揭示的是另一种存在状况。

楼是愁的基本场所。楼，脱离大地，腾空而起。楼的高度使其超越于平常之上，某种超验性的事物隐含其中，比在平常空间能感受到更多的非日常的经验。登楼纵览，极目远眺，可见世界的遥远和广大。王之涣《登鹳雀楼》的诗句"欲穷千里目，更上一层楼"，传达出气象雄浑的盛唐精神，是对世界一览无遗、对时空尽情占有的雄心和自信。然而，遥远的经验也可转化为忧郁的对象。从根本上说，中国的空间哲学是关于广大的和远的哲学，是距离的哲学，而不是高度的哲学。距离的遥远和面积的广袤，也就是说，一种阔大的经验，一种浩瀚感，成为空间经验的基本要素，也是中国精神文化中的宗教性神圣物的替代品。对于中国古典诗人来说，拔地而起的楼，使人日常的立场陷入空虚。高度脱离了大地，抽离了根基，令人不安。"昨夜西风凋碧树，独上高楼，望尽天涯路。"②地平线刻画出世界的空间边际，貌似穷尽了有限世界，但其所提示出来的却是宇宙的无限，同时又是对人生短暂、生命渺小的暗示。李煜写道："独自莫凭栏，无限江山，别时容易见时难。"③渺远的空间、千里之远的天涯，登

---

①里尔克：《沉重的时刻》，见《图像与花朵》陈敬容译，湖南文艺出版社，1984年，第80页。
②晏殊：《蝶恋花》。
③李煜：《浪淘沙》。

楼远望所领会到的遥远感，对于这位已然失去江山的君王来说，只能是无限忧伤的根源。距离成为一种阻隔性的东西。人在天涯，不得不忍受寂寞和孤独。

绵绵不尽而又无端的愁绪，始终是中国古典诗人的抒情主题，无论其是强作愁颜，还是欲说还休。这种愁可以通过酒来得到缓解或强化。

> 黯乡魂，
> 追旅思。
> 夜夜除非，
> 好梦留人睡。
> 明月楼高休独倚。
> 酒入愁肠，
> 化作相思泪。
>
> （范仲淹：《苏幕遮》）

酒对意识的麻痹，可以暂时阻断忧郁的时空焦虑，正如波德莱尔迷恋大麻一样。另一方面，"借酒消愁愁更愁"，酒与愁互相催化，带来一种令人迷醉的精神快感，并共同成为中国古典诗歌的抒情酵素。

但这种被称之为"愁"的忧郁表征，却很少成为一种危险的征候。它停留在内心的幽深处，或一个楼层的精神高度。既不堕落，也无需拯救。

风景的诞生与政治地理学

弗朗茨·卡夫卡笔下的K在下半夜来到城堡附近的村子，驻足村口的木桥上远眺，这一姿态看上去像是一位星夜趱程的旅行者，并且即使天色昏黑和旅途劳顿，也没有妨碍他对景象的关注。他"对着他头上那一片空洞虚无的幻景，凝视了好一会儿。"当然，那只是一片"幻景"而已，并不能给这位冬夜的旅行者带来更多的观赏乐趣，相反，此时此刻他正陷入麻烦之中——进入城堡的权利许可成了问题。由于没有通行许可，K不仅不得进入城堡，甚至连在村子里留宿的权利也没有。通行的权利似乎变得至关重要。正如城守的儿子所问的——"难道一个人不需要一张许可证吗？"此后，K为了取得城堡的"进入权"而忙碌奔波，但他的努力并未奏效。他在通往城堡的途中，虽然没有离开城堡的属地，"可是也一步没有靠近它"。

实际上，K来到这里并非出于观光旅行之类的目的，城堡的景象向他展示的不是美学效果，而是一片具有经济学效用的物理空间。他是作为土地测量员而来的。尽管如此，K依然从一开始就面临城堡的"进入权"难题。进入权，是对空间主权的一种宣示，这是空间政治学的逻辑起点。而这一点也是温迪·J.达比的《风景与认同》一书的逻辑起点。

中国古典文化中的风景被大量的古典诗词和山水画所塑造。数千年来，悠然间随意可见的山水，孤独的个体可以不倦地相对或寄情其间。士人迷恋自然风景，以致要将山水的碎片移植到私家园林之中，乃至缩微到一个细小的盆景当中以供时时赏玩。而在西方文化中，"风景"却是近代社会的产物。文艺复兴之前，甚至是17世纪之前的文献和文艺作品中，几乎没有我们今天称之为"风景"的东西。文学中的风景描写亦甚潦草，充满了千篇一律的陈词滥调，根本没有具体的地域特征。在日常生活中，人们对于景物亦相当漠然，城堡和城市几乎一片光秃，只有石头堆砌起来的建筑物。乡间则荆棘丛生，道路泥泞，只有少数贵族庄园才有勉强可以被称之为"景观"的自然物。自然界，无论是优美的还是险恶的，都是人需要去克服的生存障碍和有待征服的地方。

文化与自然的分离，是西方文化哲学的一个重要命题。人的世界与大自然有着根本的不同，而对于中世纪的欧洲人来说，理想的人的世界是对天国的模仿，人与天国的直接面对，自然景物反而是一种多余的东西。本笃会修士往往在自然环境中活动，在修道院的花圃里劳作，给他们更多接近自然景物的机会，但他们依然尽量避免过分关注自然物，以免被表象的完美性所诱惑而分散了对神性的凝神专注。如果不是通过树木和花朵发现造物主的完美的话，自然景物反而是一种容易诱人堕落的事物。文艺复兴时期，人们的目光开始由天国转向尘世。在对人的自身关注的同时，也开始注意到人的周边世界，自然景物进入人的视野。文艺复兴的空间理念所关注的，由中世纪关注的"上—下"关系变为"远—近"关系，也可以说是由神学变成了政治学。

在达·芬奇及其同时代人的美术作品中，风景作为人的形象的陪衬，出现在画面背景的远处，并经由透视法而呈现出来。不过，尽管风景作为人的生存环境而得到一定程度的关注，但它依然不作为一种独立的存在物。文化意义上的风景，直到17世纪才真正开始出现，并在浪漫主义文艺中得到了清晰的表达。在普桑的油画《有三人点缀的风景》中，风景成为画面的主体部分，而人物反而是风景的附属和点缀。在浪漫主义文学中，自然风景的描绘变得越来越丰富和复杂，并富于个性，风景不再只是作为人的生存活动的布景而存在，作为人的主体性和自我意识的对象化的产物，它跟人物的内在世界融为一体，构成一个内外呼应的完整世界。

另一方面，以卢梭为代表的浪漫主义思想家，鼓吹户外旅行和观赏山水等亲近大自然的行为，认为人在与自然界接触的过程中，情操和精神世界可以得到良好的陶冶。在卢梭那里自然景物被作为文化的对立面而加以强调。人类文明扭曲了人的天性，而大自然则有助于人类恢复自然状态。这样，自然风景介入人的品格养成过程。而在夏多布里昂的《阿达拉》中，自然界几乎完全可以视为一个独立的存在，是上帝的秘密世界的外在显现。夏多布里昂启示了日后的象征主义。在象征主义者那里，自然界被进一步主体化，波德莱尔表达为"自然是一座神殿"。它独立于人的世界，成为一个充分自足的和有机的，并与人的世界构成一种隐秘对应关系的神秘空间。

18～19世纪，风景成为欧洲各民族文化认同的重要依据。与新兴的民族主义意识相呼应，各国的知识分子在本民族的自然风光中发现了本土文化特性，并引以为傲。风景作为个体和族群的个性特征的一个重要的证据，是个体和族群的"自我认同"的方式之一。人们在具体的现实风景中找到了引证，无论是法国的普罗旺斯田园风光还是英国的温德米尔湖畔，无论是阿尔卑斯山的雪峰还是博登湖，都是在这一时期才开始被人们所关注，并且成为旅游观光的胜地。德国浪漫派在莱茵河流域和南部黑森林地区，看到了中世纪风格的风光，并大加赞赏，新哥特主义文化由是兴盛。在艺术领域，从弗拉芒画派到普桑、透纳、康斯太勃尔，以及更晚一些的柯罗，自然风景成为独立的艺术表现对象。直到印象派那里，风景的独立性达到极致。

不过，作为现代人类学家的温迪·达比所关注的并不是风景本身的精神成长史或其美学价值，而是风景这一自然事物与人类社会活动之间的关系。温迪·达比以英国的温德米尔湖景区为对象，考察了大工业时代湖区风景保护区的形成和社会各阶层湖区旅游的方式。在她看来，自然景物并非一种天然美景，"如同其他物质结构一样，风景也是在意识形态的语境中被创造，被毁灭。"[1]它一俟成为一种"风景"，便立即被打上了权力的印记。

与文艺家笔下高度美化的风景艺术形成对照的，是大工业生产对于自然景观的大肆破坏。城市规模急剧膨胀，现代城市生活方式的弊端亦日益

---

[1]【美】温迪·J. 达比：《风景与认同——英国民族与阶级地理》，张箭飞、赵红英译，译林出版社，2011年，第108页。

显露出来。天然和谐的大自然景观，成为对现代性的一种对抗。温德米尔湖，这个曾经孕育了"湖畔诗派"的景点，被华兹华斯赋予了极为珍贵的美学价值。华兹华斯宣称，湖区是"一种国家财产"，并呼吁政府及社会对其予以保护。要禁止私人企业以牟利为目标，无节制地开发景区而造成对完美自然风光的破坏，尤其是对那些举止粗俗，四处乱走的工人阶级，要制定相关法规加以限制。

在温迪·达比看来，主流文化传统有一种强大的意识形态过滤机制，文艺作品在无意中服从于这一机制，并与社会政治经济制度一起，共同营造了一个庞大的文化神话。在这一点上，康斯太勃尔的油画最具代表性。康斯太勃尔笔下的乡村景象被整合到一个有序的画面中，呈现为一种仿佛是永恒的安详和谐，作为对英格兰传统文化的肯定。温迪·达比注意到了这一艺术现象，她在谈到那个时期的文艺作品时，写道："大量的油画和文学作品表现了这种神话般的记忆，兜售给贵族精英和活跃在新兴的城市制造业、贸易和商店行业中的'中产阶层'……在神话制造过程中，农业资本主义的非道德/道德经济的深层的政治通行被遗忘或者遮蔽掉了，而城市化也被完全过滤掉了。"（第128页）

与卡夫卡式的"进入权"神学困境不同，温迪·达比的"进入权"困境是政治经济学意义上的。围绕空间"进入权"的斗争，实际上是社会各阶层争夺空间主权的斗争。随着新阶级的崛起，风景区"进入权"问题开始凸显，首先是对景区进入和观赏的权利。大工业时代的新兴阶级（无论是资产阶级还是无产阶级），对风景的冲击，显然是对华兹华斯式的浪漫主义风景美学的一种严重侵犯。正如温迪·达比所说："空间进入权的斗争与政治进入权的斗争交织在一起。"

温迪·达比通过考察英国不同社会团体在空间权利方面的博弈过程，围绕着徒步旅行、露营、狩猎、人行道、国家公园、公共设施等方面的权利和利益，国家、社会团体和私人等不同的政治势力展开了漫长的较量，公民社会及其法制也因此得到了培育并逐渐成熟。一般意义上的景观学转而成为一种批判的政治地理学。这也正是温迪·达比这部著作的深层意义所在。

对于当今世界来说，这种政治地理学的意义更加非同一般。在全球化语境下，风景实际上面临着双重的困境。一方面是风景的地方性特质正在消失，尤其是城市风景，越来越同质化。另一方面，那些被刻意强化的民族化风景，又仅仅是一种外在的"景观"。而这种"景观化"存在的根本意图，在于使风景能够迅速地转化为旅游资源。

消费时代的风景成为一种商品。资本全球化背景下，风景和空间的主权逐渐被削弱。全球旅游开放和交通的便捷，使得进入权问题变得很简单。作为人类学家的温迪·达比，未能看到后现代语境下的风景的消费性，这是一个欠缺。

在当下中国，政治学意义上的"进入权"问题并不特别严重，经济学意义上的"进入权"问题成为争议的中心。政府公权力出于经济学动机，垄断自然景观的进入权，或强力圈地制造人工风景。地方政府最为热衷的自然资源"申遗"活动，实际上造成了自然景观的高度垄断。所有的风景都被旅游部门所开发和利用。当地民众被迫与自身的生存环境相分离，或者沦为景点商业活动的一个"地方风情"的布景和道具。对于观光客来说，风景也不属于他们。离开了旅游指南，风景便不存在。人们根据旅游指南所给定的景点领略景区风光，然后返回酒店睡觉。进来，然后出去，风景不复存在。那些被圈进旅游点的景区大门，在金钱面前訇然洞开。K苦苦求索的通行许可证，无非是一张价格不菲的门票而已。

第三辑
穴居族之梦

文化研究——知识繁殖还是生活批判？

大众文化

在中国，严格意义上的文化研究和文化批评的出现是近几年的事。尽管20世纪80年代中期也有过所谓"文化热"之类的现象，但这并不能称之为文化研究或文化批评。申明这一点是十分必要的。自20世纪90年代中期以来，大众文化在中国社会迅速勃兴，成为世纪之交中国文化最为清晰的"变更线"。文化研究和文化批评正与这一大众文化的兴起密切相关。

然而，所谓"大众文化"并非指一般意义上的群众性的文化活动，也不仅仅是一般性地与精英文化相对立的民间草根文化。"大众文化"这一概念所指涉的是现代市民社会自主的、基于日常物质生活的公共交往关系，及其由此而产生的文化生产和传播过程。在中国，这一变化的出现，有赖于两个重要因素：一是现代科技进步支持下的大众传播媒介的发达，二是一定程度上市场自律的文化生产制度。而此前，国家主流文化压倒性地位制约着文化形态的生成和知识表达。传统的文史哲这些高度成熟的和被组织化的人文学术，长期寄生于国家统制的学术机构上，形成了一种自我封闭和自给自足的知识生产体系。观念化的高级文化成为其知识对象。处于自发性的萌芽状态的民间日常的物质生活方式，则由于缺乏必要的知识表达，处于一种隐性的亚文化状态。随着经济的市场化进程和高科技的现代传播媒介的发达，大众文化开始形成自身的生产方式和传播方式，并由亚文化状态转变为相对主导性的文化形态。各式各样的大众文化现象是否应该、是否能够成为人文学术的知识处理对象，将成为人文学界不得不细加审视的知识难题。

事实上，迅速膨胀的大众文化，直接刺激了知识形态和知识生产方式的变革。传统的人文学术由面对国家统制的高级文化（如文学、艺术、哲学等）的知识生产，转向了对市民社会的日常的物质生活的关注，并力求寻找对这一杂乱的生活现象的知识性表达。

这一革命性的转变，类似于20世纪上半叶的存在论哲学在哲学领域内所带来的革命。众所周知，古典哲学通过概念推演游戏来模拟实在世界的观念图式和生成方式，而存在论哲学关注的是具体的存在者的现实生存经验，并将这些生存经验作为哲学的基本问题来加以考察，此间，哲学"概念"被"经验"所取代。或者说，存在论哲学将生存感当作哲学概念来对待，并试图以哲学的方式，对生存诸感受加以解析。存在论哲学在哲学思辨与日常生存经验之间，架起了一条通畅的和互相阐释的话语桥梁。同样，文化研究实际上是将生活世界（日常生活的经验世界）的内容，纳入到知识分析系统中的知识生产方式，并为现实的文化批判实践提供了基本平台。

文化理论

与色彩斑斓的大众文化相比，自1980年代以来一度极为繁荣的文学，突然一下子变得黯然失色，许多人对此深表遗憾。文学研究者和文学批评家们也纷纷转向，抛下了小说和诗歌，转身投入到大众日常的文化狂欢当中。这就好像是军工企业转向了民用。

很显然，在相当长的时间里，高级文化的支配性地位，决定了研究诸如文学一类的精神文化，在很大的程度上就可以表达一个时代的文化的根本特征，至少在理论上可以这么认为。以往文学批评之所以比较发达，主要是因为当时的文学是文化的主要形态，而大众文化并不发达。然而今天的情形已大不相同。文学已经萎缩到成为文化的一个相对稀薄的部分。单纯的文学研究远不足以揭示这个时代的文化精神面貌。

文化研究的"猫头鹰"在传统的文学和人文科学的黄昏时分开始起飞。文化精神开始告别理性的正午，转入黄昏状态，理性辉光的永恒性成为旧梦。这是理性和知识的飞鸟回归日常生存经验的时分，在黄昏的辉光照耀下，知识渐渐显示出日常生活的暖意。而在现实生活世界里，日常的物质生活更像是以一种无意识的方式，编织着其欲望化的文化形态。

如果这种欲望化的文化形态需要成为知识对象的话，那么，以怎样一种知识生产方式来处理日常生活经验材料，就成了文化研究方法论的基本问题。事实上，这个由物质所填充并由欲望所驱动的生活世界，事物更容易被处理为欲望消费的对象，而不是知识分析的对象。日常生活世界的事物显然不像那些已经被高度符号化的高级的精神文化那样，可以轻而易举地纳入到知识分析模式当中去。事物在表面上为具体的物质的可感性所覆盖，而且事物之间存在的紧密的黏着性，都使得其文化意义显得暧昧不明。这是大众文化研究的困难所在。

20世纪以来的文化理论，尤其是索绪尔以来的符号学理论，开始为解析这一文化难题提供了重要的理论武器。符号学指向的是任何可能被符号化（或文本化）的事物，并不特指那些已经高度符号化的高级文化。索绪尔将作为日常交流的语言看作是具有某种内在规则的符号系统，其后学在此基础上，建立起解析话语生成结构的符号学模式。列维–斯特劳斯带来的重大转折，在于他试图通过对原始部落的社会结构形态的分析，来解开人类不同文化形态的结构。而罗兰·巴特则致力于将索绪尔的语言学模式和列维–斯特劳斯的人类学符号学模式，嫁接到对大众文化符号系统的诠释。鲍德里亚进而将罗兰·巴特的大众文化"神话学"模式应用到对日常生活的"物质系统"的解析。如果说，文学是由语符所编织起来的符号系统（语像系统）的话，那么，大众文化则无非是另一些符号系统：物像系统、影像系统、声音系统、空间符码系统，等等。符号学模式的普泛性效用，使得知识对日常经验的分析成为可能。这在某种程度上说，是在试图发现日常生活经验的"语法"。与符号学模式相类似的是弗洛伊德的关于无意识结构的心理学模式。他为文化符号学分析带来了心理学的深度。马克思的政治经济学模式在方法论上不仅与此相似,而且他为符号分析加入了政治性的强度。其他种种文化批判理论,在逻辑学和方法论上,亦大致相同。

文化批评

大众文化搭上了一架由现代传媒和市场所构成的"双引擎"快车,朝着新世纪呼啸而来,一时间令知识界人士头晕目眩。大众文化所表现出来的庞杂性,对传统人文学术提出了严重挑战。面对杂乱无章和瞬息万变的大众文化现象,中国知识界的应对从一开始就陷于捉襟见肘和言不及义的困境。1993年前后的所谓"人文精神讨论",可以说是人文学者与初级形态的大众文化的最初接触。尽管这场讨论基本上是以"对话"的形式出现,但对立的双方操持的却是完全不同的语言,他们彼此听不懂,甚至根本没有打算听懂对方的话。讨论停留在互相贬低和互相指责的阶段。这一情形与当初来自德国的法兰克福学派思想家们面对美国大众文化的情形有一点相像。

在"人文精神讨论"以及此后一段时间里,主流知识界对大众文化现象的观察和评价,在总体上流于粗疏和粗暴。知识成见很容易将繁复的文化现象,化约为道德上"严肃—粗鄙"的分野和美学上的"雅—俗"分野,并为知识的居高临下价值审判提供依据。接下来便是表态和站队。

然而,精英知识界不得不面对这样的事实:大众文化并不愿意在精英文化所指引的通往道德"天国"的坦途上前进,相反,它们依旧沉湎于日常的欲求,在物质化的尘埃中撒欢和歌唱。此情形下,大而无当、似是而非的"人文精神"显得苍白无力,他们开始试图寻找相对有效的应对方案。学院人文学者们尽管表面上依然摆出一副誓死捍卫精英传统的庄重表情,暗地里却与大众文化市场眉来眼去,在半推半就的拥抱中,试图将大众文化纳入到他们的学院知识生产流水线当中。学院文化学者的这种暧昧表情,也是当下学院知识体系尴尬处境的写照。

在今天，大众文化能够成为知识生产的对象，这一点已经不成为问题。接踵而来的问题是，对于大众文化的关照，究竟是指向知识的自我繁殖还是指向日常生活的批判实践，或者说，这些生活现象究竟是一种学术研究的材料还是一种文化批判的对象。在这些问题上，国内学术界存在着明显的分歧。

我在上文中反复使用"文化研究或文化批评"这样的表达，这表明在我看来，这两个概念近乎可以等同，或者可以替换使用。然而问题依然没有解决。既然等同，为什么又要使用两个不同的概念。问题的复杂性乃是由于这一学科的中西差异所导致的。在当代西方人文学术领域内，文化研究在某种程度上就是文化批评。20世纪以来的人文学术的重要变革，即是试图建立批判性的知识体系，或者说，把现代知识生产作为文化批判的话语实践。这一点，在从法兰克福学派到福柯的工作中，表现得很充分。

但这一重大的知识转型并非轻而易举就能完成。在这场学术转型过程中，"海归派"学者扮演了"学术掮客"的角色。他们从自己所在的西方大学课堂和图书馆里批发来大量的文化理论，兑上自己的口水，贩给国内的学院学者。这一情形跟1980年代文学和美学的新理论的大爆炸的情形同出一辙。当年，这些学者们暴饮暴食的文学和美学新理论尚未完全消化好，如今又来了新的文化理论大餐。依旧还是那帮食客，依旧还是那样暴饮暴食，当然，也依旧还是那样消化不良。

然而，即是那些原装的西方学院学者的文化理论，也不乏空洞肿胀的货色。20世纪70年代以来，西方的人文知识分子也多半苟安于学院空间内，过着养尊处优的生活。尽管他们依然还在不断地翻新他们的知识仓库，制造新的理论，但文化的原创性和现实批判精神正在严重退化。他们热衷于将学院变成不断翻新的知识生产"工场"，满足于制造一套又一套的新"产品"。而这些新"产品"更多的是虚拟性的批判性，并因缺乏与现实的短兵相接的搏击，而在实践的意义上丧失了批判的生命力。不可避免地等待他们的也必将是自我萎缩的命运。显赫一时的"伯明翰学派"的倒掉，就是明证。

"文化研究"试图将大众文化现象纳入到陈旧的学院知识生产体系

当中，成为其知识体系的生产资料。并且，他们往往沿袭其文学研究的陈规，把文化看成是一种静态的知识生产，可以在封闭的"学术实验室"里进行研究和阐释。文化批评则将文化看作是动态的现实生活，是当下的、具体的生活实践。文化批评随时关注当下生活，并及时地对现实的文化事件做出有效的批判性的响应。它并非为了学术生产的需要而将生活现象处理为静止的和可供解剖的对象，而是要通过现场的话语批判，来纠正日常的文化精神的缺损，并保持文化本身的创造性活力。

当代大众文化：从"大话"到"山寨"

"大话"为源，"山寨"为流

随着互联网的普及，山寨版的文化现象在我们的生活中随处可见，如山寨版的手机，山寨版的晚会以及山寨版的人物，等等。"山寨现象"差不多无处不在，随时可能被制造，而且制造越来越简便，从2008年开始"山寨文化"差不多成了当下中国大陆文化的一个重要关键词，且被套用在各种现象上。

一个正宗的、某一品牌的文化形象或现象，被一个非正宗的、和它很类似的文化形象或现象、进行低劣模仿或抄袭，非原创且价格低廉，我们可以将后者称之为"山寨现象"。山寨是相对于正统的官方或官府的一个词汇，如隋末的瓦岗寨。从字面上看山寨是历史悠久的，山寨最早不是一种文化现象，是自古以来就有的一种生活或政治现象。而在当下大众文化领域里，"山寨"成为一种草根文化的表征。而究其来历，则源自早些时候出现的"大话文化"。

"大话文化"出自周星驰的电影。到1990年代末，电影《大话西游》让周星驰开始成为大众文化偶像。伴随着网络的大规模崛起，互联网BBS论坛出现了一系列套用《大话西游》的语汇，由此在坊间广泛流行。电影里创造的经典模式，如一系列具有颠覆性的语汇和人物，将原来的母本加以改造，以搞笑戏谑的方式篡改和颠覆了古典文化的经典，也成为了后现代的一个文化经典。同时互联网上早期流行的"鸡过马路"的各种版本，如明星版、诗人版、IT名人版等，套用和模仿不同名人在某一时刻的话语，来解释"鸡过马路"这样一件事情，仅仅作为一种语言游戏的快感，这也是大话文化的一个变种。还有在互联网上称为"大史记"的作品，将一些经典电影片段拼接出一个新的故事，如大史记一，大史记二等。媒体用一种颠覆性的方式来排解过于正统的主流文化的沉闷和压抑。再到后来互联网上民间人士制作的《一个馒头引发的血案》来反讽陈凯歌的电影《无极》，完全颠覆了原有模本的价值指向，也表明民间这种反讽的力量具有强大的颠覆力和批判力。

从《大话西游》高成本大规模通过院线放映这样的一种文化工业产品，过渡到互联网上"鸡过马路"这样简陋的低成本的网民制作品，从"大史记"这样一批专业人士通过视频剪辑技术制作的作品，到一个叫胡戈的网友业余制作的具有颠覆性和批判性的作品，以视频剪辑技术、PS技术、手机和数码相机的普及等为标志的技术革命使民间自主进行文化创作活动越来越便利，同时也使民间批判性的立场越来越容易表达。

"山寨"与"宫廷"的价值冲突

"山寨"从语义上乃是与"宫廷"相对立。一般而言，"宫廷文化"追求一种精致化，虽然有可能是一种虚假的精致化。如电影《无极》、《满城尽带黄金甲》等，即可视作这种虚假精致化的代表。"山寨文化"则首先是一种赝品，它自身可能不生产价值。因此，"山寨文化"自其诞生之日起，就充满了争议。一种观点认为山寨版是文化垃圾化的标志，它把已经经典化的严肃化的价值拆得七零八落，把一座有价值的稳定的美学大厦拆散变成了文化废墟，只有消费和娱乐的价值，"山寨"是文化废墟化的过程，是一次文化灾难。另有一种观点则认为，那些所谓的经典化的高雅的文化本身就是一种假象，是掌握了文化话语权的所谓精英们建构的一种假象，它是一种对每个个体自由表达和创造的一种压抑。以前文化人垄断了知识的解释及文化的创造生产和传播能力，由其创造的价值是一种统治性和强制性的价值，特别是在一个极权社会里，文化生产和文化传播的垄断就成了一种压迫人的工具。而"山寨文化"里每一个民众自主表达本身从美学反派来看就是追求一种简陋的、粗糙的东西，来破坏和抵御这种以精致面目出现的意识形态的垄断。

如何看待"山寨"与"宫廷"之争对知识分子来说是个难题。作为知识分子处在"山寨"和"宫廷"之间，既和官方的主流文化息息相关，要传播官方的主流文化，同时知识分子又有批判的使命，有代底层民众、弱势群体立言的使命，应该支持草根群众发泄欲望、颠覆和消费的权利，但这种颠覆性在文化上颠覆的正是知识分子所坚持的经典的核心价值，那种优雅的语言、精美的文本，是知识分子所安身立命的东西。一个民族的文化既需要有高雅的精致的东西，同时在一种非常压抑的文化背景下，每个人都拥有反抗的戏谑的权利、嘲笑权威的权利，这本身也是弱者反抗的方式。互联网本来就是让每个人自由表达的平台，每个人都有低俗的权利，即使是低俗的权利也不能被剥夺。这实际上是一种矛盾，是个人主权和族群文化之间的一种矛盾。

"山寨"在价值上的堕落

社会上两种不同的声音如何同时得到充分的表达和尊重，是我们必须面对的难题。"山寨文化"表现为草根阶层的粗粝性，其在经济上是廉价的，同时却有反垄断的意义。正如民营小工厂尽管生产效率不高，但也有自身生存的权利。然而，真正有价值的文化创造，却不能一直停留在"山寨"阶段。一种文化要成为有稳定价值的、族群高度认同的文化，就必须走向精致化。此时的"山寨"却又成为"庙堂"了——这是一个矛盾。另一方面，"山寨"的颠覆性也是有限的，它反叛，却又从形态上模仿和认同其反叛对象，是其批判对象的附庸。这种派生性的价值，很难成为族群的价值核心。

"山寨文化"甚至与"大话文化"也有所不同。胡戈的《一个馒头引发的血案》是一种有意识的批判和颠覆，而"山寨"本身并不拒绝和否认它的母本的主流价值，"山寨"的内在逻辑只是对母本的一个模仿而希望有朝一日变成宫廷的东西。"山寨"相对于大话文化而言，虽然在技术上有了进步，但本身在价值方面却是一个堕落，它本身并没有价值立场，缺乏原创的文化精神，而是对权力的依附和追随。如果一个民族长期处于这样一种文化状态下，那么这将是一个没有希望的民族，这个民族的文化生命力将会在强大的全球化进程中逐渐萎缩。

从"大话文化"到"山寨文化"，从技术上和功能上，以及传播的效用和发展的普及面来看有了极大的进步，差不多实现了每个人都成为文化创造者的梦想。但是从价值方面来看却是一种倒退，甚至在逐渐丧失民间草根原有的一种颠覆的批判的反讽的精神。而这样一种精神如何在民间大众文化中获得批判性的力量，同时又如何保证这种民间文化粗犷的原创性和生命力，这是一个值得思考的难题。

灾难记忆与灾难叙事

一

最早的灾难叙事，应该是关于史前"大洪水"的记忆。远古时代的巨大灾难以神话的方式深深地刻印在人类的集体无意识之中，经历灾难的痛苦经验穿越时空，在后世的文献中不断地复现。文献对灾难经验的复现，强化了灾难记忆，提醒世人警惕随时可能降临的痛苦。

在古代人看来，灾难，主要是自然灾害和大规模突发性的致死疾病，是上天给人类的某种警示。而特别多灾多难的犹太民族，对于灾难有着一种特殊的、无与伦比的记忆力。《旧约圣经》中充斥着关于灾难的描写，这是古希伯来文学与世界其他民族古典文学的显著区别。尤其是在所谓"先知文学"中，先知们总是不断发出灾难将临的警号，并急切地呼吁人们积极向善、敬畏和皈依。俄摩拉和索多玛的堕落与毁灭的教训，是先知们经常引用的材料。在古希伯来的先知们看来，灾难一方面是神对人性堕落的惩戒，另一方面，它又是神给予人的考验，对他们的信心、虔敬和爱心的严峻考验。能够经受巨大灾难考验的人群，必然是神所钟爱的选民。《旧约圣经》中的《约伯记》是古希伯来文学的巅峰之作，也可以说是"灾难文学"的典范。好人约伯突然遭遇了一连串灾难：庄稼和房屋被毁，亲人死亡，自己又罹患可怕的疾病。他在废墟上痛苦地沉默了多日之后，突然爆发，发出了一连串愤怒的质疑和控诉。"唯愿我的烦恼称一称，我一切的灾害放在天平里，现今比海沙更重。"[1]灾难的考验将约伯的处境推向了一个极端状态，沉重的痛苦让人性的天平倾斜。在这一极端境遇中，拷问着人性深处的善与恶、虔敬与亵渎、忠诚与背叛、绝望与希望、愤怒和痛苦。灾难及其相关的痛苦和敬畏，构成了古希伯来文学的核心部分。强烈的灾难记忆和痛苦记忆，为这个长期丧失空间的民族赢得了以时间为维度的族群认同。苦难记忆和救赎信念赋予犹太民族强大的精神凝聚力。

《旧约圣经》是基督教欧洲文学重要的精神源头之一。而《约伯记》则创造了"灾难文学"的典范。在现代文学作品中，加缪的小说《鼠疫》是与灾难相关的一部经典之作。《鼠疫》描绘了一幅惊心动魄的末世景象，与《圣经》中的先知文学和"启示录"的传统一脉相承。加缪的小说继承了《约伯记》的传统，在灾难目前拷问人性之善，但《鼠疫》更具现代主义精神。《鼠疫》所表现的不是灾难之后的忍耐和质疑，《鼠疫》中的灾难是死神的一步步缓缓逼近。致命的鼠疫在被封锁的城市中扩散，没有人能够幸免。所有的人都感到自己被抛掷于荒诞而又无望的境地，孤立无援。恐惧和不信任在人群之间随着疫病一起弥漫、播散，摧残着人们脆弱的信心和希望。它们比瘟疫本身还要可怕。加缪写道："总之，从此我们重又陷入被囚禁状态，我们只有怀念过去。即使我们中有几个人寄希望于未来，但当他们受到了相信幻想的人最终所受到的创伤，他们也就很快地、尽力放弃了这种奢望。"加缪并不认为灾难性的痛苦是人生的必然遭遇，不相信仅仅依靠善良的愿望或神圣的奇迹，人类就能获救。灾难是偶然性的，而痛苦却又是那样的真切和令人难以忍受，正因为如此，人不得不挺身来担当这种荒诞的痛苦。里厄医生依靠这样一种担当的勇气，支撑着自己活下去，并帮助周围的人一道争取存活的希望。他们的奋斗，并不能保证胜利，但这种面向荒诞和绝望的勇气本身，即是生命的价值所在。

加西亚·马尔克斯的小说《霍乱时期的爱情》没有加缪式的冷峻和深邃，但它呈现出灾难与文学之间的另一种关系。对于马尔克斯来说，霍乱

---

[1] 《旧约圣经》约 6 : 2—3。

是人生的一个布景，生命的激情大戏依旧在上演。爱情也是一种疾病，而且，它与霍乱有着相似的症状。因为爱情这一严重的精神性"疾病"，霍乱及其一切肉体性的疾病都被克服。生命的激情穿透一切，无论是疾病、地域，还是时间。

影像作品也热衷于表现灾难主题。电影《卡桑德拉大桥》是这一主题的经典之作。一列疾驰的列车被烈性传染病病毒所污染，车上的人开始出现症状。有关当局隔离并封闭列车，甚至指令列车驶向一座危桥，让车上的人和病菌一起毁灭。作品在一个封闭的空间里，展示灾难的严峻和残酷。车内的人最终依靠自我拯救，避免了灾难。从主题学角度看，《卡桑德拉大桥》是对《鼠疫》的摹写和演绎。影像作品与文学作品之间的关系往往如此。但影像作品因为其感知方式和传播方式上的优势，影响力超过了文学作品。然而，影像作品作为大众文化产品，在表现人性的灰暗和灾难的酷烈等方面，相对于文学作品，却有所削弱。观众总希望能够为灾难找到具体、客观的原因。因此，影像作品倾向于对现实制度和人类整体的文化的不满和批判，而对人性本身则更多地寄予乐观的希望。诸如《恐怖地带》、《日本沉没》和《泰坦尼克号》，都是如此。

文艺是人类文化的记忆体。文艺作品中的灾难叙事倾向于凸显在非常时期和极端条件下的人性冲突和制度弊端，并以此来保持对灾难的记忆和对人性价值的肯定。

二

与犹太民族关于灾难和痛苦经验的记忆不同，汉民族似乎对于灾难更容易适应。尽管我们对于灾难，无论是自然灾难还是人为灾难，并不陌生，但我们总是倾向于通过"健忘"来修复心理创伤，正如鲁迅在《阿Q正传》中所描写的那样。由于缺乏对灾难记忆的珍重，中国社会自古以来就缺乏有效地应对大规模灾害的机制和能力。当灾难来临之际，每一次我们都像是第一次遇见一样惊慌失措。同样，当灾难过去之后，我们又总是像从来就没有发生过任何事情一样安之若素。且不说几千年漫长的历史，单是近几十年来所发生的种种灾难，如人为的"大饥饿"、"文革"，疾病方面的SARS，自然灾害方面的唐山大地震……往往很少被人们提起。在灾难的废墟上重建一切，看上去焕然一新，而这却是一些人所喜好的事情。

曾经有过一种对于灾难的文学性的回应，那是1960年代的新闻特写，如《为了六十一个阶级兄弟》。这是一种介乎新闻报道与文学作品之间的文类，它比新闻报道多了一些文辞的修饰，又比文学作品多了一些数据和实例。它既不像新闻报道那样追求客观真实的现场感，又不能像文学作品那样将事件放到一个普遍的人类境遇中拷问人性的得失。它的最重要的功用是政治宣传，是在灾难之后对于政治制度和官方政策的讴歌和粉饰。这种文类在官方的灾难报道中一直是主流，并影响到官方主流的灾难电影。这种状况在1980年代之后才开始有所改变。如钱钢的报告文学《唐山大地震》。在新闻资讯未能充分透明化的时期，钱钢的报告文学把报告性和文学性的双重功能发挥到了极致。或者说，它以文学性规避了新闻报道的某些禁忌，而又以报告性弥补了文学作品现实针对性的缺失。然而，这双重的优势，同时也又可视作其双重的缺失——艺术上的欠缺和真实性的欠缺。冯小刚的电影《唐山大地震》可以说是对钱钢作品的摹写和演绎，钱钢的优点和缺点，同时也就是冯小刚的优点和缺点。

总体而言，中国当代文学在灾难面前的反应，显得迟钝而且薄弱。相比之下，汶川地震期间，文艺家的反应显得较为强烈和迅捷。许多年来一向落寞的诗歌，突然一下子极度活跃起来，相关的诗歌数量激增。但这种情形与1976年唐山地震之后的"抗震诗歌"有着某种程度上的相似。有人甚至说，大地震是中国诗歌复兴的契机。但这与其说是诗歌的复兴，不如说是"文革"期间"工农兵文艺"模式的还魂。各级文艺机关紧急动员起来，男女老少齐上阵，高歌"人定胜天"的革命老调，宛如"小靳庄田头赛诗会"的重演。在震区的豆腐渣建筑倒塌之际，精神上"豆腐渣"作品却趁机遍地开花，震荡着民族的精神根基。

文学并不是简单的情感应激反映，而是反抗遗忘的情感容器。如果不能在精神深处保存对灾难及其相关的情感记忆，文学就会在新闻报道面前相形见绌。更为糟糕的是，随着时间的推移，热切的激情很容易被遗忘。

汶川地震的灾难，仅在几个月之后，就被庆典的烟花装点得喜气洋洋。甚至，就在灾难发生的当时，就有人用"含泪"的或"欢呼"的方式，鼓励遗忘。毫无疑问，遗忘是一种生存本能。逝者不能复生。通过遗忘灾难，能够减缓悲痛给生者造成的心理伤害，让生者赢得更多的活下去的理由。然而，如果说遗忘是本能，那么，记忆则需要良知。良知要求我们记忆，记住那些遇难的同胞，记住那些失去亲人的痛苦。另一方面，记忆又唤醒良知，唤醒我们内心深处珍惜亲情和尊重生命的情感。哀悼，让死者安息，让生者更加珍爱生命。

在痛苦记忆方式和生命观上的差异，也决定了有关生命的价值论和美学上的差异。犹太思想家面对本民族的灾难，如德国纳粹时期的大屠杀，提出了这样一个命题——"奥斯维辛之后，写诗就是野蛮"。而中国文化的命题正好相反——"国家不幸诗家幸"。我们可以理解，来自痛苦和灾难的刺激，会使诗歌的激情和创造性冲动不同于平时，但在这样巨大的灾难面前，诗（文艺）以及诗人（文艺家）应该有某种价值观和美学上的改变。尽管不能决然地说，汶川地震之后，写诗就是野蛮，但为汶川写一首诗，并不是那么容易的事情。

三

任何一场灾难，都是对当下社会的一场严峻考验——它考验了社会动员力，考验了公民道德，考验了科技，尤其是考验了制度。人祸则更加考验了一种制度的自我纠错能力和批判的理性。

公共资讯的相对透明化，是对抗灾难必不可少的利器。在灾难期间，相对及时和充分地向全社会通报灾情，这不仅是一般意义上的"知情权"的实现，同时也是有效救灾的重要保证。透明的资讯，强化了政府的号召力，也激发了全社会关注灾情和参与救援行动的积极性，更重要的是，畅通的资讯建构起了社会各阶层人群之间相互关联、相互理解和相互信任的牢固纽带。相反，任何人为的隐瞒资讯，拒绝公开的行径，都将是灾难的同谋，甚至就是肇事的根源本身。

由于真实资讯纽带的有力维系,救灾成为全社会共同参与的伟大行动,它凸显出一种"全民互助"的精神。这是未来社会精神重建的希望。这些行动表达了社会对于生命的深厚的人文关怀。生命不只是吃饱穿暖和基本的安全需求的满足,同时也包含健康的心理和健全的精神生活。生命至上、公民利益至上和无条件尊重生命的社会核心价值,正在国民的意识中滋生。但在灾难的废墟之上,重新矗立起生活的信心,营造健全的社会和国民精神,却非易事。对公众在灾难前后暴露出来的种种缺陷和失误,进行公开的反思和检讨,则显示了社会真诚的纠错能力和诚信诉求。

今天,如果我们不打算再在灾难的废墟之上建起一座座脆弱的建筑和一块块彼此孤立和封闭的物质空间的话,那么,我们就必须要记住灾难,并反思我们所做的一切。事实上,每一次灾难发生,都会激发起全社会积极的精神因子。不过,这些萌芽状态的精神因素,很容易被扼杀或被淡忘。若未能得到很好的反思和培育,灾难过后,一切又会故态复萌。

另一方面,在灾难强大的心理冲击下激发起来的炽热情感,很容易让人们变得更加盲目。在热烈的情感中,忘掉了痛苦和具体入微的实际救援工作及日常生活的困难,忘掉了灾难救援的持续性和良好制度保障的建设,而把救灾和哀悼变成短暂的爱国狂欢。狂欢之后,则是更加可怕的精神淡漠。

精神重建,即是保护那些在对抗灾难过程中萌生的社会新精神,保持那些脆弱的核心价值不至于重新在遗忘和麻木中沦落。反抗遗忘,有意的或无意的遗忘。遗忘,才是真正的死亡!透明的资讯是对记忆的保护。理性的反思则是对记忆的强化,甚至是对灾难记忆的更进一步的治疗,是为社会建构健全、有机的纠错机制不可缺少的重要部件。稳定而有效率的民间团体,则是实现社会关爱和互助的重要载体,因而,也是全新社会精神的坚实基础。生命价值至上,则是社会精神的价值核心。确立这一价值核心,我们这些幸存者,才不至于愧对那些死难同胞的在天之灵。

在这里,我愿意引用加缪在《鼠疫》结尾部分的话,作为本文的结束。"如果对高尚的行为过于夸张,最后会变成对罪恶的间接而有力的歌颂,因为这样做会使人设想,高尚的行为之所以可贵只是因为它们是罕见的，而恶毒和冷漠却是人们行动中常见得多的动力，这就是作者不能同意的地方。世上的罪恶差不多总是由愚昧无知造成的。没有见识的善良愿望会同罪恶带来同样多的损害。人总是好的比坏的多，实际问题并不在这里。但人的无知程度却有高低的差别，这就是所谓美德和邪恶的分野，而最无可救药的邪恶是这样的一种愚昧无知：自认为什么都知道，于是乎就认为有权杀人。杀人凶犯的灵魂是盲目的，如果没有真知灼见，也就没有真正的善良和崇高的仁爱。"

"中产阶级"的梦想及其终结

"中产阶级"的初春

谁是中产阶级？这在中国，是一个很难回答的问题。过一种中产阶级的生活，这几乎可以说是每一个普通人，尤其是城市人的梦想，但却很少有人会公开承认自己是中产阶级分子。即使是那些实际家庭收入属于中等的人群，他们对于"中产阶级"这一概念，也相当陌生。从20世纪末开始，这一阶层被称之为"中等收入阶层"。这一称谓刻意避免了"阶级"这一带有浓重政治意识形态意味的概念，淡化阶层人群的政治和文化属性。在相当长的时间里，主流舆论对于这一阶层的关注，基本上停留在经济学层面，也就是以经济收入为根本指标。有人认为，中国的"中等收入阶层"正在急剧膨胀，属于该阶层的共同文化也正在孕育和发展。经济学家和社会学家也纷纷对这一阶层在完善我国社会结构、推动资源流动等方面所起到的作用，给予积极的评价和肯定。

现代社会的"中产阶级"概念，有着特定的文化历史含义，它不仅是一个经济学概念，同时也是一个政治概念和文化概念，是一种意识形态，是一种生活方式。中产阶级是一个文化范畴，正如美国学者约翰·斯梅尔所说的，是"一套新的社会关系、一套新的经济实践、一系列新的嗜好和欲望——简言之，即形成了一种新的文化"。从经济学意义上讲，任何一个社会制度下的任何一个时期都会出现"中等收入阶层"，但并不一定能够形成一种阶层文化，为其成员所认同。在相当长的历史时期里，西方社会规模庞大的中产阶级并未因其数量上的优势，而轻松地取得文化上的主导地位。这个中间阶层始终处于夹缝之间，他们的政治身份暧昧，文化身份模棱两可。在上流社会和精英阶层看来，中产阶级在文化上是消极的，缺乏文化的原创力，没有能力形成统一鲜明的文化形象，更多的只是作为一个消费阶层。底层社会则对中产阶级充满敌意，并视他们为上层社会强大的同盟军甚至是帮凶。经过几百年的发展演变，西方社会的中产阶级逐渐由一个简单的利益共同体，一个生活方式粗鄙、文化趣味平庸的平民阶层，变成了社会文化的中坚力量。尤其是现代社会的中产阶级，其生活方式和价值观念甚至成为社会主流文化的基本构成。一般认为，中产阶级是社会底层向上流通的通道，它的存在，维持了社会阶层向上流动性（upward mobility）想象。这个阶层的存在，对于建构一个稳定的市民社会，是必不可少的，并且，这个阶层的膨胀，成为社会的主导性的阶层，使社会阶层结构出现所谓"橄榄型"，则表明社会形态更为合理。

在当下中国，一个年收入20万元左右的中等收入者，可能是大都市外资企业的白领，可能是高等学校的教师，也可能是专业技术人员和基层政府公务员，还有可能是乡镇小企业主或普通商人。这些人都属于经济收入上的"中间阶层"，但他们在价值观念、文化趣味、生活方式上，恐怕有着相当大的差别。确实，把乡镇小企业主和大都市企业白领归为同一阶级，是相当勉强的。因此，要想形成一种积极向上的阶层形象和认同，绝非仅仅依靠经济收入等因素来获得，而要更多地依赖成员共同享有的价值理念和文化生态，一种包含经济、社会和政治因素在内的具有共同世界观的文化。

上世纪末本世纪初的几年，是中国城市中产阶级的黄金时代。有研究表明，城市中产阶级与工人阶级在收入上拉开明显差距，是近十年的事。被称之为"核心中产阶级"的人群，即受过相对良好教育的都市白领阶层开始崛起。他们是"中产阶级"阶级属性的确定者。这一人群，也为以中产阶级为生活目标的新生代人群，如大学生，树立了榜样。成为一个白领——这是年轻大学生的人生目标。这一点，足以让中产阶级赢得某种优越感。相对于下层蓝领，他们有经济上的优越感。较为丰厚的收入，足以让他们过上相对惬意和悠闲的生活。而另一方面，良好的文化素养，又让他们可以对那些一般来说属于暴发户的富豪们不屑一顾。富豪们虽然比白领更有钱，但他们却不知道怎么去花钱，他们的生活方式还是土财主式的。脖子上挂着狗链子一般的金项链，满屋子的红木家具，用大号玻璃杯喝红酒……没有文化，没有品位，经常出洋相。在此背景下，一些中产阶级生活教科书，如《格调》、《品位》、《BOBOS》等，开始畅销，引起社会各阶层的密切关注。

都市白领阶层为主体的中等收入阶层，开始寻找自己的身份认同。这些"核心中产阶级"的生活品味正在形成。穿Esprit服装，戴Swatch手表，喝Cappuccino咖啡，开Polo车，买IKEA家具，读ELLE杂志，听王菲或麦当娜的歌，打保龄球或网球，品法国红酒（牌子不定），看几米的漫画和宫崎骏的动漫，村上春树的小说《挪威的森林》和米兰·昆德拉的小说《生命中不能承受之轻》，是他们的文学圣经。其他如董桥的散文，张爱玲的小说，南怀瑾的国学，也是他们文化修养中必不可少的内容。重视家庭，把家庭和睦看作生活伦理的核心部分。他们过圣诞节、情人节，偶尔还过感恩节，虽然大多并非基督徒。他们具有初步的环保意识，诸如不乱扔垃圾，尽可能少用塑料垃圾袋，在小区溜宠物，主动清理宠物的排泄物。热爱旅行，虽然行之不远，不能定期去马尔代夫度假，无非是在丽江、三亚、新马泰等处转转。这些如今看来并没有什么了不起的生活，甚至有点矫情的品位，但在当时，却让许多人渴慕不已。中产阶级生活方式和价值理念，乃是这一阶层的人群自主选择的结果。这种生活方式的自主选择，意味着他们主动寻找自我价值的认同。

"中产阶级"的秋天

毫无疑问，中产阶层并非仅仅构成一个社会的中等收入阶层，它还需介入建构一种属于中间社会阶层的"公共领域"、生活社群、公共生活空间、社团乃至政治，并进而形成一种与其公共领域相对称的生活方式和价值体系。这里面，被传统的精英意识所妖魔化了的，或者被当下公共舆论所美化和时尚化了的中产阶层意识，都不是中产文化的真实面目。

今天中国的所谓"中产阶层"，缺乏这样一种公共领域和价值体系的支撑，从而导致他们在文化认同上无所适从。其实，所谓的"中产阶层"和"中产文化"，在当下中国尚且只是一个似是而非的概念。人们并不知道中产阶级的真实来源和构成规则，无非是根据几本小册子，胡乱拼凑起若干条例。一股徒有其表的中产阶级文化潮流开始在中国蔓延。人们从几本西方的小册子里，仔细地寻找着诸如怎样装潢卧室、怎样品味咖啡，试图从物质生活表面，模仿和探索出某种"有修养"的生活方式。拙劣的东施效颦，一些没有来龙去脉的暴发户，在金钱的沼泽地里孳生的灰色蘑菇，装点着中国"中产阶级"的冷暖交替的早春季节。

事实上，中国的"中产阶级"的春天并不太长久。他们也许是一群靠经济活动纠结起来的"乌合之众"，其生活方式和文化形态，依旧缺乏自主性和创造性，依旧只是对奢侈浪费的文化生活形态的模仿和依附。但在另一方面，他们也有可能是依靠知识和诚实劳动来获得财富，并在文化自觉上开始意识到服从社会准则、规范和秩序的重要性，并逐渐愿意为维护公共利益和公共环境而贡献力量的一群人。因此，至少从目前来看，中国的"中产阶级"在文化和价值观念上，在阶层文化形象确立上，还很难形成和赢得广泛的认同。这些依靠时尚的"格调"和"品位"涂料来粉饰个人空间的"中产阶级"，看上去鲜亮且令人向往，但经不起社会变化的考验，担不起时代发展所赋予的责任，无法引领社会文化的进步，也远不足以维系整个社会"金字塔"结构的稳定与和谐。

近年来，中国"中产阶级"赖以生存的经济土壤已经开始变质，他们引以为傲的生活方式，其品质也在下降。首先是房价的飙升。居所对于中产阶级生活是至关重要的。安全和舒适的居所，不仅是中产阶级居住的基本诉求，更重要的是，它对于中产阶级的核心价值——家庭观念——的形成，是必不可少的。而在北京、上海这样的中心城市，一套房子的价格，就足以摧毁一个普通家庭的中产梦。中小企业主这些老式"中产阶级"和其他一些边缘"中产阶级"，在与垄断性的"权力—资本"竞争当中，完全沦为失败者。他们的经济地位与社会底层已相去不远，而要维持体面的"中产阶级"生活，显得越来越吃力。"中产阶级"的秋天正在到来，尽管还称不上是严寒。

至于都市白领阶层，其当初的经济和文化上的优越感也开始慢慢丧失。在互联网上，常常能够听到白领阶层生存艰难的哀鸣，与当年他们体面和自豪的神情大相径庭。一位刚毕业的大学生，即便成为白领阶层，其收入与蓝领阶层相比，并无明显的优势。依靠自己的工资买房，几乎没有可能。可以买车，但养车仍是一个沉重的负担。如果结婚生子，为孩子提供较好的教育，则更为艰难。那些即将成为白领的青年群体，"中产梦"日渐渺茫。他们不得不以"屌丝"自居。徒然艳羡"官二代"、"富二代"为主的所谓"高富帅"们，占尽优势社会资源。社会依然是一个"金字塔"型的结构，少数人爬到金字塔上层，垄断大部分社会资源，大多数人都有"被剥夺感"。

2009年，一篇托名"郎咸平"的文章《白领陨落，黑领升起》开始引起人们的关注。文章这样描述新崛起的"黑领"阶层："一个充满神秘色彩的社会群体已经夺去了全中国所有的光芒，他们开着'自己的'大排量名牌汽车，出入高档酒楼、高级夜总会，乘坐头等舱或软卧，住星级宾馆，拥有黄金位置的几处豪宅，购全套红木家具，在位置最好、景观最佳、装修最豪华、质量最安全的办公楼上班，独立办公室，不打卡，饭局，会面，喝茅台五粮液，品天价普洱，抽极品中华，精装《毛评二十四史》，VIP，炒股投资保险理财，收藏古玩字画珠宝黄金，高级会所，劳力士，路易威登，奢侈品，国际顶级品牌服饰，高尔夫，公派出国，移民，护照，拉斯维加斯，美容减肥按摩，组织体检，疗养，免费医疗，贵族学校，MBO，脱产学习，党校，佣人，情人，养藏獒，带薪假……"相比之下，曾经优雅的白领生活就显得寒碜不堪。文章称，"中产梦"业已破碎，在"国进民退"的中国语境当中，"中产阶级"正面临破产。

在权力本位的社会，中产阶级并不能完全依靠个人能力，过上有品质的、体面的和有尊严的生活。在社会资源的竞争中，中产阶级几乎没有任何可靠的保障。更为严重的是，"中产阶级"开始发现，他们的生存条件正在恶化，而且，越来越没有安全感。2010年的上海教师公寓大火，2011年的温州动车事故，2012年的北京暴雨事故，这三件灾难性事故，具有标志性意义。这些事故都发生在"中产阶级"较为集中的地区，受到的伤害和冲击最大的，也是"中产阶级"。"中产阶级"对于个人财产、个体尊严等方面的权利意识，明显强于其他阶层，一旦这些权利受到威胁，"中产阶级"所受到的伤害，不仅是财产损失，而且价值观念很可能崩溃。"中产阶级"曾经是社会的稳定力量，现在，当他们的安全感受到威胁，如果不能挤到"金字塔"顶端的话，那么，他们的情感和观念就会与社会底层趋同。而底层社会的不安定情绪终将把整个"中产阶级"裹挟进去，中产阶级将会在来自其他阶层力量的冲击下，变得不堪一击。

搬起萨特砸自己的脚

最早知道"萨特"这个名字，大约是在萨特去世后不久。当时的《参考消息》第三版上有一小块报道，大意是说法国哲学家、文学家和诺贝尔文学奖获得者去世了，他写过很多作品，包括剧本《苍蝇》。由于并不知道死者究竟是何方神圣，当读到这条消息的时候，吸引我的并不是"萨特"，而是"苍蝇"。一个作家竟以写小小苍蝇而闻名，如果不是这只苍蝇特别了不起的话，那就肯定是这位作家了不起。事实上确实如此。布莱克、戈尔丁，乃至周作人，他们都是了不起的咏苍蝇的艺术家。从艺术的角度看，那些苍蝇是那么完美，而且它们对自己"终竟不过是苍蝇"这一事实，似乎也并没有要否认的意思。

没过多久，我在电视里看见一部叫《被侮辱与被迫害的》的电影。原以为是某个俄国作家的作品，仔细一看字幕，发现编剧名叫"让-保罗·萨特"。这一次才真正强化了我对这个名字的印象。许多年之后我才知道，这部貌似俄国作品的电影，实际上是根据萨特的戏剧《恭顺的妓女》改编的。可能是因为"妓女"这个名字在当时显然太刺眼了，改称为"被侮辱与被迫害的"，既能保证政治上正确，又不至于让人想入非非。

我开始寻找有关这个人的消息，但在我就读的医专图书室里，"萨"和"特"这两个字几乎就没有碰到一起的机会。不过，此后不久这两个字组合成词的几率开始多了起来。一些青年杂志的"小知识"之类的栏目里，开始出现关于萨特及其相关的存在主义的介绍。再过一段时间，这种介绍又变成批判。但无论是介绍还是批判，均流于空泛之论，我感兴趣的《苍蝇》却始终没有露面，至于萨特究竟是什么样的人，我依旧不甚了然。这是1980年。

真正使我意识到萨特之严重性的是因为另一个人。1981年的某一天，我从实习的医院下班回住处，路过一处阅报栏，玻璃橱窗里的一张报纸吸引了我的注意。报纸整整一版报道了一个名叫冯大兴的人，此人曾是某大学的学生，因杀人罪被枪毙了。我感兴趣倒不是他杀了人，而是报道中说他的杀人与萨特有关。一个从来品学兼优的大学生堕落为杀人犯，诱使其堕落的除了受资产阶级生活方式的腐蚀之外，还有就是他对萨特哲学的信奉。报纸对此发了一大通议论。据报道，此人有几十本笔记，其中有大量的从各种渠道摘抄过来的萨特语录，诸如"存在先于本质"、"选择即是自由"、"他人就是地狱"，等等。问题是，我四处寻觅而不得的萨特的言论，竟然通过关于一个犯罪报道的字里行间，向我显出其若隐若现的面目，这一点让我既惊喜又不安。禁忌与罪孽同萨特式的哲学箴言混杂在一起，如同一朵罪恶之花，散发着诱人的芬芳。我仿佛看见有一个有着苍蝇般外表的名叫"萨特"的幽灵，正隔着阅报栏的玻璃，向我发出诡秘而又迷人的微笑，诱惑我走向危险的深渊。我在阅报栏前呆了很久，陷于一片迷惘。

此前，我从来没有想过，一种哲学居然还有如此巨大的力量，可以驱使一个年轻学生去犯罪。至于这种说法究竟在多大程度上与事实相吻合，这不是问题的关键。关键在于，萨特从一开始就以一种令人震撼的方式进入中国，进入像我这样的年轻学生的意识当中。可见，哲学是一种危险的事业。

这一事件激发了我的精神冒险的冲动。我当然没想过要去杀人，相反，我接下来所从事的工作反而是救人。但此后我对哲学，尤其是存在论哲学的关注，却与日俱增。遥远的哲学星光召唤着我，使我朦胧中领略到现实之外还有一个超验的精神世界。在日复一日的临床医学实践中，我倒是真的是在与具体可感的"存在与虚无"打交道。生命、悲痛和死亡，即使不是"值不值得活下去"或"精神自由"之类的问题，至少也跟生命存在的本体状态息息相关。从此，萨特就像梦魇一样纠缠着我，同时，他也纠缠着整个狂乱的1980年代。

随着这个时代进一步的文化开放，萨特的著作越来越多地被译介到中国，存在论哲学也成为一代年轻知识分子的日常话题。到了1980年代中期，他的影响力达到了巅峰状态。在此期间，我从一本书上看到了萨特的一幅照片，照片上的萨特在巴黎街头兜售左派报纸，我这才得以一睹这位大师的尊容。

我惊喜地发现照片上的萨特看上去很矮小，周围的人几乎都比他要高一个头。这一点使我觉得很受用，让我对克服自己身高上的劣势有了信心。照片似乎在向我承诺这样一个事实：做一个"身材的矮子，思想的巨人"，不仅是十分必要的，也是完全可能的。带着这样的自欺欺人的满足感，我对萨特也就格外钟爱。但萨特的另一生理特征却是我所不具备的——他还是个斜眼。我对着镜子转动眼珠子，直弄得眼睛酸痛，终于决定放弃对这一条生理上的相似性的追求，哪怕这样会使成为"思想巨人"的可能性大幅度降低。一位斜眼朋友得知这个消息，就高兴坏了，从此开始趾高气扬起来。为此，他发明了一句口号，叫作"思想无罪，斜眼有理"。尽管我那朋友身上至今依然没有显出成为一名思想家的任何迹象，但我依然迷信斜视在哲学上的优越性。斜眼看世界，虽然有所偏执，但看问题可能会有别样的眼光和更多的独到之处。端正的世界观，不是萨特的长处，这样倒使他在哲学上有了更多的避免平庸之见的可能。当他注视某物，实际上却把视线投向了某物之外。借用存在主义的说法，当我们直面"存在"时，实际上存在之物却"不在场"，或者说，"存在在别处"。须有另一视角，才能捕捉存在的偏移，倾斜的世界反倒更接近于世界的真相。这样的说法虽然多有偏执，但却是具体而又真实的。事实上，存在主义就是这样一种哲学，它不仅作用于人们的观念，还随时会影响到人们的自我感知方式和行为方式，后一种功能往往更直接也更重要。就这样，在对大师们的东施效颦过程中，我们的时代长大成人。

平心而论，萨特的尊容实在没有什么特别可观之处，更使我们感兴趣的是他那位伟大的女伴——西蒙娜·德·波伏瓦。这个女人并无特别出众的容貌，但因为作为一位与萨特相提并论的女哲学家兼作家，其魅力足够让我们这些尚热衷于思想的年轻人为之倾倒。毫无疑问，西蒙娜·德·波伏瓦是1980年代中国年轻知识分子心目中的精神偶像兼爱神，这与他们上一代人所暗恋的"冬妮娅"的形象有所不同。保尔和冬妮娅的爱情故事，是波希米亚气质的布尔什维克知识分子对小布尔乔亚小姐的想象性的占有，他们实际上是日后"Bobos"一族的远祖。而西蒙娜·德·波伏瓦，她有知识，有男女平等意识，观念开放，有对世俗偏见的反叛精神，独立而又在事业上成功，与爱人之间能够互相理解——这些与1980年代年轻知识分子心目中对完美女性和完美爱情的想象状况完全吻合。人们甚至说不清楚，是因为20世纪80年代的知识分子的观念变化而认同萨特—波伏瓦，还是因为有了萨特—波伏瓦，20世纪80年代的人才有了那样一种观念转变。无论如何，我们这一代人都开始暗自努力，孜孜不倦地寻找自己的"波伏瓦"。

对萨特与波伏瓦的爱情的钦羡和仿效，实际上是一种青春期的心理效应，同样，我们对萨特的《存在与虚无》的迷恋也是如此。我们以叶公好龙式的热情，购买了萨特的几乎全部著作的中译本。他的小说、戏剧和文学论文，尚且可供一阅，而他的《存在与虚无》，对我们来说却只有纯粹的装饰性的意义。这本又厚又重的《存在与虚无》与海德格尔的那本同样又厚又重的《存在与时间》一起，在我们的书架上筑起一道坚硬的哲学城墙。但那却是连我们自己也不打算接近的哲学"城堡"，更多的是作为精神"法器"来威慑别人的。拥有它们，是精神力量的标志，同时也是一种文化时尚。可是，时隔不久，书摊上开始出现打折的《存在与虚无》。原价五块一，卖一块钱。这样的好事当然令我们很高兴，但同时不免心中有些失落。这一价格似乎在暗示我们：哲学正在贬值。但我们还是多买了几本，预备日后送人。可事实上却又无处可送，因为我们周围的朋友手头都有至少一本《存在与虚无》。

在1980年代，争论也是一种文化风尚。大到"真理标准"和"异化"这样重大的官方哲学问题，小到年轻人的人生道路之宽窄的问题，"第三者插足"的问题，甚至细微到大学生是不是可以谈恋爱的问题，可以说，事无巨细，动辄引发全民性的大论争。在年轻学生那里，争论更为普遍，甚至日常生活化了。萨特的哲学为我们提供了许多论战的谈资和武器。这种行动的哲学和斗争的哲学,更适合我们当时的理解力和精神状况,至于它在哲学层面上究竟如何去论证的,我们并没有太大的兴趣去计较。它们至今依然是我们难以消化的理论硬块。"存在"、"虚无"、"荒诞"、"境遇"、"此在"——这些个坚硬而又面目狰狞的语词,总是挂在1980年代的舌尖上,随时准备脱口而出,作为攻击性的武器扔向论战的对手。倘若不会使用这些词,自尊心和战斗力势必严重受挫。有时我甚至觉得,争论者随时可能直接操起整本的《存在与虚无》,砸向论敌的脚背,以求速战速决。

  我曾看见一位学生,在食堂排队买饭时手捧厚厚的《存在与虚无》,若有所思地看着。有同学好心提醒道:"拿稳点,小心砸了脚。"这就是存在主义和萨特带给我们的遗产。仿佛哲学不是用来阅读和思考的,而是用来砸脚的。砸别人的脚,也砸自己的脚。冯大兴同学显然是第一个被砸中的,而且是被砸得后果最为严重的一位。他断送了性命。

淡蓝色的药片，或生与死

诗神与死神的对话

　　1934年，诗人曼德尔施坦姆被捕了。他的朋友帕斯捷尔纳克为了营救他，便通过布哈林向斯大林求情。斯大林暂时饶恕了曼德尔施塔姆，并亲自给诗人帕斯捷尔纳克打电话，告诉他这件事。当时，他们俩还在电话里聊了起来——

　　斯大林：如果我是诗人，朋友落难，我肯定越墙去救。……他是不是写诗的好手？
　　帕斯捷尔纳克：是，可问题不在这儿。
　　斯大林：在哪儿呢？
　　帕斯捷尔纳克：我想跟您见见面，聊聊。
　　斯大林：好的。我也想跟你好好聊聊。
　　帕斯捷尔纳克：你想跟我聊什么呢？
　　斯大林：生与死。

　　多么精彩的对话啊！可惜它未能继续下去。
　　他们确实应该好好聊聊。在这个问题上，他们俩都称得上是行家。首先是帕斯捷尔纳克。这位写过《生活呵——我的姐妹》的著名诗人，不仅热爱生活，也很了解死亡。他就像他自己笔下的日瓦戈医生一样，已见过太多的死亡。小说《日瓦戈医生》以葬礼始以葬礼终。不错，医生有时与其说是死神的敌人，不如说是死神的伙伴和同行。在日瓦戈医生周围的人接二连三地死去——他的亲人、他的朋友、他的同胞，最后，还有他自己。

而上面的谈话伙伴中的另一位，却是一个比诗人（甚至医生）更了解死亡的人。在这个问题上，他是一位伟大的实践家。他决不像诗人那样空谈死亡，也不像医生那样需要通过科学来了解死亡。他对于死亡的理解是直接的。因为，他就是一个"死亡批发商"。就对于死亡的了解和有效支配方面而言，也许只有死神本人才能与他相提并论。

如果这两个人（碰巧他们还是同乡）能真的坐在一块儿，像两位哲学家朋友一样就"生与死"的问题来一番对话的话，那他们会说些什么呢？是不是会比任何一篇"苏格拉底对话"还要有趣呢？——这是一个谜。它就像"生与死"本身一样令人难以破解。我们所知道的是：在几年之后的一天，也就是1938年12月27日，诗人曼德尔施坦姆还是死了。他的朋友终究未能挽救他的生命。他死在斯大林的集中营里，然后被埋葬在一个普通公墓里，墓号是1142。当然，再后来，他的朋友和他的敌人也都死了。死神战胜了他们全体。

泰山与鸿毛

在我们这个时代，"死人的事是经常发生的"。关于死的谈论差不多与关于生的谈论一样无聊，一样没有意义。人们对于死者的回忆只能持续到死者的尸体完全冷却。只有少数几个伟大生命的光荣的死，才被人们特别地记住，当作纪念死神的节日。有谁能记住那几千万个生命死亡的日子？死者的尸体迅速腐烂，化作泥土，只有少数几个伟大的尸体才会完好如未死，真正地"永垂不朽"。有谁能记住那几千万个坟墓的编号？何况还有许许多多的游魂野鬼压根儿没有坟墓。现实教会了我们"辩证地"看待死亡，理解死亡所具有的不同价值。死，仿佛是一架天平，可以称量人的生命的重量。"人固有一死，或重于泰山，或轻于鸿毛。"正是这种重量的级差，刺激着我们生者。为此，生者往往会不顾一切地赌上一记，赌一赌泰山的重量。只有鸿毛的轻，才能显出泰山的重。为了能够死得重于泰山，人们开始行动——消灭鸿毛！在奥斯威辛，在"古拉格"，还有其他许多地方。不过，几千万根"鸿毛"的重量，是不是也与"泰山"相去不远了呢？

"鸿毛"曼德尔施坦姆被消灭了。他的朋友帕斯捷尔纳克会怎么样呢？"鸿毛"的朋友肯定也是"鸿毛"。帕斯捷尔纳克因《日瓦戈医生》而获得诺贝尔文学奖，但这本书却被认为是污蔑了当时的苏维埃制度。报纸上开始了对作者的攻击。但幸运的是他没有被消灭，因为那时已是赫鲁晓夫时代。愤怒的苏维埃公民异口同声地要求苏维埃政府将这个"人民公敌"驱逐出境。他们说："我从未读过帕斯捷尔纳克这个小丑的作品，但是，我要求开除他的苏联国籍。"既然他愿意为资本主义服务，全苏共青团第一书记谢米恰斯特纳同志坚定地指出，那就"让他到自己的资本主义天堂去吧"。于是，"人民公敌"发抖了，屈服了。他不敢去国外领取奖金，他不断地写信向当权者求情，要求当权者允许他留在自己的祖国。"让我离开我的祖国，"帕斯捷尔纳克在给当权者的认罪信中这样写道，"对于我来说相当于让我去死。"

勃列日涅夫时代的诗人布罗茨基的命运与帕斯捷尔纳克也有相似之处。年轻的布罗茨基由于找不到正式工作，只能在社会上流浪，靠打工来维持生计。这在苏维埃俄国即意味着堕落。也就是说，布罗茨基基本上是一个对社会没有什么益处的人。既然无益，就可能有害。于是，逮起来，审判。罪名是——"社会寄生虫"。既然是"寄生虫"，那么，就应该毫不留情地予以驱除、消灭。谁会愿意把一条寄生虫留在自己的肚子里呢？不过，布罗茨基也很幸运，他也没有被消灭。他也只是被驱逐出境。这些个"鸿毛"，这些个可恶的"寄生虫"，应该统统都送到资本主义世界里去。这样，只会使社会主义的苏联更加纯洁，说不定还能加快资本主义世界的腐朽和灭亡。

恺撒的权柄

　　宁愿看到恺撒做一个刽子手，也不愿意看到他成为一个哲学家。如果恺撒和他的部下也都来做哲学家的话，那么，哲学也就变成了彻头彻尾的谎言。如果恺撒和他的部下甚至还要做诗人的话，那情形将更为可怕。然而，有趣的是，恺撒常常并不满足于只是做一个恺撒，恺撒有时还想做一位哲学家或诗人。问题是，我们常常能看到各个国度里的大大小小的恺撒的各种哲学著作和诗集。恺撒们比较喜欢谈论诸如辩证法、认识论、物质观、世界观以及精神、意志之类的哲学问题，还喜欢谈论语言学、宗教学之类的知识。乍一看，仿佛这个国度真的是柏拉图所构想的"理想国"实现了——君王就是哲学家。然而，这些君王更喜欢谈论诗学，尽管他们也像柏拉图一样并不喜欢自己国度里的诗人。他们对诸如形象思维、表现手法、批评标准乃至文风等诗学范畴都发表意见。当然，这不是一般的个人意见（尽管有时他们会谦虚地将这些意见称之为"个人的"），而是很快变成了法律。依照这些法律，恺撒们消灭所有的哲学家和诗人，从而使自己成为人类历史上空前绝后的哲学家和诗人。因此，在一个极权的国度里，"哲学家之死"、"诗人之死"一类的事才会频频发生，而人民往往只能依靠阅读恺撒的哲学著作和诗集来了解哲学和诗歌了。

　　相比之下，斯大林是一位缺乏艺术才能的，至少可以说是在这方面缺乏自信心的恺撒。他在这方面遭到了来自诗人的惩罚性的回应。据帕斯捷尔纳克的妻子加林娜·涅高兹回忆，斯大林一度对帕斯捷尔纳克表示出特别的关怀。有一次，斯大林对帕斯捷尔纳克说，他的一位朋友在写诗（恺撒常常也有诗人朋友！），想听听帕斯捷尔纳克对这些诗的看法。"几天后给帕斯捷尔纳克送来了诗。鲍里斯·列昂尼多维奇马上就明白，这是斯大林本人写的，诗写得相当单调乏味……突然电话铃响了，于是，鲍里斯·列昂尼多维奇果断地对斯大林说，诗写得不好，让他的朋友最好去干别的、更合适他的事情吧。斯大林沉默了一会儿说：'谢谢您的坦率，我就这样转达。'"这位"朋友"当然有"别的、更合适他的事情"可干，并且，在那个行当里，他干得很出色。可是，毕竟隔行如隔山。在另一个行当里，权柄却落到了帕斯捷尔纳克手里。当然，恺撒们想要攫取这个权柄也很简单。在历史上，秦始皇时代、希特勒时代以及"文革"时代都采取过同样的、简单而又有效的手段。帕斯捷尔纳克的行为无非是在自己拥有权柄的领域内，充分使用了这个权利。但要做到这一点，却必须冒着失去生存权利的危险。帕斯捷尔纳克在诗歌的国度里宣判了斯大林的死刑，而斯大林却有权在现实的国度里宣判帕斯捷尔纳克本人及其诗歌的死刑。

淡蓝色的药片

雅库布是昆德拉的《为了告别的聚会》中的一个人物。这个人随身带着一粒淡蓝色的小药片——这是一粒毒药。雅库布曾在捷克的斯大林式的集中营里待过一段时间，他知道，在这种地方，死亡会以怎样的方式降临。此人不喜欢集中营的死亡方式，所以，他要将自己的生命存在与否的决定权交给这粒小小的药片。对于雅库布来说，活着甚至比死亡更令人难以忍受。保留一粒"淡蓝色的药片"，也就是保留在无法忍受活着的时候，向死亡寻求安慰。因而，"淡蓝色的药片"所带来的死亡与其说是令人恐惧的，不如说是与人为善的和充满希望的。为了"个人的自由选择死亡"的权利，雅库布把这粒药片看得比自己的生命还要珍贵。多么奇妙啊！这样一粒小小的药片，就能拥有斯大林一样的权力吗？它看上去就像一枚漂亮的小纽扣。也许还裹有糖衣哩，放在嘴里甜丝丝的，而且容易吞咽。谁能说死亡是令人恐惧的？谁能说死神面目狰狞？更为奇妙的是，它居然还是淡蓝色的！——一种天空和梦幻的颜色，可爱的、富于诗意的颜色。药片的制造者斯克雷托医生真是一位浪漫主义者，或者说，他简直就是一位诗人，一位了不起的浪漫主义诗人。在当时的捷克、苏联（当然，还有其他许多地方），假如一个人能够自己支配自己的生命、随心所欲地决定它的存在或死亡的话，这难道不是一个美好的梦想吗？

加缪说，真正值得思考的哲学问题只有一个，那就是自杀。对于这位存在论哲学家而言，哲学的基础显然只能建立在作为个体的存在者的存在意义之上。这样，值不值得活下去，这才是他的哲学的根本问题。真正的哲学思考也就是每一个个人对自己生命存在的意义的思考，而作为哲学之最高境界的"自由"，也就是每一个个人都具有选择是否继续生存下去的权利。雅库布的对于死亡的自由选择的观点，与加缪的哲学十分接近。他基本上是在履行加缪的死亡哲学。雅库布曾经这样表达自己的观点：

> 我认为每个人在他或她成人的那天，都应该得到一片毒药，并且还要举行庄严的赠送仪式，这不是为了引诱人们去自杀，相反，是为了让他们生活得更加和平，更加安全，为了让每一个人带着这种确定活着，即他们是自己生死的君王和主宰。

这些观点当然是十分精辟的，但也不免有些不切实际。在哲学史上，哲学家们总喜欢谈论苏格拉底的审判，仿佛其中有着什么关于"生与死"的深奥的道理。然而，现在看来苏格拉底是幸运的。首先，他自觉而又自由地选择了去死，然后，他又如愿以偿地获得了一杯毒药。毒药在最终成全了他作为一位哲学家的最高梦想——"自由"。在一个专制国度里，人民也总是向独裁者要求自由。但这个要求太过分了。我们不需要那么多的哲学家。因此，人民不得不为自己的过分要求而流血。其实，倒不如要求给某个人发放一粒淡蓝色的药片。而事实上，在当时的捷克或苏联，并不是任何人都像雅库布那样，有一位罗曼蒂克的医生朋友，有条件获得这样一粒小小的药片。试想，如果当时的任何一个捷克人或苏联人都随随便便地就能得到这样一粒药片的话，那么，他们肯定会由衷地感谢仁慈的主宰者的伟大恩赐，他们会像小孩子分得了糖果一样高兴，会争先恐后地比赛吞食这种药片。这个要求太高了吗？也许不高，但太离奇了。所以，人民委员斯大林同志总是这样回答说："我们不理睬他们！"

对于斯大林时代的俄国人来说，"自杀"与"是否值得活下去"并不是一个（像加缪和昆德拉所认为的那样的）关于生存的哲学问题。"活下去"不是值不值得，而是能不能够。它依靠的不是个人意志的自由选择，而仅仅是运气。它有时更像是一个算术问题，一个并不太复杂的概率论。另一方面,人人都知道,有一个为个人意志所无法克服的"最高意志",在决定着某个人是否值得活下去——这听上去好像是在谈论神学。不错,这正是斯大林时代的"存在神学"。在这个"存在神学"体系中,为自己而活的理由是不存在的。我们活着,是为了他人(多么高尚的生命啊!),也就是说,必须是有某些或某个他人需要我们活下去,我们才能活下去。否则,我们就得去死。谁能拥有最大的活的权利?是那些为最多的人而活的人。斯大林活着,是为了全苏联人民(也许是全世界人民),所以,斯大林活着,才使全体苏联人民能更好地活下去;而为了能让斯大林活着,则又必须让成千上万的苏联人民去死——这就是这个"存在神学"所包含的关于"生与死"的"辩证法"。帕斯捷尔纳克懂得这个"辩证法"吗?这位"社会主义的恶毒的敌人和颓废的形式主义者"当然不懂。雅库布似乎懂了——他干脆逃之夭夭。

"寄生虫"如是说

"寄生虫"布罗茨基曾说过,与其在暴政下做牺牲品或做达官显贵,毋宁在自由的状态下一无所成。乍一看,这是一种彻头彻尾的"寄生虫哲学",是"寄生虫"们在为自己的苟且偷生找借口。但这也未尝不是对暴政下的人生哲学的最好总结。也许,暴政下的人生存的全部意义就在于此。相比之下,诸如"决不会因为虚度光阴而懊恼,也不会因为碌碌无为而悔恨"之类的说教,反倒显得尤其的空洞、苍白而且一文不值。这种"人生哲学"鼓励"鸿毛们"努力成为"泰山",但最终无非是使他们的死亡的痛苦来得更加沉重。从这个意义上说,它还不仅仅是说教,简直可以说是欺骗,甚至是谋杀。在"淡蓝色的药片"面前,所谓"存在的意义"之类的问题不会有任何意义。

千百年来,关于"生与死",特别是关于"死",人们已经谈过许多,但是,我们终于未能听到领袖与诗人之间的关于"生与死"的直接交谈。在我看来,这实在是一个大遗憾。设若斯大林与帕斯捷尔纳克真的有过一次这样的交谈，那会是怎样的呢？也许领袖会教导诗人关于死亡的"辩证法"？关于"鸿毛与泰山"的道理？要么，干脆让诗人永远不再开口谈话？而诗人会说些什么呢？他是用自己的诗歌来宣讲"放下屠刀立地成佛"的教谕？还是为他自己、为他的朋友，请求领袖赐给一粒"淡蓝色的药片"？

精神疾患诊疗史与理性的边际

精神疾患显然是人类种种疾患中最富于"人性"的一种疾病。一般认为，精神病是人类特有的疾病。动物的"疯狂"往往有神经系统的器质性病变，单纯的精神系统的功能障碍则极为罕见。莫非精神病是上帝赋予人类的特别的能力或特别的惩罚？

从某种程度上说，一部人类的精神史，就是一部人类的精神疾患的历史。对于精神健康的界定的方式、规则，及其治疗，取决于人类对其自身的精神属性的理解。精神病乃是人类理性的边界。正如维特根斯坦所说的，理性被一种疯狂所包围。如是观之，检点精神病之诊断和治疗的历史，同时也是在检点人类理性生成的历史。

西方哲学将人看作"理性的动物"，而疯狂等精神疾患作为理性的对立面，被理解为理性的缺失或迷乱。在漫长的中古时代，人类对精神病的理解，依然停留在信仰和道德的层面，并不将其视作一种身体疾病。对于理性的洁净和纯粹的追求，是中古时代宗教文化的基本特征。精神病造成了理性的紊乱和迷狂，是人性的对立面。精神病并无器质性病变病灶，因而被看作是魔鬼附体。如同麻风病玷污和损害了人类肉身的皮肤一样，癫狂症玷污和损害了人类精神的洁净。《新约圣经》中就有耶稣基督治疗癫狂症患者的记载。信念和神迹驱逐了患者身体内的污鬼，如同耶稣治疗麻风患者，使之皮肤洁净一样。

文艺复兴时期，精神病忽然获得了短暂的荣光。不同类型的精神疾患不再被看作是信念或道德方面的缺损，相反，它们还在一定程度上被看作人性解放的标志。荷兰伟大的人文主义哲学家伊拉斯谟在其著名的《愚人颂》中,把某一类愚人看作是人类美德的光芒所在。与此相呼应的是,莎士比亚笔下的忧郁症患者哈姆雷特和奥菲莉亚,成为悲剧的主角,而且是那个时代的理想精神代表。哈姆雷特的疯狂,不仅不是道德的污卑和理性的缺失,相反,在他身上表现出了正常人所没有的道德纯正、人性高贵和清醒与睿智。另一个躁狂症患者——李尔王,同样也是悲剧主角,同样也闪耀着人性尊严的光辉。值得关注的是,这些"精神病患者"并未得到任何治疗,但也未受到任何虐待或特别的歧视。相反,人们对其寄予了广泛的同情。

然而,大监禁时代接踵而至。16、17世纪光明的理性主义的光明王国,却是精神病患者的悲惨世界。如果说,中世纪对精神病的理解表现为神与恶魔争夺人性的对抗,那么,古典时代对精神病的理解,则是理性与疯狂(非理性)在人的头脑中的角力。中世纪对精神病的治疗是驱除附身的恶魔,古典时代对精神病的治疗则是囚禁和惩罚疯狂。癫狂症患者成了惩罚的对象。于是,监禁成为保护正常理性世界洁净和纯粹的重要手段。疯人院建起来了。人们像对待身体的不洁者(麻风患者)和道德的不洁者(盗贼和妓女)一样,对待精神的"不洁者"(疯子)。

这一状况直到18世纪才得以部分改善。在启蒙时代,精神医学开始建立起来了。医生基亚鲁吉和皮内尔等人的努力,结束了监禁时代,并奠定了现代精神医学的基础。不过,监禁结束了,但精神医学在治疗学上并无太大的进展。身体约束依然是基本手段。对于躁狂症患者,普遍使用捆绑和"紧身衣"。科学理性地通过身体施暴,来阻遏患者的暴力倾向,这在某种程度上依然是大监禁时代观念的延续。

20世纪以来的现代精神医学,则以另一种方式维持着这种约束性的"暴力"。脑神经外科的兴起,以脑部手术的方式,损毁患者中枢神经的某个兴奋灶,或切断与症状有关的神经联系,来消除产生精神症状的神经冲动。手术往往改变患者的人格特征,由躁狂转为消沉,由热烈转为淡漠。这是科学帮助实现"身体暴力",并使之柔软化和去亢奋化的例子。针对有暴力倾向的躁狂症患者,电休克和氯丙嗪等抗精神剂的使用,虽然不是直接禁锢患者的身体，但却是通过改变患者的神经系统的功能状况，来达到囚禁的目的。囚禁、隔离，在正常与反常，理性与疯狂等之间建立起隔离带，依然是人们对精神疾患的基本措施，只不过在选择有形的隔离或无形的隔离，暴力的手段或相对温和的手段等方面，随着医学科学的进步而有所不同。

在现代临床医学延续着对精神病的隔离主义立场的同时，现代主义文化则不断挑战理性与非理性的边界。在19世纪浪漫主义文化思潮中，人类精神始终与疯狂为伴。文艺作品中出现了大量的疯狂主角。如果说，俄罗斯文化中的"癫僧"传统是对中世纪宗教文化精神迷狂的崇尚的延续的话，那么，陀思妥耶夫斯基笔下的患幽闭症的"地下室人"和患人格分裂症的"孪生兄弟"，则成为现代主义人格的策源地。由于大量的诗人、哲人、艺术家，如荷尔德林、特拉克尔、尼采、梵高等，患有严重的精神疾患，在现代主义文艺中，精神病患者被赋予了浪漫诗意和哲理深度。这一切预示着一个精神分裂时代的到来。20世纪就是一个精神分裂的时代。理性与非理性的界限开始变得模糊不清。弗洛伊德的精神病学理论，在某种程度上可以看作是对20世纪这一状况的呼应。

在精神分析的语境下，理性不仅是某种逻辑能力，同时也可能以一种隐喻或象征的形态呈现，梦或幻觉，也是精神现象的一部分。也可以说，理性回到了其最原初的意义上，"逻各斯"就是一种言说。言说的混乱，乃是理性压抑和错位的征兆。而精神分析疗法实际上就是语言疗法。进而，通过语言诱导的顺势疗法，就成为精神病治疗学上的一种重要手段。

另一方面，由于理性对生命力本能构成了某种压抑性的力量，解除压抑就成为精神病治疗学的基本思路。压抑的来源既可能是弗洛伊德所认为的童年时代的"创伤性经验"，也可能是荣格所认为的"集体无意识"，还可能是新马克思主义者所认为的社会政治性结构。由此看来，监禁和对患者单一个体的治疗，也就远远不够了。让患者回归社会，融入主流人群当中，反精神歧视，反肉体和精神暴力，以及改造社会心理文化的结构，等等，也就成为后现代精神病治疗学的全新思路。

更为激进的观点则认为，疯狂实际上是对人类理性边界的挑战和拓展,事实上根本就不存在疯狂与正常的决然分野。正常社会是多数人的精神价值平均数,针对少数人的精神价值的歧视、排斥、压迫和侵犯,是社会政治暴力在精神领域的投影。向反常的精神状态开放理性的空间,改变古典时代以来的极端化的理性主义文化以及相关的社会结构形态和道德伦理准则,反而是疯狂和非理性给人类文化的一大启发。它使人性更加丰富化,为人类理性打开了无限广阔的新疆域。

相对而言,中国的精神医学问题显得更为特殊。在传统中国医学文化中尽管也有关于癫狂、疯癫等病症的描述,但中医似乎从来就没有把疯癫患者作"非人性化"的理解。理性和癫狂也不是决然对立的人性两端。中医更倾向于将精神症状看作是内在的神志环境的平衡被打破和失调所致,经过合理的生活和饮食等的调理,就有可能恢复常态。因此,在中医治疗学中,没有针对精神病患者的监禁措施,也没有针对患者身体的暴力性伤害。即使对于有暴力倾向的患者的必要身体约束,一般也是在患者家庭内部,由其家属来完成。疯狂和非理性依然混杂和游荡于正常社会场所当中,并构成社会日常生活的一部分。家的完整性依然是精神病患者的生存空间,并为其生命提供必要的保障。

鲁迅的小说《狂人日记》是现代中国第一部表现精神疾病的文学作品。它不仅仅是一部很好的精神病患者的病历,同时也是现代中国精神文化的档案。这部产生于新文化运动中的文学作品,披露了现代中国文化产生的精神秘密。现代中国文化在鲁迅看来,就是一种精神分裂的文化。"狂人"过着一种"半监禁"状态的生活。但"狂人"的窘迫性的精神焦虑并非来自现实的囚禁,而是一种无形的精神囚禁。鲁迅将其比作社会文化性的"铁屋子"。与此相似的是曹禺戏剧《雷雨》中的繁漪。这位患忧郁症和歇斯底里的女性,等于是被丈夫"囚禁"在楼上自己的卧室里。与《简·爱》中被囚禁在阁楼上的疯女人梅森小姐不同,这位任性的少妇,依然是周家的女主人,拥有有限的自由。她的歇斯底里和窒闷感,乃是来自家庭内部精神环境的压抑和亲人之间的"冷暴力"。冲破家庭式的精神窒闷空间的压抑和社会文化环境的冷漠化的软性的精神囚禁,始终是现代中国文化的基本主题,也是现代中国精神病治疗学的重要课题。

旋转，旋转，伟大的晕眩

作为一种运动，旋转是更为根本性的。事物即便处于一种我们以为是静止状态的情况下——正如伽利略所说的——它仍在转动。

确实，旋转运动与其他运动（如以直线或曲线形式所发生的平面的或垂直的空间位移）不同，旋转是物体在平面内，绕一个定点沿某个方向转动一个角度的运动，所以，旋转体看上去并没有发生空间位置上的改变，似乎处于一种静止状态，但它确实仍在动。然而，旋转又跟水平或垂直的移动一样，是与运动相关的原始经验。不过，相比之下，旋转的经验发生较迟一些。人在婴儿时期就开始关注旋转体，一岁左右，在幼儿已经学会爬行、直立和行走之后，开始对旋转运动产生特别的兴趣。这种兴趣一直维持到少年时代，打陀螺、坐旋转木马、滚铁环、打旋子……诸多旋转游戏，令少儿着迷。鲁迅曾在一篇回忆性的文章当中，写到他小时候打旋子的事，居然有一位亲戚还在一旁鼓励。"一回是我已经十多岁了，和几个孩子比赛打旋子，看谁旋得多。她就从旁计着数，说道，'好，八十二个了！再旋一个，八十三！好，八十四！……'但正在旋着的阿祥，忽然跌倒了。"[1]鲁迅的这位亲戚虽然不怀好意，以小孩子转晕了头来取乐，但喜爱打旋子，却是少儿的天性。从鲁迅这段文字里可以看出，十多岁的男孩依然喜欢玩打旋子游戏。

其实，打旋子在儿童身体发育过程中，是一种十分重要的运动，有利

---

[1] 鲁迅：《朝花夕拾·琐记》见《鲁迅全集》第2卷，人民文学出版社，1981年，第292页。

于平衡觉的习得和平衡器官以及中枢神经系统的发育。旋转运动引起内耳半规管的内淋巴液流动,淋巴液刺激到管壁毛细胞及其基部的前庭神经末梢,引起神经反射,反应信号传达至肌肉,以调节身体平衡。经常性的旋转刺激,有利于平衡器官的发育完善。

奇妙的是,平衡感的习得与自我意识的习得差不多处于同一阶段。平衡感关乎身体的本体感受,是感知身体存在状态的重要感受。与水平或垂直位移的运动不同,旋转是一种关乎物体自身的运动,它无需外部参照系来确认自身的运动状态。儿童所迷恋的打旋子运动,是以自己的身体为轴心所做的旋转运动,仿佛原子运动一般。在这一运动中,自己作为自己的中心,周边其他事物都围绕着自己而转动,尽管这其实是一种错觉。也正因为如此,一种自足性的旋转运动被视作自主意识的象征。

旋转运动发生在空间当中,但旋转本身是非空间性的。旋转在空间中只是一个点状存在,或者说,它的空间感是更为内在的、本体化的。旋转运动诉诸机体本体感和平衡感,让旋转者感受到机体的空间感和空间状态,但它始终不以空间占位和距离感来确定其空间存在,也就是说,它不以大小、远近、快慢等空间与运动的物理属性来确定其空间存在。它只是以自身感知的内在性来确定其自身。陀螺很好地诠释了旋转的这一含义。旋转的变化和灵动,使一块木块飞速不停地旋转,仿佛有自主生命似的。卡夫卡曾经写到一位哲学家的故事。他埋伏在道旁,伺机追逐儿童玩耍的陀螺,对那个不停旋转的物体充满了好奇心,而一旦捕获了它,把握住那个处于静止状态下的陀螺,他立即丧失了兴趣,甚至感到厌恶而弃之不顾。[1]卡夫卡将旋转体的运动与静止状态的转换,视作事物的变化与确定性的表征。对于这位哲学家来说,事物一旦变得完全可以被把握的时候,观察、探究、思辨,乃至整个哲学,都不存在了。

人在成年之后,对旋转运动的兴趣转向音乐、舞蹈和杂技等娱乐形式。莫扎特、肖邦的音乐引人入胜之处,就在于其中充满了一种旋转性的旋律,简单的重复和回旋,有一种令人迷醉的摇荡感。至于圆舞,则是将

---

[1] 参阅卡夫卡:《陀螺》,见《卡夫卡随笔集》,冬妮译,漓江出版社,1991年。第50–51页。

打旋子的儿戏艺术化,并改造成为男女之间相互诱惑的精致游戏。穆时英曾经很精确地描述过这种情欲化的舞蹈,旋转的旋律把肉体推向一种特殊的状态——"华尔兹的旋律绕着他们的腿,他们的脚践在华尔兹旋律上,飘飘地,飘飘地。"①

一个自主旋转的对象是一种诱惑。它快速而又不间断,重复而又富于变化,气象万千。水流产生的漩涡就有这种效果。一方面,旋转有一个稳定的轴心,让视觉有一个可以关注的中心;另一方面,它的快速变化让轴心又有一种不稳定性,好像它在向一个看不见的黑洞下坠,被一个无形的点所吸引,直至消失。不停顿的旋转容易吸引人们的视线,直至产生出轻微的晕眩。不过,快速旋转的后果,往往是晕眩与快感的混合。轻微眩晕的快感,继续诱惑观察者的视觉,进而又进一步加剧了晕眩,如此循环往复,如同水涡一样。埃德加·爱伦·坡最早感受到了旋转运动的迷宫特性和晕眩感,他有一篇小说写到一个水手及其船只被莫斯柯叶大漩涡卷到漩涡中心时的感受——"隔了一会儿,我对漩涡油然生了强烈的好奇心。当真巴不得探查漩涡的深度,哪怕就要去送死也无所谓:最伤心的就是我永远也不能把回头就要看见的秘密告诉岸上的伙伴啦。不消说,在这种生死关头,心里这些念头,尽是胡思乱想——事后我常想,大概是渔船绕着深渊打转,转得我神志有点失常了。"②爱伦·坡对旋涡一类的迷宫抱有一种强烈的知性欲求,在晕眩和面临死亡之际,主人公依然禁不住奇妙旋转的诱惑。

晕眩是旋转的消极效应,在某种程度上说,也是构成旋转本质的另一个维度。但单纯的晕眩非但不能强化旋转者的自我感知的确实性,相反,它导致意识的迷乱,主体与周边事物之间的关系的错乱和颠倒。

旋转是迷宫的终极形式,其核心部分是人的动物性的本能。这一点,跟弗洛伊德的精神哲学有所不同。弗洛伊德考虑到人的精神结构的垂直性,他将本能和无意识视作这种垂直结构的基底层。而精神结构的平面性

---

① 穆时英:《上海的狐步舞》,见《穆时英短篇小说集》,周斌编,湖南文艺出版社,1997年,第163页。
② 埃德加·爱伦·坡:《大漩涡余生记》,见《爱伦·坡短篇小说选》,陈良廷、徐汝椿译,外国文学出版社,1996年,第282页。

则是一种"中心—边缘"的地形学关系。在通常情况下，这种地形学关系并不呈现出来，旋转运动则强化了地形差异。意识的核心部分如同漩涡中心一般，有一种强大的幽暗和虚空。漩涡、旋转木马等事物，构成了旋转的迷宫。也正如观看漩涡所带来的意志晕眩和精神迷失一样，旋转的自我意识在其核心部分，有一种无可名状的混沌。诗人里尔克借对动物的观察，发现了这一点——"强韧的脚步迈着柔软的步容，/步容在这极小的圈中旋转，/仿佛力之舞围绕着一个中心，/在中心一个伟大的意志晕眩。"[①]如果一个旋转体的核心有某种意志的话，晕眩和迷失，就是这个意志的征候。

然而，无论如何，旋转的诱惑力依然如故，它依然是一种引人入胜的身体和精神的双重嬉戏。无论它将人们的意志引向何处，人同时也从中得到了无以言表的愉悦和满足。

——八十二个、八十三个、八十四个、八十五个……

[①] 里尔克：《豹——在巴黎植物园》，冯至译，见《里尔克诗选》，臧棣编，中国文学出版社，1996年，第62页。

穴居族狂想曲

一天，老师对我们说：今天不用上课了，大家回家取工具，挖防空洞。老师还教导说，这是为了响应伟大领袖毛主席的"深挖洞，广积粮，不称霸"的号召，云云。而我们早已无心听取老师的教导，单是不上课这一件，就足以让我们喜出望外，更何况是让我们去挖地洞。我们的脑海里浮现出来的是电影《地道战》中那些激动人心的画面。挖洞，我们算不上行家里手，但这却是我们梦寐以求的事。平时无缘无故去刨洞，难免要遭骂，现在终于可以正大光明地干了。所以，只等动员令一结束，便各各飞奔回家。

挖洞，仅仅是战备动员的一部分。然而，战争恰恰是我们所企盼的。简单的挖洞劳动能够成为战争前的预演，这对于我们这些十岁左右的男孩来说，实在是一件令人兴奋的事情。我们根本没有打算真的躲到洞里去。事实上，战争对我们又有何威胁呢？我们并没有任何危险意识。我们对于核武器的了解，仅仅是那一朵著名的蘑菇云而已。核武器跟我们有什么关系呢？我们那里穷山恶水，十几个县的资产加起来，恐怕还抵不上一颗原子弹的价格。在当时，我们非但没有见过飞机、大炮、坦克、军舰，连卡车和拖拉机都很少见到，即便是偶尔路过的自行车，我们也要在后面追逐许久。但这一切都没有妨碍我们对于战争的热情。遗憾的是，除了一些打仗的图画书和电影，或本公社一小股民兵不定期的军事训练之外，可以说没有任何事情关涉军事。这一点，让我们颇感沮丧。跟在民兵屁股后面到靶场捡子弹壳，并且挨民兵小头目呵斥的屈辱日子，我们已经受够了。在这种情况下，我们只希望战争来得更快一些，更猛烈一些，让所有的大炮都向我开火。

可是，号召是伟大的，行动是渺小的。挖防空洞的地点，无非是学校附近的小山坡或田埂。我们当时人小，挖不动，一个小组几天下来，也只是在田埂上挖出一个狗洞般大小的坑，仅够一人蹲在里面。我们轮流蹲过一遍之后，就对其失去了兴趣。最初的热情过去了，老师也不再提响应号召的事了，学校恢复正常上课。想象中的地道战，再一次被课间的肉搏战替代。那些被遗弃的小土洞，渐渐被荒草覆盖，为那些胆小的穴居动物提供了良好的安全庇护。一些较大的坑洞，则被农民们加以扩大，作为他们的蓄粪池或贮存红薯的地窖，这或许勉强可以解释为对"广积粮"号召的响应。

许多年之后，我在城里见到了真正的防空洞。那是一个庞大的地下迷宫，昏暗而幽深，仿佛没有尽头，走进去便有一股阴冷潮湿的气息扑面而来。而且，这里不只是一个单纯的洞穴，而是一个完整的地下世界。

迷恋地洞并非男童们特有的怪癖。现代心理学认为，穴居经验是人类的原始经验。在那些古老的洞穴里，人类度过了自己的童年，积累了最初的生存经验。内与外、温暖与寒冷、安全与危险、光明与黑暗乃至现实与梦幻，这些构成人类基本存在感的经验，都可以追溯到穴居时代。在尚未完全开化的男童身上，往往更多地残存着这种本能的记忆。

洞穴是温润和安全的，如同母体子宫，为早期人类提供了安全保护。在精神分析学家看来，这一点正是少年人迷恋洞穴的无意识动机。这种原始经验，是人类自我意识的开端。另一方面，洞穴又是黑暗和封闭的，是焦虑、压抑和昏昧的空间。克服洞穴，从穴居状态走出来，是人类文明史上的一次重大事变。柏拉图借用"洞穴"意象来隐喻人类的存在状况。他设想的洞穴通过一个长长的通道与外部世界相连，阳光照不进洞内。一群囚徒背对着出口，面向远处的墙壁。他们的四肢被套上了枷锁，并且他们的头颈也被固定住，无法转动，因此看不到他人，实际上也看不到自己身体的任何部分，而只能够看到面前的墙壁。但他们身后有一把明火，影子被火光投射到囚徒面前的墙壁上，外部世界的嘈杂声也在囚徒们的耳边回响。人类就是这样一群囚徒，唯一能够感觉或经验到的实在，无非是这些影子和回声。当阿尔塔米拉洞窟里的人类先祖，在洞壁上画下那些受伤的野牛和猛犸的时候，他们在无意中将洞外世界映射到洞内，在黑暗的洞壁上再现洞外的生存状况。

"地下"和"洞穴"，是文艺作品经常表现的对象。在许多文艺作品中，地下世界经常作为人的自我意识中的非理性部分的一种隐喻。地下的世界是一个悖谬的空间，既是一个安全的处所，又是一个危机四伏的世界。地下空间可以看作是人的无意识经验的贮存地。地下，它是土地的内部，是万物之源。它是生命的根基，同时又是生命的归宿。它可以看作人类被压抑的欲望和焦虑的象征。

维克多·雨果的小说《悲惨世界》写到巴黎的下水道，它是巴黎这个天堂般的城市的欲望下水道，是老鼠、爬虫和罪犯出没的地方，这个空间意味着阴暗、潮湿、肮脏等令人不适的生理经验，同时也意味着邪淫、罪孽和死亡等伦理上的负面价值。但雨果也看到了地下世界所蕴藏的原始正义和革命激情，他将巴黎的下水道称之为"城市的良心"。与此相对照的，则是地面上的社会的虚伪、残暴和不公。从雨果开始，文艺家对于地下世界的兴趣越来越浓厚。从大仲马的《巴黎的莫希干人》到陀思妥耶夫斯基的《地下室手记》，从歌剧《歌剧院的幽灵》到好莱坞电影《蝙蝠侠》、《V字仇杀队》，地洞、地下室、下水道、地铁等种种地下空间和通道，构成了展示人性深处伦理冲突和政治激情的舞台。

"深挖洞"的全民动员，如今看来甚为荒唐，但却泄露了人类意识中的某种特殊的心理状态。然而，在20世纪70年代的中国，穴居状态是一个国家性的征候。在那个年代，整个国家感染了一种"穴居妄想症"。一个幽闭的地下状态，神秘、封闭、潜藏、不公开和缺乏安全感，正是那个时代政治和社会生活的特征。

弗兰茨·卡夫卡曾经在他伟大的小说《地洞》中描写过这种精神征候。一匹大型穴居啮齿动物，一直在挖洞，把自己的居所建成了一个无比庞大复杂的地下迷宫。它是地下世界的独裁者。这个地洞既是居所，又是通道，还是防务设施，一个完整的地下城市。它感到四面都是敌人，时时担心敌人的攻击，因此，它把内部防务安排得无懈可击，但它还是没有安全感。它的敌人来自其内心，来自其内心无时不有的敌意。它的敌人就是它自己。

　　南斯拉夫导演库斯图里卡的电影《地下》，讲述了这样一个故事："二战"期间，南斯拉夫一批反法西斯战士被迫转入地下。他们蛰伏于一位同志家的地下室里。那位同志在地面上掩护他们。地面上的状况由那位同志提供。地面的同志一直在制造战争假象，让他们长期处于战争状态，并让他们在地下生产军火，自己从中牟利。地上已经是和平年代，人们认为当年的地下抵抗运动中的战士已经牺牲。人们将他们视作反法西斯的烈士。地面上的同志在进行庄严的政治表演，地下的战士在积累着仇恨和战斗的激情。地上和地下，两个分裂的世界。地下世界具有超稳定的空间形态，其时间也是凝固的。当那些抵抗战士再一次来到地上世界时，时间已经是波黑内战时期。而他们的思维仍处于"二战"时期。波黑内战中表现出的强烈敌意、仇恨和歇斯底里，正是这种"穴居症候群"的重要表征。

　　摆脱黑暗，来到理性的阳光下，面对一个清明的世界，可以说是人类理性的第一次启蒙。而从"深挖洞"的"文革"时期走出来，这个民族的自我意识也正在重新觉醒，成为回归理性时代的开端。

上海文化：一个世纪的变迁

上海的辉煌"子夜"

"叫人猛一惊的，是高高地装在一所洋房顶上而且异常庞大的NEON电管广告，射出火一样的赤光和青磷似的绿焰：LIGHT，HEAT，POWER！"

这是左翼作家茅盾在其著名的小说《子夜》一开头所描述的场景，展示的是1930年代上海的南京路上霓虹灯的令人震惊的威力。霓虹灯永远是现代大都市繁华生活的标志，也是大上海的象征。在表现旧上海的电影中，我们常常可以看见这样一些场景：霓虹灯的光芒照亮了十里洋场上红男绿女的纵情声色的人生。在大马路上，摩登女郎浓妆艳抹，激情春光一览无余。在那里，舞女、歌女、交际花……这些现代都市情欲沼泽中孳生的"恶之花"遍地开放，将殖民地旧上海的情欲生活表现得淋漓尽致。她们是诱使人世过客迷失航向的海妖，用其曼妙的歌声，唱出了旧上海的全部精神秘密，成为一个时代记忆中的永恒旋律。

20世纪上半叶的上海所创造的物质和文化的成就，至今依然是一个令人惊讶的传奇。这个罕见的国际自由港，在1930年代达到了一个辉煌的高度，它所创造的特殊的文化，真正显示出了一种"海纳百川"的精神。它不仅是中国现代都市文化的策源地，也成为"后发现代化"国家的文化母本。

从表面上看，这个十里洋场的花花世界，它藏污纳垢、混乱不堪，但同时却又充满活力。然而，这并非殖民地统治者有什么特别的文化韬略和理想，恰恰相反，旧上海的文化辉煌，乃是殖民地统治者在文化上的无为而治的结果。殖民地统治者的终极梦想，是建立一个物质享乐的乐园，而非创造一个辉煌文化的新世界。他们在文化上的粗心大意和无所作为，无意间造就了上海文化自然的生态。

这个物质享乐主义的天堂，同时也是文化的沼泽地。这一极乐世界般的幻景，既吸引了西洋流浪汉，也吸引了中国江淮一带的青春女子，甚至还有一大批野心勃勃的外省青年。旧上海正是如此这般地培育了各式各样的冒险家，如一夜暴富的外国盲流哈同，后来的影视作品中的那些传奇人物（如《上海滩》中的许文强）也是其典范。这些人构成了旧上海神话。这是一个风格奇特的神话，一个怪异的"天堂—地狱"的混合体，它为各种各样的人群提供了乐园或墓地。

正如许文强那样，一个外省文化青年可以在旧上海随意出入、逗留和居住。他们是上海街头的"浪游者"，正如19世纪的巴黎是波德莱尔们的乐园一样，1930年代的上海，则是左翼文人和前卫艺术家最好的家园。复杂而又混乱的现代城市空间，使得这些波希米亚化的现代艺术家找到了他们的栖息地，也找到了他们的艺术素材。他们是上海城市的幻想和诗意的光华。与许文强式的冒险家不同，波希米亚式的艺术家并非出入于别墅、洋楼和各种交际场所的摩登人士，也不是混迹于码头、车站和娱乐场所的街头流民。这些游荡于洋场内外，蜗居于"亭子间"、"三层阁"里的文化人，在梦幻与绝望的双重折磨中，创造着他们的文学乌托邦。这种地方是上海居住空间的"阑尾"，赘生在家居建筑之上。物质的天堂摈弃了他们，但他们依旧能够在这座巨大城市的诸多缝隙间，找到滋生的土壤。正是这些个逼仄、破败的空间，成了20世纪二三十年代轰轰烈烈的左翼文化的滋生地，也是20世纪三四十年代热情洋溢的现代主义文学的生产工厂。其间，既有以茅盾、巴金和"左联"诸作家为代表的左翼文学，也有以施蛰存和"新感觉派"小说家为代表的现代主义文学，当然，还有鲁迅、张爱玲等这些相对身份独立的大作家。文化融合和冲突，造就了上海文化复杂多变的性格。这就是旧上海在文化上的"沼泽地"属性。

电影《聂耳》中最为经典的镜头之一，就是聂耳每天练习小提琴，人不得不站在三层阁的地板上，将上半身从"老虎窗"里伸到外面去。我们看见从天窗探出来的音乐家的身体，仿佛一株奇怪的植物，从室内长到外面来了。从他手中的提琴里飘扬出美妙的音乐，仿佛是艺术的自由精神从逼仄的生存空间里，艰难地摆脱出来，飞向辽阔的天空。在一个遥远的年代，三层阁的"禁锢"与"狂想"的双重叙事，向人们诉说着旧上海的精神秘密。一个压抑与自由相互冲突的空间。在这个矛盾的空间里，上海城市的精神之花在霓虹灯照耀的午夜，秘密而热烈地绽放。

上海的朦胧"早晨"

而在灯光映掩着的高楼大厦的浓重阴影之下，另一种人生也隐约可见：这些人栖身于城市的阴暗角落里，像麻雀一样，终日为生计奔忙。左翼文化界的一大批写实主义电影，深刻地揭示了上海底层社会的社会状况，并视旧上海的物欲文化和阶级剥削制度为罪恶之源而加以猛烈的抨击。

这种罪恶很快得到了严厉的制裁。1949年，通过农村包围城市而夺得政权的中共军队开进了这个欲望之都。这些革命的神圣骑士，担负着消灭物欲罪恶的使命，他们内心深藏着古老的贞洁信念，手持钢枪，踏上了殖民地上海的欲望中心——南京路。他们夜复一夜地守望着这个芬芳、艳丽的地带。霓虹灯依旧闪烁，映照在衣着朴素的战士身上，与南京路的街景形成了巨大的反差。革命战士必须克服这刺目的灯光带来的晕眩感，并试图改变这一切。在革命电影《霓虹灯下的哨兵》中，表现了这一奇特场景，它构成了20世纪50年代后的上海经久不变的街头景观。直到"文革"时期，那些象征着资产阶级腐朽糜烂生活的霓虹灯，才在革命造反派的棍棒和石块的打击下，彻底熄灭。大上海顿时黯然失色。霓虹灯消失，上海迎来了一个灰蒙蒙的"早晨"。作家周而复以一个革命者的眼光目睹了这一早晨的到来。他的小说《上海的早晨》，记录了黎明时分的种种变化。

与此同时，旧上海散漫的公共空间也被重新整理和精细分割，并被纳入到一个高效的和精确化的管理体系当中。工人新村体现了这一新上海的空间理念。这一有着乌托邦色彩的建筑，与1950年代以来的意识形态密切相关。"新村"成为现代性城市空间的一种特殊形态。工人新村在城市现代性想象中注入了乌托邦主义的激情，同时也是政治乌托邦的空间化和具体实现。整个新村就是一个微型社会，其中包括一个社会的基本机构和功能，管理也十分完善和整齐化。而随着人口膨胀而不断被分割的窄小住宅，把上海市民性格推向了人性的极限。逼仄空间的焦虑，深深影响了城市的文化精神和市民性格。对空间的争夺就变成小市民日常的功课。它培育出小市民的第一特性——争夺。首先是对生存空间的争夺。这种空间的极度逼仄导致了小市民的争斗性格的形成，这是小市民性格的核心。然而，也正是在这种严酷的生存环境下，上海人显示出了特殊的生存智慧和艺术性。一些特殊的建筑样式和空间设计，把这种生存智慧变成了市民精神的细微梦想。

一座城市的容忍度，是其文化开放性和丰富性的根本。而在当代上海，其文化的容忍度越来越低。生存空间的细小化和精确化，使得上海人对于不同的文化和不同身份人群的容忍和接纳，变得越来越艰难。户籍制度的实行、城乡居民迁徙的限制，严重桎梏了上海的文化生长。在这里，不仅许文强式的冒险家无法立足，"新感觉派"小说家笔下的那些"浪游者"，也很难找到生存的空间。

上海的"小市民文化"中最致命之处，倒不在于其自身的精打细算和锱铢必较，而在于文化上的保守和自负。他们时常以正宗本土上海人自居，而对来自内地其他地方的人群则以居高临下的姿态对待，并且，顽固地固守自己的傲慢与偏见。这一状况，直到新世纪来临，因为户籍制度的弱化、人群经济分布和空间格局的改变，才有所改观。

庙会化的"正午"

霓虹灯重新闪烁，是"文革"后上海再次开放的重大信号。从陆家嘴到外滩，从南京路到徐家汇，霓虹灯越来越多，也越来越亮。高楼顶上巨大的灯箱广告，变幻不定的色彩，大上海的夜空显得空前的狂热。人们在霓虹灯中看见了旧上海的幽灵，昔日的光荣与梦想闪烁可见。

然而，今天上海文化的主要症状，并非其发达的物质和商业文明，而在于其经济和文化之间的不协调和畸形的发展状态。上海有其无可比拟的文化优势：财力雄厚的文化资本，功能齐全的文化设施，还有一个庞大的、高素质的文化接受群体，这一切都是中国任何一个省份和城市无法与之相提并论的。但在相当长的一段时间里，上海陷于文化稀薄和精神萎缩的窘迫境地。尽管有官方数据表明，其文化方面的产值依旧占有很高的份额，但其文化上的原创力和影响力，却已日渐消退，作为现代文化原产地的支配性地位，早已被其副本，诸如香港、台北等城市所取代。文化是一种有生命的东西，它要求有广阔的生存空间和自由舒畅的精神空气。上海显然比较缺乏这种氛围。这座城市很庞大，但文化的生存空间却十分逼仄，与这座城市的规模极不相称。而其所带来的"样板效应"，则有着更为严重的负面影响。

上海将自己的城市文化定位，由"文化中心"降格为"文化交流中心"，这意味着这座城市自身的文化原创力匮乏。上海文化的"扩张性"的"鹰式"品格早已荡然无存，取而代之的是"收缩性"的"鸵鸟式"品格。这个中国电影的策源地，曾经汇聚了中国电影的全部精英的地方，现在仍拥有国内第一流的设备和技术，第一流的制作工艺，第一流的外景地，以及最强大的财力支撑，自1980年代中期以来，却没能产生第一流的导演，也没有真正有影响的电影。尤为可悲的是，上海几乎就没有真正意义上的"独立电影"。"独立电影"在上海几乎没有任何生存空间。五花八门连续不断的会展，三天两头名目繁多的节庆。"庙会"看似繁华，但它不是生产基地。节日自然热闹，但它不是日常生活。它基本上等于是一个国际戏班子走街串巷的临时帐篷。世界各地的文化成就都可以到这里来展览一番，赶一次集，然后收摊了事。其他许多气派非凡的文化设施，也都只能为外部文化提供展览、交流的平台。原创性文化的缺失，使得有着强大的文化设施的上海，正在蜕变为一个国际文化"庙会"。接下来的世界博览会，将会进一步强化上海的这种文化展览功能，使上海文化全面"庙会化"。文化的"庙会化"，营造了文化繁华的假象，掩盖了文化荒芜的真相，进而又加剧了文化原创力的退化。这就迫使上海只能从别处移植一些奇花异草，来装点自己荒芜的庭院。

不错，上海有着雄厚的经济实力和文化资本，更为重要的是，上海还有着高效率的和强大管理能力的政府。这个政府在市政管理方面，表现出了引人注目的制度优势。上海的街道、地铁、广场……任何公共空间看上去都干干净净，有条不紊，秩序井然。但巨大的上海，却容不下一个像样的摇滚乐队，更别说是那些流浪艺术家了。所谓"广场文化"、"街头艺术"，实际上是逢年过节各级政府组织的结果。节日一过便烟消云散。

文化好比植物，野生的生命力更强。管理者越是捣鼓，植物就越是容易枯萎。强势政府能够管理好街道居委会，并不意味着就能管理好艺术家；能卓有成效地造一百座大剧院，却未必能培养一位文化大师。园林化的管理，可以使街道清洁、车站有序，却不能产生真正有生命活力的文化。相反，这种精心的、无微不至的管理，只能加剧文化创造力的萎缩，进而影响的是市民的精神品格趋向于精巧、琐碎和萎靡不振。过于清洁的文化生态，只能造成文化的荒芜。这也许正是上海文化荒芜现状的真正根源。

泡沫化的"黄昏"

事实上，即使不提1930年代在文学上的辉煌，1980年代的上海文学也有足够的理由称雄一时。上海称得上是"文革后"新文学的摇篮。从"伤痕文学"到"先锋文学"，上海一直是1980年代文学重大潮流的发动机。但是，进入1990年代，这台发动机却渐渐停转。

上海有机构庞大、成员众多、财力雄厚的作家协会。我偶尔走进过这个机构的大院。那是一幢优雅的欧式风格的小洋楼。但一进门，一股陈腐的气息扑面而来，里里外外洋溢着一种20世纪70年代的居委会的氛围。

关于近年来上海作协会员的工作情况，独立出版人叶觉林有过一份调查报告。报告指出："1000余名上海作协会员中，仅有20%的人常有文章发表，10%的人常有著作出版。"也就是说，这个机构庞大的作家协会，混迹其间的大多是些无所事事、沽名钓誉之徒。作协也成了一个巨大的名利场。除了少数几位作家（如王安忆等）还勉为其难地维持着高产之外，那些曾经光芒四射的作家们，如今纷纷进入文学"绝经期"。剩下来的就是一些真正上海化的小作家，倒是显得比较忙碌。他们借助上海怀旧的春风得以蓬勃生长。他们将自己平常的烧小菜的事业当作文学事业，热切地传播着喊喊喳喳的家长里短。这个时代从外部到内部的剧烈变迁，在他们的笔下难觅踪迹。曾经新人辈出、社团和流派众多的上海诗歌界，如今早已冷冷清清，偶见晃动着的依旧是几张孤独的旧面孔。

似乎没有什么力量能够阻止这一平庸化的浪潮，作为补偿的却是"宝贝"作家陆续诞生。这里是文学"宝贝"的产房和摇篮。一时间小"宝贝"们爬得满地都是。新鲜时髦的"宝贝"们的尖叫，在平庸的文化菜市场里增添了一丝鲜活的，同时也是令人尴尬的愉快气氛。在现代强大的化妆技术帮助下，"宝贝"们对外一律宣称自己是"美女"或"美男"，一如寓言故事中插满翎毛冒充凤凰的鸡。然而，鸡鸭成群的地方除了聒噪和粪便，终究飞不出像样的鸟来。

另一个泡沫化的举动，则是把文学当作股票来做。炒股是上海人特有的天赋，他们对市场化有一种与生俱来的敏感和热忱。由《萌芽》杂志提交上市的"新概念作文"这一"概念股"，被炒到涨停板的程度。韩寒、郭敬明这两个上海的文学新星是文学市场的猛烈春药，是点数急速上扬的"优质股"。毫无疑问，相对于他们的那些作为"好学生"、"好孩子"的同学们而言，他们曾经是另类青春的代言人。但这些稀薄的、似是而非的反叛性的符号资本，很快就被消耗一空，剩下来只有依靠搅动起舆论的泡沫，来维持对公众的吸引力。

青春偶像的没落，预示着上海文学的不良前景。在娱乐化和市场化浪潮汹涌的今天，文学的天空正暮色四合。黄昏中，霓虹灯依旧闪烁，夜市更加喧嚣。然而，如果没有一些身份不明的"浪游者"，以神秘的、不可猜度的目光来打量这座城市，窥透它的秘密的话，这座城市的精神天空将一片昏暗。

旧上海的三重叙事与想象

对于现代影像艺术而言，上海这座城市既是它的源泉，又是它所渴求的对象。无数摄影机镜头凝视过这座城市，就像一个陷于情欲中的人，永不餍足地凝望着他的情人。有三重影像包围着上海，如同三重目光投射向上海。上海在这重重的影像叙事中，建立起她的风情万种或瞬息万变的姿态，同时也展现出旧上海的三重面目。

红色叙事

1949年以来的叙事文本总在尽量涂抹和改造有关旧上海的记忆，红色叙事重新改写了人们关于上海的叙事。旧上海（她在更多的时候被称作"上海滩"），它使人们联想到"冒险家的乐园"，联想到"华人与狗不得入内"的牌子，联想到卖报的流浪儿、搬运码头令人胆寒的"过山跳"、"拿摩温"的皮鞭，人间地狱的育婴堂，还有租界、黑帮、夜总会、酒吧、霓虹灯……这些不仅出现在文学作品中，也出现在影像艺术中。

与此相对照的是一个乌托邦化的新上海。如《大李、老李和小李》、《万紫千红总是春》等电影中，人们看到的是阳光明媚、鸟语花香的工人新村和喜笑颜开、安居乐业的人民。

红色叙事中同时也隐含着另一重秘密。在地狱化的旧世界的深渊里，同时也悄然生长着革命精神的秘密花朵。

三层阁——旧上海特有的建筑。附加在石库门住宅之上的一处小阁楼，再往上就是屋顶。中间部分尚有约一人高，人在其中勉强能直立，而随着屋顶的坡度往两边，只能供人躺卧。三层阁实在是建筑物的一段"阑尾"。实际上它对于大多数老上海市民来说，这个"阑尾"建筑是他们的梦魇空间。逼仄和压抑，盘绕在他们的睡梦中，成为他们文化性格的一部分。

然而，正是这个逼仄、破败的空间，成了1930年代轰轰烈烈的左翼文化的滋生地。在艺术化的描述中，三层阁是左翼文人、艺术家和革命家的天堂。而左翼文化的繁荣，也给三层阁带来了前所未有的荣耀。拍摄于1950年代的电影《永不消失的电波》揭示了神秘三层阁中的秘密：一位中共地下工作者——秘密电台的报务员，每天都通过这个逼仄的三层阁，发出神秘的电波信号，在这些信号里包含了与中共革命事业有关的重要情报。在严酷的战争年代，这位英雄注定要选择这个神奇的三层阁，作为自己为信念献身的场所。

三层阁极为低矮，以致成年人无法完全伸展腰肢直立。而其顶端的天窗，在一定程度上弥补了这一缺陷。这个小小的天窗，上海人称作"老虎窗"。"老虎窗"一词源自英文"Roof"（楼顶）。它是三层阁的光线和空气的通道。在表现左翼艺术家生活的电影《聂耳》中，最为经典的镜头之一，就是聂耳每天练习小提琴，人不得不站在三层阁的地板上，将上半身从天窗里伸到外面来。我们看见从天窗探出来的音乐家的身体，仿佛一株奇怪的植物，从室内长到外面来了。从他手中的提琴里飘扬出的美妙音乐，仿佛是艺术的自由精神从逼仄的生存空间里，艰难地摆脱出来，飞向辽阔的天空。在一个遥远的年代，老虎窗的"禁锢"与"狂想"的双重叙事，向人们诉说着旧上海的精神秘密。

黑色叙事

1985年。上海街头。家用电器商店门口集聚着成群的市民，一些胡同口也同样集聚着人群。人们的目光集中在老式的黑白电视机屏幕上。"砰砰砰"三声清脆的枪声,使聚精会神的观众们骤然一惊,接下来他们又舒了一口气,电视屏幕上打出"三枪牌"内衣广告,这是这一集电视剧中间的短暂的间歇,观众可以稍息一下紧张的神经,议论议论刚才的剧情,直到广告结束,电视剧继续播放……

这部吸引了成千上万观众的电视剧叫《上海滩》,是当时在中国大陆播放的为数不多的香港电视剧之一。电视剧风靡了整个大陆。一时间,周润发扮演的主人公许文强的装束——长长的风衣和长长的白色围巾——也迅速为众多的年轻人所模仿,成为那个时期的"时装"。

香港版本的《上海滩》所显示出来的是一种特别的色彩:一个并不是漆黑一团的"黑社会",一个为了生存而只身闯荡上海滩的外省来的年轻人。它充斥着娱乐影视剧所具有的全部要素:黑帮,非法交易,凶杀,武打,言情等,人物关系也是依照通俗故事的惯例:英雄美女,才子佳人,等等。除了大众通俗文艺中惯常的正义与邪恶较量的主题内容之外,这个故事还有另外的内容:反帝爱国。这是殖民地(或半殖民地)人民特需的精神佐料。由此可见,这个故事是市民社会通俗文艺诸因素与近代以来中华民族之精神焦虑的奇特混合物。这也差不多是第三世界大众文化工业制作的最基本的工艺流程。

事实上,当时反帝爱国内容对于大陆观众并无太大的吸引力,对上海观众的吸引力就更小。大部分上海观众更感兴趣的是电视剧中所展现的他们旧日的故乡——旧上海。片子一开始就出现了这样一些地方:先施公司、百乐门大酒店、霞飞路……这些名字既熟悉又陌生,它仿佛是遥远的过去或者是另一个国度里的事情,但它又是他们每天都会走过的地方。这些消失了的过去,如今在哪里?这些被遗忘了的时光,还会重现吗?

对于已经习惯了革命文艺的大陆观众来说,这个"黑色故事"提供了一种新奇的经验。《上海滩》的故事演绎了一个与1949年以后的革命文艺反向逻辑的故事。革命文艺中经常表现的是资产阶级青年如何摆脱旧的阶级意识,旧的生活方式,而获得革命意识,成长为无产阶级的一员。而在这个故事中,主人公许文强的成长道路正好相反。他曾经是一位进步青年,但他很快融进了旧上海的社会生活,依照上海滩上的生活原则生活,甚至成为支配上海滩生活秩序的人物。

从这些旧上海题材的影视作品中，我们看到的是旧上海的发迹史，也是它的衰败史。它唤醒了上海人的那些沉睡已久的记忆。对于上了年纪的上海人来说，它是"昨日再现"。他们中的某个人也许就是当年的许文强，失败了的或成功的许文强，电视剧为他们回忆自己的年轻时代提供了合法的借口和替代性的途径，减缓了这种回忆所带来的政治上的罪恶感。而对于年轻一代人来说，它使他们看到了其祖辈曾经拥有过的生活的某个方面：惊险和荣耀。

由此，我们可以看出，1980年代中期以来的大陆的意识形态正在悄悄地向香港所代表的意识形态的转移和认同，或者，在某种程度上说，是革命的意识形态向现代市民社会意识形态的转变。从前依照革命的意识形态对旧上海的描述，现在正在被一种不怎么成熟的市民社会的意识形态所改写。

灰色叙事

香港回归的那一段时间，各大电视台都疯狂采访香港，而上海的电视台在采访结束的时刻，常常会加上一小段与众不同的后缀。记者对那些接受采访的香港政要、名流说：最后，能不能跟上海的观众说几句家乡话？然后我们听到了纯正而有些老派的上海话。香港，这个东方华都，在最后一刻抹脸一变，露出了老上海的本相。

香港的这一变魔术般的形象变化，恰与王家卫的电影风格有着相当的一致性。

导演本人的童年记忆成为他电影中的上海形象。但这与其说是对上海的记忆，不如说是对上海的想象。无论如何，王家卫的影像艺术为人们提供了另一种记忆方式和另一种上海想象。

在王家卫的电影里，无处不徘徊着旧上海的灰暗幽灵。这个幽灵并不是弱肉强食的冒险家的乐园，也不是穷人横死街头的人间地狱，而是充满红男绿女的情场。《阿飞正传》虽然讲的是香港的事情，但"阿飞"一词本是上海的叫法。《重庆森林》实际上跟重庆没有多大关系，那个城市看上去更像是上海。即使是直接表现香港，银幕上的香港也仿佛是旧上海派生出来的一个副本，在1949年之后，正本被毁，通过副本还可以复原一个供人怀旧的"上海"。

王家卫的故事，实际上也可以看作是一系列关于城市的情欲隐喻。王家卫生活过的两座城市：上海与香港，这两座魅力非凡的城市之间的关系错综复杂。如果说，1960年代之前两座城市之间的关系是香港对上海的单恋，那么，现在的关系则变成了香港与上海之间阴差阳错的畸恋，近在咫尺却失之交臂，或望断秋水，天各一方。并不和谐、也不怎么亲密的接触，一如周慕白与苏丽珍或《重庆森林》中的男男女女之间的爱情。王家卫影片中的爱情故事，既是尘世男女之间的情感纠葛，同时也可看作王家卫无意识深处对生活过的城市之间的记忆纠葛。而且，这二者之间加进了其他的竞争者：台北、新加坡、广州、深圳，等等。这些城市纷纷浓妆艳抹地加入了这场暧昧的游戏。李欧梵式的"双城记"变成了水性杨花的多角"城恋"的假面派对。借助香港来还原上海旧梦的努力，也正在日渐虚无缥缈起来。

然而，岁月流逝，记忆褪色，一种灰蒙蒙的怀旧情调，正是王家卫作品的魅力所在。与《上海滩》所显示出来的赝品特质相比，王家卫的上海影像则显得过于精致和逼真。怀旧主义的本质就是"恋物"。王家卫的怀旧有一种严重的"恋物癖"倾向。他在电影里，不遗余力地表现出对旧物事的迷恋：老式座钟、老式电话机、制作考究的旗袍……即使是《重庆森林》中举止乖张的暗恋者，对其暗恋对象的偷窥和特殊的亲近方式，也表现出恋物癖的倾向。殖民地旧上海和殖民地香港，在恋物癖式的怀旧中，获得了空前的亲密无间。

作为怀旧对象的旧上海，实际上与当下的上海相距遥远，二者之间存在着严重的记忆断裂的鸿沟。在怀旧神话光芒照耀下，王家卫影像虚拟的上海支配了人们对上海本性的理解。尽管我们实际上得到的只不过是昔日上海的"影子的影子"。与王家卫的影像作品虚拟出来的"上海"相比，我们生活着的这个实实在在的新上海，反倒好像是一件赝品。

上海城市的"地段崇拜"

城市的空间秩序诸模式

典型的古代中国城市的空间秩序显得比较单纯。城市的中心部位是衙门(行政官邸)、宫殿、神庙、学府等古代社会的权力核心机构。通过核心向南北向引出中轴线,以及依托中轴线而形成左右对称的城区。四周则由城墙所护卫,象征着四方的四个城门,为行人提供通向外部世界的通道。城市的扩展则将依然围绕着这一中心格局向外铺张,往往形成规则的环行结构。北京和西安是这种权力型城市的典型。

古代西方城市主要的空间模式有两种:一是市场型,如威尼斯、布鲁塞尔、阿姆斯特丹等。城市中心为贸易市场形成的广场,道路呈放射状向四周展开。美国纽约的时代广场则是这一城市形态的现代变体。另一种是要塞型,如彼得堡、卢森堡等。城市中心为军事要塞的城堡,围绕着城堡周边形成了城市功能相关设施和社区。

上述这些古代城市的区划,一般以中心城区的空间距离来衡量。核心地段、边缘地段和郊区,清晰地表明了某个区域的地位和价值。

上海城市的空间格局不同于传统中国城市,也不同于传统欧洲要塞型的城市,它近乎没有单一的中心城区,只有几条带状分布的商业、金融、娱乐区域。它更接近于欧洲商贸型的城市。然而,作为殖民地的旧上海,其城市空间格局必然打上深深的殖民主义烙印。上海开埠以来至20世纪初期,大规模国际资本的进入,加快了上海城市规模和地域格局的形成。外滩一带的金融和商务中心区,是国际金融资本的集散地,也是上海城市发展的发动机。而淮海路至徐家汇一带的商业和住宅群,同样也有赖于大量的国际房产资本的注入。西方殖民者和富裕的"高等华人"在这一带形成了所谓的"高尚社区",其社区格局、设施和周边环境,均按照西方现代标准设置。于是,上海出现了以城隍庙为中心的传统中国社区,以外滩、南京路、淮海路、徐家汇地区等处为中心的公共租界和法国租界的社区。新兴殖民者——日本的进入,则在虹口公园一带形成了日本人聚居区。

殖民地城市一定程度上的种族隔离,形成了不同阶层的区域、地段和社区,这是上海城市空间区划的基础。"地段"成了上海城市的空间形态的基本构件。不同的地段之间的政治、经济和文化差异相当明显。上海人特有的"地段意识"如是形成。

1930年代,国民党政府打算消除上海中心城区的殖民地记忆,制订了一个所谓"大上海计划"。这个庞大的城市建设规划以五角场为中心,一律中式建筑,巨大的中式门楼和宫殿。它作为新上海的中心,显然是要脱离围绕着中心广场所展开的租界文化的影响,幻想与列强的租界分庭抗礼。从这个因内战而未能完成的上海复兴计划中,我们可以看到一个新的帝国的光荣与梦想。

1949年以后的革命,也曾试图通过政治权力来改变上海的城市格局。这场信奉平民主义政治理想的革命,试图重整上海的城市空间秩序。1950年代开始的工人新村的建设,从劳工阶层相对集中的普陀区开始,如曹杨新村。工人新村的建设,依然集中在大工业区,方便了工人上下班和日常生活,也在一定程度上改变了劳工阶层的居住条件,但依然未能从根本上改变"上只角"、"下只角"在文化、经济等方面的分野。

上海城市的"地段崇拜"

1990年代中期,我搬到城市近郊闵行区的一处小区居住。这里是所谓的"动迁房"。这种房屋外形朴素,造价低廉,小区设施简陋,但对于像我这种"外省来的年轻人"来说，它已经算是相当完备、方便的居住地了。小区居委会的阿姨们特别热情，尤其是对我们这些外地人，她们总是不失时机地予以关照和教诲。然而，令我感到不解的是，她们几乎一有机会就要向我表明，自己不是这里的居民，而是从长宁区搬迁过来的。她们甚至还特别强调说：我们的户口还是在长宁区的。如果有时间聊得长一点的话，她们还会告诉我，她们不是在长宁区别的什么地方，而是中山公园边上。那里现在正在造高楼，陈逸飞他们搞的什么高档商品房。言语间流露出一丝自豪感，仿佛已经看见陈逸飞正在帮她们造房子，好像她们只是临时搬到这里来住的，等房子造好了，她们就会搬回去似的。可事实上，十年之后，我再次路过那里时，她们还住在那里。可是，在当时我对她们的原住地毫无兴趣，也不清楚户口在那边意味着什么。

差不多同一时期，我去古北小区办事。尽管对这个著名的小区早就有所耳闻，但当我从我住的那个地方乘车来到古北的时候，还是被那里的环境打动了，不由得感叹道：这里真好。出租车司机听了，就接嘴说：好嘛是好，但是没什么意思。我们上海人是不要住这里的。我问为什么。司机说，这里以前是乡下，还是坟地。我们上海人有钱也不会住这里，只有台巴子和老外才会买，他们老戆。司机还不无骄傲地告诉我，他家住在徐汇区。但实际上他家住的那个地方无非是在徐汇区扩张时划归过来的，十几年前也是乡下。

从这两个例子中，我们可以看出上海人根深蒂固的"地段崇拜"。在中国，没有哪个城市会像上海这样，有如此强烈的"地段意识"。即使是在外地人眼中如同"美丽新世界"的浦东，在上海的城市空间格局中，也在相当长的时间里未能彻底摆脱"乡下"的地位。

如果仅仅只是"城区"和"乡下"的分野，尚且容易理解，但这对上海来说，还是远远不够的。上海城市地域空间分层中，更重要的标记，乃是城区内部"上只角"和"下只角"的区分。徐汇、静安诸区为代表的所谓"上只角"与苏州河北岸的闸北、普陀、杨浦诸区的"下只角"，构成了上海城市社会政治、经济、文化等诸方面的分化，而且是至今依然未能弥合的巨大分野。

城市空间秩序的重建

城市空间秩序的整合基本上有赖如下三种模式：

一是政治权力的重组。社会变革，政权更迭，新政权带来新的社会政治观念，对城市的空间格局的设计也会带来重大变化。如豪斯曼对巴黎旧城区的改造，即是出于明显的政治动机。但豪斯曼的行动是少数以权力介入城市规划而获得巨大成功的例子。这种模式在多数情况下，效果并不明显，有时还会引发社会各阶层的冲突。

第二种模式是资本权力的重组。新的资本的规模性介入，会引发城市空间秩序改变的冲动，城市的房地产业从来就是巨额利润的源头。在条件允许的情况下，这种资本介入必定会发生。如巴黎的拉丁区和伦敦的东区的改造。在上海，地处上海近郊的古北小区的建设，真正开启了上海住宅小区的全新模式，也在一定程度上改变了上海城市居住空间传统的"地段"格局。然而，其背后即有巨大的商业资本的推动。小区附近是虹桥国际金融贸易开发区，因此，有大量的外籍人士和台港人士入住。居民多为商人和国际大公司的商务人员。但对于传统的上海本土居民来说，它更像是一处居住"特区"，一个外来人的集散地。在相当长的时间里，古北小区很难融入上海城市的文化空间中。

大量的以利润为目标的房地产业，还会带来另外的社会问题。它往往会造成对穷人利益的侵犯。比如，使穷人的世居被剥夺，并被驱赶到远郊廉价住宅区，从而形成城市被富人和中产阶级所垄断，普通市民被彻底边缘化的格局。

第三种模式则是现代城市科技支撑下的资本重组。空间距离的超越，是后现代巨型城市所面临的重大难题。这一点，将被现代科技所改造。交通网络的形成，为人们提供了快速便捷的交通工具，城市空间秩序的所谓"中心—边缘"的对立，就有可能被打破。

1990年代初期，上海市政当局在徐汇区的边缘地带开始新式小区建设，建立了样板小区——康健小区，相对新式的外观和房型，以及较为完备的生活设施，有别于依然陈旧的新村模式。但由于地处边远，依然很难吸引住户。其入住模式依然是非市场的，一般由单位集团购买，并以单位分配和廉价出售的方式，提供给住户，并非住户自主选择。对于那些工作单位较远的人来说，工作和生活都会有诸多不便。

同样，浦东开发之初，也造了大量的新住宅，但在相当长的时间里，依然无法吸引浦西的上海人。浦东花了整整十年时间，才改变了上海的城市空间格局。这种改变一是由于大量的资本投入和浦东的工作生活环境的改善，除此之外，大量境外和内地新移民的涌入，他们对上海空间的选择，没有传统文化心理上的压力和影响，只以工作和生活的方便程度来决定。

更为重要的一点，是交通网络的变化。地铁系统和高速公路系统的形成，在很大程度上消除了浦东—浦西的空间差别。当地铁成为上海市民主要的交通工具之后，人们判断居住空间的标志，不再是传统的以"上只角—下只角"为标准的"地段意识"，而是离地铁站点的距离。地铁沿线形成了全新的社区分布和社区文化。正是在这种条件下，闵行区才能够成为房地产的"热土"。而对于那些有私家车的阶层来说，传统的"地段"意识更为淡薄。小区环境等级成为居住空间判别的重要标准。樱园、圣淘沙、山水别墅等近郊别墅区，逐步成为新兴阶层热爱的"高尚社区"。

房产价格、住宅品质、交通条件和社区文化，这些因素正在重组城市社会阶层及其居住空间秩序。与此同时，旧上海空间形态正在消失。

附：旧典重估四则

《堂吉诃德》：骑士文化及其影子

堂吉诃德生活在别处。堂吉诃德生活在过去的时光里。他身形瘦削，仿佛是过于致密的时间，压扁了他的身体。或许，他只有变瘦身形，方能穿透时间的密度，从遥远的过去抵达现在。过去的时光已经消失，过去的空间亦不复存在，堂吉诃德的体型正好有助于他在虚幻的时空之间游移。

瘦削的堂吉诃德骑着同样瘦削的驽骍难得，在西班牙大地上往返游移，仿佛一幢移动的哥特式教堂，高耸而又奇崛。但这是一座荒废已久的教堂，早已鲜有信众光顾，只能由一些破败之物拼凑着勉强支撑门面。堂吉诃德的骑士装束，正好呼应了这一局面。他的披挂就是由一些破破烂烂的日常家什拼凑而成。然而，这位亘古未有的英勇骑士，就这样一身破烂披挂，踏上了他的伟大的长征。

堂吉诃德是一个落单的骑士，一支孤独的"十字军"。这个世界抛弃了他，整个时代也离他远去。他要像任何一个真正的骑士那样，去完成行侠仗义的丰功伟绩。但这些行动的后果，众所周知，却极其不堪。面对这一可笑而又可敬的形象，总是令人感到为难。少年时代的亨利希·海涅多愁善感，他曾为此哭泣过。海涅写道："看见这位好汉骑士，空有侠义心肠，只落得受了亏负，挨了棍子，便为他流辛酸的眼泪。"

这个时代是西欧殖民扩张和地理大发现的时代，欧洲人不再只专心关注天上的事情，而是对地上和海上的事业兴趣更浓。从结构上看，《堂吉诃德》与《神曲》形成了某种奇妙的对照。《神曲》保持了史诗式的线性叙事，并且，它的三重结构自下而上，盘旋上升，构成了一个带有基督教神学色彩的"塔形"结构，象征着主人公求索真理的过程。《堂吉诃德》的结构却不那么严格。它向四方平面展开，每一环节之间，并没有直接的联系，也不形成对称性的理性结构。它是流浪汉体故事的翻版。塞万提斯笔下的世界已不再是神学的"上—下"关系，而是世俗的"远—近"关系。堂吉诃德的故事昭示了一种全新的地理学。堂吉诃德的每一次出发，都宣告古老的十字军骑士文化的失败。可是，他的行为同时却又表现为地理疆域上的扩张，尽管堂吉诃德本人并没有意识到这一点。但他的仆从桑丘·潘沙却从中得到了非常实际的利益。最大的利益是他终于在某一天当上了一个海岛的总督。

在堂吉诃德的幽灵身形后面，紧紧追随的是骑着矮小灰驴的矮胖敦实的仆人桑丘·潘沙。对于桑丘·潘沙来说，这是一个理性的正午。南欧炽热的正午阳光，把堂吉诃德的修长身形投向地面，他的影子被压缩，几乎与桑丘·潘沙的身形重合。桑丘·潘沙矮胖的身影，浓缩了堂吉诃德被压抑的无意识内容。

中世纪信仰的狂热期过去之后，世俗生活空间迅速被物质所填充。物质膨胀，器物种类增长和技术进步，改变了中世纪欧洲的生产方式和生活方式。据巴尔赞的考证，堂吉诃德的时代，在西班牙的台·拉·曼却地区，风车尚不普及。因此，当堂吉诃德离开村子较远，见到风车时，他并不认识风车为何物。他只能按照自己所熟悉的事物，并根据"相似性"的原则，来释读陌生事物。

堂吉诃德对世界的认知，是通过书本上的文字符号来获得的。纳博科夫将堂吉诃德视为一次严重的阅读事故，也就是说，一个书呆子，误将符号的真实性当成实体的真实性。"词沉睡在书本中"，等待堂吉诃德去阅读，但在现实的物目前，词（符号）却不能达意。而对于堂吉诃德来说，符号的真实性才是世界真实的本源，是真理的根基。现实世界无非是对符号的模仿，而且，在他看来，还是一次拙劣的模仿。他所看到的风车、旅馆、酒囊和农妇，只能是巨人、城堡、魔鬼、贵妇的化身。伊塔洛·卡尔维诺甚至怀疑，构成堂吉诃德精神内核的所谓"骑士精神"的现实性。古老的骑士精神实际上只存在于书本之中，堂吉诃德通过阅读来获得"骑士精神"。所谓"骑士精神"，乃是建立在中世纪观念的废墟之上的。

与物质世界的疏离，导致堂吉诃德的认知错误，进而其行为也沦为荒诞。米歇尔·福柯认为，堂吉诃德身上所表现出来的荒谬性，在于词与物之间的关联的疏离和断裂。词不再指称相应的物。而所谓"疯狂"，无非是符号界与实在界之间的认知错位。

另一方面，堂吉诃德又是文艺复兴时期世俗物质生活的迷离梦幻，是桑丘·潘沙平庸精神的冗长投影。弗兰茨·卡夫卡将《堂吉诃德》看成是文艺复兴时期西班牙乡村农民桑丘·潘沙的午后白日梦。一个生活在闭塞乡村里的农夫，对逝去不久的骑士时代的短暂怀恋。卡夫卡在《桑丘·潘沙真传》中写道：

> 桑丘·潘沙——顺便提一句，他从不夸耀自己的成就——几年来利用黄昏和夜晚时分，讲述了大量有关骑士和强盗的故事，成功地使他的魔鬼——他后来给它取名为"堂吉诃德"——心猿意马，以致这个魔鬼后来无端地做出了许多非常荒诞的行为，但是这些行为由于缺乏预定的目标——要说目标，本应当就是桑丘·潘沙——所以并没有伤害任何人。桑丘·潘沙，一个自由自在的人，沉着地跟着这个堂吉诃德——也许是出于某种责任感吧——四处游荡，而且自始至终从中得到了巨大而有益的乐趣。

博尔赫斯的理解与卡夫卡类似，他作出了一个奇异的构想：堂吉诃德从未忘记自己是阿隆索·吉哈德由于沉溺于骑士小说而产生的一个幻影。这种西班牙式的狂想，在20世纪达利的绘画和高迪的建筑中，依然可以看到其余绪。

梦醒之后，世界已经进入了黄昏时分。在激情迷离的黄昏时分，夕照把矮胖敦实的桑丘·潘沙，拉长成灰暗的阴影。在这个信仰的黄昏，正如哲学家吉安—卡罗·罗塔所说的，"只有黄昏才能把侏儒投射出如此长的影子。"中世纪主导性的自我意识，它的清苦、坚毅和属灵的气质，正在沦落为实用理性的附庸。自我意识的这种喧宾夺主的变化，是文艺复兴的开端。

塞万提斯的讽刺艺术，为中世纪精神及其骑士文化唱了一曲挽歌。如果说堂吉诃德代表了从中世纪到文艺复兴时代欧洲人形象的一个侧面的话，那么，桑丘·潘沙则构成了其另一个侧面。堂吉诃德的故事，可以看作是文艺复兴对中世纪文化精神的戏仿和嘲讽。另一方面，世俗的欢歌唱出了新时代的梦幻和狂想。这形影不离的一主一仆，互为形影，他们是欧洲精神不可分割的两面，正好是欧洲文化精神在不同语境下的变形记。

《傅科摆》：符号世界的叙事历险

安伯托·埃柯经常"袭击"读者，他的每一部作品，都让读者晕头转向。十几年前，当我第一次读到埃柯的《玫瑰之名》（一译《玫瑰的名字》）的时候，即被这个神奇的故事及其怪异的叙事方式所震慑。读者跟随圣方济各会教士威廉的驴子，来到中世纪意大利北部一个由圣本尼迪克特教团主持的修道院，在那里，我们看见了一桩神秘的谋杀案。然而，这个无头案并没有通常小说那样的明确结局，倒是提供了许多历史和知识的碎片，构成了中世纪光怪陆离的精神图景。而这部《傅科摆》，则带我们走进博物馆和天主教堂，那里隐藏着中世纪天主教"圣殿骑士团"的秘密。但是，埃柯笔下的"圣殿骑士团"的故事，同样是一些似是而非的事件、掌故、历史档案、考据材料的拼砌，它构成了一个历史"真相"的外表，其核心却是子虚乌有。

好奇心是小说艺术存在的基本理由。对未知事物的探索，提供了小说叙事的基本动力。从叙事模式来看，埃柯的小说也可以看作是一种"历险记"或悬疑侦破小说，只不过，其中的角色发生了一点变化。与传统小说不同的是，其"虚构"的构件不仅限于通常小说中的人物、事件、情节等，同时也有"知识"——一种观念化了的事物的代码。作为符号学家的埃柯，以虚构叙事的方式进入符号世界，邀请他熟悉的"知识代码"担任其小说中的角色，这对于他来说，是一桩驾轻就熟的事。从某种程度上说，他的符号学学术，不正是这样一种关于事物的代码的虚构游戏吗？

但埃柯的小说并非符号世界的简单游戏，它在更深的层面上成为人类现实境遇的模糊镜像。《玫瑰之名》乍一看如同福尔摩斯式的侦破故事，他将人类历史上的古老知识混杂在一起，融化在侦破故事中。通往知识世界的路途，一如通往神秘命案的路途，人类循着知识的蛛丝马迹，寻找真理，而真理隐藏在神秘知识的核心。那是一片危险的禁地，禁忌和死亡构成了真理的栅栏。《傅科摆》则是刻意模仿了历史学术的面貌，戏谑性地模拟了历史"真相"的生产过程，把一些历史素材和虚构的情节混合在一起，拼接出一种历史"现场"的假象，达到了以假乱真的效果。

在符号学的视野里，我们这个世界被符号所支配，世界的秘密就隐藏于符号之中，知识则是一个巨大的符号编码系统，那些深谙知识编码的人，就是这个世界的秘密的拥有者。而作为符号学家的埃柯本人，似乎是盘踞在由神秘符码构筑起来的迷宫当中的一只怪兽，他的低沉而又模糊的吼叫，令人既不安又好奇。穿过这些不安和好奇，我们方能发现埃柯小说的神奇。

毫无疑问，埃柯是目前尚健在的小说家中最杰出的一员。现实世界的虚拟符号，成为小说叙事的一个重要元素，这显然是对传统小说观念的一种挑战。然而，如果"虚构"是小说的一个重要品质的话，那么，《傅科摆》以及埃柯的其他几部作品，显然称得上是小说佳作。在图像符号充斥的当代世界，语言符号的仿真性功能就显得力不从心了。今天，文学叙事已不可能再像19世纪的小说家那样，通过对事物的逼真的描写和完整的叙述，来抵达事物的真实核心。古典小说企图通过语言再现世界的真实性的功能，被图像符号所取代。然而，世界在这种代替"真相"的符号覆盖下，并未变得更加明晰，相反，人们以"仿像"的符号代替其所覆盖的实物。埃柯的小说则是以对这种"仿真性"的再度模仿，反讽性地揭示了符号世界的虚幻性。知识，通常被视作求真的手段，在埃柯的小说中，却成为叙事虚构的元素。埃柯的小说就是一场在知识和观念世界中的叙事历险。一场探索知识秘密地域的旅程，正如命案侦破过程一样，其间显示了人类对未知世界永无止境的好奇心和探索的勇气。而对知识真理的禁忌，则是人类文明的权力结构的起源。埃柯的小说及其符号学研究，揭示了人类理性的迷途，通过对知识理性的批判，来表达他对现实和人性的批判，并显示出更为深邃的洞见和更为强大的力量。

不过，这种手法并非埃柯所独创。博尔赫斯就曾虚构过一篇诗学论文，混杂在其小说作品当中，让许多人误以为真。埃柯则将这种手法推向了极至。但比起其前辈，诸如博尔赫斯、卡尔维诺等人来，其精神的格局还是小了许多。埃柯试图把游戏的规模做得更大、更复杂。他在这种高级的叙事游戏中，加入了通俗故事的元素，如中世纪的神秘传说，谋杀悬案，等等。这无疑增加了小说的可读性。但实际上，真正伟大的游戏恰恰是简单的，就如中国围棋一样，只要简单的黑白两色的棋子，就可以包含无可穷尽的变化。在叙事文学领域内，似乎只有博尔赫斯和卡尔维诺得其真髓。

就叙事法则而言，红极一时的丹·布朗的《达·芬奇密码》，基本上是对埃柯小说的沿袭。不过，尽管埃柯对小说的可读性有强烈的兴趣，但这位博学多才的学者，似乎更迷恋于自己的知识和智力的游戏，他喜欢在小说中炫耀博学，装点许多不为常人所知的秘密知识。而丹·布朗则懂得如何满足一般读者大众的好奇心。他选择了达·芬奇的《蒙娜丽莎》这一众所周知的艺术品和卢浮宫这一举世闻名的胜地。布朗的小说，实际上就是将埃柯加以大众化、时尚化，甚至是肤浅化的处理，因此，他也就比埃柯更为容易赢得普通读者。面对这一局面，惯于玩弄符号游戏和传播技巧的埃柯，不知会作何感想。

《愚公移山》：古典时代的劳动

　　愚公移山①的故事展示了一个古典时代②的劳动场景。整个家族在一位家长的带领下，置身于大自然的环境中，为生存而劳作。显而易见，古典时代的劳动首先是家族性的事务。原始公社式的集体劳动，是一个族群面对大自然的世代整体性的活动。家族中的个体被纳入到血缘的系谱当中，而劳动是每一个家族成员的义务。

　　在这场漫长的劳役中，愚公表现出必胜的信心。他的家族所面临的对手是巨大的山川，这是单个的劳动者无法克服的对象。要完成对山川等自然环境的改造，只有依赖于一个大的族群。从表面上看，这似乎是一个空间问题，一个与地理空间改造相关的问题。但在愚公那里，这个问题转化为时间问题。只有整个家族的生命繁衍，才可以克服个体生命在时间上的短暂性，使劳动的空间形式转化为时间形式。劳动不再是短暂的个体生命针对现存的物质对象的暂时性的活动，而是群体的力量在时间轴上的聚合。这一点，也正是愚公的信心来源。

　　对于古典时代的人类来说，大自然始终是一种威胁。大自然的崇高性，迫使人类不得不以群体性的存在来面对它。人类一方面以自然神崇拜的方式，希图与大自然之间达成和解，另一方面，则以对抗性劳动的方式，试图去克服大自然。前者是消极的，后者是积极的。"愚公移山"属于后者。不过，更典型的积极方式当是"大禹治水"。

　　近代以来劳动观念发生了重大变化。资本主义条件下的劳动，不再是家族的整体性的劳动，而只是跟劳动者个体相关。劳动者首先是一个孤立

---

①原文出自《列子·汤问》：太行、王屋二山，方七百里，高万仞。本在冀州之南，河阳之北。北山愚公者，年且九十，面山而居。惩山北之塞，出入之迂也，聚室而谋曰："吾与汝毕力平险，指通豫南，达于汉阴，可乎？"杂然相许。其妻献疑曰："以君之力，曾不能损魁父之丘，如太行、王屋何？且焉置土石？"杂曰："投诸渤海之尾，隐土之北。"遂率子孙荷担者三夫，叩石垦壤，箕畚运于渤海之尾。邻人京城氏之孀妻有遗男，始龀，跳往助之。寒暑易节，始一反焉。河曲智叟笑而止之曰："甚矣，汝之不惠！以残年余力，曾不能毁山之一毛，其如土石何？"北山愚公长息曰："汝心之固，固不可彻，曾不若孀妻弱子。虽我之死，有子存焉；子又生孙，孙又生子；子又有子，子又有孙；子子孙孙无穷匮也，而山不加增，何苦而不平？"河曲智叟亡以应。操蛇之神闻之，惧其不已也，告之于帝。帝感其诚，命夸娥氏二子负二山，一厝朔东，一厝雍南。自此，冀之南，汉之阴，无陇断焉。
②这里的"古典时代"，指的是近代资本主义产生之前的时代，包括古代和中世纪。

的个体，他可以自由出卖劳动力。资本主义劳动所面对的主要并不是对自然环境的改造，而是产品的制造。劳动乃是通过身体的运动、消耗体力而做功，身体的能量消耗转化为生产力。通过手工，特别是通过操纵机器加工物件，形成产品。

私有制条件下的大工业生产劳动，使劳动者回到了机械化的必要性当中。劳动是一种作用于物质的、有目的的、生产性的活动，被视作人类生命活动形式之一。黑格尔将劳动视作主体自我实现的手段，是自我意识"对象化"的过程。劳动内化为主体自身的本质属性，是主体的自主选择。马克思在评价黑格尔的劳动观念时写道："黑格尔《现象学》及其最后成果——作为推动原则和创造原则的否定的辩证法——的伟大之处就在于，黑格尔把人的自我创造看作一个过程，把对象化看作非对象化，看作外化和这种外化的扬弃；因此，他抓住了劳动的本质，把对象性的人、真正的因而是现实的人理解为他自己的劳动的结果。"①

劳动作为人的"类本质"，在古典政治经济学家那里得到了充分的肯定。但是，西方古典经济学家和哲学家探讨劳动概念时，往往忽略了农业劳动的特殊性。黑格尔以及马克思哲学中的劳动概念，实际上是关于大工业生产条件下的雇佣劳动。

马克思在论及商品时，将劳动视为商品价值的本源，也就是说，劳动并非一种简单的身体活动。人体的肌肉组织的运动，能量的消耗，技能的习得，工具的使用，制造出产品，并产生了商品的价值。"商品作为价值只是人类劳动的凝结。"②另一方面，工业时代的劳动分工导致劳动者与其产品相分离，也就是所谓"异化劳动"。基于劳动作为人的"类本质"这样一种判断，劳动异化也就成了"人的异化"的直接根源。而马克思及共产主义者所构想的劳动，则是对资本主义条件下的异化劳动的反动。马克思构想在消灭私有制的情况下，人类劳动有望克服被动的机械性，将劳动从必要性中解放出来，使劳动成为一种劳动主体自主的和自由的选择。马

---

① 【德】马克思：《1844年经济学哲学手稿》，刘丕坤译，人民出版社，1979年，第116页。
② 【德】马克思、恩格斯：《马克思恩格斯全集》第23卷，中共中央马克思恩格斯列宁斯大林著作编译局译，人民出版社，1972年，第64页。

克思认为，生产资料公有制条件下的共产主义，从根本上清除了异化劳动的根源，为人的全面解放创造了条件。

一般而言，劳动的主题总是指向物质化的对象改造或物质生产等相关内容，而《愚公移山》故事在主题上存在着一种微妙的滑动。愚公将"劳动"主题转移为"生殖"主题，劳动的目标被回避，转向了生殖与时间的关联性。愚公相信他的家族繁衍没有穷尽，并因此而占有了时间。而时间的力量使得有限的人类生命得以跟看上去属于无限的大自然相抗衡，并最终赢得胜利。事实上，生殖繁衍又是人的最接近于大自然的生物属性和功能，愚公家族通过对大自然在时间上的无限性的模拟，通过与大自然属性的同化，来完成对大自然的限制和惩罚的克服。

繁衍是劳动的目的？抑或劳动是繁衍的条件？这一点尚不明确。可以肯定的是，对于愚公来说，劳动的生产性是次要的，如果它不能服从于家族的整体性规划的话。在这个故事中，并未涉及劳动产品。在古典时代，劳动的意义不在于劳动产品的产生，而是整体上对于对象物的改造。劳动呈现出来的是人类与大自然之间的对抗关系，人类身体活动所做的功，转化为对自然物位置、形态诸方面的改变。即使是农业劳动，也是劳动作用于土地而产生出来的收获。农业收获并不能视作劳动产品。农业劳动的生产是间接性的。在农业劳动中，劳动者的活动作用于土地，但土地并不是劳动对象。农夫挖掘和耕耘土地，并非要将土地制造出某种产品，而是通过对土地的耕作，以便在其中生长出作物。作物之所以能够产生粮食，是因为作物的种子自身具有长成粮食的特质。种瓜得瓜，种豆得豆，再能干的农夫，也不可能种下石头而收获稻谷。

农业生产对于土地以及整个大自然的依赖性，使得农耕劳动本身缺乏生产性。靠天吃饭，一直是农业生产的基本信条。农夫必须祈望上天赐给他们一个好年成，风调雨顺方能五谷丰登。勤恳劳作更多的是为上天所赐收获而作出的充分准备，它看上去更像是对上天恩赐的一种回报。但实际上勤恳本身并不能带来直接的产品，也不直接创造利润。通过勤恳，表明劳作者的诚意，懒惰则近乎欺骗，迟早要遭上天的惩罚。

但这并非愚公独有的想法，也不是古代中国人所特有的想法。整个古典时代的劳动观有相通之处。古代城邦国家并不将劳动视作一种必要的活动,更不将其视作一种荣耀的事情。公民的消耗性的体力活动宁可用于竞技和战争,而不愿用于劳动。体面的人从事下等人为生存而谋划的体力劳动,是一件可耻的事情。劳动是被奴役的阶层和一般民众所从事的工作。由于人类的身体和生存的需求不得不去劳动,这种"必需的"劳动是奴性的。"劳动意味着被必然性所奴役,而这种奴役内在于人类生活状况中。"①古代人排斥劳动,在某种程度上说,是基于人对于克服必然性的自由的需求。

在古汉语中,劳动的意义在一定程度上是消极性的。劳动,有对身体和体力的"过度使用"的意思。勞,会意。小篆字形,上面是炏,即"焰"的本字,表示灯火通明;中间是"冖"字,表示房屋;下面是"力",表示用力。在夜间劳作,秉烛做工,努力劳作。動,形声。从力,重声。两个字都包含有"用力",也就是"耗费体力"和"遭受辛劳"的意思。劳动被理解为对生命的消耗,并且往往是无益的使用。

古典西方文化中对劳动的理解也大致相当。西方古典时代的文献和艺术作品中,很少表现劳动主题。似乎只有赫西俄德比较关注劳动,他在《工作与时日》中写道:"你如果愿意及时收获地母赐予的一切果实,就必须出力耕耘、播种和收获,因为各种作物都只能在一定的季节里生长。否则,你日后一旦匮乏,就不得不乞求于别人的家门。"②赫西俄德的规劝,所遵循的是自然界的规律,出于实际的物质利益的考虑。倘不如此,便会受到自然规律的惩罚,造成不利后果。如果说劳动有什么荣耀的话,那是来自大自然的赏赐,而不是劳动本身。

在中世纪,劳动亦非荣耀的事情。托钵僧团体甚至禁止劳动。他们依靠施舍生存,以便将更多的时间和精力用于冥想和赞颂上帝。相比之下,倒是本笃会修士较多参加劳动。但本笃会修士的劳动并非为了生产,而是将劳动视为对肉身的一种训诫和惩罚。如果劳动在一定程度上是一种荣耀

---

① 【美】汉娜·阿伦特:《人的境况》,王寅丽译,上海人民出版社,2009年,第62页。
② 【古希腊】赫西俄德:《工作与时日—神谱》,张竹明、蒋平译,商务印书馆,1991年,第12页。

的话,并非因为其能带来物质效益,也不是因为它能够体现出人的身体行为的价值,而只是因为劳动可以映现上帝的荣光。东方宗教中的小乘佛教僧侣与本笃会修士对待劳动的态度较为接近。他们同样认为,不值得将精神和体力花费在徒然的劳作上。人生存在这个世界上,并不是为了建立现世的事功,如果这种事功不能荣耀神的话,一切都归于无意义。劳动,在更多的时候是被当作一种惩戒手段。《旧约圣经·创世纪》将劳作的辛劳,视作对人类原罪的惩罚。"你必终身劳苦,才能从地里得吃的。地必给你长出荆棘和蒺藜来,你也要吃田里的菜蔬。你必汗流满面才得糊口,直到你归了土,因为你是从土里来到。"①

劳作的反义词为闲逸。劳逸相对。逸,意味着逃离、疏离、脱离。其时间形态为闲暇。同时也是一种生存状态——闲适和自在的状态。行为主体可以自由支配其时间和生活状态。在古希腊人看来,闲暇的自由行动,更能体现人的自由意志,而一旦受制于必要性的劳动,则是对正常生活的否定。故孟子云:"或劳心,或劳力;劳心者治人,劳力者治于人。"②尽管孟子及儒家对体力劳动持否定性的态度,但孟子依然深刻地发现了"劳"对于身体的另一重意义。"天将降大任于斯人也,必先苦其心志,劳其筋骨,饿其体肤,空乏其身,行拂乱其所为,所以动心忍性,增益其所不能。"③孟子把身体的烦劳,对身体的制约性的使用,上升到伦理学的高度来把握,也就是身体的消耗性的使用及其一定程度上的身体痛苦,实际上是从另一面刺激了人的心志,强化了生存的意志和勇气。他并且列举了古代圣贤(舜、傅说等人)为例,证明了劳动的必要性。但孟子的"劳"是一种手段,而且是一种无目的性的和不及物的手段,与作为物质生产的劳动没有直接的联系。这种非生产性的劳动,只是作用于劳动者的身体,进而通过刺激身体来刺激意志,使身体免于懈怠和懒散。

但《愚公移山》中的劳动甚至跟这种伦理化的身体活动也关系不大。在《愚公移山》的故事中,出于摆脱大自然的奴役状态、寻求更为自由的

---

① 《旧约圣经》创 3:17—19。
② 《孟子·滕文公上》。
③ 《孟子·告子下》。

生存空间的需要，愚公发动了一场巨大的工程，显示了其强大的组织动员能力。对于此时的愚公来说，他感兴趣的已经不再是山的存在与否，而是通过山这一巨大的存在物，来验证其家族绵绵不绝的延续性。由此可以看到在愚公时代出现的父权制社会的雏形。把时间和空间纳入父权制的叙事逻辑当中，呈现出一种被父权制度所整理过的空间和时间秩序。另一方面又强化了自然血缘的纽带，个体成为家族制度的劳役义务的承担者。个体在这里没有任何地位，只有家长作为家族代言人，引申着历史主义的乌托邦。不过，劳动的生产性依然间接地由家族繁衍来实现。愚公的思想显示了父权制家族对繁衍的渴求和信心。

《愚公移山》的故事还凸显了智慧与愚昧的对立。作为质疑者的智叟，在故事中以反面角色出现，衬托愚公的正面形象。智叟从常识出发，质疑愚公的做法。智叟认为，以人的个体存在的有限性来实现浩大的移山工程，是不可能的，并认为终止这种盲目的徒劳，是明智的选择。愚公则将此问题转化为家族繁衍问题。事情在这里发生了变化，呈现出根本性的悖反：常识与信心的悖反，同时也是愚昧与智慧的悖反。愚昧与智慧的位置被颠倒，也就是生存的基本价值被颠覆。最终，愚公因为其信心而赢得了神的奖赏。

愚公本人并未祈求神助，他的信心来自家族繁衍在量上的无限性。事实上，如果没有神的赏赐，愚公家族必然要陷入年复一年无限的劳役当中。没有时间极限的劳动，漫无尽头的劳役，必将让劳动的意义归于虚无。劳动在看不到成效、不能生产价值的情况下，也就成了一种惩罚。

另一个故事讲出了愚公式的劳动的另一面的意义。这就是所谓"吴刚伐桂"[1]的故事。在学习仙术时有过错的吴刚，被罚在月宫砍伐桂树，每一次砍下去，桂树的创面旋即愈合，如此循环往复，未有竟时。吴刚的遭遇跟古希腊一位名叫西西弗的国王的遭遇很相似。西西弗的神话讲述的是另一版本的徒劳苦役的故事，他被罚在地狱做推石头的苦役，每一次将巨石

---

[1] 故事最早见于段成式：《酉阳杂俎·卷一·天咫》：旧言月中有桂，有蟾蜍，故异书言月桂高五百丈，下有一人常斫之，树创随合。人姓吴名刚，西河人，学仙有过，谪令伐树。释氏书言须弥山南面有阎扶树，月过，树影入月中。或言月中蟾桂地影也，空处水影也，此语差近。

推向山巅之际，巨石复又滚下山来，西西弗又不得不反身回到山下，重复滚动巨石的劳作。段成式将这一神话联系到释家的传说，暗示吴刚的故事与佛教的关于人生虚空的教谕之间的关联。这种没有生产性的身体运动，被称之为"徒劳"。徒劳所指向的是体力的无意义的消耗，没有价值。徒劳意味着徒然的消耗，是对体力和时间的双重耗费。因此，徒劳往往作为一种惩罚性的手段出现，无论是推石头的西西弗，还是伐桂树的吴刚。他们遭到"徒劳"的囚禁。徒劳将他们囚禁在无意义的劳动囚笼当中，消耗他们的体力和时间。所不同的是，西西弗因为还存有希望，他终究收获痛苦。而吴刚则放弃了希望，他在徒劳的体力消耗过程中，自得其乐，将惩罚转化为一种日常生活，并将徒劳视作人生应有之义，这样，惩罚也就失去了意义，月宫反而成为其逍遥自在的场所。这一东方式的痛苦消解模式，改写了惩罚的含义。他们存在于惩罚当中，肉身的和精神的惩罚，构成了其存在方式和存在价值的一部分。

《半夜鸡叫》：时间与阶级意识

《半夜鸡叫》的故事出自一本叫作《高玉宝》[①]的自传体中篇小说。自1950年代起，通过强大的文宣机器的推动，《高玉宝》的故事已经在中国当代文艺史上留下了深深的烙印，"我要读书"、"半夜鸡叫"诸章节，已经成为革命文学的经典段落，并被收入当时的中小学语文课本。1964年，上海美术电影制片厂改编拍摄木偶剧《半夜鸡叫》，使得这部作品在几代中国青少年中产生了极为广泛的影响，是文宣部门进行思想政治教育的重要材料之一。

作品最初由一位名叫"高玉宝"的解放军士兵所作，这位农民出身的士兵识字不多，近乎文盲，却创作出一部闻名全国的小说，这本身就是

[①]《高玉宝》，作于1950年代初，在《解放军文艺》杂志连载，1955年4月由中国青年出版社出版，后由国内多家出版社翻印、再版，印数达450多万册，并有10多个国家和地区15种文字的译本。

一个小说一般的传奇。据后来的材料证实，该士兵只是提供了基本素材，使之形成长篇小说的，则是解放军的文宣人员和在部队体验生活的专业作家。这样的署名安排，符合当时革命文学的创作实际，凸显了"工农兵文艺"的创作主体对文艺领域的话语主权。故事介乎自传与小说之间，纪实性与虚构性的界限被刻意模糊，产生了一种似是而非的感觉。尽管日后不断有人质疑小说所述事件的真实性，但其所表达的一个时代的主流意识形态的价值倾向和政治无意识方面，却是十分确切的。

小说写于1950年代初期，讲述了一个"财主与长工"对抗的故事。地主周扒皮每天半夜从床上爬起来，钻到自己的鸡笼里模仿鸡叫，引发家里报晓公鸡的啼鸣，制造出天已不早的假象，以催促家里的长工起身下地干活。通过这种手段，地主对长工进行剥削。"财主与长工"是一个古老的民间故事原型，它以各种不同的形式出现于世界各地的民间故事中，其基本叙事模式实际上是关于"智慧"与"权力"之间的博弈。处于底层的劳工在与代表权势阶层的富人的对抗中，最终底层民众以其智慧赢得了胜利。故事往往充满了喜剧性，普通听众在笑声中获得了象征性胜利的快感。这也是民间故事的基本模式。

《半夜鸡叫》首先区分了"黑夜的时间"与"白天的时间"，区分了休息和劳作的时间区段。黑夜的时间是休息的时间。这一古老的规则，支配了农耕社会的整个时间划分。对于农耕时代的乡村而言，黑夜的时间是消极性。黑夜的昏昧性和不可知性，是对人类清醒和正常生活秩序的侵蚀和威胁。黑夜是夜行动物和另类人群活动的时间，月黑风高的时刻，不仅有猛兽、魔鬼和妖精出没，而且也是强人和盗贼出没的时刻。这一特殊的时间节点所带来的令人不安的威胁，为文学叙事提供至关重要的惊险情节。而在《半夜鸡叫》故事中，黑夜所发生的却是一个带有"现代性"色彩的故事。故事的原型结构依然采用了古老的"长工与财主"的故事，但它却与劳动、阶级、剥削制度等现代政治学一系列概念有关，是现代政治神话体系中的一个超级寓言。

对于周扒皮来说，学鸡叫的目的在于控制时间。而控制时间的装置却是驯化了的家禽——报晓的公鸡。这个并不准确的报时器，企图驯化和矫正自然时间，转而为现代剥削制度服务。以虚假的鸡鸣，伪造自然的时间，改变公鸡的生物钟。由地主本人亲自扮演标准计时器，并以模拟公鸡的鸣叫来引发真正的公鸡报时。要完成这一行为还需具备较高的口技才能，以逼真模仿鸡鸣。然而，令人不解的是，要实现这一怪诞的剥削行为，剥削者本人（周扒皮）不但需要起得比被剥削者（长工们）还要早，而且还得起得比公鸡更早。以自然的方式违反自然规律，使长工们得不到必要的休息。这一复杂而又麻烦的手段，却最终又是徒劳无益的。鉴于此举并不能提高劳动生产率，周扒皮的所作所为只能归结为本性上的"邪恶"，几乎恶作剧式的举动。但作者坚持认为这一行为能够带来财富的积累，并可能导致农村有产者的原始积累的完成。书中写道："这个学鸡叫，是他们老周家起家的法宝呀。"这一说法同时还表明，"剥削"是一种阶级本能。如果时间的标准点不在大自然及其相关的公鸡的生物钟中，那么，它只能存在于周扒皮及其家族机体的生物钟中。

有人指出了事件之真实性方面的可疑之处，首先在于缺乏科学依据。动物生理学原理证明，公鸡报时并非人工所能诱发，而是公鸡机体内部的"生物钟"作用的结果。也有人指出，即使人声模拟可诱发鸡鸣，周地主完全没有必要亲自前往鸡笼，把头伸进笼子里学鸡叫，他只需躺在床上叫即可。证据是，远处邻村的鸡鸣，即可诱发公鸡啼晓。而人过于靠近，反而让公鸡听出来是人声，或受到惊吓，反而不会啼叫了。还有一个更重大的疑点：如果周扒皮的口技可以乱真的话，更无须去鸡笼引发啼明，而只须自己啼叫过之后，说是公鸡已经报晓了，就可以了。连公鸡都无法分辨真假，长工们又怎能识破？

精确的时间意识是资本主义的产物。以精确的机械装置作为计时器，来驯化时间和控制时间，使之与大机器生产方式相一致，并能够计算物质生产劳动的精确数量和利润率。在大机器生产条件下，掌握了时间也就掌握了资本和权力，因此要争夺时间的控制权。在《高玉宝》的故事中，通过剩余劳动榨取剩余价值的生产方式，被描述为一个普遍性的关系。把农业文明条件下的农事活动修改为大工业条件下的商品生产工作，以符合"剩余价值"理论，并证明剥削阶级的剥削本质。雇工们一度产生了杀死那只公鸡的想法，试图以此终止这一奇怪的时间标志，这相当于砸碎时钟来抵御权力对时间的控制。这一情节的历史原型来自大工业时代初期的"卢得分子"，他们以砸碎机器来反抗剥削。《半夜鸡叫》想要证明的是：地主不仅占有土地，而且还占有（至少是试图占有）时间的控制权，通过控制时间，进而实现对雇工的经济剥削。地主阶级在此表现出原始资本主义特征，他们通过对劳动时间的剥削而榨取剩余价值。革命文艺通过虚构的手段，将大工业时代的时间焦虑转嫁到农耕劳作当中来。

问题在于，这与剩余劳动理论并不吻合。农耕时代的劳作，增加劳动时间并不能带来剩余价值。以增加劳动时间来榨取剩余价值，这一经典的资本主义剥削模式，通常并不出现在农业生产过程中，或者，它仅仅是农业生产中剥削关系的特例。农作物生长有其自然规律，并不需要特别地增加劳动时间。如果不符合农作物生长周期的话，地头劳动时间的增加是徒劳无益的。况且，雇工还可以选择在地头继续睡觉来逃避劳动。事实上，《半夜鸡叫》故事中的长工们确实就是这样做的——"看着空中不明的星星，走到了地头，放下锄头，打火抽了一袋烟，倒在地上就呼呼地睡了。"如果地主要雇工付出更多的劳动，可以增加其他方面的工作，如挑水、砍柴之类。一般地主与雇工冲突主题的民间传说，在表现这一问题时，基本上都是选择增加工作内容、克扣工资或降低报酬实物的质量（如次等的、秕谷较多的或湿度较大的谷子）等做法。作者作为一位来自农村的雇工出身的人，不会不知道这一点。小说这样写，唯一接近合理的动机，就是要使故事符合革命意识形态的理论基础——马克思主义政治经济学原理。

以阶级斗争的观念来解释农业劳动和乡间时间关系，以推动中国传统乡村的阶级斗争和政治革命。以农民为主体的中共政治革命，被赋予了鲜明的现代属性。地主与雇工之间关于时间控制权的争夺，实际上是共产主义理论中关于不同阶级之间权力争夺的一个想象性的投射。然而，故事中的一系列细节同时也在无意中泄露了欠发达国家的控制技术上的原始落后的状态。周扒皮家的劳动情形与马克思笔下的大工业机械生产形成了强烈的反差。而其所激发起来的并非现代时间意识，而是阶级意识，是对于阶级斗争学说的直接图解和强化。无产阶级革命在其现代性实践过程当中，有一种比农业地主更为强烈的时间紧迫感和控制欲。故事最终以暴力的方式结束，雇工以暴力手段惩罚了地主，实现了复仇。

　　故事的内在诉求也不在于其真实性，而是一种关于剥削制度的象征性的表达。革命文艺的这种"代码化"的符号生产，乃是根据政治经济学原理生产出来的阶级意识符号化文本。这是革命文艺文本生产的基本工艺程序。从这个意义上说，革命文学的写作者实际上扮演了与作品中的周扒皮相类似的角色，以一种并不存在的时间概念，来唤醒对剩余时间的劳动价值的观念，进而激发对私有制条件下的剥削制度的仇恨。

新人文丛书书目

No.01　史仲文　　文化无非你和我（已出版）
No.02　夏可君　　无余与感通——源自中国经验的世界哲学（已出版）
No.03　单　纯　　立命·究底·理政三道综论集（已出版）
No.04　张　柠　　感伤时代的文学（已出版）
No.05　吴祚来　　我们要往何处去——价值主义与人文关怀（已出版）
No.06　敬文东　　守夜人呓语（已出版）
No.07　王向远　　日本之文与日本之美（已出版）
No.08　金惠敏　　全球对话主义——21世纪的文化政治学（已出版）
No.09　谢　泳　　思想利器——当代中国研究的史料问题（已出版）
No.10　陈晓明　　守望剩余的文学性（已出版）
No.11　赵　强　　问题转换机（已出版）
No.12　许志强　　无边界阅读（已出版）
No.13　王清淮　　新史记（已出版）
No.14　黑　马　　文明荒原上爱的牧师——劳伦斯叙论集（已出版）
No.15　尤西林　　人文科学与现代性（已出版）
No.16　江弱水　　文本的肉身（已出版）
No.17　李雪涛　　误解的对话——德国汉学家的中国记忆（已出版）
No.18　陆　扬　　后现代文化景观（已出版）
No.19　汪民安　　启蒙之后
No.20　张　闳　　言辞喧嚣的时刻

No.21	张　念	女人的理想国
No.22	李　静	必须冒犯观众
No.23	严　泉	历史变迁的制度透视
No.24	王鲁湘	幽光狂慧
No.25	何光沪	秉烛隧中
No.26	郭于华	我们社会的生态
No.27	张清华	狂欢或悲戚
No.28	蒋原伦	去势的儒学与信仰
No.29	朱汉民	经典诠释与义理体认——中国哲学的建构历程
No.30	彭永捷	汉语哲学如何可能——中国哲学学科范式研究
No.31	晏　辉	走向生活世界的哲学

【注】新人文丛书将于2014年5月前陆续出版；部分书名为暂定，出版时或有调整。

图书在版编目（CIP）数据

言辞喧嚣的时刻 / 张闳著. —北京：新星出版社，2014.1
（新人文丛书）
ISBN 978-7-5133-1204-2

Ⅰ.①言… Ⅱ.①张… Ⅲ.①随笔－作品集－中国－当代 Ⅳ.①I267.1

中国版本中国版本图书馆CIP数据核字（2013）第290439号

言辞喧嚣的时刻

张闳 著

策划统筹：陈　卓
责任编辑：黄珊珊
责任印制：韦　舰
封面设计：@broussaille私制
版式设计：魏　丹

出版发行：新星出版社
出 版 人：谢　刚
社　　址：北京市西城区车公庄大街丙3号楼　　100044
网　　址：www.newstarpress.com
电　　话：010-88310888
传　　真：010-65270449
法律顾问：北京市大成律师事务所

读者服务：010-88310811　　service@newstarpress.com
邮购地址：北京市西城区车公庄大街丙3号楼　　100044

印　　刷：三河兴达印务有限公司
开　　本：660mm×970mm　1/16
印　　张：20
字　　数：215千字
版　　次：2014年1月第一版　2014年1月第一次印刷
书　　号：ISBN 978-7-5133-1204-2
定　　价：42.00元

版权专有，侵权必究；如有质量问题，请与印刷厂联系调换。